T0277442

IN MEMORIAM

IN MEMORIAM

ALICE WINN

Traducción de Bruno Álvarez

Ọ Plata

Argentina – Chile – Colombia – España
Estados Unidos – México – Perú – Uruguay

Título original: *In Memoriam*
Editor original: Alfred A. Knopf
Traducción: Bruno Álvarez

1.ª edición: febrero 2024

ISBN: 978-84-92919-46-8
E-ISBN: 978-84-19936-28-8
Depósito legal: M-33.361-2023

Fotocomposición: Ediciones Urano, S.A.U.
Impreso por: Rodesa, S.A. – Polígono Industrial San Miguel
Parcelas E7-E8 – 31132 Villatuerta (Navarra)

Impreso en España – *Printed in Spain*

A mis padres.

THE PRESHUTIAN

VOL. XLIX. — N.º 739. 27   DE JUNIO DE 1914.   Precio 3 peniques

Editorial

¡Ay, Dios! ¡Salva al editor del editorial! Pero el curso ha acabado, y ha sido maravilloso, de modo que hay que sacar conclusiones para los ávidos lectores del humilde *The Preshutian*. Ya ha pasado otro año espléndido, y los magníficos chicos del último curso se marchan hacia las glorias que los esperan en Oxford, Cambridge y Sandhurst. Albergamos la esperanza de que se acuerden de nosotros, pobres alumnos, de vez en cuando, mientras acuden a clase y se divierten en las fiestas. ¡Que nuestro futuro sea tan brillante como el suyo!

—S. Cuthbert-Smith

Actualidad

El obispo de Londres predicó el domingo 14 de junio.

¿Quienquiera que practique el *Clave bien temperado* de Bach seis veces al día al piano cerca de la antigua sala de lectura sería tan amable de aprenderse una obra nueva? Saludos de un caballero musicalmente frustrado.

Los tres miembros del público que asistieron a la representación de las obras menos conocidas de Aristófanes por parte de los alumnos de primaria afirman que la experiencia fue «justo lo que Aristófanes habría deseado».

El debate del próximo trimestre será: «Esta residencia se niega a creer en la existencia de los fantasmas». Pónganse en contacto con H. Weeding si están dispuestos a participar con argumentos a favor de lo sobrenatural.

Sociedad de debate

El lunes 22 de junio, el grupo se reunió para debatir el siguiente planteamiento: «Esta residencia opina que la guerra es un mal necesario». El señor Ellwood dio comienzo al debate. Tras ciertos comentarios insolentes sobre el pasador de latón de la corbata de la oposición, ofreció un repaso de la historia de las guerras púnicas bastante pintoresco pero inexacto. El señor Gaunt, que se oponía (de un modo de lo más cobarde) (*«¿Puedo dejar esa frase en el texto?» —Autor. «Solo si no temes la venganza de Gaunt, que casi con toda seguridad será violenta. Aunque sea pacifista, es un boxeador de primera» —Editor*) a la moción, señaló que la guerra aniquila el alma. Los oyentes que habían peleado contra el señor Gaunt en el cuadrilátero susurraron agitados: «¿Qué alma?». Esto no significa que... (cont. en la pág. 5)

Poesía

ATARDECER EN PRESHUTE

Se enfría el cielo y en el oeste
    turbulento
el sol se hunde soñoliento a otros
    mundos.
La oscuridad de la noche alivia
    el pecho agitado:
desde el Cielo las Nubes de los
    Sueños se despliegan.
El campanario de la Capilla
    apuñala el cielo...

«Demasiado largo otra vez, Ellwood» —Editor.
«¡Son apenas tres estrofas!» —Autor.
«Es demasiado largo, Ellwood» —Editor.

THE LONDON GAZETTE

del martes, 4 de agosto de 1914.

Publicado con la autorización de la Corona.

MIÉRCOLES, 5 DE AGOSTO DE 1914.

ESTADO DE GUERRA.

El Gobierno de Su Majestad informó al Gobierno alemán el 4 de agosto de 1914 de que, a menos que se recibiera una respuesta satisfactoria a la petición del Gobierno de Su Majestad de la garantía de que Alemania respetaría la neutralidad de Bélgica antes de la medianoche de dicho día, el Gobierno de Su Majestad se vería obligado a tomar todas las medidas a su alcance para mantener esa neutralidad y defender el cumplimiento de un tratado del que tanto Alemania como Inglaterra formaban parte.

Dado que el resultado de este comunicado ha sido que el Embajador de Su Majestad en Berlín ha tenido que solicitar sus pasaportes, el Gobierno de Su Majestad ha notificado formalmente al Gobierno alemán que, a partir de las 23:00 de hoy, se ha declarado el estado de guerra entre los dos países.

Ministerio de Relaciones Exteriores,
4 de agosto de 1914.

THE PRESHUTIAN

VOL. XLIX. — N.º 741.   17 DE OCTUBRE DE 1914.   Precio 6 peniques

MUERTOS EN COMBATE

Beazley, L. S. W. (Subteniente), Regimiento de Wiltshire, 20 de septiembre, 22 años.

Hickman, M. E. (Teniente), Regimiento de Worcestershire, 20 años.

Milling, L. (Teniente), Gordon Highlanders, 23 años.

Roseveare, C. C. (Subteniente), Fusileros Reales de Munster, Mons, 27 de agosto, 22 años.

Scott-Moncrieff, M. M. (Capitán), Regimiento del Rey (Liverpool), 20 de septiembre, 25 años.

Straker, H. A. (Subteniente), Fusileros Reales de Munster, Mons, 27 de agosto, 18 años.

FALLECIDOS A CAUSA DE LAS HERIDAS

Conlon, G. T. (Teniente), Regimiento de West Yorkshire, 21 años.

Cuthbert-Smith, S. (Teniente), Fusileros de Northumberland, Mons, 24 de agosto, 18 años.

Hill, A. (Teniente), 19.º Lancers, Ejército de la India, 19 años.

HERIDOS

Day, H. J. (Teniente), Regimiento de Middlesex.

Hattersley, F. K. (Comandante), Artillería Real de Campaña.

Le Hunte, R. (Teniente), Fusileros Reales Escoceses.

Matterson, A. R. (Subteniente), Regimiento de Bedfordshire.

Parsonage, D. K. (Subteniente), Infantería Ligera de Somerset.

In Memoriam

TENIENTE S. CUTHBERT-SMITH

(Fallecido en Mons, el 24 de agosto, a la edad de 18 años)

Cualquiera que haya leído *The Preshutian* estos últimos dos años recordará a Cuthbert-Smith como el jocoso editor de dicho periódico. Le habían concedido una beca para estudiar en el Balliol College de Oxford, donde habría cursado Filología Clásica. Pero Cuthbert-Smith no podría haber sido nunca un académico. Tenía demasiada alma de soldado. La siguiente descripción de su muerte la escribió su comandante: «En un intento alocado de tomar una ametralladora alemana, Cuthbert-Smith recibió un disparo en el vientre. Debido al fuego enemigo, no pudimos trasladarlo a una cueva de la zona que se estaba utilizando como hospital de campaña hasta las cinco de la mañana del día siguiente. El chico, que era un valiente, tan solo pidió un poco de morfina para no molestar a los demás. Ha tenido una muerte casi indolora, ¡y nos ha entristecido sobremanera perder a un compañero tan valeroso! Hemos perdido a un verdadero soldado». Desde Preshute solo podemos lamentar su pérdida y envidiar su noble muerte, que cualquiera de nosotros sufriría de buena gana por nuestro país.

S. A. WARD

SUBTENIENTE C. C. ROSEVEARE

(Fallecido en Mons, el 27 de agosto, a la edad de 22 años)

Preshute ha sufrido muchos golpes desde el estallido de la guerra, pero ninguno de ellos ha sido tan duro como la muerte de Clarence Roseveare. Ha dejado a dos hermanos en los dos últimos cursos de la escuela, incluyendo a nuestro ilustre delegado. El propio Clarence fue delegado también. Pero su muerte, al igual que su vida, ha sido honorable y valiente, con una gallardía inglesa que roza la perfección.

Fragmento de una carta de su comandante: «Pasó a mi lado con una expresión alegre, riendo, bajo un fuego cruzado muy intenso de ametralladoras, y me gritó: "¿Continúo?". Y yo le contesté: "Adelante, muchacho, con todas tus fuerzas". El pobre chico recibió poco después un disparo en el corazón. Lo llevé hasta una trinchera con la esperanza de que la herida no fuera mortal. Las únicas palabras que me dirigió fueron: "No te preocupes por mí". Cuando… (cont. pág. 3)

═══════════

I

UNO

Ellwood era prefecto, de modo que ese año tenía una habitación espléndida, con una ventana que daba a un saliente extraño del tejado. Siempre andaba encaramándose a sitios a los que no debía subirse. Aunque era a Gaunt a quien le encantaba de verdad el tejado. Le gustaba ver a los chicos entrando y saliendo de Fletcher Hall para robar galletas, a los prefectos pavoneándose por el césped en el patio o al organista saliendo de la capilla. Lo tranquilizaba ver que la escuela seguía adelante sin él, mientras lo contemplaba todo desde las alturas.

A Ellwood también le gustaba sentarse en el tejado. Ponía las manos en forma de pistolas y disparaba a los transeúntes.

—¡Maldito alemán! ¡Le he dado en el ojo! Que se entere el káiser.

Gaunt, que había crecido veraneando en Múnich, no solía seguirle el rollo con esos jueguecitos de soldados.

Con *The Preshutian* en equilibrio sobre la rodilla mientras pasaba la página, Gaunt terminó de leer el último obituario. Conocía a siete de los nueve chicos fallecidos. El *in memoriam* más largo estaba dedicado a Clarence Roseveare, el hermano mayor de uno de los amigos de Ellwood. En cuanto al amigo —y enemigo— de Gaunt, Cuthbert-Smith, un mísero párrafo había bastado para resumirlo. Según aseguraba *The Preshutian*, ambos muchachos habían tenido muertes nobles. Como todos los demás alumnos de Preshute que habían muerto en la guerra.

—¡Pum! —murmuró Ellwood a su lado—. *Auf Wiedersehen!*

Gaunt le dio una calada larga al cigarrillo y dobló el periódico.

—Por lo visto, tienen bastante más que decir sobre Roseveare que sobre Cuthbert-Smith.

Las pistolas de Ellwood volvieron a transformarse en manos, unas manos ágiles, de dedos largos y manchados de tinta.

—Sí —respondió, distraído, acariciándose el pelo. Lo tenía oscuro y alborotado; solía llevarlo repeinado hacia atrás con cera, pero vivía con miedo de que se le soltara un rizo rebelde y llamara la atención de un modo inapropiado—. Sí, me ha parecido una lástima.

—¡Un disparo en el vientre!

Gaunt se llevó automáticamente la mano a su propio vientre. Se lo imaginó atravesado por un trozo de metal. Qué horror.

—Roseveare está destrozado por lo de su hermano —comentó Ellwood—. Estaban muy unidos los tres.

—Parecía que estaba bien en el comedor.

—No le gustan los aspavientos —respondió Ellwood, frunciendo el ceño.

Tomó el cigarrillo de Gaunt, con mucho cuidado de no tocarle la mano. A pesar de que el contacto físico era algo normal entre Ellwood y el resto de sus amigos, rara vez le ponía un dedo encima a Gaunt, a menos que estuvieran jugando a las peleas. Gaunt habría preferido morirse antes que dejar que Ellwood supiera lo mucho que le molestaba.

Ellwood dio una calada y le devolvió el cigarrillo a Gaunt.

—Me pregunto qué diría mi *in memoriam* —reflexionó.

—«Muchacho vanidoso muere en un extraño accidente con un paraguas. Seguimos a la espera de los resultados de la investigación».

—No —discrepó Ellwood—. No, creo que sería algo como: «¡La literatura inglesa ha perdido hoy a su estrella más brillante!».

Le dirigió una sonrisa a Gaunt, pero él no se la devolvió; seguía con la mano en el vientre, como si se le fueran a derramar las tripas como las de Cuthbert-Smith si la quitaba de ahí.

Vio que Ellwood lo estudiaba.

—Yo escribiría el tuyo, ¿sabes? —añadió Ellwood en voz baja.

—Todo en verso, imagino.

—Por supuesto. Como hizo Tennyson con Arthur Hallam.

Ellwood solía compararse siempre con Tennyson y a Gaunt con el amigo más íntimo de este. En general, a Gaunt le resultaba encantador, salvo cuando recordaba que Arthur Hallam había muerto a los veintidós años y Tennyson se había pasado los diecisiete años siguientes escribiendo poemas de duelo. En esos momentos a Gaunt le parecía un poco morboso, como si Ellwood quisiera que muriera para tener algo sobre lo que escribir.

Una vez Gaunt le había dado un rodillazo a Cuthbert-Smith en el vientre. ¿Sería muy diferente la sensación de recibir un golpe a la de recibir un balazo?

—Cuthbert-Smith le parecía bastante guapo a tu hermana —comentó Ellwood—. Me lo dijo en casa de lady Asquith, el verano pasado.

—Ah, ¿sí? —le preguntó Gaunt sin demasiado entusiasmo—. Qué bien que confíe tanto en ti.

—Maud es genial —dijo Ellwood mientras se levantaba de golpe—. Una chica maravillosa.

Un trozo de pizarra se desmoronó bajo sus pies y cayó al suelo, tres pisos más abajo.

—¡La virgen, Elly, no hagas eso! —exclamó Gaunt, agarrándose al alféizar de la ventana.

Ellwood sonrió y volvió a meterse en el cuarto.

—Entra, que fuera está todo mojado —le dijo.

Gaunt se apresuró a dar otra calada y tiró el cigarrillo por un desagüe. Ellwood estaba tumbado en el sofá, pero, cuando Gaunt se sentó sobre sus piernas, las apartó al instante.

—Odiabas a Cuthbert-Smith —dijo Ellwood.

—Ya, bueno... Voy a echar de menos odiarlo.

Ellwood se rio.

—Ya encontrarás a alguien a quien odiar. Como siempre.

—Seguro —dijo Gaunt.

Pero esa no era la cuestión. Había escrito poemas crueles sobre Cuthbert-Smith, y Cuthbert-Smith (Gaunt estaba casi seguro de que había sido él) había garabateado «Henry Gaunt es un ESPÍA alemán» en la pared del baño de la biblioteca. Gaunt le había dado un puñetazo por aquello, pero nunca le habría disparado en el vientre.

—Es como si creyera que va a volver el curso que viene, engreído como él solo y contando cuentos chinos sobre el frente —dijo Ellwood despacio.

—Puede que no regrese nadie.

—Esa actitud derrotista nos va a hacer perder la guerra. —Ellwood ladeó la cabeza—. Henry, Cuthbert-Smith era un idiota. Seguro que se puso delante de la bala por diversión. No será así cuando vayamos nosotros.

—Yo no me pienso alistar.

Ellwood se rodeó las rodillas con los brazos mientras clavaba la vista en Gaunt.

—Y una mierda —le soltó.

—No es que esté en contra de todas las guerras —se justificó Gaunt—. Pero de esta sí. El «militarismo alemán», ¡como si nosotros no hubiéramos mantenido nuestro imperio mediante la fuerza militar! ¿Por qué tienen que dispararme a mí porque un serbio enfadado haya asesinado a un archiduque austriaco?

—Pero Bélgica…

—Sí, sí, las atrocidades de Bélgica… —lo interrumpió Gaunt.

Ya habían hablado de todo eso antes. Incluso lo habían debatido, y Ellwood le había ganado; 596 votos contra 4. Ellwood habría ganado cualquier debate. Los alumnos lo adoraban.

—Pero tienes que alistarte —insistió Ellwood—. Si es que sigue la guerra cuando terminemos de estudiar.

—¿Por qué? ¿Solo porque tú te alistarás?

Ellwood apretó la mandíbula y apartó la mirada.

—Vas a luchar, Gaunt —sentenció.

—Ah, ¿sí?

—Siempre estás luchando. Te peleas con todo el mundo.

Ellwood se frotó una pequeña zona plana de la nariz con un dedo. Lo hacía a menudo. Gaunt se preguntó si a Ellwood le molestaría que le hubiera dado un puñetazo allí. Solo se habían peleado entre ellos una vez. Y no había sido Gaunt el que había empezado.

—Contigo no me peleo —respondió.

—Γνῶθι σεαυτόν —le dijo Ellwood.

—¡Sí que me conozco a mí mismo! —exclamó Gaunt, abalanzándose sobre Ellwood para asfixiarlo con una almohada, y durante un momento ninguno de los dos pudo hablar; Ellwood se retorcía y se reía a carcajadas mientras Gaunt trataba de tirarlo del sofá.

Gaunt era fuerte, pero Ellwood era más rápido, y se escurrió entre los brazos de Gaunt y se cayó al suelo, inutilizado por la risa. Gaunt inclinó la cabeza hacia un lado y ambos chicos juntaron las frentes.

—¿Te refieres a luchar así? —le preguntó Gaunt cuando recuperaron el aliento—. ¿Quieres que mate a los alemanes a base de forcejear con ellos?

Ellwood dejó de reír, pero no apartó la frente. Se quedaron inmóviles un momento, frente contra frente, hasta que Ellwood se apartó y apoyó la cara en el brazo de Gaunt.

Todos los músculos de Gaunt se tensaron ante aquel movimiento. Sintió el aliento caliente de Ellwood. A Gaunt le recordó a su perro, Trooper. Tal vez por eso le alborotó el pelo a Ellwood, buscando con los dedos los mechones que no se habían quedado fijos por la cera. Hacía años que no le acariciaba el pelo, desde que tenían trece, en su primer año en Preshute, cuando solía encontrarse a Ellwood acurrucado y sollozando bajo su escritorio.

Pero ahora estaban en el último curso, y casi nunca se tocaban.

Ellwood estaba muy quieto.

—Eres como mi perro —le dijo Gaunt cuando sintió la pesadez del silencio.

Ellwood se apartó.

—Gracias.

—Lo digo como algo bueno. Me encantan los perros.

—Ah, bueno, ¿pues quieres que te traiga algo? Ya tengo práctica con los periódicos, aunque les dejo marcas con los dientes.

—No seas tonto.

Ellwood soltó una risita sin demasiada alegría.

—Yo también estoy triste por Roseveare y Cuthbert-Smith, ¿sabes? —dijo.

—Ya —contestó Gaunt—. Y por Straker. ¿Te acuerdas de cuando los dos atabais a los más pequeños a las sillas y les pegabais durante toda la noche?

Hacía años que Ellwood no se comportaba como un abusón, pero Gaunt sabía que aún se avergonzaba de aquella vena de violencia incontrolable que lo quemaba por dentro. Justo el trimestre anterior, Gaunt lo había visto llorar de rabia al perder un partido de críquet. Gaunt llevaba desde los nueve años sin llorar.

—Straker y yo no éramos ni de lejos tan crueles como los chicos del curso superior a nosotros —protestó Ellwood, sonrojado—. Charlie Pritchard nos disparó con *balas de fogueo*.

Gaunt esbozó una sonrisita, consciente de que se estaba burlando de Ellwood porque le parecía que había hecho el ridículo al tocarle el pelo. Se dijo que era el tipo de cosas que Ellwood les hacía a otros chicos cada dos por tres. *Sí*, respondió una voz. *Pero nunca a mí.*

—De todos modos, tampoco es que fuera muy amigo de Straker —dijo Ellwood—. Era un bruto.

—Todos tus amigos son unos brutos, Ellwood.

—Estoy cansado de todo esto. —Ellwood se puso de pie—. Vamos a dar un paseo.

Tenían prohibido salir de sus habitaciones durante la hora asignada para hacer los deberes, así que tuvieron que escabullirse a hurtadillas de Cemetery House. Bajaron sin hacer ruido por las escaleras traseras y pasaron por delante de la sala en la que el supervisor, el señor Hammick, estaba reprendiendo a un chico de *Shell* por haberse escabullido. (Preshute era una escuela privada relativamente nueva, y utilizaba con entusiasmo la terminología de instituciones más antiguas y prestigiosas: «*Shell*» para el primer año, «*Remove*» para el segundo y «*Hundreds*» para el tercero, seguidos de «*Lower*» y «*Upper Sixth*», los últimos dos años de la secundaria).

—Es algo rastrero e indecoroso, Gosset. ¿Quieres ser rastrero e indecoroso?

—No, señor —lloriqueó el desgraciado de Gosset.

—Pobrecito —dijo Ellwood después de cerrar la puerta trasera tras ellos. Recorrieron el sendero de grava hacia el cementerio que le otorgaba el nombre a Cemetery House—. Los de su clase se han portado fatal con él, solo porque el primer día les dijo a todos que era un duque.

—¿Y lo es? —le preguntó Gaunt, pasando la yema de los dedos por las lápidas mientras caminaba.

—Sí, sí que lo es, pero ese es el tipo de cosas que hay que dejar que la gente descubra por sí misma. Es como si yo me presentara a la gente diciendo: «Hola, soy Sidney Ellwood y soy irresistiblemente atractivo». No me corresponde a mí decirlo.

—Si estás esperando a que te lo confirme…

—Ni se me pasaría por la cabeza —respondió Ellwood mientras daba un saltito alegre—. Llevo unos tres meses sin recibir ningún cumplido por tu parte. Lo sé porque siempre los apunto en un papel y lo guardo en un cajón.

—No puedes ser más vanidoso.

—Bueno, el caso es que todos los compañeros de Gosset lo están ignorando, y lo siento muchísimo por él.

Estaban cerca del viejo priorato en ruinas, al fondo del cementerio. A medida que caía la noche iba haciendo más frío y había más humedad. El cielo se fue oscureciendo hasta adoptar un tono azul marino y el viento hacía ondear los fracs de los chicos. Gaunt se abrazó a sí mismo. Las tardes de invierno en Preshute transmitían cierta sensación de expectación. Tal vez fuera por el contraste entre el silencio de las imponentes colinas de detrás de la escuela, el bosque negro y los prados azotados por el viento, y el alboroto chispeante de los chicos en la casa. Mientras caminaban por los campos vacíos parecía que podían ser los únicos que quedaban con vida. Los padres de Ellwood tenían una gran finca en East

Sussex, pero Gaunt se había criado en Londres. El silencio le parecía algo mágico.

—Escucha —le dijo Ellwood, cerrando los ojos e inclinando la cara—. ¿No puedes casi visualizar a los romanos atacando a los celtas si te quedas callado?

Se detuvieron.

Gaunt no era capaz de visualizar nada en aquel silencio.

—¿Crees en la magia? —le preguntó.

Ellwood se quedó callado durante tanto rato que, de haberse tratado de otra persona, Gaunt habría repetido la pregunta.

—Creo en la belleza —respondió al fin Ellwood.

—Ya —dijo Gaunt con fervor—. Yo también.

Se preguntaba cómo sería ser alguien como Ellwood, que contribuía a la belleza de los sitios, en lugar de arruinarla.

—En cierto modo todo esto es mágico —dijo Ellwood, caminando de nuevo—. Críquet y caza y helados en el césped en las tardes de verano. Inglaterra es mágica. —A Gaunt le dio la sensación de que sabía lo que iba a decir Ellwood a continuación—. Por eso tenemos que luchar por ella.

La Inglaterra de Ellwood sí que era mágica, pensaba Gaunt mientras se abría paso entre las ortigas. Pero no era Inglaterra. Gaunt había estado una vez en el East End, un día en que su madre lo había llevado a darles sopa y pan a los tejedores irlandeses. Allí no había críquet ni caza ni helados. Pero a Ellwood nunca le había interesado la fealdad, mientras que Gaunt —tal vez por Maud, porque leía a Bernard Shaw y a Bertrand Russell y escribía locuras sobre las colonias en sus cartas— temía que la fealdad fuera demasiado importante como para ignorarla.

—¿Recuerdas la guerra del Peloponeso? —le preguntó Gaunt.

Ellwood soltó una carcajada.

—Sinceramente, Gaunt, no sé ni por qué lo sigo intentando contigo. Nos hemos saltado la hora de los deberes para no tener que pensar en Tucídides.

—Atenas era la mayor potencia de Europa, tal vez incluso del mundo. Tenían democracia, arte y una arquitectura espléndida.

Pero Esparta era casi igual de poderosa. No tanto, pero casi. Y Esparta era militarista.

—¿Qué es esto, Gaunt? ¿Una parábola? ¿Eres Jesús o qué?

—Y los atenienses lucharon contra los espartanos.

—Y perdieron —añadió Ellwood mientras le daba una patada a un tronco podrido.

—Sí.

Ellwood estuvo un buen rato sin contestar.

—Nosotros no vamos a perder —dijo al fin—. Somos el mejor imperio que haya existido jamás.

La primera vez que se emborracharon juntos estaban en su segundo año en Preshute. Gaunt tenía dieciséis años y Ellwood quince. Pritchard se las había arreglado para convencer («lo mío me ha costado», les dijo en un tono sombrío) a su hermano mayor de que le diera cinco botellas de *whisky* barato. Pritchard, West, Roseveare, Ellwood y Gaunt se encerraron en el cuarto de baño del piso superior de Cemetery House. Según descubrió Gaunt más adelante, Ellwood había insistido en pagarle la botella a Pritchard. A Ellwood le aterraba quedar de tacaño.

West escupió el primer trago que le había dado al *whisky* en el fregadero. Era un chico torpe de orejas enormes al que todo se le daba mal: era negado para los estudios y mediocre en los deportes, un fracasado feliz.

—¡Ay, Dios! ¡Está asqueroso! —exclamó.

Tenía la corbata torcida, como siempre; daba igual cuántas veces lo castigaran por ir tan desastrado.

—Tú sigue bebiendo —le aconsejó Roseveare, que estaba sentado en el suelo, relajado.

Gaunt lo miró y observó con cierta irritación que, incluso desaliñado, tenía un aspecto impecable. Era el menor de los hermanos Roseveare, tres chicos perfectos, cada uno más ejemplar que el anterior, y poseía un tipo de belleza despreocupada y privilegiada que a Gaunt le daba rabia.

—Pues a mí me gusta —opinó Ellwood conforme giraba la botella para mirar la etiqueta—. Lo mismo me doy a la bebida, como lord Byron. Hay peores hábitos.

—Como los de los monjes —dijo Gaunt.

—Te ha quedado casi gracioso y todo, Gaunt —dijo Roseveare en un tono alentador—. Ya irás mejorando.

Gaunt bebió un trago de *whisky*. No le gustaba mucho el sabor, pero lo hacía sentirse ligero, como si nadie lo estuviera mirando. O puede que lo hiciera sentir como si no debiera importarle que lo miraran. Se metió en la bañera y se hundió hasta desaparecer de la vista de los demás, con la botella apretada contra el pecho.

—Lord Byron era un sodomita —dijo West con la actitud de alguien que comunica un secreto de Estado importante. Gaunt cerró los ojos—. Me lo contó mi padre —continuó West—. Me dijo que tendrían que haberlo fusilado.

—Tu padre piensa que hay que fusilar a todo el mundo — se burló Roseveare.

—A todo el mundo, no —protestó West.

—Bueno, a ver —dijo Pritchard, contando con los dedos. Estaba sentado sobre la cisterna, rodeando a West con las rodillas, que estaba sentado en la tapa del retrete—. Lo dice de los homosexuales, de los católicos, de los irlandeses y de cualquiera al que no le gusten los perros.

Pritchard era un muchacho con un aspecto poco memorable, y la verdad es que la gente solía olvidarse de él, porque Charlie Pritchard era un atleta y Archie Pritchard era un erudito, mientras que Bertie Pritchard (a quien los chicos mayores solían llamar Mini, cosa que él odiaba) seguía sin saber qué era lo que se le daba bien. Casi nada, según Gaunt. Pero a Ellwood le caía bien.

—Y te has olvidado de los pobres —intervino Ellwood mientras se metía en la bañera con Gaunt—. El «populacho».

Se acomodó entre las piernas de Gaunt y se sentó de cara a él.

—Ah, y los judíos, por supuesto —dijo Pritchard—. No nos podemos olvidar de los judíos.

—Mala suerte, Ellwood.

—Yo soy de la Iglesia de Inglaterra —contestó Ellwood sin alterarse.

—¿Tú qué dices, West? —preguntó Pritchard—. ¿Le vale la conversión a tu padre?

—Mira... —dijo West.

—¿Estás circuncidado, Ellwood? —le preguntó Pritchard. Ellwood esbozó una sonrisa relajada, como si no le molestara lo más mínimo la pregunta sobre su condición de judío—. ¿Hacemos que el padre de West lo compruebe?

Ellwood no estaba circuncidado. Gaunt lo sabía, ya se había fijado antes, en las duchas. Pero guardó silencio.

—No está circuncidado —dijo Roseveare—. Aunque tampoco es que importe; el padre de West es muy categórico. Me temo que el pobre de Ellwood no se libra de la muerte.

—Oye... —se quejó West.

—Ay —lo interrumpió Ellwood, recostándose en la bañera con una sonrisa triste—. ¡Había tantas cosas que quería hacer! Pero... ¿Cuál es esa cita de Eurípides en la que estoy pensando, Gaunt? Esa sobre la muerte.

—Πάσιν ημίν κατθανείν οφείλεται —contestó Gaunt.

—Justo. «La muerte es una deuda que todos debemos pagar». Si voy a tener que morir trágicamente joven, pues que sea a manos del padre de West.

—Bueno, bueno —dijo West—. Que yo no he dicho nunca que estuviera de acuerdo con él, ¿eh?

Apoyó la barbilla en la rodilla de Pritchard para poder ver mejor a Ellwood en la bañera.

—No, en serio, no me dejes disuadirte —dijo Ellwood—. Lo que necesita este país es justo eso, derramar un poco de sangre. Estoy de acuerdo con tu padre. Masacrar a todo el mundo. ¿Por qué no?

—Dejad de meteros con el pobre West; no le da el cerebro para tanto —dijo Pritchard en un tono altivo que parecía sugerir que era un célebre sabio.

—¡Oye, que tengo cerebro de sobra! —protestó West.

—Por cierto, Pritchard —dijo Ellwood—, ¿qué has tenido que hacer para que tu hermano nos suministrara una bebida tan excelente?

—No puedo ni hablar de ello —contestó Pritchard, sacudiendo la cabeza—. Digamos que todos me debéis unos cuantos aperitivos.

—Hizo que le lamiera los zapatos delante de los de último curso —dijo West. Pritchard le tiró del pelo—. ¡Ay! ¡Quita!

—¡Que te lo dije *en privado*!

—¿De verdad le has tenido que lamer los zapatos? ¿Cuáles? —preguntó Ellwood.

—¿A qué te refieres con «cuáles»? ¿Qué más da cuáles hayan sido?

—No, tiene sentido —dijo West—. A mí no me importaría mordisquear un cordón de zapato si fuera de la ropa de domingo de alguien.

—Es importante tener un criterio —convino Roseveare.

—Bueno, pues devolvedme el *whisky*. Ya encontraré a chicos más agradecidos con los que beber.

Ellwood apretó la pierna contra la de Gaunt y esbozó una amplia sonrisa mientras Pritchard intentaba arrebatarle la botella a West. Gaunt apoyó la mejilla contra la porcelana fría y sonrió también.

Dos horas más tarde, Gaunt seguía solo un poco achispado, pero Ellwood estaba completamente borracho. Se dio la vuelta en la bañera y apoyó la espalda contra el pecho de Gaunt, con una mano en el muslo de su amigo y agarrando la botella con la otra. Gaunt solo podía concentrarse en el calor que irradiaba la espalda de Ellwood contra su pecho y en la mano grácil y despreocupada sobre su muslo.

Gaunt retiró mínimamente la ingle. Una medida de protección.

—Uno de mis primos segundos estuvo en el *Titanic* —estaba contando Roseveare; era 1913, y el *Titanic* era objeto de frecuentes conversaciones apasionadas.

Roseveare y Pritchard estaban tumbados en el suelo. West se había metido en el lavabo y silbaba *El Danubio azul*. Llevaba cuarenta y cinco minutos silbándola.

Ellwood recostó la cabeza sobre el hombro de Gaunt.

—¿Qué? —le preguntó Gaunt.

—¿«Qué» qué?

—Te acabas de poner taciturno, como apesadumbrado.

Ellwood vaciló antes de hablar.

—Es por Maitland —dijo en voz baja—. Ya sabes que se va cuando acabe el curso.

Gaunt se alegró de que Ellwood no pudiera verle la cara, porque no tenía ni idea de qué expresión adoptar.

Durante todo el primer y el segundo año, John Maitland había estado convocando a Ellwood en su habitación «para hablar sobre los equipos de primaria». Maitland jugaba como extremo derecho en el equipo de fútbol y, por consiguiente, toda la escuela lo adoraba, desde los maestros más ilustres hasta los alumnos nuevos más insignificantes. Podía hacer lo que quisiera. Aunque nadie lo decía jamás de manera explícita, claro; lo que los chicos hacían juntos a oscuras solo era aceptable si no salía a la luz. Era algo tácito, invisible y, sobre todo, temporal. Gaunt no tenía ninguna duda de que tanto Maitland como Ellwood dejarían atrás su inmadurez y se casarían con chicas respetables cuando se marcharan de Oxford o de Cambridge.

Pero, por ahora, eran *amigos particulares*.

—Le tengo mucho cariño —dijo Ellwood.

Pritchard y Roseveare seguían charlando sobre el *Titanic*.

—Me avergonzaría sobrevivir a algo así —dijo Pritchard.

—Parece algo poco varonil —convino Roseveare.

—Pero… —seguía diciendo Ellwood— no es el mismo tipo de cariño que siento por…

Se interrumpió.

—¿Mi hermana? —sugirió Gaunt.

Ellwood dejó escapar una carcajada bastante desagradable.

—Sí, Gaunt, tu hermana —respondió.

Roseveare se incorporó de repente y les echó un vistazo a los chicos de la bañera.

—Qué cómodos se os ve ahí juntitos.

Gaunt intentó apartar a Ellwood, pero su amigo no se movió.

—No lo avergüences, Roseveare, que no va a querer ser mi cojín nunca más.

Roseveare se rio.

—Solo tú te atreverías a usar a Gaunt de cojín.

—¿Y eso qué significa? —preguntó Gaunt, cerrando los puños automáticamente.

—Nada, que le darías una paliza de muerte a cualquier otro que lo intentara —contestó Roseveare.

—A ti sí que te voy a dar una paliza como no dejes de meter las narices donde no te llaman —lo amenazó Gaunt.

Ellwood lo mandó callar entre risas, y Gaunt aflojó las manos.

—¿De qué estáis hablando, por cierto? —preguntó Roseveare.

—De chicas —respondió Ellwood.

—Mmm. Sigue, Pritchard —dijo Roseveare tras apoyarse de nuevo sobre los codos.

—Pon que estás en un barco que se está hundiendo —continuó Pritchard, como si Roseveare no hubiera abandonado nunca la conversación—. ¿No preferirías ahogarte a vivir, sabiendo que has sido un sucio cobarde?

—Ah, pues claro —dijo Roseveare—. Como cualquiera.

—Me pregunto cómo estarían las chicas cuando el barco se estaba hundiendo —dijo Pritchard.

—Bastante desesperadas por que alguien las reconfortara, supongo —opinó Roseveare.

Pritchard soltó una carcajada lasciva.

Gaunt llevó los labios al oído de Ellwood hasta casi rozarlo para que nadie pudiera oírlo.

—Seguro que Maitland siente lo mismo —le dijo—. Solo te estás entreteniendo hasta que puedas casarte con Maud, ¿no?

Ellwood suspiró.

—Sí, supongo que sí. —Apoyó la frente en el cuello de Gaunt. Gaunt se aferró a los bordes de la bañera—. Lo siento, sé que te incomoda que te hable de él.

Sí que lo incomodaba. Según lo que Ellwood le contaba a Gaunt sobre Maitland, y según lo que Gaunt había podido ver por sí mismo, Maitland era prácticamente un príncipe del Renacimiento. Era guapo y brillante y tenía mucho talento, y sin embargo Ellwood no lo quería. Si Maitland no era capaz de mantener el afecto de Ellwood…

Ellwood solía entregarse a la gente, siempre había sido así, pero a Gaunt nunca le había parecido una muestra verdadera de sus sentimientos. Era solo que a Ellwood le gustaba que lo quisieran.

—No me incomoda —respondió Gaunt, incómodo.

—Claro que sí. Se nota que estás tenso —dijo Ellwood. Le puso una mano en el cuello a Gaunt—. Como si estuvieras esperando a que te pegara.

—No me importa que me incomodes, Elly —dijo Gaunt con delicadeza.

Ellwood giró la cabeza sobre el hombro de Gaunt para mirarlo. Tenía los párpados pesados por el alcohol, pero los mismos iris de siempre: marrones, luminosos. A Gaunt lo embargó el impulso —quizá motivado por el alcohol, quizá por valentía o quizá por estupidez— de inclinar el rostro hacia delante.

Pero se contuvo.

Ellwood enroscó los dedos sobre el muslo de Gaunt y le provocó un cosquilleo insoportable en la pierna. Solo los separaban unos centímetros de aire cargado de electricidad. Gaunt se alegró de haber pensado en apartarse para entonces. Habría sido catastrófico dejar que Ellwood sintiera lo que aquel movimiento de los dedos le había provocado.

—Solo quiero… —dijo Gaunt; Ellwood cerró los ojos— ser tu amigo.

Ellwood giró la cabeza hacia delante.

—He bebido demasiado —dijo.

—¿A la cama? —le preguntó Gaunt.

Ellwood soltó una carcajada seca.

—¿Me estás proponiendo algo, Gaunt?

Gaunt se sonrojó.

—Pues claro que no —respondió.

—Pues claro que no —repitió Ellwood. Salió con cuidado de la bañera y estuvo a punto de pisar a Pritchard por el camino—. Hasta luego, chicos, tengo una cita con el catre.

Gaunt cumplió dieciocho años en diciembre de 1914, cuatro meses después de que se declarara la guerra. Los chicos se apelotonaron en su habitación, dirigidos por Ellwood, y lo envolvieron en su manta. Lo llevaron en brazos, hecho un ovillo, hasta el vestíbulo de techos altos de la residencia y, agarrando los bordes de la manta, lo lanzaron dieciocho veces por los aires.

—¡Y una más para que te traiga suerte! —gritó Ellwood, y Gaunt, sonriendo, tensó el cuerpo en posición de hombre muerto, con los brazos cruzados.

Los chicos bajaron la manta, gritaron «¡Diecinueve!» a la vez y lo lanzaron tan alto que Gaunt tuvo que estirar las manos para no chocarse contra el techo.

El señor Hammick esbozó una sonrisa indulgente mientras los muchachos subían a los dormitorios.

—¡Solo falta un año para que puedas alistarse, Gaunt! —le dijo.

Gaunt le dirigió una sonrisa incómoda.

—¿Qué ocultas debajo del pijama, Gaunto? —le preguntó West, rodeándolo con el brazo—. Parecía como si estuvieras hecho de ladrillos.

—La verdad es que sí que estás rollizo —dijo Pritchard.

—Casi atraviesa el techo de un puñetazo —añadió Roseveare.

—La próxima persona que me llame «rollizo» se lleva una paliza —los amenazó Gaunt.

—¡Uuuh! —gritaron los chicos con voces agudas y burlonas.

—Feliz cumpleaños, viejo amigo —le dijo Ellwood en voz baja.

La madre y la hermana de Gaunt llegaron a la hora del almuerzo. Gaunt le estaba contando a Ellwood un fragmento interesante que había encontrado al leer a Tucídides (el odio de Ellwood hacia los estudios era en realidad fingido) cuando West le lanzó una cucharada de guisantes. O al menos lo intentó; la mayoría le dieron a Pritchard, que suspiró y se los sacudió del pelo con una mirada de resignación martirizada.

—¡Lo siento, lo siento! —se disculpó West—. ¿No es esa tu madre, Gaunt?

Gaunt no esperaba visitas. Esa tarde lo dejarían comer un trozo de tarta y sabía que Ellwood le daría un regalo; con eso le bastaba. Siempre resultaba extraño ver a los padres en la escuela; era como ver a un zorro en la ciudad.

—¿Quién es la chica? ¿Nos has estado ocultando que tenías una hermana? —le preguntó West.

—Una hermana gemela —respondió Ellwood a traición.

—No es posible que sea tu gemela. Es guapa —dijo West.

Gaunt le dio un ligero golpe en la cabeza y salió corriendo hacia el patio. Ellwood lo siguió de cerca.

—¡Henry! —lo saludó Maud, y luego, más bajo, añadió—: Sidney.

Ellwood esperó a que Gaunt hubiera abrazado a Maud para contestar.

—Hola, Maud. ¿Has encogido?

Maud rio. Ellwood siempre la hacía reír. Cuando iba a su casa a pasar las vacaciones, solía tumbarse en el jardín, intentando ligar con ella. Nunca lo conseguía —a Maud no le iba eso de coquetear—, pero Gaunt había notado que le agradaba que lo intentara.

—Es un bobo —había dicho una vez sobre él, con cariño.

—¿Tú crees? —le había preguntado Gaunt, a quien aquello le había parecido una interpretación de lo más errónea, como decir que Napoleón era «muy gracioso».

—Pues claro, a Ellwood no le importa nadie —había respondido Maud, y Gaunt se había quedado demasiado destrozado como para contestar, como siempre que Maud decía alguna verdad nueva y espantosa.

—No, Sidney, no he encogido —le respondió Maud a Ellwood—. Tú has crecido, y estás esperando que te haga un cumplido.

—¿Y no me vas a lanzar ninguno? —le preguntó Ellwood con una sonrisa.

Maud volvió a reír y sacudió la cabeza.

—Feliz cumpleaños, Heinrich —le dijo a Gaunt su madre.

Varios chicos que pasaban por allí se giraron al oír el acento alemán.

—Vamos adentro, ¿os parece? —les dijo Gaunt.

No necesitaba avivar más los rumores de que era un espía alemán. Ya tenía bastante con que su segundo nombre fuera Wilhelm.

—Podéis ir a mi habitación —les ofreció Ellwood.

—Gracias —respondió Gaunt, que tenía pensado utilizar la habitación de Ellwood con o sin su permiso.

Gaunt agarró a su madre del brazo. Maud y Ellwood caminaban por delante, sin tocarse. Maud iba riéndose de todo lo que decía Ellwood, y en un momento determinado Ellwood dio un saltito, satisfecho de sí mismo.

Ellwood los acompañó hasta Cemetery House, los llevó por la gran entrada principal que casi nadie utilizaba y los condujo hasta su habitación.

—Qué bonita —dijo Maud, mirando los cuadros que Ellwood había comprado en el pueblo.

—Es una habitación magnífica —dijo Ellwood—. Odio la idea de que se la vaya a quedar otra persona el año que viene. ¿Te gusta ese cuadro, Maud? No es que esté pintado demasiado bien, pero me recordó a la batalla del Nilo, así que tuve que comprarlo.

—Me encanta —contestó Maud—. Siempre me ha gustado Nelson.

—No empieces a hablarle de Nelson a Ellwood —le pidió Gaunt.

Ellwood se lanzó contra la pared y se llevó las manos a una herida imaginaria en el pecho.

—¡Bésame, Hardy! —gritó.

—No te rías —le ordenó Gaunt a Maud—, que así lo animas. Lárgate, Elly, que no nos hace falta ningún espectáculo.

—Ah, bueno, vale —dijo Ellwood. Le ofreció una pequeña reverencia a la madre de Gaunt y le dirigió una sonrisa a Maud—. Me alegro de haberos visto a las dos. Os podéis quedar todo el tiempo que queráis, Henry; yo voy a estar fuera un buen rato.

Gaunt asintió y Ellwood se marchó.

La madre y la hermana de Gaunt se acomodaron en el sofá y Gaunt se apoyó en el alféizar de la ventana, frente a ellas.

—¿Cómo estáis?

Su madre se echó a llorar. Gaunt buscó un pañuelo en el bolsillo del traje y se alegró cuando Maud sacó uno antes que él. Le había dejado el suyo a Pritchard esa mañana, cuando le había sangrado la nariz después de que el señor Larchmont le tirase un libro a la cara. (Pritchard se lo había merecido).

Siguió haciendo como que buscaba el pañuelo hasta que oyó que su madre iba dejando de sollozar.

—Ay, Heinrich, es horrible, horrible... A tu tío Leopold lo han...

Una nueva oleada de sollozos le impidió continuar.

Gaunt se estudió las uñas.

—Han acusado al tío Leopold de espiar para los alemanes —dijo Maud.

Gaunt alzó la vista. Maud tenía la mirada clavada en él mientras le acariciaba la espalda a su madre.

—¿Y ha estado espiando para los alemanes? —preguntó, dirigiéndose a Maud.

—¡Pues claro que no! —exclamó su madre, y Maud trató de calmarla.

—Deja de llorar, *Mutter* —dijo Gaunt—. Todo irá bien.

—Papá cree que no acabará pasando nada, pero esta mañana han lanzado un ladrillo contra la ventana del salón —dijo Maud—. Y la mitad de los criados ha presentado su dimisión.

Gaunt sentía en las yemas de los dedos la necesidad de tener un cigarrillo, pero no iba a insultar a su madre y a su hermana fumando delante de ellas.

—Ya pasará todo —dijo—. Dentro de tres semanas nadie se acordará.

Maud lo miró incrédula, pero su madre se sonó la nariz y se enderezó.

—A tu padre lo tienen vigilado en el banco por todo esto. Has de alistarte, Heinrich. Si tenemos un hijo en el ejército, nadie se atreverá a decir que no somos patriotas.

Gaunt parpadeó antes de recuperar el control de su rostro.

—Todavía no tengo diecinueve años —respondió sin alterarse.

—¡Como si eso importara! Mides casi uno noventa.

—Voy a ir a Oxford a estudiar los clásicos.

Su madre se levantó. Gaunt se incorporó y se separó de la ventana.

—¿Quieres que Maud muera siendo una solterona? —le preguntó.

Maud emitió un pequeño sonido de protesta desde el sofá.

—La guerra acabará en unos meses. Para cuando Maud se vaya a casar, ya habrá quedado en el olvido.

—¡La gente nunca olvida la cobardía! —le espetó su madre con tanta agresividad que Gaunt parpadeó de nuevo.

El chico sonrió.

—¿Y tú, Maud? ¿Quieres que muera para mejorar tus posibilidades de casarte?

Maud apartó la mirada. A Gaunt le pareció que se sentía culpable.

El día en que se había anunciado la guerra habían estado juntos en una fiesta al aire libre en Londres. Había varios aristócratas alemanes rondando las fresas con nata.

—¿Tengo el deber patriótico de apuñalar a alguno con el tenedor? —había preguntado Ellwood.

—Calla —le había dicho Maud, furiosa—. No seas tan frívolo. ¿No te das cuenta...?

Maud se había marchado antes de acabar siquiera la frase, y Ellwood había silbado mirando a Gaunt con expresión divertida. Pero a Gaunt no le había hecho ni pizca de gracia.

—Es aterrador que te odien —estaba diciendo ahora Maud.

Gaunt volvió a la ventana. Vio a Ellwood en el patio, sentado sobre los hombros de Roseveare, y a Pritchard sobre los de West; se estaban peleando con unas reglas largas que blandían como sables en una batalla de caballería.

No estaban allí para replicar,
no estaban allí para razonar,
tan solo para vencer o morir.
En el valle de la Muerte
cabalgaron los seiscientos.

Al igual que todos los estudiantes ingleses, se sabía de memoria «La carga de la Brigada Ligera», de Tennyson. Ellwood tenía la costumbre de recitar el poema entero con voz sonora cuando estaba demasiado cansado como para hacerse el interesante.

—Es una guerra estúpida —dijo Gaunt.

—Papá dice que no va a durar mucho —comentó Maud—. Que es probable que ya haya acabado para cuando tengas que unirte al frente.

Gaunt se preguntó si su hermana se creería lo que estaba diciendo. Maud leía *The New Statesman*; Gaunt sabía que, si no hubiera sido por las atrocidades de Bélgica, Maud podría haber sido objetora de conciencia.

—Tienes que alistarte antes de que sea demasiado tarde —le pidió su madre—. Si te alistas cuando ya esté terminando la guerra, la gente dirá que no tenías intención de luchar.

Gaunt cerró los puños y dio unos pequeños golpes contra el alféizar de la ventana.

—¡Ya me gustaría a mí ver como se alistan ellas! —bramó Gaunt, dando zancadas de un lado a otro por Fox's Bridge.

Ellwood estaba sentado con las piernas cruzadas en el parapeto de piedra.

—Me *moriría* si alguien me diera una pluma blanca —dijo.

Gaunt había ido al pueblo con la intención de comprarse unos guantes de boxeo nuevos con el billete impecable de una libra que llevaba en el bolsillo. Se había detenido frente al escaparate de Wyndham & Bolt, y estaba debatiéndose sobre si no sería mejor en realidad comprarse un bonito palo de hockey cuando se le acercaron dos jóvenes. Eran muchachas de lo más elegantes, con sombreros londinenses nuevos. La más guapa de las dos le preguntó:

—¿Cómo es que no estás en el frente?

Los transeúntes se detuvieron para escuchar su respuesta.

—Aún no he cumplido diecinueve años.

Las dos mujeres se miraron.

—Eso es lo que dicen todos —dijo la que era menos agraciada, y le tendió una pluma blanca.

Gaunt la miró sin comprender nada.

—Para un soldado valiente —dijo la mujer más atractiva con una risa desagradable.

Gaunt no podía moverse. Se había quedado clavado en el suelo, sentía fuego en las entrañas y le escocía la piel por las miradas despectivas de la multitud que lo rodeaba. Al ver que no iba a aceptarla, la mujer le metió la pluma blanca en el ojal.

—Menuda vergüenza —oyó que murmuraba alguien—. Un joven tan fornido…

—No se habrían atrevido jamás a decirte eso si fueran hombres —dijo Ellwood—. Los habrías dejado sin dientes.

—No podía ni reaccionar.

Había sido como si se hubiera vuelto de piedra. La vergüenza lo había paralizado por completo. Daba igual que pensara que la guerra iba a perjudicar al imperio, que no estuviera de acuerdo con ella por principios. Al enfrentarse a todos esos rostros desdeñosos que lo observaban, lo único que había deseado era desaparecer. Era como si él fuese el enemigo.

Se oía el ruido del arroyo corriendo bajo ellos y estaban hablando por encima de la cacofonía del canto de los pájaros. Resultaba difícil imaginar que en Francia hubiera hombres disparándose unos a otros con ametralladoras.

—No soy ningún cobarde —dijo Gaunt; había pretendido sonar enérgico, pero en realidad le salieron las palabras como una pregunta.

Ellwood bajó de un salto del parapeto.

—Henry.

Gaunt levantó la mirada y Ellwood le posó una mano en el hombro. Gaunt se quedó inmóvil, luchando al instante contra el instinto de apartar el hombro, pero el contacto físico de algún modo le hizo volver en sí. En el pueblo se había sentido como si fuera contagioso. Ellwood tenía los ojos marrones y acuosos abiertos de par en par, sorprendidos.

—Claro que no eres ningún cobarde.

—Puede que sí lo sea —dijo Gaunt con una risita—. Es solo que... Ernst y Otto...

Ellwood conocía a los primos de Gaunt de Múnich. Había ido a visitarlos en 1913. Se habían emborrachado todos juntos con cerveza elaborada por monjes y habían cantado canciones bávaras. A veces Gaunt se preguntaba cuánto de su pacifismo supuestamente noble provendría en realidad del miedo a que lo obligaran a matar a sus primos. Se imaginaba clavándole una bayoneta a Ernst o lanzándole una granada a Otto.

—No tienes miedo a morir, Henry. Es solo que te niegas a matar. Eso no es cobardía.

Gaunt asintió con vigor. Había estado bebiendo y le costaba concentrarse en algo que no fuera la mano de Ellwood sobre su hombro. No se habían tocado desde el día en que había fallecido Cuthbert-Smith. Aunque tampoco es que Gaunt llevara la cuenta de esas cosas.

No podía llevar la cuenta de nada. Tan solo miraba a Ellwood, hambriento, fijándose en el modo en que sus pestañas largas y negras se extendían ligeramente hacia los lados y en el blanco impoluto de sus ojos. Los labios de Ellwood eran los más increíbles que había visto Gaunt jamás, con el arco de Cupido muy marcado, como si se los hubiera pintado una mujer en la cara con carmín.

Ellwood, vacilante, dirigió la otra mano hacia la mandíbula de Gaunt. Gaunt se resistió a inclinarse hacia ella, pero cerró los ojos tras pestañear.

—Henry —le dijo Ellwood en una voz tan baja que Gaunt tuvo que inclinarse hacia delante para oírlo (por eso se había inclinado hacia delante: para oírlo) y entonces la nariz de Ellwood le rozó la suya.

Gaunt sintió un cosquilleo en los labios. No podía pensar. Apartó la boca de la de Ellwood, que le posó los labios en el pómulo.

Gaunt quería gritar. *Debería partirse el puente por la mitad con nosotros encima*, pensó. *Me está dando un ataque.* Pensó en el ladrillo que había atravesado la ventana del salón de su casa, en las palabras «Henry Gaunt es un ESPÍA alemán», que seguían garabateadas en la pared del baño, tan frescas como las inscripciones de la tumba de Cuthbert-Smith. Pensó en el modo en que hablaba George Burgoyne de Ellwood a sus espaldas: «Todos sabemos lo que hace Ellwood cuando se lleva a los chicos a su habitación para hablar sobre los equipos de críquet de primaria».

Ellwood usaba a las personas. Cuando las conseguía, dejaba de quererlas.

Pensó en Ellwood apoyado en él, vestido, en aquella bañera vacía.

«Solo te estás entreteniendo hasta que puedas casarte con Maud, ¿no?».

«Sí, supongo que sí».

Gaunt tenía la pluma blanca en el bolsillo y las manos de Ellwood en el pelo. No podía pensar. Le ardía la piel, le quemaba por la vergüenza y por algo más, algo que no quería reconocer, y de repente no se vio capaz de soportarlo. Se apartó con brusquedad de Ellwood y buscó su pitillera.

Ellwood estaba sonrojado y le brillaban los ojos.

—¿Va todo bien?

Gaunt asintió, convencido de que había hecho el ridículo.

—¿Un cigarrillo? —le ofreció.

Le temblaban las manos. Ellwood aceptó y se inclinó hacia delante para que Gaunt pudiera encendérselo. La cerilla proyectó una sombra titilante sobre el rostro delicado de Ellwood.

—Henry —le dijo mientras se le escapaba el humo de la boca en pequeñas volutas—, ¿estás bien?

—Estoy perfectamente.

—Ya sé que estás perfectamente, pero ¿estás bien de verdad?

—¡Dios, Ellwood, déjalo ya!

Se le escaparon las palabras más afiladas de lo que había pretendido, con más desdén. Ellwood trató de sonreír, pero no lo logró del todo. Se llevó el cigarrillo a los labios. De algún modo, Ellwood siempre parecía muy *francés* cuando fumaba, lo cual hizo que Gaunt no quisiera fumar. Tiró su cigarrillo al río y se alejó. Ellwood lo siguió corriendo.

—¿Y esas prisas?

Gaunt no contestó.

—Oye, Henry...

Gaunt se detuvo.

—¿Sí? —le dijo.

Ellwood parecía abatido. A Gaunt le gustó saber que podía hacerlo sentir así. Quería que sintiera algo por una vez. Gaunt estaba harto de sentir cosas.

—¿Te he...? —Ellwood apartó los ojos de la mirada intensa de Gaunt—. ¿Te he ofendido?

—Pues claro que no —escupió Gaunt.

—Espérame —le pidió Ellwood, porque Gaunt había vuelto a echar a andar, pasando a grandes zancadas junto al estanque repleto de cisnes con mal genio.

—Oye, tengo muchos deberes, ¿vale?

—Henry, lo siento, no debería haber hecho eso.

En Múnich, Gaunt se había pegado una vez contra la pierna de Ellwood y había notado que Ellwood estaba empalmado. Fueran cuales fueran los estándares habituales de Ellwood, Gaunt sabía que se sentía tentado, de vez en cuando, por la comodidad de su amistad, por lo práctico y fácil que sería utilizar al otro. Y tal vez Gaunt debería haberse lanzado entonces, conformarse con un revolcón gélido en un campo bávaro, algo que recordar una vez que se marcharan de la escuela y dejaran de lado sus anomalías. Podría haberlo hecho si hubiera creído que Ellwood trataría de recordarlo siquiera. Pero cuando Ellwood se mostraba más insensible era cuando hablaba de chicos a los que parecía haber querido alguna vez.

—Olvídalo —le dijo Gaunt—. No tiene importancia.

—No pretendía insultarte.

Gaunt se detuvo para observar a Ellwood, que se estaba mordiendo el labio. Se obligó a sonreír. Se estaba comportando de un modo irracional y, sobre todo, estaba siendo antipático con él.

—Agradezco que hayas intentado animarme, Elly. Siento estar de un humor de perros.

—Henry...

—Necesito estar solo hasta que me calme un poco, creo —dijo Gaunt, evitando mirar a Ellwood a los ojos; estaba demasiado borracho como para soportarlos.

—De acuerdo —dijo Ellwood, alicaído.

Gaunt asintió con la cabeza y se alejó, sintiendo la mirada de Ellwood en la nuca. Pasó por delante del priorato, atravesó el cementerio, salió por el portón de la escuela y se adentró en el pueblo.

Era sábado por la tarde, pero la Oficina de Reclutamiento aún estaba abierta. Dentro tan solo había un hombre uniformado con un bigote imponente a lo lord Kitchener.

—Me gustaría alistarme —le dijo Gaunt.

—¡Estupendo! ¡Justo el tipo de hombre que necesitamos! ¿Vas a la escuela, chico? ¿Cuántos años tienes?

¿Qué podría haber hecho con un año más? Ellwood y él querían recorrer la ruta de los peregrinos de los *Cuentos de Canterbury*. Ya habían planeado la ruta, las posadas en las que se quedarían, los lugares donde acamparían. La pequeña tienda que compartirían.

—Diecinueve —respondió.

—Suficiente. Solo necesito que firmes aquí mismo.

Gaunt no vaciló antes de firmar, aunque sintió como si le arrebataran su nombre. En su interior bullía una inquietud como la que sentía en el cuadrilátero de boxeo; la determinación de herir y de que lo hirieran a él, un apetito de desastre y destrucción, y nada más lo habría satisfecho. No estaba dispuesto a ser un marica pacifista alemán. No podía evitar ser alemán, y parecía no poder evitar tampoco lo que sentía cuando tenía a Ellwood cerca.

Pero sí que podía matar a gente.

DOS

Los sábados, la cena se servía en la residencia. Ese día Gaunt llegaba tarde, y Pritchard dejó un hueco a su lado en el banco cuando se sentó.

—¿Dónde está nuestro querido Gaunt? —preguntó, robándole el panecillo a Ellwood.

—Oye, devuélvemelo, pedazo de salvaje.

Pritchard lamió el panecillo y se lo devolvió a Ellwood.

—No sé, llega tarde —respondió Ellwood mientras cortaba con esmero la parte que había lamido Pritchard.

West se inclinó sobre la mesa y apoyó el codo en la mantequera.

—¡Ay! ¡Otra vez no! —se quejó conforme se limpiaba desconsoladamente la chaqueta con un pañuelo sucio.

—¿Que llega tarde a la cena? —insistió Pritchard, que mojó su propio pañuelo en su vaso de agua y se lo pasó a West—. ¿Nuestro gigante glotón? ¿Es que está enfermo?

—Unas chicas del pueblo le han dado una pluma blanca —le explicó Ellwood.

Pritchard y West intercambiaron miradas.

—Pobre muchacho —dijo Pritchard.

—¿Una pluma blanca? —dijo Burgoyne en voz alta desde debajo de la mesa; como siempre que hablaba, sonaba como un engreído que se entrometía en todo.

—Cállate, Burgoyne —le soltó Ellwood.

—Ya era hora de que alguien le diera una pluma a Gaunt. Su opinión sobre la guerra es una vergüenza absoluta.

—Eres muy valiente, atreviéndote a decir todo eso cuando no está aquí para romperte la nariz —le dijo Pritchard.

—No le tengo miedo a ese matón.

Normal que Burgoyne viera a Gaunt como un matón, pensó Ellwood. Burgoyne era un esnob rencoroso, y Gaunt le había dado una lección en más de una ocasión.

—¿Ya está Burgoyne diciendo que lo tratamos mal otra vez? —dijo Roseveare desde otra mesa—. Déjalo ya, Georgiete Regordete, o te vamos a tener que enseñar lo que es ser unos matones de verdad.

Burgoyne parecía indignado y trató de responder, pero West le tiró la taza de té en el regazo.

—¡Ay! ¡Me has quemado! —gritó Burgoyne.

—Uy, ¿te has hecho pis? —le dijo Pritchard, poniendo cara de preocupación—. Será mejor que vayas a ver a la enfermera, Georgie. No es la primera vez.

—Sois todos unos bestias —se quejó Burgoyne mientras se levantaba con torpeza—. Representáis lo peor del sistema de educación privado.

Ellwood apoyó la cara en el hombro de Pritchard mientras ambos se sacudían de la risa.

—¡Ay, señor! —exclamó Pritchard mientras Burgoyne salía furioso de la sala—. Pues sí que se lo toma todo en serio.

—Deberíamos volver a destrozarle el cuarto —sugirió West—. Entré el otro día a buscar unos apuntes sobre Esquilo, ¿y sabéis que aún tiene varios muebles intactos?

—¡Vaya por Dios! Menuda situación tan espantosa —dijo Ellwood.

—Pobrecito —dijo Pritchard, que era más blando que los demás—. Dejémoslo tranquilo durante una semana. No es culpa suya que se le den tan mal los deportes.

—Sí que lo es —saltó West—. ¡Ni siquiera se esfuerza!

Se comieron el pan con mantequilla y se bebieron el chocolate. Gaunt seguía sin aparecer cuando el señor Hammick se levantó.

—Chicos, esta tarde he recibido una noticia excelente que sé que os enorgullecerá a todos. Nuestro querido Henry Gaunt se ha alistado. Va a ser oficial del Tercer Batallón de los Fusileros

Reales de Kennet, ¡y estoy convencido de que honrará a Cemetery House!

La sala estalló en aplausos y vítores.

—¡Ay, nuestro Gaunt, menuda caja de sorpresas! —exclamó el señor Hammick, sonriendo con orgullo.

—¿Por qué no nos has dicho nada, Ellwood? —le preguntó West—. ¡Se ha debido de alistar sin decírselo a nadie! Menudo héroe.

—No lo sabía —respondió Ellwood con una ligera sonrisa.

Pritchard le lanzó una mirada comprensiva.

—Seguro que quería darte una sorpresa.

—Sí —contestó Ellwood.

—Apuesto a que te enviará cartas geniales —dijo West.

—Ojalá pudiera alistarme yo también —dijo Ellwood—. Mi madre me hizo prometerle que no lo haría hasta que acabara la escuela.

—La mía también —añadió Pritchard—. Las madres no entienden nada de la guerra.

Ellwood tenía la boca tan seca que el último trozo de pan le supo a pegamento. Masticó en silencio mientras Pritchard y West discutían sobre los Fusileros Reales de Kennet.

—Estuvieron en Poitiers.

—No seas ridículo. No tenían rifles en la guerra de los Cien Años.

—¡Sí que los tenían, hacia el final!

—No, tenían cañones, no rifles.

—Si piensas que te voy a creer con lo lerdo que eres...

—Escucha, zopenco, los fusileros no se pudieron haber fundado antes del Renacimiento, porque el ejército estaba organizado según el sistema feudal antes de eso...

—Bueno, ya está bien. Vamos a arreglar esto como hombres. Nos vemos junto al estanque de los cisnes en diez minutos.

—¿Los cisnes? ¿Estás loco? ¡Que te pueden arrancar el brazo!

Por supuesto que Ellwood estaba orgulloso de Gaunt. Era consciente de que la valentía solo podía existir allí donde había miedo, de modo que, de todos ellos, solo Gaunt podía considerarse un héroe de verdad. Ellwood y el resto de los jugadores del equipo de críquet estaban tan desesperados por luchar que el hecho de que se alistaran no significaba que fueran valientes.

Pero Ellwood siempre los había imaginado a ambos alistándose juntos. Uniéndose a uno de los regimientos de la escuela privada con el resto de sus amigos, cantando canciones mientras marchaban a la guerra, con los rifles relucientes colgados al hombro. Cargas de caballería y uniformes impolutos.

Ansiaba poder salvarle la vida a Gaunt.

Se llevó la mano a los labios. ¿Era así como había sentido la piel de Gaunt? No, había sido más áspera. Llevaba años deseando besar aquellos pómulos, y el momento había pasado tan rápido que apenas podía creer que hubiera ocurrido.

Sabía que había sido el abrazo que le había dado en Fox's Bridge lo que había motivado a Gaunt a alistarse.

Debería trabajar para la Oficina de Reclutamiento, pensó con ironía. ¡La asombrosa cura del pacifismo! ¡Con un solo abrazo, los objetores de conciencia irán corriendo al frente!

Tampoco le sorprendía. Gaunt siempre salía huyendo cuando su amistad amenazaba con convertirse en algo más complicado. Era algo incómodo sobre lo que nunca hablaban. Ellwood estaba enamorado de Gaunt. Gaunt era un chico decente y convencional.

Nunca había quedado tan claro como después de aquella situación desagradable con dos muchachos mayores, Sandys y Caruthers. Los sorprendieron juntos. Nadie llegó a saber los detalles. Nadie preguntó. Desaparecieron en el tren de la tarde con sus baúles y sus maletas, y nunca más se supo de ellos. Habían cometido el pecado capital: los habían descubierto.

—Debes de estar aliviado —le dijo Ellwood a Gaunt, aunque no estaba para nada seguro de lo que sentía su amigo; nunca lo estaba.

Gaunt no levantó la vista de la traducción al griego en la que estaba trabajando. Le cayó un mechón de pelo rubio oscuro sobre los ojos.

—¿Por qué? —preguntó.

—Ya sabes por qué. Sandys no paraba de meterse contigo.

—Menudo idiota, mira que dejarse atrapar así. ¡Y justo antes de que le tocara pelear con el hermano de Pritchard! —dijo Cuthbert-Smith.

—Estaba deseando ver ese combate —añadió Gaunt mientras pasaba una página del cuaderno de ejercicios—. Sandys es un estúpido.

Sí, estaba claro que Gaunt pensaba que Ellwood era un estúpido. Aunque sí que había cerrado los ojos cuando Ellwood le había acariciado la cara en el puente, y se había inclinado hacia delante como si quisiera que lo besara... Pero Ellwood sabía por experiencia lo fácil que era convencerse a sí mismo de que Gaunt estaba en secreto enamorado de él, y era una teoría que no se sostenía por ninguna parte. Había desaprovechado demasiadas oportunidades. Había habido demasiados momentos en los que Ellwood había estado a punto de decírselo y Gaunt había soltado algún comentario sobre las mujeres y el matrimonio.

Bueno, tampoco es que hubieran hecho nada que no pudieran hacer los amigos. No se había delatado del todo. Vale, el beso delicado en el pómulo había sido algo íntimo (notaba cómo se le calentaba la cara al recordarlo), pero se podía considerar una muestra de afecto masculino aceptable. Si Tennyson pudo escribir poemas sobre Arthur Hallam durante diecisiete años, desde luego Ellwood podía besar a su amigo más íntimo en la mejilla para consolarlo. Aunque era evidente que había repelido a Gaunt, ya que había huido al ejército.

Ellwood se pasó el resto de la cena sonriendo y bromeando, ocultando sus remordimientos.

Cuando se reunieron fuera para ver pelear a Pritchard y a West ya había oscurecido, y los cisnes hostiles pusieron fin al asunto muy pronto.

—¡Retirada! ¡Retirada! —gritaron los chicos cuando los cisnes cargaron contra ellos, y decidieron irse al bosque a jugar a la guerra.

Pritchard se quedó en casa de Ellwood una semana durante las vacaciones de Navidad. No era un sustituto de Gaunt digno; ponía expresión de aburrimiento cuando Ellwood hablaba de cualquier poeta que no fuera Kipling. Aun así, era un chico animado y de vez en cuando tenía momentos asombrosos de perspicacia. A Gaunt no le caía bien, claro: le parecía que era un estúpido y un bruto con West. Pero Ellwood sabía que Pritchard nunca se pasaba con West, que nunca iba más allá de lo que este podía tolerar; sabía que su amistad estaba equilibrada a la perfección.

La mansión Thornycroft estaba repleta de invitados de la madre de Ellwood: mujeres elegantes y hombres que las deseaban. Las mujeres solían flirtear ligeramente con Pritchard y Ellwood en la mesa durante la cena.

—Estás muy unido a tu madre —le dijo Pritchard una tarde.

La verdad es que el tejado estaba demasiado húmedo como para subirse, pero Ellwood había insistido. Si hubiera estado Gaunt allí (y Gaunt *debería* haber estado allí), habrían subido al tejado. A Ellwood le encantaban todos los tejados, pero en particular el de Thornycroft. En ocasiones se subía allí por las mañanas y se entregaba a aquel extraño éxtasis campestre, aquel sentimiento profundo y reconfortante de que Inglaterra era suya y él era de Inglaterra. Lo sentía con tanta intensidad como si sus antepasados hubieran vivido allí mil años. Tal vez lo sintiera con tanto entusiasmo precisamente porque no había sido así.

Pritchard y él estaban sentados en el alféizar inclinado de la ventana, algo incómodos, rozando con los zapatos los azulejos resbaladizos y húmedos.

—Es muy buena, y está un poco mayor —respondió Ellwood.

No llovía, pero había una niebla espesa que les humedecía los cigarrillos.

—No es que sea demasiado *maternal*.

—No —concordó Ellwood—. Siempre ha dicho que, mentalmente, ambos tenemos veinticinco años. Por eso somos tan buenos amigos.

—Ya quisiera yo que mi madre invitara a montones de chicas atractivas de la alta sociedad a mi casa por Navidad —dijo Pritchard.

—Pues yo apenas me fijo en ellas —respondió Ellwood.

Pritchard le lanzó una mirada de reojo.

—Sigues sin recibir noticias de Gaunt, supongo, ¿no? —preguntó.

Ellwood dejó de fumar el cigarrillo húmedo.

—Nada de nada.

—Ya os habéis peleado alguna que otra vez antes —le dijo Pritchard.

—No es que nos hayamos peleado, exactamente.

—Gaunt es un misterio —opinó Pritchard—. Sería un jugador de *rugby* increíble si quisiera jugar.

—Odia el *rugby* —contestó Ellwood.

—Lo odia todo —dijo Pritchard—, salvo el griego. Y a ti.

Ellwood se rio. Nunca se lo había confesado de manera explícita a Pritchard, pero en algún momento Pritchard lo había captado.

—No sé, Bertie. —Ellwood se recostó contra el marco de la ventana y aspiró el aire frío—. Tengo un tío que es coronel. Ya me las apañaré para sonsacarle la dirección de Gaunt.

—Ya se solucionará todo cuando estéis juntos en el frente —añadió Pritchard.

—Sí, tienes razón —dijo Ellwood—. Entonces será todo mucho más fácil.

Miércoles, 13 de enero de 1915
Cemetery House
Escuela Preshute

Querido Gaunt:

Hasta ahora no había logrado averiguar tu dirección. ¿Cómo va el entrenamiento? Se han alistado varios chicos más, incluido el pobre de Gosset. El señor Hammick estaba muy enfadado. Tuvieron que llamar al ejército para que fueran a por él. ¡Ya estaba de camino a Francia! No me puedo creer que lo hayan dejado alistarse, si parece que tiene ocho años. Pero la verdad es que se ha ganado el respeto de los más pequeños, y dice que seguirá alistándose hasta que vea algo de acción.

Siento lo de Fox's Bridge.

Escríbeme para que me quede tranquilo.

Con cariño,
Ellwood

Martes, 26 de enero de 1915
Randall's Farm,
Leatherhead

Querido Ellwood:

El entrenamiento es agotador pero bastante agradable. Aquí los hombres son muy bajos. Me han dicho que la estatura mínima requerida por el ejército es solo de uno setenta, y que en algunas partes de Londres la mitad de los hombres no llegan siquiera. Me hace sentir un poco culpable, como si les hubiera robado quince centímetros. Puede que se los haya robado. También me sorprende lo amables que son unos con otros. Cuando a alguno le cuesta hacer algo, los demás lo animan a gritos, en lugar de intimidarlo. Su actitud es la más diferente posible a la de los chicos de las escuelas privadas.

Pronto iremos al frente, aunque no sé cuándo. Te escribiré cuando sepa algo más.

Atentamente,
Gaunt

Era increíble lo poco afectuoso que sonaba «atentamente» en comparación con «con cariño».

Lunes, 1 de febrero de 1915
Cemetery House
Escuela Preshute

Querido Gaunt:

Ahora tenemos entrenamiento de cadetes cinco veces a la semana, así que casi no nos queda tiempo para jugar, pero a nadie le importa. Hacemos unas competiciones de excavación de trincheras increíbles. Es divertidísimo, aunque Burgoyne se queja de que lo hagamos justo debajo de su puesto.

No hablamos de los obituarios, pero sé que a todos nos da pavor que nos escriban uno muy cutre. ¿Te acuerdas de Dods? Murió el otro día, y escribieron lo siguiente: «El teniente Dods nos lideró todo el tiempo, y él mismo marchó el primero allí donde la batalla era más candente. Aún puedo verlo con el revólver en una mano y la espada en la otra. Mató a seis alemanes él solo y nos inspiró a todos para que nos esforzáramos al máximo. Tan solo llevaba seis meses con nosotros; no era más que un muchacho, pero era el teniente más valeroso del ejército británico».

¿Te imaginas que escriban algo así de esplendoroso sobre ti? Ojalá la caballería tuviera un papel más relevante. Me habría sentido como Napoleón, cargando contra los alemanes en un caballo de guerra. «¡A atacar a los artilleros!».

Pero luego estaba el *in memoriam* del pobre de Clarke: «Le dispararon en el pulmón en su segundo día. No lo conocíamos muy bien, pero parecía un tipo alegre». ¡Un tipo alegre! Para eso podrían haber dicho: «Era soso como él solo y a nadie le importaba si vivía o moría».

¿Crees que los poetas románticos habrían tenido algo sobre lo que escribir de no haber sido por las guerras napoleónicas? No sabes cuánto me alegro de estar vivo y ser joven en esta época. Una guerra es justo lo que necesitábamos: una inyección de pasión en un siglo de paz. Nos impulsará hacia un Renacimiento del siglo xx, según dice el señor Larchmont, y él sabe de lo que habla.

Adjunto un poema que publiqué en *The Preshutian*. Me ha quedado bastante conmovedor; trata sobre un subteniente joven y valiente que irrumpe en la alambrada alemana. Aunque no está entre mis mejores poemas. Me muero de ganas de estar allí contigo, Gaunto. No solo porque quiero pasto para mi ARTE.

Con cariño,
Ellwood

En el verano de 1913, Ellwood había pasado tres semanas maravillosas en Múnich con Gaunt, paseando por los campos limpios y hablando de poesía y de mitología.

—Me siento… como si me hubiera despertado —le dijo Gaunt un día, cuando estaban solos en un campo (Gaunt y él siempre se las apañaban de algún modo para estar solos en el campo).

—«Observamos la vida de las cosas» —citó Ellwood.

—¿Wordsworth? ¿«Tintern Abbey»?

Ellwood sonrió.

—A veces me da la sensación de que has leído más que yo, Gaunt.

—Pues claro, solo que soy menos pretencioso.

Ellwood sonrió, aunque las palabras le sentaron como una pequeña puñalada. Gaunt era la única persona con la que Ellwood se permitía hablar de cosas como las *almas*.

—Retíralo —le ordenó.

—No pienso hacerlo.

—Te lo advierto. Los poetas somos temibles cuando nos enfadan.

Gaunt se rio.

—¡Me muero de miedo! Puede que seas mejor que yo al críquet, Ellwood, pero...

Ellwood se abalanzó sobre él y, como lo había tomado por sorpresa, consiguió derribar a Gaunt. Lo agarró de las manos y las sujetó contra el suelo mientras se arrodillaba sobre él. Gaunt seguía riendo.

—¿Cómo te atreves? —exclamó—. ¡No estaba preparado! ¡Eres un tramposo, Sidney Ellwood!

Ellwood sintió chispas en el cerebro al oír su nombre en la voz de Gaunt.

—¡Retira lo que has dicho! ¡Di que no soy pretencioso!

—Pero es que lo eres. Eres un tramposo y un vanidoso y...

Gaunt se libró de Ellwood sin esfuerzo y lo hizo rodar hasta dejarlo de espaldas. Pero, mientras que Ellwood había mantenido todo su peso sobre las rodillas, Gaunt se quedó tumbado encima de él.

— ... y eres un *pretencioso* —concluyó Gaunt.

Pero tenían los rostros muy cerca. Demasiado cerca. Gaunt pareció darse cuenta. Con una mirada traviesa, le pellizcó la nariz a Ellwood con los dientes afilados.

—¡Ay! ¡Que duele!

—¿Puedes «contemplar la vida» de esto?

Le mordió la oreja.

—Eres un bestia. Deberían sacrificarte —le espetó Ellwood.

—«Este instante nutrirá los años por venir*».

Le mordió la barbilla.

—¡Que pares! ¡No eres un inglés puro; no te mereces a Wordsworth!

---

* N. del T.: Wordsworth W., *Preludio*. Visor, Madrid, 1980. Traducción de Antonio Resines.

—«La dulzura que sentía en el pecho y en la sangre*».

Gaunt le hincó los dientes en el cuello, y Ellwood echó la cabeza hacia atrás. Estaba temblando. Gaunt tenía un trozo delicado de su piel entre los dientes, y Ellwood no podía hablar sin revelar su desesperación. *La reina Victoria*, pensó con todas sus fuerzas. *La reina Victoria vestida de luto. El jubileo.* Lo que fuera, lo que fuera menos la boca de Gaunt en su cuello... Porque ahora estaba su boca donde habían estado sus dientes, pero no era un beso; era... Ellwood no sabía lo que era... Ni todas las reinas Victoria del mundo podrían haber impedido su erección en ese momento, y sabía que Gaunt lo notaría, porque tenía los muslos apretados contra los suyos...

Gaunt se incorporó.

—No eres pretencioso —le dijo sin demasiado entusiasmo—. Lo que eres es inteligente.

El cielo era de un azul intenso. «Este instante nutrirá los años por venir».

—Ya —respondió Ellwood—. Eh... Sí.

—Deberíamos volver.

—Sí. Sí.

Gaunt se puso en pie, se metió las manos en los bolsillos y se alejó de allí sin esperar a que Ellwood se levantara.

Martes, 16 de febrero de 1915
En algún lugar de Bélgica

Querido Ellwood:

Llegamos a Bélgica hace tres días. Es difícil de describir.

He escrito esa última frase hace ya cinco minutos y llevo desde entonces con la pluma sobre el papel, intentando pensar. Me temo que voy a ser un corresponsal decepcionante, Elly.

---

* N. del T.: Wordsworth, W., *Preludio*. Visor, Madrid, 1980. Traducción de Antonio Resines.

Aterrizamos en Francia y después tomamos trenes con destino a Flandes.

Todo el mundo estaba de buen humor. Era genial sentir que por fin sucedía algo después de semanas y semanas de espera. Cuando nos bajamos, se oía el estruendo de los cañones, y he de confesar que incluso a mí me pareció emocionante. A los niños les encanta que los asusten las tormentas; satisface alguna necesidad de su interior. Pues los cañones tuvieron ese mismo efecto en nosotros. Eran como fuegos artificiales asalvajados. Me hizo sentir que estaba en el centro del universo.

Acampamos una noche en un pueblo que habían bombardeado y al día siguiente recibimos órdenes de marchar.

En estas trincheras ya se ha librado una gran batalla. Se me hace imposible describirte el olor.

Concuerdo con tu propia valoración de tu poema. No es el mejor de los que has escrito. Dicen que hay que escribir sobre lo que uno sabe.

Apuesto a que no adivinas quién está aquí: tu viejo amigo John Maitland. Está igual de deslumbrante que siempre y se me ha acercado para preguntarme por ti. Ya es capitán. Vino conmigo en mi primera patrulla, aunque no tenía por qué.

Discúlpame por lo mal que escribo. Todavía no se me ha acostumbrado el oído; sigo pensando que todas las bombas vienen directas a mí. Imagino que aprender a distinguir los distintos sonidos que producen y dónde van a aterrizar es un poco como acostumbrarse a navegar. Más me vale habituarme pronto, porque los mayores se echan a reír cada vez que me tiro al suelo, y el barro es un asco. No parece barro normal, Elly, está maldito. Es…

Al igual que todo lo demás, tampoco puedo explicarlo.

Tu amigo,
Gaunt

Gaunt había pasado tanto tiempo odiando en secreto a John Maitland que le resultó extraño darse cuenta de que su odio había sido injustificado.

—¿Ha pasado algo? —le preguntó Maitland cuando Gaunt volvió de patrullar.

Gaunt sacudió la cabeza, molesto por no haber sido capaz de ocultar mejor su malestar.

—Todo en orden —respondió mientras agarraba con torpeza la pitillera.

Estaban los dos solos en el búnker.

—¿Cómo estaban los francotiradores? —le preguntó Maitland.

—Siguen en buena forma —contestó Gaunt—. Haciendo su trabajo.

—Ah —dijo Maitland—. ¿*Whisky*?

—Por favor.

Maitland le sirvió un vaso.

—Había… —comenzó a decir Gaunt, y Maitland levantó la mirada con brusquedad—. Había un hombre dándose un baño. No sabía que podíamos verlo. Los francotiradores no querían… Estaba cantando, tan tranquilo.

Maitland encendió un cigarrillo.

—Imagino que diste órdenes de que dispararan, por supuesto, ¿no? —preguntó.

Gaunt asintió. Sí que había dado las órdenes, había acallado aquella potente voz alemana, como si la hubiera rebanado con un cuchillo.

—Buen trabajo —le dijo Maitland—. Has hecho lo correcto.

—Lo sé —respondió Gaunt.

—Siempre es difícil cuando ves que se están comportando como humanos.

—Es el primer alemán que veo. Suelen estar escondidos.

—Sus trincheras son mucho más profundas que las nuestras —le explicó Maitland. Le dio un golpecito al vaso de Gaunt con un dedo—. Bebe. Te sentirás mejor.

—Estoy perfectamente. —Gaunt sacó un cigarrillo y se lo llevó a la boca—. Mierda. ¿Dónde he metido las cerillas?

—Las tienes en la mano —le dijo Maitland.

Era cierto. Gaunt encendió el cigarrillo frunciendo el ceño.

—No pasa nada —dijo Maitland—. Me tendrías que haber visto la primera vez que oí reír a uno de ellos. Es difícil querer matar a alguien cuando lo has oído así. —Maitland hizo una pausa—. A veces aún oigo su risa. La del primer hombre.

—Estoy perfectamente —repitió Gaunt.

Maitland sonrió.

—Eso es lo que Sidney solía decir de ti. Que siempre estabas perfectamente.

Lo último que le apetecía a Gaunt era hablar con Maitland sobre Ellwood. Dio una calada profunda y acercó hacia él una pila de cartas que había que censurar. Mientras las ojeaba en busca de topónimos, se puso a pensar en la primera vez que lo descubrieron fumando en Preshute. Tenía catorce años y lo habían castigado con limpiar la parte trasera de las redes de críquet, que estaban cubiertas de hojas y barro. Era uno de esos castigos inútiles, pero al menos era preferible a los azotes. Ellwood insistió en ayudarlo, aunque los campos de críquet estaban envueltos en una humedad espesa y penetrante.

—Deberían quitar las redes en septiembre —se quejó Gaunt—. No lo hacen por pura pereza.

—Oye, Gaunt —le dijo Ellwood, apoyándose en la pala—, ¿de qué quería hablarte Fitzroy el martes?

A Gaunt se le paralizaron las manos en la red.

—Quería que le encendiera la chimenea de su habitación —contestó cuando hubo recuperado la compostura.

—¿Sí? ¿Durante media hora? —preguntó Ellwood. Gaunt no contestó—. Henry, que no se lo voy a decir a nadie. Te lo juro.

—Ya sabes cómo es Fitzroy —contestó Gaunt sin mirar a Ellwood a los ojos—. ¿Qué crees que quería de mí? ¿Qué quiere Maitland *de ti*?

—Maitland y yo solo hablamos —dijo Ellwood.

Gaunt le ofreció una sonrisa forzada.

—Bueno, en ese caso —dijo—, Fitzroy y yo solo hablamos.

Ni siquiera se le había pasado por la cabeza decirle que no a Fitzroy. A Gaunt no se le daban demasiado bien los deportes, y era un empollón. No podía permitirse enemistarse con uno de los jugadores principales del equipo de la escuela.

Pero Gaunt ya llevaba en Preshute el tiempo suficiente como para saber que nunca jamás se debía *hablar* de ello. Era típico de Ellwood no entender eso todavía.

Ellwood sacó unas cuantas hojas cubiertas de barro de la red.

—Deberíamos ganar la copa de la casa —dijo—. Con Maitland y Fitzroy. Tenemos mucha suerte de tenerlos.

—Muchísima —coincidió Gaunt.

Cuatro años más tarde, en un búnker en el frente, Maitland lo miró a los ojos y sonrió.

Lunes, 1 de marzo de 1915
Cemetery House
Escuela Preshute

Querido Gaunt:

¡Maitland! Dale recuerdos, por favor. Y cuidado con llamarlo «deslumbrante», que me vas a poner celoso.

Me hace gracia pensar en ti en el frente, quejándote justo por el barro. Siempre solías volver del fútbol más embarrado que todos nosotros juntos. Espero que te acostumbres pronto a las bombas. Que te queremos de vuelta de una pieza…, o como mucho con unas cuantas cicatrices que puedas enseñarles a tus nietos: «¡Estas heridas me las hice el día de San Crispín!».

Ah, por cierto, yo también tengo noticias. Por fin ha pasado algo emocionante, pero empezaré por el principio.

Cuando me desperté esta mañana, vi que habían metido una nota por la rendija de la puerta de mi habitación. Di por hecho que era de Lantham, claro.

Ahora somos amigos Lantham y yo. Tiene quince años y los rasgos más sensuales del mundo, como una mujer de un cuadro de Rossetti.

Siempre me está escribiendo cartas. Así que salí de la cama y desdoblé el papel, ¡pero no era de Lantham! No reconocí la letra.

—Cueva del Ermitaño. A medianoche.

Bueno, imagínate la curiosidad que sentí.

A medianoche, salí a hurtadillas de casa y me dirigí a la cueva, que siempre está cerrada con llave. Salvo esta noche. Las puertas estaban abiertas y la caverna estaba sumida en la oscuridad total, y no se oía nada. Encendí una cerilla y entré. Ya sabes que la cueva parece pequeñísima, como una alcoba repleta de caracolas, ¿no? Pues resulta que es como un trampantojo. Al fondo hay una curva cerrada que lleva a un túnel con caracolas incrustadas.

A medida que recorría la cueva sigilosamente, me di cuenta de que entre las caracolas había cada vez más huesos, incluso vi cráneos enteros incrustados en las paredes, sonriéndome. Había huesos por todas partes. ¡Seguro que nunca has visto nada igual! Entonces oí un ruido.

—¿Quién anda ahí? —dije, atrevido ante lo desconocido.

—*Les hommes en flammes* —respondió una voz grave, y varias figuras dieron un paso hacia mí con las máscaras de yeso más horribles que hayas visto jamás.

—Sidney Ellwood, has sido nominado para unirte a los Ardientes —dijo el más bajo del grupo, cuya voz sonaba muy parecida a la de Roseveare—. Si aceptas, deberás jurar no decir jamás ni una palabra de nuestra sociedad ancestral a nadie mientras vivas.

(Te estarás preguntando cómo es que soy tan desleal como para contarte todo esto. Bueno, en primer lugar, te lo estoy <u>escribiendo</u>, no <u>diciéndotelo</u>; y, en segundo lugar, si estuvieras aquí, insistiría en que también te admitieran. No me interesa formar parte de ningún grupo en el que no seas bienvenido).

—Lo juro —les dije en un tono de lo más solemne, y me hicieron un corte en la palma de la mano con una daga de plata reluciente (era un cuchillo de pan de la escuela que habían robado de Fletcher Hall) y me mandaron untar mi sangre en las paredes.

Luego se quitaron las máscaras y pude ver que se trataba de Roseveare y dos chicos de Hill House, Grimsey y Finch. Por supuesto, había sido Roseveare quien me había nominado. Todos nos emborrachamos de lo lindo y vomité en un arbusto cuando volvía a la residencia. Parece que ni siquiera las sociedades secretas pueden refinar los efectos de la embriaguez.

Ya había oído hablar de los Ardientes hacía tiempo, pero nunca había soñado…, bueno, es que me hace sentir como… como si formara parte de algo.

Ahora tengo un dolor de cabeza espantoso y te echo muchísimo de menos.

Me debato entre las ganas de que la guerra continúe para poder acompañarte («Nosotros pocos, nosotros pocos y felices, banda de hermanos*»), y el deseo de que termine para que puedas unirte a los Ardientes. Menudos dos mundos tan emocionantes. Qué suerte tenemos, ¿no?

Tu amigo,
Ellwood

---

* N. del T.: Shakespeare, *Teatro Completo*, trad. de Rafael Ballester. Galaxia Gutenberg, 2007.

Jueves, 11 de marzo de 1915
En algún lugar de Bélgica

Querido Ellwood:

Tu carta me ha hecho reír, de modo que te estoy muy agradecido. Ha sido un poco como tenerte aquí. La he doblado y me la he guardado en el bolsillo interior del pecho, ya sabes, el bolsillo donde la gente se guarda esas biblias milagrosas que parecen detener tantas balas en los artículos del *Daily Mail*. David me ha contado que en su último batallón había un capitán que estaba tan hasta las narices de esas biblias que las usaba para practicar tiro al blanco.

Aunque es posible que todavía no te haya hablado de David. Es mi teniente, y es un luchador de primera. Es lo que alguien como Burgoyne llamaría un «caballero temporal» (un término espantoso); es decir, antes de la guerra era obrero en una fábrica de Lewisham. Maitland dice que los miembros del ejército de clase obrera son mejores en el campo de batalla que los chicos que venimos de las escuelas privadas, lo cual sé que te sorprenderá. Desde luego, a David le resulta más fácil relacionarse con los demás hombres que a mí, y diría que prefieren recibir órdenes de él que de nosotros.

Cuando lo conocí, estaba con Maitland. Estábamos compartiendo una botella de ron y quejándonos de Rupert Brooke. ¿Lo llegaste a conocer? Iba a Rugby. Bueno, la cuestión es que en enero publicó unos cuantos poemas sobre la guerra tan cursis que resultaban escalofriantes, incluyendo uno que me temo que me recordó un poco al último que me enviaste. Comienza así:

> Si muero, piensa solo esto de mí:
> que hay algún rincón de tierra extraña
> que será por siempre Inglaterra.

Luego termina con alguna tontería sobre reírse bajo un cielo inglés. Maitland y yo estábamos bromeando, diciendo que Brooke había revelado sin querer el plan del gobierno para conquistar Europa: cubrir cada centímetro cuadrado con cadáveres británicos hasta que todo sea Inglaterra para siempre. Y entonces nos interrumpió David. Intercambiamos algunos comentarios sobre el tiempo y David nos tendió la mano.

—Soy David Hayes, por cierto —nos dijo.

Tiene un acento tan marcado que me recuerda al que pone West cuando está borracho. El uniforme que lleva también es raro; se supone que debe ser caqui, pero es tan claro que parece casi amarillo, y es como si su sastre hubiera estado sumido en una especie de sueño febril cuando le tomó las medidas. Las mangas le llegan hasta la mitad de los brazos. Es imposible no admirar a un hombre que se ha elevado por encima de la multitud de alumnos de Eton vestidos con ropa elegante a pesar de tener ese aspecto.

—Gaunt —respondí mientras le estrechaba la mano.

—¿Los chicos de la escuela privada tenéis siquiera nombre de pila?

Maitland y yo nos miramos.

—Pues claro —respondió Maitland, muy tranquilo—. Yo me llamo John.

—Henry.

Odiaba decirlo en voz alta en aquel búnker que se sacudía.

Henry es el nombre por el que me llama la gente a la que le importo: usarlo aquí es como acabar con el mundo tal y como lo conozco. Pero David no lo ve así. De modo que Henry, David y John hablan de aquellos que han fallecido y censuran las cartas de los demás hombres y les escriben a sus familias cuando mueren.

Me encantaría formar parte de los Ardientes. ¡Qué sorpresa que la Cueva del Ermitaño sea así de grande!

Aunque no me agrada demasiado eso de los huesos en las paredes. Te equivocas cuando dices que nunca he visto nada igual. Ten cuidado con el pobre de Lantham. No se me han olvidado esos poemitas que me pidió Macready que te diera cuando perdiste interés en su amistad.

Escríbeme de nuevo pronto, y cuéntame muchas cosas de la escuela. En un arrebato de entusiasmo intelectual, solo me traje a Tucídides, con la idea de escribir un libro comparando las guerras, pero la verdad es que cuesta soportar tanta discusión sobre la soberbia cuando tenemos proyectiles estallando por encima de nuestras cabezas. Tus cartas son un respiro de lo más agradable. Espero que estés bien. No bebas demasiado. ¡Ja! No estoy yo para hablar…

Gaunt

Cuando estaban en el penúltimo año de escuela, Gaunt y Ellwood habían compartido habitación, lo que le había causado a Gaunt un dolor nuevo e intenso. Aquello significaba que siempre se tenía que detener delante de la puerta para aguzar el oído y comprobar que Ellwood estuviera solo antes de entrar. Significaba haber oído un día la voz de Ellwood a través de la puerta de madera cantando:

—«Y ya que te hizo un miembro de los hombres, / mío sea tu amor, de hembras tu goce*».

Y luego la respuesta de Macready, complacido:

—Vaya, Sidney, es brillante. ¿Lo has escrito tú?

Gaunt se había ido al gimnasio, se había desnudado y había aporreado un saco de boxeo colgante hasta que Cuthbert-Smith lo había encontrado. Entonces Gaunt había pasado a pelearse con él, una pelea limpia y ordenada, respetando las normas.

---

* N. del T.: Shakespeare, William. *Poesía completa de Shakespeare*, trad. de Antonio Rivero Taravillo. Almuzara, 2010.

Conocía los versos que había citado Ellwood. Eran del «Soneto 20» de Shakespeare. Ellwood las había escrito a lápiz en la pared, encima de la cama de Gaunt, y Gaunt había tenido la esperanza de que significaran algo.

Miércoles, 24 de marzo de 1915
Cemetery House
Escuela Preshute

Querido Gaunt:

No tengo muy claro qué opino de ese tal David. Me parece muy inapropiado que vaya por ahí exigiendo los nombres de pila de la gente como si fuera un niño pequeño o un estadounidense.

Dices que mi carta te hizo reír; pues tus cartas son las más populares de toda la escuela. Todos se sorprenden de que seas tan poético, pero yo siempre lo he sabido.

Espero que no te importe que esta carta no sea tan agradable como la anterior. Verás, ha ocurrido algo un tanto inquietante. He empezado a perder cosas. Al principio no le di importancia. Primero fue mi preciosa pluma estilográfica. Luego perdí un billete de una libra. No es que me importara, claro; ya sabes que me da igual el dinero. Pero ¡entonces desapareció mi bate de críquet!

Algún villano estaba tramando algo.

Se lo conté todo a los Ardientes, menos lo del billete de una libra, porque no me importaba lo más mínimo, y decidimos buscar al culpable. (Con los Ardientes, todo sigue de maravilla. Todas las noches nos reunimos y nos paseamos por la escuela como gatos callejeros. Fumamos largas pipas en el tejado del Fletcher y Grimsey nos enseña a hacer esgrima). Por desgracia, Grimsey se precipitó un poco al acusar al pobre de Lantham. Lo acorraló al salir de la capilla y le dijo:

—Estoy al tanto de tu sucio secreto, y yo que tú me iría de la escuela, porque de lo contrario tu vida será un infierno.

Grimsey puede llegar a ser bastante siniestro, como su nombre indica*.

Y, claro, el pobre de Lantham estaba convencido de que su «sucio secreto» era yo. Todo aquello lo dejó tan alterado que se puso bastante enfermo y acabó en el sanatorio. Y yo mientras fui a mi habitación y encontré —me entra tanta rabia cuando lo pienso que me tiembla la mano, ¿lo notas?— mi cuaderno de poemas en la chimenea. Intenté rescatarlo, pero ya era demasiado tarde. Los veintidós poemas, achicharrados. Algunos ya se habían publicado, pero la mayoría no, y no tenía ninguna copia. Todo ha quedado destruido, los pensamientos y las esperanzas de años y años, los archivos de mi alma en pleno crecimiento, ¡la versión más auténtica de mí!

Ahora en serio, fue una tarde muy dura y te eché de menos más que nunca. Sé que tú me habrías entendido. No son solo los poemas. Es el hecho de que alguien los haya quemado.

Los chicos nunca se han metido conmigo ni con mis excentricidades. A ver, sé que Burgoyne tiene ciertas opiniones al respecto, pero lleva años sin expresarlas, desde que estábamos en *Hundreds*. ¿Te acuerdas? Te peleas con tanta gente que imagino que te debe resultar difícil llevar la cuenta. Maitland se iba a final de curso, y me escribió una carta. Eran unas palabras prudentes, afectuosas al estilo de Tennyson, nada sexual. Yo estaba en la sala común cuando Burgoyne empezó a leerla en voz alta. No tengo ni idea de cómo se hizo con ella; pensaba que la había dejado debajo de mi colchón. La leyó con una voz fría y burlona, y todo lo que había escrito Maitland me pareció

---

* N. del T.: *grim* significa «sombrío», «siniestro» o «lúgubre».

de repente sórdido, sin ningún significado. No podía mover ni un músculo; tan solo me quedé allí plantado, mirándolo.

Todo el mundo se quedó paralizado. Creo que incluso mis amigos más íntimos estaban prestando atención para ver si había algo en aquella carta que acabara con la buena opinión que tenían de mí.

Pero tú no. Tú pareciste despertar de repente. Agarraste a Burgoyne con delicadeza por los brazos, le diste un cabezazo limpio justo en la nariz y se la rompiste con un crujido. Fue diferente a cuando me rompiste la nariz a mí; mucho más eficaz. Le arrebataste la carta de las manos y me la diste.

Dirás que estoy siendo un dramático, pero lo tengo todo por escrito. Siempre lo escribo todo.

Me estoy yendo por las ramas, y seguro que tú estás en las trincheras a punto de ir a cortarle la cabeza a alguien o algo así, y estoy siendo muy autoindulgente. El caso es que después de aquello nadie volvió a decir ni una palabra. Y ahora me pregunto si alguno de esos chicos que se quedaron callados y no me defendieron habrá esperado a que te hayas ido para colarse en mi habitación y quemar mis poemas.

Menuda porquería de carta es esta. Lo siento.

Ellwood

En el verano de 1914, Gaunt y Ellwood deberían haber sido demasiado jóvenes como para asistir a bailes; solo tenían diecisiete años. Pero Londres era diferente aquel verano. Lo había embargado una especie de jolgorio frenético y todos bailaban al borde del desastre. Gaunt y Ellwood tenían tres compromisos por noche. Cenas, ópera, bailes, almuerzos en jardines, paseos por Hyde Park, fines de semana en casas de campo, bailes, noches de cartas, estrenos de teatro, veladas en casa del embajador francés, charlas despreocupadas en alemán con diplomáticos alemanes agotados, más bailes, alrededor de un millón de fiestas de presentación en sociedad en las que Gaunt escoltaba a chicas ruborizadas vestidas de blanco por las escaleras de mármol sin recordar después sus caras ni sus nombres, bailes, bailes, bailes, como si Londres estuviera exprimiendo las últimas gotas de prosperidad del mundo antes de que se acabara.

Ellwood bailaba siempre con las chicas más guapas. Era elegante y garboso a niveles insufribles, y sabía cómo hacer que se sintieran a gusto. Era rico y guapo. Demasiado joven para casarse, pero eso no impedía a las madres tender sus trampas.

Ellwood pasó aquel verano en la casa de Gaunt en Londres y se comportaba de un modo más extravagante de lo habitual. Cuando iban de copas al Hurlingham con Pritchard y con West, siempre era Ellwood quien pagaba. Le prestó a Roseveare una cantidad ingente de dinero para que pudiera comprarse un caballo.

—¿Te ha llegado a devolver Roseveare el dinero? —le preguntó Gaunt unas semanas después.

Ellwood se sonrojó.

—No lo sé —respondió—. No me fijo en ese tipo de cosas.

Llevaban unas semanas en Londres cuando Gaunt encontró una carta de la madre de Ellwood. Ellwood la había dejado desplegada sobre la cómoda de su habitación, donde Gaunt la halló cuando fue a pedirle prestado un par de gemelos.

Jueves, 30 de julio de 1914
Thornycroft Manor

Mi querido Sidney:

Le he solicitado al señor Utterson que te dé otro adelanto de tu paga, como habías pedido. Me alegro de que lo estés pasando tan bien, pero te estás gastando bastante dinero, ¿no, cariño? No me gustaría que te privaras de nada, por supuesto, pero no me imagino cómo te has podido gastar trescientas libras en un mes.

No puedo evitar pensar en todo tipo de situaciones hipotéticas terribles, relacionadas con las apuestas y el láudano. No estás gastándote el dinero en apuestas, ¿verdad, cariño? Responde rápido para que me quede tranquila.

Te quiere,
Tu madre

—Deberías devolverle el dinero a Ellwood —le dijo Gaunt a Roseveare en el baile de lady Asquith.

Ellwood estaba bailando con Maud. Llevaba rosas rosadas en el pelo y sonreía cuando Ellwood la hacía girar por la pista.

—¿Te ha dicho él algo al respecto? —le preguntó Roseveare; sonaba sorprendido.

—No —contestó Gaunt—, pero ha agotado todo el dinero de su paga. Tendrá que echar mano de su capital si no le pagas pronto.

—Ah, pero a Sidney le da igual el dinero —dijo Roseveare—. No le importa lo más mínimo. De todos modos, la familia de su madre es más rica que Creso. Judíos de Venecia, ya sabes, como sacados de Shakespeare.

Gaunt sabía que ninguno de los parientes de Ellwood había pisado jamás Venecia. Habían amasado una gran fortuna en Bagdad en la década de 1790, un hecho que Gaunt sabía que a Ellwood le parecía deprimente. Gaunt se preguntaba cuándo habría dicho Ellwood que su familia era veneciana. Era probable que Ellwood no lo considerase falso del todo, sino sencillamente una romantización. Cuando se trataba de los parientes judíos de su madre, Ellwood era muy peculiar.

Ellwood inclinó la cabeza hacia la de Maud con una mirada cómplice y le dijo algo al oído. Maud se rio y a Ellwood se le iluminó el rostro con una sonrisa.

—Bueno, pues a mí sí me importa —le dijo Gaunt a Roseveare—. Un hombre inglés debe cumplir con su palabra.

Roseveare se mostró frío con Gaunt durante el resto de la velada, pero unos días más tarde le entregó a Ellwood de forma ostentosa un cheque de noventa libras. Ellwood ni siquiera lo miró antes de guardárselo, sonrojado.

—Gracias —le dijo—. No había prisa.

Domingo, 11 de abril de 1915
En algún lugar de Bélgica

Querido Elly:

Me parte el corazón pensar en tus poemas, de verdad. Sé todo lo que significan para ti, aunque no esté de acuerdo con aquellos que son más, digamos, patrióticos. Sí que me acuerdo de cuando le pegué a Burgoyne. Se lo merecía, pero tampoco es que le hiciera cambiar demasiado para mejor. A veces pienso que deberíamos haber intentado usar una táctica distinta con él. Quizás, si hubiéramos sido más pacientes, no se habría vuelto tan retorcido.

Siento haberte roto la nariz aquella vez. No pretendía hacerte daño.

Me cuesta escribir. Pienso en ti haciendo bromas para distraerte y siento como si las trincheras me ahogaran. Maitland y David me ayudan a llevarlo mejor. En las noches tranquilas, David les cuenta chistes a gritos a los alemanes.

—«Doctor, ¡tengo un hueso fuera!». «Dígale que pase, por favor».

Los alemanes, por supuesto, no entienden nada de lo que dice. Cantan mucho y, si es una canción que conocen nuestros hombres, se unen. Son un regimiento sajón, lo cual es un alivio. Temo que llegue el día en que tenga que disparar a los bávaros. Mi madre me ha contado que han herido a Otto de gravedad en Neuve-Chapelle, pero Ernst está bien. No sé si te importará todo esto.

Has mencionado que mis cartas son «las más populares de toda la escuela». Por favor, Ellwood, por favor, dime que no has estado publicando fragmentos editados de mis textos en la espantosa sección de «Cartas desde el frente» de *The Preshutian*. Quiero creer que no. Sabes que no me gustaría nada. ¿Verdad?

A David y a mí nos toca encargarnos de censurar las cartas, y es mucho menos divertido de lo que te imaginas. David, en particular, está muy decepcionado.

—¡Pensaba que descubriríamos que todo el mundo era en secreto un pervertido o un asesino! —me dijo.

Asesinatos... Qué idea tan pintoresca.

De lo que más hablan los hombres es del barro, de las ratas y de Dios. Tenemos que censurar lo del barro y las ratas, pero podemos dejar lo de Dios, lo cual me parece irónico. Es un trabajo aburrido pero no tan horrible como el otro: escribir condolencias. Tengo que escribir montones, tanto sobre los hombres que conozco como sobre los que no conozco, sobre hombres que murieron de un modo valiente y los que murieron de formas que me niego a describir, hombres que me caían bien y hombres que no, hombres demasiado mayores para ir a la guerra y chicos demasiado jóvenes. Al final uno se queda sin formas de decir: «Su hijo ha muerto sin sufrimiento y ha sido un orgullo para el Imperio». Lo peor es cuando te das cuenta de que le tienes que escribir dos veces a la misma pobre mujer: dos cartas para darle las gracias por sus dos hijos. En mi opinión, no deberían permitir que los hermanos se alisten juntos en los regimientos.

Lo siento. No pretendía hablarte de todo esto. Lo que quería decirte es que ya escribirás más poemas. No se han perdido. Tú eres la poesía.

Tuyo,
Gaunt

Jueves, 15 de abril de 1915
Cemetery House
Escuela Preshute

Querido Gaunt:

Me temo que he de decirte que sí publiqué la parte de los cañones que sonaban como fuegos artificiales. Estaba escrito de un modo tan bonito que no me pude resistir. Lo siento, ya veo que tendría que haberte pedido permiso.

Es curioso; nunca me había parado a pensar sobre quién escribe las condolencias. No me gustaría nada encargarme de esa tarea. ¿Estás bien, Henry? Sé que siempre lo estás. Pero pareces un poco... Bueno, solo quiero decirte que te cuides. Y claro que me preocupo por Ernst y por Otto. Eran buenos chicos, y estoy deseando volver a visitarlos contigo cuando todo esto acabe. ¡Desde luego, menudos desayunos montaban! ¿Te acuerdas de esas salchichas blancas extrañas? ¿Y de los castillos del Rey Loco? ¿Y de las chicas en *dirndls*?

Por supuesto, siguen siendo unos alemanes asquerosos y hay que darles una lección. Pero hay alemanes malos y alemanes buenos.

Bueno, tenemos que volver a las Crónicas de Ellwood. Han ocurrido muchas cosas desde la última vez que te escribí. Primera parada: Lantham.

Cuando me enteré de lo que le había dicho Grimsey, convoqué una reunión de los Ardientes. Estaba nervioso, porque se supone que no debemos tener secretos entre nosotros, pero no les había contado lo de Lantham. Nos sentamos en un círculo, empezamos a pasarnos el oporto que había robado del despacho del señor Hammick y les conté lo de que habían quemado mis poemas.

Grimsey apoyó la cabeza en las manos.

—De modo que no ha podido ser Lantham —dijo.

—No. Y tampoco habría hecho algo así de todos modos, porque está enamorado de mí —les dije.

Se quedaron callados.

—Sí que se le ve afeminado —comentó Grimsey—. No me sorprende.

Empleó un tono más bien desdeñoso, y me alegré de no haber mencionado que yo también lo quiero a él.

—A veces es imposible saberlo solo por cómo se comporta alguien —dijo Aldworth con delicadeza.

Nunca les había hablado de él antes. Es un chico callado, muy popular, aunque nunca dice ni una palabra.

—Bueno, nada de esto viene al caso —les solté—. La cuestión es que no ha sido Lantham.

Volvió a hacerse un largo silencio en el que traté de evitar mover las manos de un lado para otro por los nervios bebiendo más de aquel oporto horrible.

—Bueno, tendrías que habérnoslo dicho —dijo al fin Grimsey—. Seguro que le he dado un buen susto a ese pobre mariquita.

Me reí.

—Sí, me parece a mí que sí.

No se volvió a hablar del tema. Pero, cuando Roseveare y yo volvimos a la residencia, me dijo:

—Aldworth es un invertido, ¿sabes?

De repente, varias de las interacciones entre Aldworth y yo cobraron un nuevo sentido.

—Ah, ¿sí? —le dije—. Vaya, estoy cansadísimo. El oporto estaba espantoso, ¿eh?

Roseveare puso los ojos en blanco y dejó el tema.

¿Te molesta que te hable de este tipo de cosas? Nunca lo parece. Pero tal vez es solo que eres demasiado educado.

Al día siguiente, a la hora del almuerzo, Aldworth me trajo un paquete. Lo abrí montando un gran alboroto, y todos dejaron de comer para prestarme atención. Dentro había un diario.

—¡Qué maravilla! Voy a poder dejar por escrito todos mis pensamientos y mis sentimientos más íntimos —exclamé.

Después de comer, Roseveare lo cubrió a toda prisa con una tinta especial de lo más ingeniosa que había pedido por correo; es invisible hasta que se te queda en las manos. Entonces adopta un tono púrpura intenso. Dejamos el diario sobre el escritorio de mi habitación.

Y entonces esperamos. Aunque no tuvimos que esperar demasiado. Esa noche estábamos todos en la sala común viendo cómo se peleaban West y Pritchard con los bates de críquet (lo cual, por cierto, es muy peligroso y probablemente explique por qué a Pritchard se le da tan mal sumar) cuando Roseveare me dio un codazo en las costillas.

—Mira las manos de Burgoyne.

Ya lo sé, ya lo sé: estaba claro que era Burgoyne. Al principio no pensé en él porque era demasiado evidente. Pero allí estaba, leyendo una novela, y por los lados de las palmas de las manos tenía una mancha violácea. Roseveare cerró la puerta sin hacer ruido y yo me incorporé en el sofá.

—Al parecer, le caigo mal a uno de vosotros —le dije a la sala, que enmudeció al momento—. Pero, en lugar de enfrentarse a mí como un hombre, ha decidido pelear como un cobarde, con tretas. De modo que ahora le doy la oportunidad de enfrentarse a mí como un hombre inglés. Juro que ninguno de mis amigos le hará daño, y lucharemos con dignidad.

Nadie confesó. Burgoyne siguió fingiendo que leía.

—Bueno —ladró Roseveare, y explicó lo de la tinta—. Que todo el mundo enseñe las manos.

Y todos lo hicieron salvo Burgoyne, que mantuvo las suyas pegadas a la novela.

—Venga, Burgoyne —insistió Pritchard.

—No pienso hacerlo. Esto es tremendamente infantil y me niego a participar.

El chico que estaba a su lado le arrebató el libro y, por supuesto, todos pudimos ver que tenía las manos manchadas.

—No pasa nada por que te caiga mal, Burgoyne —le dije—. No me importa en absoluto. Pero has de ser honorable al respecto.

Al oír aquello, Burgoyne pareció hincharse, como esos peces que comen en Japón.

—¿Honorable? —exclamó—. ¿Honorable? Mis antepasados CONQUISTARON este país, Ellwood, siglos antes de que los tuyos salieran a rastras del barro. ¿Cómo te atreves a hablarme de honor?

—Eres un esnob, Burgoyne —le dijo Roseveare con frialdad.

—¡Pues claro! —Parecía muy enfadado—. ¡Todos lo somos! ¿Es que acaso tú te harías amigo de algún chico de las escuelas del pueblo? Por supuesto que no.

—Eso es diferente —dijo Roseveare.

—¡No, para nada! Los pueblerinos saben cuál es su lugar, y nosotros sabemos cuál es el nuestro. Pero Ellwood parece querer que las clases inferiores se queden donde están mientras él trepa y me pisa la cabeza. Pues no pienso permitirlo. No pintas nada en los Ardientes, Ellwood.

—A nadie le importa lo honorables que sean tus antepasados, Burgoyne —le dije—, cuando eres tan solapado...

Burgoyne soltó una carcajada aguda.

—¡Yo, solapado! Yo no soy el judío.

El señor Hammick dice que hice bien en pegarle a Burgoyne en el ojo («No puedes evitar ser judío», me dijo, con una compasión no demasiado acertada), pero que, como el padre de Burgoyne forma parte del consejo escolar, tiene que castigarme. De modo que estoy castigado todos los sábados durante el resto del curso. El otro día fue mi primer sábado castigado; el señor Hammick me preparó una buena taza de té y hablamos sobre críquet.

Muchísimas gracias por haber dicho todas esas cosas sobre mis poemas. Me has sacado una sonrisa enorme. Dale un beso a Maitland de mi parte, ¿vale? Y te mando otro para ti.

Tuyo,
Elly

TRES

S andys no soltó a Gaunt mientras cerraba y atrancaba la puerta y bajaba las persianas.

Gaunt supo lo que iba a suceder por las persianas.

—¡Gaunt! Gaunt…, voy a buscar… refuerzos —gritó Ellwood, al otro lado de la puerta.

—¿Qué quieres, Sandys? —dijo Gaunt, tratando con todas sus fuerzas de liberar los brazos.

Pero Sandys era más fuerte, aunque la técnica de Gaunt en el cuadrilátero era mejor.

Sandys lo inclinó sobre el escritorio y le susurró al oído.

—¿Qué crees tú que quiero, Gaunt? Por Dios.

A Gaunt se le encogió el corazón. El estirón que había dado en verano debería haberlo dejado fuera del alcance de los mayores, pero ahí estaba: atrapado.

—Vamos a dejar a Dios tranquilo, ¿vale? —dijo contra el escritorio.

—Cállate.

Sandys tiró de Gaunt hacia atrás, aún retorciéndole los brazos. Pero, cuando deslizó la mano hacia la parte delantera de los pantalones de Gaunt, la movió despacio, vacilante.

No es que Gaunt no hubiera pensado nunca en acostarse con Sandys. Se le venía a la cabeza a menudo, cuando boxeaban, en destellos rápidos de imágenes mientras uno trataba de tirar al suelo al otro. Por lo general, había sido capaz de librarse de esos pensamientos a base de puñetazos, pero a veces sospechaba que

Sandys sabía lo que hacía. Se miraban demasiado a los ojos durante las peleas.

—Suéltame, Sandys. Acabemos con esto de una vez.

Sandys bajó los brazos. Gaunt se irguió y enderezó los hombros.

Sandys le besó el cuello con delicadeza, abrazando el pecho de Gaunt. *Dios, qué agradable es el contacto físico.*

—Pero no te comportes como una *niña*, joder, Sandys —le espetó.

Sandys lo soltó al instante. Gaunt se volvió hacia él y se puso de rodillas.

—Espera... —lo interrumpió Sandys.

—Uf, ¿y ahora qué?

—No quiero que lo hagas a menos que... a menos que tú también quieras.

Gaunt puso los ojos en blanco con tanta intensidad que incluso movió la cabeza, y estaba a punto de explicarle lo increíblemente estúpido que era decir aquello cuando Sandys lo agarró, lo levantó y lo acercó a él. Gaunt no pudo evitarlo; dejó escapar un leve sonido. Sandys recorrió el cuerpo de Gaunt con la mano, y Gaunt sintió... muchísimo placer.

—No quiero hacer nada que tú no quieras —le susurró Sandys.

Ellwood volvería pronto y trataría de echar la puerta abajo para rescatarlo, pero por ahora estaban solos y en silencio.

—¿Qué me dices, Gaunt? —murmuró Sandys—. ¿A dónde quieres que lleve la mano ahora?

A su pesar, Gaunt respondió.

Jueves, 11 de marzo de 1915
En algún lugar de Bélgica

Querido Sandys:

Gracias por esa postal tan escandalosa. La he colgado en la pared con la esperanza de que David y Maitland piensen que soy un mujeriego. Ja.

Hoy he recibido otra carta de Ellwood. Sigue obsesionado con Maitland; le ha dado mucha curiosidad todo lo que le he dicho sobre él. Parecía bastante celoso de mí, de hecho, por pasar tiempo con él. Pero, bueno, no es ninguna sorpresa. Yo también estoy bastante obsesionado con Maitland (pero no en ese sentido). Siempre ha sido simpático conmigo, pero suponía que era por la vehemencia de Ellwood. Ahora que lo veo con los demás hombres, sé que es un auténtico caballero. Y guapo, que como sabes es mi debilidad... Le respondí a Elly de inmediato, tan relajado como pude, sin mencionar la cara del hombre que he visto flotando en una zanja llena de fango esta mañana. Se había desprendido del cráneo. Tenía la nariz aplanada y no tenía ojos. Era solo una máscara de piel. En fin...

Le he hablado a Ellwood sobre David Hayes. Admito que le hablé de él en parte porque sabía que le daría celos. A Elly le molesta que nunca lo llame por su nombre de pila. (¿Cómo iba a hacerlo? Llamarlo Sidney, como hará su mujer algún día... Preferiría morirme).

Es exasperante que todo esto... que él todavía acapare mi atención, incluso estando yo aquí, en el frente.

Ahora es amigo de Lantham. ¿Te acuerdas de Lantham? El chico ese que se asusta a la primera de cambio. Con unas pestañas muy largas, como las de una chica. Por lo visto Lantham le escribe cartas. Espero que sean muy felices.

¿Sigues en contacto con Stephen Caruthers?

Me alegro de tener a alguien a quien escribirle con sinceridad, Sandys.

Atentamente,
Gaunt

Cuando acabaron, Sandys le dedicó una sonrisa tímida.

—Pégame —le dijo Gaunt.

—¿Perdón?

Gaunt lo empujó.

—Que me pegues.

—¡No quiero!

—Por Dios, Sandys, haz que al menos *parezca* que he opuesto algo de resistencia.

—Ah. Ya… —dijo Sandys—. Bueno, ¿dónde quieres que…?

—Uf, déjalo —soltó Gaunt, y se golpeó la cabeza contra la esquina de un escritorio.

—¡Gaunt! —gritó Sandys, alarmado, pero Gaunt ya estaba de camino a la ventana y levantó las persianas.

—¿Será suficiente? —le preguntó a Sandys, girando la cabeza para mirarlo—. ¿Me saldrá un moratón?

—Diría que te va a salir uno del tamaño de China. ¿Estás bien?

Había apagado el cerebro para evitar los pensamientos imposibles. Ellwood había vuelto hacía un rato, había gritado su nombre mientras Sandys lo tocaba y lo había… distraído bastante.

—Perfectamente —respondió, y abrió la puerta.

Lunes, 22 de marzo de 1915
En algún lugar de Francia

Querido Gaunt:

Aquí no paramos nunca. Estoy tan cansado de todo… Un amigo mío salió volando por los aires la semana pasada. Lo encontré antes que nadie. Aún seguía vivo, más o menos, pero todavía no sentía el dolor. Quise matarlo. Nadie dejaría que un caballo o un perro sufrieran así. Pero soy un caballero, y los caballeros no matan a sus amigos. Me quedé con el revólver en la mano, vacilante, tratando de obligarme a elegir. ¿Qué sería lo más civilizado en tales circunstancias? Pero entonces llegó otro oficial. Me vio la mano y me miró con repulsión. Me sentí como un monstruo.

Llamé a los camilleros y se lo llevaron. Se quedó gimoteando en el hospital de campaña, presa del dolor. Le resultaba imposible articular palabra por la agonía. Sus ojos…, bueno, no hace falta que te los describa. Ya habrás visto ojos así, sin ningún resto de humanidad en ellos. Estuvo así días y días. Nadie a quien le faltasen tantas partes del cuerpo podría sobrevivir, pero teníamos que intentar salvarlo; si no, dejaríamos de ser civilizados. Ha muerto esta mañana, gracias a Dios. Si alguna vez me encuentro en su situación, espero que no haya nadie civilizado cerca, solo un ángel de la muerte veloz con una bala en el cañón.

Quizá pienses que soy un ingrato por quejarme de la guerra…, yo, que tanto me puedo beneficiar de ella. Soy plenamente consciente de que, si me nombran capitán, nadie recordará por qué no pude ir a Cambridge. Por qué me pasé el año pasado escondido en el campo.

No me sorprende que sigas pensando en Ellwood, incluso estando aquí. Lo que me sorprende es que me lo cuentes a mí. Siempre pensé que éramos un reflejo el uno del otro, Gaunt. Ahora espero, por tu bien, que no sea así.

Me preguntabas por Caruthers. Recibí el telegrama que me informaba de su muerte hace dos días. Murió en combate cerca de Artois. No me han dado más detalles. Yo estaba en la reserva, y le enseñé el telegrama a un compañero que lo leyó con cierta compasión. Me di cuenta de que no recordaba cómo sonaba la voz de Stephen. Fue entonces cuando entendí todo lo que significaba el telegrama en realidad.

Tuyo,
Sandys

Sandys acorraló a Gaunt al día siguiente y lo puso contra una pared.

—Me estabas lanzando miradas.

—Son imaginaciones tuyas —respondió Gaunt.

—Ayer te lo pasaste bien. Lo sé.

—Ya me he olvidado de lo de ayer. Tú también deberías.

—A Ellwood no le interesas.

—Ellwood no tiene nada que ver con esto —dijo Gaunt, alejándose.

—Claro que tiene que ver. Y estás perdiendo el tiempo; todo el mundo sabe que está loco por John Maitland.

—Mira, no sé qué cuento apasionado a lo *Troilo y Criseida* te crees que hay entre nosotros, pero...

—¡Joder, que no estoy enamorado de ti, Gaunt!

Sandys lo había aprisionado contra la pared otra vez. Resonaron unos pasos en el pasillo. Sandys lo agarró de las muñecas y se las retorció por encima de la cabeza.

—Pídeme piedad —le ordenó, mientras pasaba un chico de un curso inferior.

—No —se negó Gaunt con frialdad.

Sandys le retorció más los brazos. Gaunt no opuso resistencia.

—Te voy a matar —le gruñó Sandys al oído.

—Ya me gustaría verte intentarlo.

El chico pasó junto a ellos sin detenerse, con la cabeza gacha. Sandys se pegó contra Gaunt con agresividad. Estaba empalmado. Los dos lo estaban. El chico dobló la esquina.

—Eres muy amigo de Stephen Caruthers —le dijo Gaunt.

—Cállate —le soltó Sandys con la boca pegada al cuello de Gaunt.

—Solo que a él no le van este tipo de cosas, ¿no?

—Déjalo ya, Gaunt.

Sandys dejó de agarrarlo tan fuerte. Gaunt podría haberse escabullido. Pero no lo hizo.

—¿Sabes dónde está mi habitación? —le preguntó Sandys en voz baja. Gaunt asintió—. Nos vemos allí en cinco minutos.

Sandys lo soltó y se alejó dando zancadas por el pasillo. Gaunt se golpeó la cabeza contra la pared varias veces.

Nunca había tenido intención de ir a la habitación de Sandys, pero, sin saber muy bien cómo, acabó allí una y otra vez a lo largo del segundo trimestre. Se acostaban juntos; eran revolcones rápidos y furiosos, y nunca se besaban. (Sandys lo intentó una vez. «¿Qué estás haciendo?», le preguntó Gaunt alarmado. No volvió a intentarlo nunca). Cuando acababan, Gaunt se marchaba sin pronunciar palabra, y nunca pensaba en lo que había pasado hasta la siguiente vez que Sandys lo acorralaba. Aunque en realidad sí que debía de pensar en ello, porque siempre acababa merodeando por los mismos lugares, los lugares en los que era probable que Sandys lo encontrara.

—¿Por qué te persigue Sandys? —le solía preguntar Ellwood.

—No es verdad.

—Ojalá no te hicieras siempre el valiente.

—No me estoy haciendo el valiente. Estoy perfectamente.

—¿Cómo se las arregla para arrastrarte siempre a algún cuarto y pegarte?

Cada vez que alguien veía a Gaunt y Sandys entrando juntos en una habitación, Gaunt hacía que Sandys le pegara en algún lugar visible.

Gaunt se encogía de hombros y respondía a todas las preguntas de Ellwood con monosílabos hasta que se acababa rindiendo. Nunca tardaba mucho, pero notaba que Ellwood le clavaba la mirada en los moratones durante el resto del día. Ellwood lo dejaba en paz, pero siempre encontraba alguna forma de dejarle claro que no le hacía ni pizca de gracia.

Sábado, 10 de abril de 1915
En algún lugar de Bélgica

Querido Sandys:

No me había enterado de lo de Caruthers. Lo siento mucho. Ojalá pudiera ser más elocuente, pero me cuesta expresarme. A veces me da la sensación de que las únicas palabras que siguen teniendo significado son los topónimos: Ypres, Mons, Artois. Lo demás no expresa nada.

Sé lo mucho que significaba Stephen para ti. Lo lamento.

Tal vez, dadas las circunstancias, resulte cruel decirte que hoy he recibido otra carta de Ellwood. Pero me temo que no me queda otra, porque no tengo a nadie más a quien contárselo. Se le notaba disgustado y serio y se me ha clavado cada una de sus palabras. Una vez me dijiste que estaba perdiendo el tiempo, y empiezo a pensar que tenías razón. He pasado años y años recorriendo senderos rurales con Ellwood a mi lado y las manos en los bolsillos… ¡Qué cobarde he sido! Pero tenía miedo de que se riera de mí o de que jugara a quererme como hizo con Macready. Al pobre lo dejó destrozado. Deberías haber leído sus poemas. Eran horrorosos, como llorar con tinta.

Tú fuiste mucho más valiente que yo. Me pregunto si tu valentía de aquel entonces te ayudará a salir adelante ahora que lo has perdido.

Quizá preferiría que Ellwood hubiera jugado a quererme, aunque solo hubiera sido durante unas semanas, a no haber tenido nunca nada. (Ellwood me diría que hay una cita de Tennyson sobre eso). Tengo un espacio vacío en la mente donde podrían haber estado esos recuerdos.

Espero que sigas manteniéndote a salvo.

Atentamente,
Gaunt

MARZO DE 1913 — *Hundreds*

Gaunt pasó por delante del dormitorio de Sandys. (No tenía ningún motivo para estar en esa parte de la escuela. Si alguien le hubiera preguntado qué hacía por allí, habría dicho que iba a la lavandería. Puede que incluso él mismo se lo hubiera creído a medias). La puerta se abrió de golpe y Sandys lo metió en su cuarto de un tirón.

—¿Qué te ha pasado? —le preguntó Gaunt.

Sandys tenía la cara deformada por hematomas hinchados y heridas sangrantes.

—Ellwood.

—Pero si eres el doble de corpulento que él.

—Iba con un montón de amigos. Tienes muchos aliados, por lo visto.

Gaunt trató de no sonreír.

—Resulta bastante conmovedor.

—Pues a mí no me lo parece, joder.

—Entiendo perfectamente que *tú* no lo veas así.

—¡Dile de una vez que somos amigos!

—No somos amigos.

Sandys dejó escapar un sonido de exasperación.

—Entonces, *¿qué somos?*

Gaunt se encogió de hombros.

—No le he dado demasiadas vueltas.

—Oye, ¿quieres dejar de hacer como si estuviera tratando de... pedirte matrimonio o algo así...?

Gaunt levantó la cabeza de repente.

—¿*Matrimonio*, Sandys?

Sandys se frotó el ojo e hizo una mueca.

—Dile que somos amigos —repitió.

Gaunt golpeó el marco de la puerta con los nudillos.

—Está bien. Pero no lo somos. Amigos. No voy a escribirte cartas cuando te vayas de la escuela ni nada por el estilo.

—No quiero tus cartas, idiota.

—Te sale pus del ojo.

Sandys buscó un pañuelo, pero Gaunt encontró el suyo primero. Ya tenía sangre de cuando Sandys le había pegado dos días antes. Los pañuelos de Gaunt siempre estaban cubiertos de sangre.

—Gracias —le dijo Sandys.

—Siento lo de Ellwood. Puede ser... muy leal.

—Pensaba que seguía con John Maitland. ¿A qué está jugando, rescatándote como si fueras una damisela en apuros?

—De verdad que no tengo ganas de hablar de esto, Sandys.

Gaunt se acercó a la puerta.

—Como se le ocurra siquiera mirarme raro, le rompo la cara. Por muy guapo que sea.

—No puedes hacerle daño —le advirtió Gaunt con una voz áspera de repente.

Sandys se quedó mirándolo un momento y luego se echó a reír.

—Nunca te había visto tan humano, Gaunt. Y mira que te he visto en todo tipo de posiciones comprometidas.

—Dime que no le vas a hacer daño.

—Ay, Dios, vale, no le pondré la mano encima.

Gaunt tosió y asintió, tratando de ignorar la curiosidad con la que Sandys lo observaba.

—Sabe cuidarse solo —añadió Sandys. Se señaló la cara, hecha un Cristo—. No es que sea precisamente una pobre víctima.

—Ya lo sé —contestó Gaunt.

—Ay, Gaunt —le dijo Sandys con gentileza—. Ya llegará tu oportunidad con él el año que viene, ¿no? Cuando Maitland se vaya.

—No quiero nada así con Ellwood.

—Estás perdiendo el tiempo, ¿sabes? —le dijo Sandys, acercándose a él, y le puso una mano en la cadera a Gaunt.

—No querrás...

—Si te apetece, a mí también —respondió Sandys.

—Pero si pareces una fruta podrida.

—Pues no me mires —dijo Sandys mientras giraba a Gaunt con brusquedad. Acercó la boca a la oreja de Gaunt conforme se peleaba con el cinturón—. ¿Sabes? Te arrepentirás de ser tan cobarde cuando te cases.

—Que no me voy a casar.

Sandys se rio y se acercó más a él. Gaunt se apoyó contra la pared.

—Nos vamos a casar todos, Gaunt. Con mujeres decentes.

—Calla ya.

—Me he dado cuenta —dijo Sandys mientras se vestían, veinte minutos después— de que estás pensando en el futuro. Por eso no me besas ni le dices a Ellwood que estás enamorado de él.

—No estoy enamorado de él.

—Te estás poniendo a pensar en lo que dirán de ti cuando tengas cuarenta años y sigas soltero. «Oh, Gaunt era un chico de lo más decoroso en la escuela. No se dejaba llevar por esos enamoramientos tan obscenos de niños de colegio. No, Gaunt es un hombre honrado». Eso es en lo que estás pensando, ¿verdad?

Gaunt se recolocó la corbata.

—No estoy pensando en nada —respondió con más sinceridad de la que pretendía.

Martes, 13 de abril de 1915
En algún lugar de Francia

Querido Gaunt:

Es muy curioso cómo el dolor nos afecta de manera diferente cada vez. Mi hermana pequeña murió cuando yo tenía siete años, y recuerdo cada momento previo al funeral con una claridad que hace que el resto de mi infancia quede sumido en la oscuridad. Sin embargo, desde que me enteré de lo de Stephen, solo soy consciente del tiempo que pasa como un borrón de imágenes. En los barracones vi un gusano en la tierra, un ser inocente en un parterre, y me asaltó de repente una visión cegadora de Stephen, cuyo rostro conocía tan bien, y los gusanos no hacen distinciones; tú y yo lo sabemos bien. Ya hemos visto cómo se atiborran de alemanes, franceses e ingleses por igual. ¿Qué importa ahora que Stephen hubiera memorizado la mitad de *El paraíso perdido*?

Estaba esperando una carta suya. Me he fijado en la fecha de su muerte, y les he escrito a su comandante y a su ordenanza, y no le encuentro sentido, porque debió de tener tiempo para escribirme. Era un corresponsal muy fiable. Cada vez que llega el correo me pongo a sudar, seguro de que me van a llegar sus últimas palabras, como el fin de un capítulo. Su vida no puede haberse detenido sin más; debe tener un <u>fin</u>. Dime que le ves el sentido a esto, Gaunt. Eres <u>el único que sabía</u> lo que significaba él para mí.

Eres un tonto y un cobarde, y sin embargo te envidio. Hiciste bien en alejarte de Ellwood. Yo he perdido más de lo que imaginas, y lo que queda de mí no vale mucho. Stephen y yo pasamos unas semanas felices antes de que nos expulsaran, pero nada puede hacer que valga la pena este sentimiento.

Sandys

OCTUBRE DE 1913 — *Lower Sixth*

—Pero ¿qué te crees que estás haciendo, Sandys? —exclamó Gaunt. Era medianoche y Sandys lo había despertado con brusquedad—. ¿Te has vuelto loco?

—Tenía que hablar contigo —respondió Sandys, subiéndose a la cama de Gaunt.

—¿Estás chalado? ¡Fuera de aquí! ¿Y si entra alguien?

—No va a entrar nadie —dijo Sandys—. Cállate un momento, que estoy intentando pensar.

Era el primer año que Gaunt tenía un cuarto para él solo, y no podía desprenderse de la sensación de que había otro montón de chicos en la habitación con él, esperando y escuchando. Se sentó con la espalda pegada a la pared, lo más lejos posible de Sandys.

—Si has venido aquí para...

—Que no —contestó Sandys—. De eso he venido a hablarte. De Caruthers. —Esbozó una sonrisa soñadora—. Stephen.

—¿Qué pasa con Caruthers?

—Se lo he contado —dijo Sandys.

Gaunt se quedó helado.

—¿Qué le has contado exactamente?

Sandys debió de percatarse de su expresión, porque se echó a reír.

—Nada de eso, idiota. Le he contado..., bueno, lo que siento. Por él.

Gaunt le clavó la mirada.

—¿Que le has... hablado a Caruthers sobre tus *sentimientos*?

—No pongas esa cara —le dijo Sandys.

—Estás loco. ¿Cómo se te ocurre hacer algo así?

—Me alegro de haberlo hecho —contestó Sandys—. Gaunt, él siente lo mismo.

Aunque a Gaunt le aterraba hacer ruido y llamar la atención de algún profesor que estuviera vigilando, se levantó de la cama. Tenía que poner más espacio entre Sandys y él.

—Siente lo mismo —repitió Gaunt.

—Sí —dijo Sandys, recostando la cabeza en la almohada de Gaunt.

—Bájate de mi cama —le ordenó Gaunt.

Sandys se incorporó, frunciendo el ceño.

—Imagino que entenderás —dijo— que esto significa que tú y yo no podemos seguir...

—Por Dios, Sandys, no me podría importar menos si nos volvemos a ver o no. Sal de mi cama.

Sandys se levantó. Era ancho y corpulento, incluso con el pijama infantil que llevaba. Gaunt nunca lo había visto desnudo, aunque había visto cada centímetro de su cuerpo.

—Deberías hablar con Ellwood —le sugirió Sandys.

—Estás loco. Estás loco de remate. No me puedo ni creer que estés diciendo estas cosas en voz alta —exclamó Gaunt.

—No nos queda mucho tiempo —dijo Sandys, y Gaunt no sabía si se refería a que tendría que marcharse a hurtadillas de su cuarto pronto o si lo decía en un sentido más amplio; que no tenían mucho tiempo antes de que fueran a Oxford o a Cambridge, antes del matrimonio y la decencia y de tener que dejar atrás los deseos infantiles e inmaduros.

—Sandys —dijo Gaunt, pero su voz sonaba mucho menos firme de lo que le habría gustado—. No puedes decir esas cosas.

—Sí que puedo, contigo —respondió Sandys—. Y tú conmigo.

Gaunt negó con la cabeza.

—Una cosa es... hacer lo que hacemos..., entretenernos, como un pasatiempo —dijo.

—Te comportas como si tuvieras mucho tiempo por delante —dijo Sandys—, pero no es así. Estás malgastando los años como si fueran infinitos...

—Sandys, es de noche. Sal de mi habitación —le ordenó Gaunt.

—Stephen está enamorado de mí —dijo Sandys.

Gaunt le dio un puñetazo al escritorio, y Sandys soltó un grito.

—Pero ¿qué locuras estás diciendo? —le espetó Gaunt—. Que Stephen está enamorado... ¡Menuda estupidez!

—Baja la voz —le pidió Sandys—. Y deja de darles golpes a las cosas, por el amor de Dios. ¿No te has parado a pensar que tal vez Ellwood esté enamorado de ti también?

Gaunt le dio un empujón, pero Sandys ya se lo esperaba y estaba preparado. Cuando Gaunt fue a pegarle, Sandys lo agarró.

—Cálmate —le dijo Sandys.

—No sabes de lo que estás hablando —insistió Gaunt.

—En serio, ¿qué es lo peor que podría pasar si se lo dijeras?

Era como si Sandys viniera de otro planeta.

—¿Qué es lo *peor que podría pasar*? —repitió Gaunt, incrédulo—. Podrían expulsarme. Podrían condenarme a trabajos forzados en un campo de prisioneros y avergonzar a mi familia y a todos los que tengan algo que ver conmigo. Podrían *ahorcarme*.

—Ya no ahorcan a la gente por eso —dijo Sandys—. Y ninguno de esos es el motivo por el que no se lo confiesas. No se lo confiesas porque tienes miedo de lo que pueda decir.

—Es que no hay nada que confesar, Sandys.

Se miraron un momento y a Gaunt lo invadió un extraño deseo de besar a Sandys en la boca, solo para ver qué se sentiría. Apretó los puños en los costados y se quedó inmóvil.

—De acuerdo. —Sandys decidió rendirse. Miró a su alrededor, al dormitorio austero de Gaunt, como si se estuviera despidiendo de él—. Solo quería contarte lo de Stephen.

—Bueno, pues ya me lo has contado.

—Sí. —Sandys se quedó un momento junto a la puerta—. Sabes que te aprecio, Gaunt.

—No seas asqueroso.

Sandys se rio y salió por la puerta. Gaunt se quedó solo en su cuarto, con las palabras de Sandys rondándole la cabeza. «Estás malgastando los años como si fueran infinitos».

Viernes, 16 de abril de 1915
En algún lugar de Bélgica

Querido Sandys:

Me cuesta hacer amigos. Diría que solo tengo tres: Gideon Devi, a quien conocí de pequeño, Ellwood y tú.

Siempre que no estoy en la línea de batalla, busco tu nombre y el de Gideon en *The Times*. He empezado a escribir esta carta pensando en decirte que no me podía ni imaginar tu dolor, pero no es verdad. No dejo de imaginármelo una y otra vez. Si te mataran a ti, dudo que recibiera un telegrama; nunca hemos sido tan amigos como para que los demás se enteraran. Sin embargo, en mi imaginación, sí que recibo un telegrama. Veo tu nombre y pienso: Ese era el hombre con el que podría haber hablado si hubiera sido capaz de abrir la boca.

Dices que lo que queda de ti no vale mucho. Yo solo te puedo responder asegurándote que vale muchísimo... para mí.

Tu amigo,
Gaunt

Le devolvieron la carta unos días más tarde, con las palabras «Destinatario fallecido» en el anverso.

—¿Malas noticias? —le preguntó Hayes.

Gaunt le mostró el sobre.

—Lo siento —dijo Hayes.

Gaunt trató de encogerse de hombros, pero los movió con más brusquedad de lo que había pretendido.

—Πάσιν ημίν κατθανείν οφείλεται —dijo.

—¿Que *qué*?

Gaunt sacudió la cabeza.

—Perdón. Eurípides. Se me había olvidado que no lo habías leído.

—«La muerte es una deuda que todos debemos pagar» —tradujo Maitland desde su rincón del búnker—. ¿Quién era, Gaunt? ¿Alguien que yo conociese?

—Sandys.

Maitland se paró a pensar. Gaunt notó que estaba recordando el escándalo.

—Un chico muy fuerte, ¿no? —preguntó Maitland al fin.

Estaba tratando de ser amable.

Gaunt asintió.

—Mucho —dijo.

—Qué mala pata, Henry. Lo siento —repitió Hayes.

Menudo desperdicio habían sido los últimos días de Sandys, pensó Gaunt. Intentando superar un dolor que no tendría tiempo de sanar. Qué patético.

—¿Alguien tiene un cigarrillo? —preguntó.

Maitland le ofreció uno. Más tarde, Gaunt quemó la carta.

Se avecinaba un ataque alemán y Maitland estaba de mal humor. Cada momento libre que tenían lo pasaban preparándose para la batalla. Iba a ser la primera de Gaunt. Maitland había luchado en Ypres el año anterior, y estaba tenso e irritable. Envió a Hayes a inspeccionar los pies de los hombres.

—Nadie se va a librar por el maldito pie de trinchera —le dijo a Hayes.

—Hay algunos que los tienen bastante mal, John.

—Pues que se abalancen sobre los alemanes tambaleándose con unos putos muñones. Me importa una mierda. Tú diles que ningún hombre de esta compañía se va a ir antes del viernes por la tarde.

Hayes y Gaunt intercambiaron una mirada, y Hayes asintió.

—Sí, señor —dijo, y se marchó.

—Uf, no le ha sentado nada bien —comentó Huxton, el cuarto oficial de la compañía—. Pero está bien que le enseñes a tener modales, Maitland. Siempre me ha parecido un tanto insolente ese muchacho.

Hayes no era ni siquiera remotamente insolente, pensó Gaunt, lo único que mostraba era ambición por ser oficial sin ser un caballero.

Maitland ni siquiera miró a Huxton.

—La mitad de nuestras granadas están defectuosas. Comunícaselo al cuartel general y averigua cuándo vamos a recibir un nuevo suministro.

—Pero ¿no puede ir un cabo? —protestó Huxton—. Está muy lejos.

—Te he dado una orden y espero que la obedezcas —le espetó Maitland.

—Que vaya Kane, es un buen hombre —insistió Huxton.

—¡Fuera de aquí! —exclamó Maitland.

Se acabó la discusión. Huxton se marchó. Gaunt se puso su abrigo.

—¿A dónde te crees que vas? —le preguntó Maitland.

—Kohn ha dicho que los hombres estaban algo desanimados en Regent Street. Pensaba ir a comprobar que no hubieran dejado la trinchera hecha un desastre.

—Siéntate.

Gaunt se dejó caer sobre una caja de municiones.

—¿Qué sucede?

—¡Esto! —exclamó Maitland mientras sacudía lo que solo podía ser la última carta que Ellwood le había enviado, en la que le había dicho que estaba enamorado de Lantham.

—No tenías derecho a leerla —protestó Gaunt.

—Tenía todo el derecho del mundo —contestó Maitland. Estaba pálido y con la boca tensa por la ira—. Soy tu *capitán*. Puedo censurar tus cartas cuando me apetezca.

Gaunt mantuvo el rostro inexpresivo como una máscara mientras repasaba todas las cosas que le había escrito a Sandys.

—¿Has encontrado algo con lo que me puedan someter a un consejo de guerra? —preguntó sin tomárselo demasiado en serio.

—No tienes ni idea de lo imprudente que has sido. Deja de chocarte los nudillos; no puedes pegarme.

Gaunt juntó las manos y las dejó sobre el regazo.

—Eres un hipócrita, Maitland.

—Cállate. No voy a informar a nadie sobre esto. Estoy intentando *ayudarte*. ¿No ves que, si dejas que Sidney te escriba este tipo de cartas, vas a conseguir que lo encarcelen?

—Ellwood hace lo que quiere. Siempre lo ha hecho.

Maitland dio un golpe en la mesa con la mano.

—¡Por el amor de Dios, Henry! Ya no estamos en la escuela. La gente no va a hacer la vista gorda porque Sidney sea uno de los jugadores principales del puñetero equipo de la escuela. ¿Te acuerdas de Caruthers?

Gaunt soltó una carcajada, resentido.

—Más o menos. Estuvo con Sandys hace unos años, ¿no?

—Sí. Lo mataron en Artois hace un mes. Se metió directo en el fuego enemigo. ¿Sabes por qué?

—No —contestó Gaunt, apretando los dientes.

—Me lo contó Archie Pritchard. Por lo visto Caruthers había escrito algunas cartas bastante comprometedoras, y un oficial superior se hizo con una de ellas. El día que Caruthers se lanzó a luchar con tanta valentía, sabía que estaban a punto de convocarlo en el cuartel general. Consejo de guerra y deshonra o una Cruz Militar para su familia, que estaría de luto. No tenía mucho donde elegir.

Gaunt pensó en Sandys, en cómo había tratado desesperadamente de descubrir qué había ocurrido con la última carta que sabía con seguridad que Caruthers le había escrito. De repente se alegró de que Sandys hubiera muerto, para no saberlo nunca.

Entonces, como siempre que Gaunt recordaba a Sandys, trató de desviar sus pensamientos.

—A Ellwood nunca le pasa nada; tiene siempre muy buena suerte —dijo.

—Lo que pasa es que es idiota —respondió Maitland—. Tienes que hacerle entrar en razón. Sea como sea.

—No se te ve muy preocupado por *mis* indiscreciones.

—¿Las tuyas? —le preguntó Maitland—. No he leído tus cartas. Solo las que te enviaba él a ti. —Frunció el ceño—. Recuerdo bien cómo es.

—Estoy seguro de que sí —dijo Gaunt.

Maitland se dirigió a las escaleras.

—Hazle entrar en razón. Puede que mueras en la batalla que se avecina, y Ellwood no le hace caso a nadie más.

—Qué motivador —dijo Gaunt. Se percató de la expresión de Maitland—. Yo... Claro, tienes razón. Gracias.

Maitland asintió.

—Tenemos que cuidarnos unos a otros —dijo.

Tenemos..., pensó Gaunt. *¿Quiénes?*

Martes, 20 de abril de 1915
En algún lugar de Bélgica

Ellwood:

He de insistir en que no me escribas más, a menos que puedas hacerlo de un modo apropiado.

Gaunt

Ellwood no le contestó. Gaunt ya se lo esperaba. Si Gaunt moría, sería la última carta que Ellwood recibiría de él. Trató de no pensar en eso; intentó centrarse solo en los suministros de municiones y en los refuerzos de alambres y en el ataque que se avecinaba.

—Me temo que voy a ser un cobarde —le confesó a Hayes a altas horas de la madrugada.

—No lo serás —respondió Hayes.

Pero Gaunt seguía teniendo miedo.

CUATRO

Martes, 20 de abril de 1915
En algún lugar de Bélgica

Ellwood:

He de insistir en que no me escribas más, a menos que puedas hacerlo de un modo apropiado.

Gaunt

Ellwood le dio la vuelta a la carta, pero no había nada más.

—¿Algo interesante? —le preguntó Pritchard.

—¿A cuántos alemanes ha matado? —le preguntó West.

—A ochenta —respondió Ellwood—, todos con sus propias manos.

Dobló la carta, consciente de que su rostro reflejaba todo lo que sentía. Tal vez fuera inapropiado. Le habría gustado ser como Gaunt, pero no podía ocultar su naturaleza. Sabía que siempre había rozado los límites de la tolerancia de Gaunt. Pensaba que sería más fácil no enemistarse con él cuando estuvieran separados y Ellwood no tuviera que recordarse a diario que no debía tocarlo, que nunca debía tocarlo.

—¿Está bien? —preguntó Pritchard en voz baja.

Pritchard solía andarse con cuidado con Ellwood cuando hablaban sobre Gaunt. Era una consideración que resultaba dolorosa.

—Está perfectamente —contestó Ellwood—. Es Gaunt; siempre está perfectamente. —Esbozó una sonrisa, consciente de que

Pritchard notaría lo falsa que era—. Quiero entretenerme con algo. ¿Le quemamos los deberes de Francés a Burgoyne? Ha estado trabajando como un esclavo.

A West se le iluminó la cara.

—¡Me parece una idea estupenda! Llevamos ya días sin hacerle la puñeta.

De modo que irrumpieron en la habitación de Burgoyne. Quemaron su tarea de Francés y le destrozaron los muebles. Ellwood fue el más violento de todos.

El 30 de abril se formó una marabunta en la puerta de Fletcher Hall.

—¿Qué está pasando? —le preguntó Ellwood a Pritchard.

—Al parecer ha habido otra batalla en Ypres. Todo el mundo está intentando hacerse con *The Preshutian* para ver las listas de fallecidos y heridos.

—Pero eso es en Bélgica —dijo Ellwood.

THE PRESHUTIAN

VOL. L. — N.º 749.   30 DE ABRIL DE 1915.   Precio 6 peniques

~CUADRO DE HONOR~

MUERTOS EN COMBATE

Bernard, E. (Teniente), Infantería Escocesa del Rey. Muerto en combate cerca de Ypres el 22 de abril, a la edad de 25 años.

Blakeney, A. G. (Capitán), Regimiento de Yorkshire de la princesa de Gales. Muerto en combate cerca de Ypres el 22 de abril, a la edad de 23 años.

Finch, L. D. (Teniente), Regimiento de Suffolk. Muerto en combate cerca de Ypres el 27 de abril, a la edad de 20 años.

Giffard, R. O. C. (Teniente), Infantería Ligera del Duque de Cornualles. Muerto en combate cerca de Ypres el 22 de abril, a la edad de 19 años.

Maitland, J. A. (Capitán), Fusileros Reales de Kennet. Muerto en combate cerca de Ypres el 22 de abril, a la edad de 20 años.

Morris, R. K. (Subteniente), Infantería Ligera del Duque de Cornualles. Muerto en combate cerca de Ypres el 23 de abril, a la edad de 28 años.

Newton, E. W. (Teniente), Ingenieros Reales de Anglesey. Muerto en combate cerca de Ypres el 26 de abril, a la edad de 19 años.

Straker, W. H. (Capitán), Sijs de Ludhiana. Muerto en combate cerca de Ypres el 22 de abril, a la edad de 21 años.

Vaughan, F. P. (Capitán), Ingenieros Canadienses. Muerto en combate cerca de Ypres el 25 de abril, a la edad de 23 años.

Ward, S. A. (Subteniente), Infantería Ligera del Duque de Cornualles. Muerto en combate cerca de Ypres el 23 de abril, a la edad de 17 años.

Wells, F. S. (Subteniente), Infantería de Bhopal. Muerto en combate cerca de Ypres el 22 de abril, a la edad de 19 años.

Woodruffe, K. H. C. (Subteniente), Regimiento de Suffolk. Muerto en combate cerca de Ypres el 23 de abril, a la edad de 22 años.

———

HERIDOS

Anderson, G. H. (Subteniente), Infantería Ligera de Durham.

Bowen, H. S. (Capitán), Regimiento Real de West Kent.

Brodie, J. G. R. (Capitán), Regimiento de Monmouthshire.

Clayton, F. J. (Subteniente), Ingenieros Reales.

Collins, E. R. (Subteniente), Infantería Ligera del Duque de Cornualles.

Evans, J. T. (Capitán), Regimiento de Londres.

Field, H. F. (Subteniente), Regimiento de Middlesex.

Forristal, F. A. (Teniente), Regimiento de Londres.

Gaunt, H. W. (Subteniente), Fusileros Reales de Kennet.

Grimsey, L. M. (Capitán), Gordon Highlanders.

Lambert S. (Subteniente), Infantería Ligera de Durham.

Mamet, C. M. (Teniente), Fusileros de la Reina de Westminster.

Miller, D. T. (Teniente), Regimiento de Cheshire.

Nott, J. R. W. (Teniente coronel), Regimiento de Gales.

Phillips, N. A. (Subteniente), Regimiento de Liverpool.

Pritchard, A. M. (Teniente coronel), Regimiento de East Yorkshire.

Pritchard, C. S. (Capitán), Regimiento de East Yorkshire.

Toles, T. Z. S. (Subteniente), Infantería Ligera de Durham.

Turner, C. P. J. (Subteniente), Regimiento Real de West Kent.

Turner M. P. (Subteniente), Regimiento Real de West Kent.

Stein, A. N. (Subteniente), Regimiento de Norfolk.

Wall, I. (Capitán), Fusileros Reales.

Wathen, H. A. (Comandante), Black Watch.

Wheatley, A. D. (Teniente), Regimiento de West Riding.

Wright, F. (Capitán), Seaforth Highlanders.

Young, B. C. M. (Teniente coronel), Regimiento de Liverpool.

Había páginas y más páginas. Después de la larga lista de heridos venían los que habían muerto por heridas, los que habían muerto por accidente y los desaparecidos a los que daban por muertos. Ellwood le entregó el periódico a West, aturdido.

—Tu hermano está bien —le dijo.

Pritchard estaba frunciendo tanto el ceño que le lloraban los ojos. Sus dos hermanos habían resultado heridos, y no tenía forma de conocer la gravedad. En la mesa de al lado, Finch tenía la cabeza entre los brazos; de repente era hijo único. Grimsey le estaba dando palmaditas en la espalda, pero también habían herido a su hermano, y por toda la sala los chicos observaban las listas de los muertos con una mirada ausente. A Ellwood se le habían ido los ojos directos a la «G». Al breve momento de alivio que le había producido no haber visto el nombre de Gaunt lo había seguido de inmediato una sensación negra, de vacío, cuando sus ojos se posaron en el de Maitland.

—Vamos —dijo Roseveare.

Ellwood obedeció: se levantó y lo siguió hasta el cementerio. Era un día azul y luminoso. Las hojas verdes se enroscaban, juguetonas, hacia el cielo, y los narcisos estallaban como signos de exclamación entre las lápidas. Ellwood se quedó mirando la más cercana: «George Fuller (1663-1735)».

Parecía un alarde. George Fuller había vivido setenta y dos años. Seguro que se había convertido en un hombre gordo y cansado, con tiempo suficiente como para malgastarlo, y había seguido vivo incluso tras haber perdido la vista y la vitalidad. Mientras que Maitland...

Ellwood le dio la espalda a la lápida conforme se preguntaba cómo de graves serían las heridas de Gaunt. Le parecía casi peor saber tan poco que no saber nada.

—Me acuerdo de la carta que te escribió Maitland —le dijo Roseveare.

Ellwood no podía contestar. No sabía por qué lo había llevado Roseveare fuera, qué intentaba decirle.

—La que leyó Burgoyne. ¿Sabes a cuál me refiero?

Ellwood asintió con brusquedad.

—Era una carta bonita —añadió Roseveare—. Recuerdo que todos nos quedamos fascinados. Había oído que Maitland te trataba bien, pero nunca me lo había creído del todo. No suele ser así la cosa, ya lo sabes.

—Pensaba que estabas prestando atención para averiguar si yo era uno de esos chicos abominables..., ya sabes, como Oscar Wilde.

Roseveare rio.

—No, no creo que ninguno de nosotros tuviera muchas dudas al respecto, Sidney.

Ellwood le ofreció una sonrisa débil.

—¿Está bien tu hermano Martin? —le preguntó.

—Sí. Pero Harry Straker era amigo mío. Solía quedarme en su casa y jugar al críquet con sus hermanos. Tenía tres. —Roseveare dejó de hablar un momento, como si recordara largas tardes de verano sobre un césped esmeralda con chicos que no eran conscientes del poco tiempo que les quedaba—. Murió en agosto. En la batalla de Mons, igual que mi hermano Clarence. Y ahora su hermano Will, en Ypres. Es una pena, eso es todo.

Roseveare nunca había mencionado a su hermano fallecido. Y no parecía querer hablar más de él.

—Simeon Ward tenía mi edad —dijo Ellwood.

—Los chicos de Field House estarán destrozados. Era el único buen lanzador que tenían.

Los muchachos habían empezado a volver a la residencia a través del cementerio. Caminaban con un aire sombrío, hablando en voz baja. Ellwood oyó fragmentos de sus conversaciones. «Newton estaba en el equipo de *hockey*, ¿recuerdas...?». «Giffard, ya sabes, el que siempre ganaba los premios de ensayos...». «Pobre Ward... Aun así, al menos se habrá alegrado de haber visto algo de acción».

—No puedo quedarme aquí —dijo Ellwood.

—Vamos a jugar a la pelota —le propuso Roseveare.

—No —respondió Ellwood—. No me estás entendiendo. No me puedo quedar aquí, como un buen alumno, mientras matan a todos mis amigos.

Roseveare le clavó la mirada.

—Supongo que piensas ignorar el hecho de que tienes dieci-siete años, ¿no?

—¡Ward tenía diecisiete años!

—Sí, y está muerto.

Ellwood alzó los brazos.

—¡Ya lo sé!

—Dale vueltas durante un día o dos. La guerra seguirá estando ahí el lunes.

Roseveare se separó de él y se acercó a West, que tenía el brazo echado por encima de Pritchard.

El lunes llegó una carta de Gaunt.

Jueves, 29 de abril de 1915
En algún lugar de Francia

Querido Ellwood:

Supongo que ya te habrás enterado de lo de Maitland.
Por cierto, Sandys también murió el otro día, aún no me
he enterado de cómo. Espero que fuera una buena batalla.

Yo solo tengo una herida superficial en el muslo, que
es casi motivo de celebración comparado con el resto.
Ojalá hubiera sido un poco más grave, para que me hubieran mandado a casa una temporada. Me tienen en Francia
para enviarme de vuelta en cuanto me cure.

Fue el jueves por la tarde, hace una semana. Acabába-
mos de volver a las trincheras; nos dan unos días en el
pueblo cada semana, más o menos, para que podamos
afeitarnos y pulirnos los botones y recuperar un poco de
sueño y cordura.

Estaba comprobando los sacos de arena. La mitad de
ellos se están pudriendo, lo que significa que pueden romperse de repente y dejar a cualquiera que esté detrás de
ellos expuesto por completo a los francotiradores. No habíamos recibido ninguna orden para esa noche, aparte de
las patrullas habituales y que reforzásemos los alambres,
pero, por supuesto, en las trincheras siempre existe la posibilidad de que llegue el horror. Y el horror llegó.

Primero apareció en la forma de un soldado argelino
francés. Atravesó la trinchera a toda velocidad y se chocó
contra mí. Se me cayó el alma a los pies solo de pensar
que iba a tener que fusilarlo por desertor. No fue necesario, pero Maitland siempre me ~~cuenta~~ contaba lo pertur-
bador que resulta.

—¿Qué te pasa, cobarde? —le pregunté con firmeza, porque nos estaban mirando mis hombres.

Y entonces el hombre se apartó de mí, y le vi los ojos. Los tenía abultados de modo espantoso y tenía la respiración entrecortada.

—Gas —murmuró alguien.

—No seas ridículo. Lo prohibieron en la Conferencia de La Haya —respondí.

Lo dije convencido. Creía de verdad en los principios de nuestra civilización, una civilización que se ha desarrollado más que ninguna otra en la historia del mundo, con teléfonos y trenes y <u>aviones</u>. Por el amor de Dios, pensé, podemos <u>volar</u>; seguro que una civilización así, que se enorgullece de conquistar a la bestia que reside en el hombre y solo trata de buscar la belleza y la prosperidad, no se vendría abajo de una manera tan vil y repugnante, ¿no? ¿No?

La Conferencia de La Haya pretendía hacer la guerra más humana. Habíamos llegado a un punto en la historia en el que creíamos que era posible humanizar la guerra.

Y entonces llegaron más argelinos. Parecía que algunos solo se estaban ahogando, pero otros escupían trozos de sus propios pulmones al toser; se les estaban derritiendo los pulmones en su interior y se estaban asfixiando. Se arañaban el cuello... He intentado ocultarte cosas, Elly. Eres tan puro y tan inocente... Y no quería ser yo quien te abriera los ojos, pero tengo que escribir, tengo que describirte cosas, tengo que contarte lo del hombre al que vi intentando abrirse su propia tráquea sin darse cuenta de que le faltaba una mano y que lo único que estaba consiguiendo era untarse la sangre y restregarse los tendones del brazo por la cara ennegrecida... Me quedé allí plantado mientras pasaba y pensé: ¿Por qué estás en Ypres? ¿Por qué no estás sentado en un patio de Argel, comiéndote una naranja madura? Hemos conquistado el mundo con promesas que no hemos podido cumplir. Les dijimos a los argelinos que su civilización no estaba bien, que debían aceptar la nuestra en su lugar; llevamos la carga del hombre blanco obedientemente, para iluminar a los indios... ¡A los indios! Los que construyeron el Taj Mahal. Y a los egipcios. Porque éramos mejores que sus pirámides. Inundamos África y América porque éramos superiores, claro que sí, estábamos <u>humanizando la guerra</u>, y ahora se ha venido todo abajo y los hemos arrastrado al infierno con nosotros.

Hemos condenado al mundo con nuestros avances; con nuestra democracia, que es mucho mejor que cualquier cosa que se les haya ocurrido a los demás; con nuestra tecnología, que mejorará tantísimo sus vidas; y ahora los hombres argelinos tienen que morir asfixiados por sus propias entrañas derretidas en estas trincheras belgas húmedas y yo...

Cómo me gustaría estar en Inglaterra ahora mismo. Debe de haber llegado ya la primavera. Las mañanas deben de ser frescas y el cielo estará azul, y el canto de los pájaros brotará de los árboles verdes y las mujeres se irán riendo por los caminos del campo. Podría leer *El sueño de una noche de verano* en el cementerio y pensar: Inglaterra es mágica. Seguro que todo el mundo la quiere. Seguro que todos agradecerán los regalos que les concedamos y no les importará el precio tan alto que les hacemos pagar por ellos.

Sonó el teléfono en el búnker. Oí que Maitland contestaba, y al rato salió.

—Hay un agujero en la línea de más de seis kilómetros de ancho. Nos han ordenado cubrirla.

Ya nos empezaban a picar los ojos y las gargantas por el gas que se extendía despacio hacia nosotros. David y yo hicimos que cada hombre llevara una toalla húmeda alrededor de la cara. Maitland nos dio las órdenes; cuando él nos lo dijera, debíamos salir de la trinchera. Nos separamos con nuestros hombres y esperé la señal. El olor a gas se iba volviendo más fuerte. Era como lejía. Los hombres se movían nerviosos, con los ojos desorbitados, mientras los argelinos envenenados seguían huyendo del lugar hacia el que yo les pedía que fueran.

Y entonces Maitland hizo sonar el silbato. Oí a los hombres salir de la trinchera y, como respuesta, las ráfagas de las ametralladoras, ratatatatá, como una risa maníaca.

—¡Arriba! —les grité, y empecé a escalar, pero nadie me siguió—. ¡Venga, subid!

Los hombres se quedaron quietos, paralizados por un terror que nunca antes había visto. Eran hombres que patrullaban a diario hasta el frente enemigo, pero aquel olor no era algo contra lo que pudieran luchar. Era como un fantasma, era como el espíritu de Dios, que había venido a matar a todos los primogénitos para mostrarnos su ira.

—¡Salid de la trinchera, cobardes de mierda! —les grité con la voz rota, porque no quería hacerlo, Elly, no quería; conocía a esos hombres, pero ¿qué otra opción me quedaba?

Estaban atontados por el miedo, y lo único que lograría hacer que se movieran era meterles más miedo. Disparé hacia la trinchera, apuntando a los sacos de arena. Me temblaba la mano. Fallé y le di a Harkins en la cabeza. Se había alistado en 1914 y nunca lo habían herido. Nadie jugaba con él a las cartas porque ganaba siempre.

Se desplomó. Su sangre y sus sesos salpicaron a sus amigos. Y ni así se movieron.

—¡Os pienso disparar a todos! —chillé, blandiendo el arma.

Entonces por suerte se pusieron en marcha y salieron de la trinchera. No podía ver a David, que estaba a mi izquierda, ni a Maitland, a mi derecha. La tierra de nadie empezaba a volverse amarilla por el gas. Corrí hacia delante y de repente me di cuenta de que estaba solo. Las balas habían alcanzado a todos y cada uno de mis hombres.

Me paré en el pedazo de tierra más olvidado por Dios que espero exista jamás y pensé: ¿Cómo estará Elly?

Entonces algo me alcanzó la pierna, aunque no me dolió, y vi que se trataba de una bala. No la sentía, pero sabía que eso pronto cambiaría, y el gas estaba llegando. Recogí al hombre herido que tenía más cerca y lo arrastré hasta la trinchera antes de que me fallara la pierna.

Mataron a Maitland, y David recibió un disparo en el hombro, pero se recuperará. Me han nombrado capitán. Parece que un uniforme bien hecho y el acento me convierten en mejor candidato que Hayes, a pesar de sus años de experiencia.

Se me está curando bien la pierna. Pronto tendré que volver. Estoy muerto de miedo. Ojalá pudiera volver a verte antes de morir.

Tuyo,
Gaunt

Ellwood, en su dormitorio, dobló la carta, se la metió en el bolsillo y miró a su alrededor. Era el dormitorio más bonito que había tenido en Preshute, y lo echaría de menos. Gaunt siempre decía que había vivido una vida privilegiada, que tenía muy buena suerte. Era cierto que a Ellwood le resultaba fácil casi todo: caía bien a la gente, se le daban bien los deportes y las clases... Nunca se habían metido con él seriamente ni lo habían acosado, a pesar de las razones obvias por las que podrían haberlo hecho. Gaunt, por su parte, lo había pasado mal antes de haberse vuelto tan alto, fuerte e impenetrable que nadie podía hacerle daño. De hecho, Gaunt representaba la única adversidad real a la que Ellwood había tenido que enfrentarse. El amor no correspondido era algo difícil de sobrellevar, pero Ellwood conseguía soportarlo porque Gaunt lo necesitaba.

Nunca había sabido realmente cuánto. Esa carta no era la manera que él habría elegido de descubrir el lugar tan importante que ocupaba en el alma de Gaunt.

Roseveare le había dicho que esperara unos días. Los días habían pasado, y Ellwood ya sabía qué hacer. Había una parte de él que sentía como si siempre hubiera sido inevitable que se viera obligado a vagar por el continente, sin hogar, errante, como sus antepasados por el desierto. Era inevitable, por lo mucho que anhelaba estar arraigado en Inglaterra. Por lo feliz que era en Preshute, con el mundo extendiéndose ante él, como algo mágico que lo llamaba. Por supuesto que no pensaba quedarse de brazos cruzados.

—¡Ay, Dios! ¡Lo siento mucho!

Era Pritchard. Trató de cerrar la puerta y escabullirse.

—No te preocupes, Pritchard, puedes pasar.

Pritchard se sentó en la cama junto a Ellwood, algo incómodo, y le dio unas palmaditas en la espalda. West habría hecho alguna broma, se habría burlado de Ellwood. Pero Pritchard siempre era amable, aunque fingiese lo contrario. Su rostro anodino y poco memorable ocultaba una determinación sensible de resultar encantador, de hacerles la vida más fácil a los demás.

—Ya está, ya pasó —le dijo a Ellwood, que resopló—. Es lo que dicen las chicas cuando llora alguien —añadió a la defensiva.

Ellwood se sonó la nariz y se secó las lágrimas.

—He recibido una carta de Gaunt.

—Ah.

Pritchard hizo una pausa, tal vez pensando en sus dos hermanos, uno de los cuales había muerto el domingo: Charlie. Ellwood sospechaba que Pritchard, en secreto, estaba aliviado de que hubiera sido Charlie quien había fallecido, y no su hermano mayor, Archie, con quien estaba mucho más unido.

—¿Está bien Gaunt? —preguntó al fin Pritchard.

—No. O sea, sí. Pero en realidad no, no está nada bien. Y ya lo conoces; no es muy comunicativo. Si me está escribiendo una carta como esta…

—Ha tenido que cambiar mucho, ¿no?

—Sí.

Volvió a hacerse el silencio entre ellos.

—Voy a alistarme —le informó Pritchard.

Ellwood asintió.

—Yo también.

—A nuestras madres no les va a hacer mucha gracia.

Ellwood era hijo único, y la madre de Pritchard ya había perdido a un hijo. Pero Ellwood no podría soportar tener que leer otra carta como aquella, sentado impotente en su cómodo dormitorio. Si le hacían algo horrible a Gaunt, quería que se lo hicieran a él también.

CINCO

La madre de Ellwood estaba llorando desconsoladamente en el sofá. Ellwood se arrodilló junto a ella mientras murmuraba con delicadeza para tranquilizarla.

—¿Cómo has podido? —exclamó su madre—. ¡Me lo *prometiste*...!

—Estaré de vuelta en un abrir y cerrar de ojos —respondió Ellwood—. ¡Y piensa en lo orgullosa que vas a estar de mí!

—¡Con solo diecisiete...!

—Mentalmente tengo veinticinco. Por favor, no llores, madre. ¿Es que no ves que no tenía otra opción? Me habría muerto de vergüenza si me hubiera quedado terminando las clases mientras Gaunt, Pritchard y West están por ahí luchando por el rey y por el país.

La señora Ellwood sacudía los hombros con cada sollozo.

—No voy a perdonar *jamás* a tu tío —le dijo—. ¡Mira que animarte a alistarte...!

—No me ha animado —respondió Ellwood—. Solo me ha ayudado con los trámites para que me nombren oficial. Pensaba que estarías orgullosa.

La señora Ellwood se incorporó. Aún no había dejado atrás la treintena. Era guapa, morena y delgada; podría haberse casado con cualquiera después de la muerte del padre de Ellwood, pero no lo hizo. «¿Por qué iba casarme si te tengo a ti?», le había dicho a Ellwood cuando él tenía doce años, con lo que había conseguido halagarlo y asustarlo a la vez.

—Tú no tienes madera de soldado, Sidney —le respondió su madre—. Eres diferente a esos chicos.

—No lo soy —replicó Ellwood, frunciendo el ceño.

—Eres… sensible —añadió su madre.

Ellwood sabía perfectamente qué era lo que su madre no le estaba diciendo. Inclinó la cabeza para apoyársela en la rodilla.

—Es… posible —contestó, cohibido de repente por el amor desesperado que sentía por ella—, pero eso no quiere decir que sea un cobarde.

—¡Terminar la escuela no es de cobardes!

—Ya no hay vuelta atrás, madre. —Se sentó a su lado y la abrazó—. Mandaré que me hagan una fotografía con el uniforme, y la podrás poner en la chimenea —le dijo—. Y ya verás las cartas tan maravillosas que te escribiré.

—El rey y el país no te *necesitan*. Yo sí —insistió su madre.

Ellwood no sabía qué contestar, así que se limitó a besarle la coronilla.

Viernes, 7 de mayo de 1915
Randall's Farm,
Leatherhead

Querido Henry:

La próxima vez que nos veamos, seré subteniente del Tercer Batallón de los Fusileros Reales de Kennet. Me alegro de haber podido elegir el regimiento (todo es cuestión de contactos). Tú espérame ahí, en Francia, que pronto estaré contigo. Iremos juntos al frente y será como si volviéramos al entrenamiento de cadetes.

El entrenamiento es tal y como me lo describiste: es muy duro pero bastante agradable. Me he hecho amigo de uno de los caballos y salgo a montar por las tardes. No estabas de broma cuando decías lo de que aquí los hombres son bajitos, y tienen unos dientes que me provocan pesadillas. Seguro que son lo peor que voy a ver en la guerra. Ja, ja.

Pritchard también se ha alistado. Quería estar en el mismo regimiento que su hermano Archie, pero capturaron a Archie la semana pasada y lo tienen preso. Sinceramente, creo que Pritchard está aliviado de que se haya quedado al margen. A Charlie Pritchard lo hirieron y acabó muriendo después de Ypres, no sé si te habrás enterado. La verdad es que fuimos bastantes a la Oficina de Reclutamiento después de que viésemos las listas de fallecidos. De todos nosotros, solo se queda aquí Roseveare.

—La guerra no se habrá ido a ninguna parte cuando tenga diecinueve años —me dijo.

No sé de dónde habrá sacado esa idea. Cualquiera con dos dedos de frente es capaz de ver que no es sostenible. Por aquí los chicos siguen hablando de una «gran ofensiva» que tendrá lugar este otoño y que acabará con la guerra para cuando llegue Navidad. ¡Solo espero que no suceda antes de que llegue yo! Me sentiría tontísimo, aquí entrenando tanto para luego llegar a Francia justo a tiempo para las celebraciones de la paz.

He visto que Sandys ha muerto. Pritchard se enteró a través de su hermano Archie, antes de que lo capturaran. Por lo visto Sandys recibió un disparo en la boca. Su capitán ha dicho que fue muy valiente, aunque tardó dos días en morir. Nunca llegué a entender tu amistad con él, pero espero que estés bien.

Me ha dado mucha pena enterarme de lo de Maitland.

El ataque con gas parece algo espantoso y me habría gustado estar allí contigo. La próxima vez estaré allí. Te lo prometo.

Tu (apropiado) amigo,
Sidney

Martes, 18 de mayo de 1915
Francia

Ellwood:

No seas idiota. No tienes edad para alistarte. Vuelve a la escuela.

Gaunt

Lunes, 31 de mayo de 1915
Randall's Farm,
Leatherhead

Querido Gaunt:

Suenas igualito que mi madre. Está enfadadísima conmigo. Pero no soy un niño pequeño, Gaunt, y tratarme como tal resulta condescendiente.

Aquí hay bastantes antiguos alumnos de Preshute, como por ejemplo Arthur Loring. ¿Te acuerdas de él? Pelo rubio, rasgos afilados, las chicas del pueblo no dejaban de mirarlo. Nos hemos hecho camaradas charlando sobre Maitland. Eran amigos en la escuela. Le estaba hablando a uno de los oficiales sobre Maitland, sobre la manera que tenía de describir las novelas mencionando solo detalles irrelevantes («¡*El conde de Montecristo*, un buen mamotreto sobre una chica que huye con su amante, que es pianista!»), y de repente me di cuenta de que nunca lo conocerán. Era encantador, y ya nunca lo sabrán.

¿Cuándo se esfumará su gloria?
¡Ah, la carga brava que hicieron!
Se maravilló el mundo entero.

¡Honrad la carga que emprendieron!
¡Honrad la Brigada Ligera, a los honorables seiscientos!

¿Te has enterado de que ha muerto Rupert Brooke?
Una picadura de mosquito infectada de camino a Galípoli.

Ellwood

Lunes, 14 de junio de 1915
Randall's Farm,
Leatherhead

Querido Gaunt:

Loring se ha ido al frente hoy. Lo voy a echar muchísimo de menos.

La madre de Maitland me ha escrito y me ha preguntado si podía ver las cartas que me enviaba su hijo. Le he
dicho que las he perdido. Estoy impaciente por llegar a
Flandes; odio esperar tanto.

Ojalá me respondieras.

Ellwood

Miércoles, 23 de junio de 1915
Randall's Farm,
Leatherhead

Querida Maud:

Espero que no te importe que te escriba. Llevo unas
semanas sin saber nada de Henry y me preguntaba si habías tenido noticias suyas.

Estoy realizando el entrenamiento militar en Surrey, y pronto iré a Flandes. Espero que estés bien. Dale recuerdos a vuestra madre.

Tuyo,
Sidney Ellwood

Viernes, 25 de junio de 1915
Londres

Queridísimo Sidney:

Siempre es un placer saber de ti. ¿Cuándo vas a volver a pasar unos días en casa? Tal vez puedas visitarnos cuando estés de permiso.

Me he estado formando en secreto con el Destacamento de Ayuda Voluntaria en un hospital de Londres. Le he dicho a mi madre que me he apuntado a clases de refuerzo de griego. El griego le recuerda a Henry, y entonces se calla y se siente culpable y no me hace más preguntas. ¿Te parezco cruel por mentirle? Es que no puedo seguir en la escuela, preparándome para una forma de vida que se va desvaneciendo con cada nueva batalla. Leer las listas de fallecidos me deja destrozada; me siento impotente, cuando lo único que estoy haciendo yo son conjugaciones en latín.

¿Te acuerdas de mi amiga Winifred Kempton? Su prometido recibió un disparo en el cráneo en Ypres. Se está recuperando en un hospital de Camberwell, pero se pasó dos semanas ciego. Intentó anular el compromiso una y otra vez para evitar que Winifred se casara con un inválido; tenía buenas intenciones, pero Winifred se disgustó mucho.

En cuanto a Henry, ya se le ha curado la pierna y ha vuelto a Flandes. No se ha librado ninguna batalla allí desde hace un mes, así que mi madre y yo estamos bastante tranquilas. Pero ¡me sorprende que no te lo haya dicho él mismo! Siempre habéis estado muy unidos.

Espero que me escribas cuando estés en el frente. Henry nos envía cartas cortísimas y muy poco expresivas, y mi imaginación se encarga de rellenar todos los huecos con ideas espantosas.

Voy a estar preocupada por ti.

Tuya,
Maud

Viernes 2 de julio de 1915
Randall's Farm,
Leatherhead

Gaunt:
Me estás castigando por haberme alistado. Pues no va a cambiar nada. No voy a ceder ante tus caprichos como una sirvienta acobardada a la que le han dado una bofetada.

Ellwood

SEIS

JULIO DE 1915 — FLANDES

El olor era abrumador, pero peor aún eran los fragmentos de cadáveres que sobresalían de las paredes. Era evidente que habían intentado enterrarlos, pero con la lluvia la tierra se movía y se desprendía. Iba viendo pies, manos y caras al pasar.

«Huesos por todas partes. ¡Seguro que nunca has visto nada igual!», le había escrito en su carta a Gaunt al describirle la Cueva del Ermitaño.

«Te equivocas», le había respondido Gaunt.

—Este es su búnker, señor —le dijo el soldado raso. Resultaba evidente que se había teñido el pelo blanco de negro para poder alistarse—. Estará con el capitán Gaunt. Es un hombre duro como el acero.

—Íbamos a la escuela juntos —dijo Ellwood.

—Entonces ya lo sabrá, señor.

—Sí —respondió Ellwood, vacilante.

—Será mejor que me vaya, señor —dijo el soldado raso.

Ellwood le sonrió y bajó las escaleras.

El búnker era pequeño y húmedo. Estaba iluminado por unas pocas velas dentro de botellas y el ambiente estaba cargado de un fuerte olor a *whisky*. Había un hombre en la mesa destartalada de madera, censurando cartas. Por el aspecto terrible de su uniforme, Ellwood supuso que se trataba de David Hayes. Llevaba un bigote bien cuidado y tenía arrugas profundas en la frente; a Ellwood le pareció que debía tener unos treinta años. El hombre levantó la vista cuando entró Ellwood.

—Buenas —lo saludó—. Debes de ser el nuevo subteniente.

—Sí —respondió Ellwood, que se mostró bastante tímido de repente. Allí abajo el ruido de las armas sonaba amortiguado, de modo que tan solo parecían truenos lejanos y constantes—. Ellwood.

—Teniente David Hayes.

Ellwood le sonrió.

—Lo sé todo sobre ti. Mi amigo Gaunt...

Afligido, dejó la frase a medias, consciente de que Gaunt no le había escrito en meses.

—Sí, en un minuto estará por aquí.

Ellwood asintió sin demasiado entusiasmo y miró a su alrededor.

—¿Cuál es la mía? —preguntó, haciendo un gesto hacia los bancos de alambre que hacían las veces de camas.

Hayes señaló la cama que parecía menos estable. Ellwood dejó la mochila a un lado y la cama se hundió casi hasta el suelo.

—Vas a tener que andarte con ojo con las ratas. Son muy amistosas.

—De acuerdo.

—Conoces a Gaunt desde hace mucho tiempo, ¿no?

—Desde hace años. Es mi mejor amigo. Al menos...

Ellwood se interrumpió, confuso. Ambos se quedaron en silencio.

—No esperes que sea el mismo, eh. Todos estamos cansados y..., bueno, cansados.

—Ya lo sé. —Hayes parecía incrédulo—. Gaunt siempre está perfectamente —añadió Ellwood.

Hayes parecía querer decir algo más, pero cerró la boca y se puso a limpiar el rifle con un trapo viejo.

Entonces Gaunt bajó las escaleras.

No podía mantenerse erguido allí dentro por lo alto que era. Tenía los ojos inyectados en sangre y unas ojeras violáceas profundas. Apenas miró a Ellwood antes de sentarse a la mesa.

—Hola, Ellwood —lo saludó con una voz áspera y ronca, y se sirvió una jarra de *whisky*.

—Me alegro de verte —le dijo Ellwood en voz baja.

—¿Sí? —le preguntó Gaunt, como si Ellwood lo hubiera informado de que fuera estaba lloviendo—. ¿Sabes ya cuál es tu catre? Perfecto. Ahora puedes ponerte a trabajar con Hayes. Él te enseñará qué hacer.

—Vale —respondió Ellwood. Se acercó a la mesa, inseguro. Gaunt sacó unos papeles y comenzó a leer una carta—. Eh…, ¿cómo has estado?

—Ocupado.

—Está todo… cubierto de barro por aquí.

—¿Es necesario que te escuche hacer una evaluación detallada de la guerra ahora mismo, o vas a dejar que me concentre en las cartas?

—Ah…, sí, lo siento —murmuró Ellwood, y Hayes se puso en pie.

—Venga, vamos —dijo—. Voy a enseñarte todo esto.

El primer cadáver completo que vio Ellwood fue el de un francés. Estaba casi descompuesto y los huesos blancos y alargados brillaban a la luz del mediodía. Ellwood se detuvo a mirarlo.

—Cada compañía lo deja ahí para la siguiente —le dijo Hayes—. Henry lleva tiempo queriendo que lo enterremos, pero no queda hueco en la tierra.

—«Ya despertó del sueño de la vida» —dijo Ellwood, sobrecogido.

Hayes le lanzó una mirada divertida.

—Ya dijo Henry que harías eso —dijo.

Llegó un proyectil aullando por el cielo. Ellwood se arrojó a los tablones de madera, bajo los cuales yacían más cadáveres.

Hayes soltó una carcajada mientras lo ayudaba a levantarse. El barro que cubría a Ellwood no se parecía a nada que hubiera visto antes: una pasta espesa que olía a sangre con un ligero toque químico.

—Pobre desgraciado —dijo Hayes, que agarró un palo y empezó a rasparle para quitarle todo el barro posible—. No podemos cambiarnos de ropa en seis días, ¿sabes?

—Lo siento —murmuró Ellwood, avergonzado. Tenía la mandíbula tan apretada que tuvo que tocársela para aflojar los músculos—. Pensaba que iba a aterrizar cerca.

—Con los proyectiles que suenan tan fuerte es bastante fácil distinguir dónde van a caer. Ya aprenderás —le dijo Hayes—. Es de los obuses de lo que tienes que preocuparte. Silencio, y de repente...

Hizo un ligero sonido con la boca y extendió las manos para imitar una explosión.

—¿Estamos en una parte del frente muy activa? —le preguntó Ellwood.

Gaunt asomó la cabeza desde el búnker.

—¿A qué juegan los alemanes, bombardeándonos a media tarde? —le preguntó a Hayes—. Ve a decirles a los ametralladores que les den caña.

Gaunt volvió a desaparecer por las escaleras, murmurando algo sobre «paz y tranquilidad, joder».

—Venga, vamos —le dijo Hayes.

Ellwood lo siguió por la trinchera, tropezando con las piernas extendidas de los hombres que dormían. Ninguno de ellos se había despertado al oír el proyectil caer. Estaban todos empapados. Ellwood vio a un hombre demacrado, acurrucado en el escalón de tiro, que se estaba levantando el cuello del uniforme para mostrarle a su compañero la zona de la piel que le sangraba por el roce del rifle.

—No se me cura por la humedad —le estaba diciendo.

Tenía la herida sucia, infectada.

—Tenemos un acuerdo general de no usar artillería entre nosotros si no es necesario —dijo Hayes—. Hola, Kane. ¿Alguien herido por el último proyectil?

Un soldado raso escuálido se detuvo en seco. Tenía la cara cubierta de algo. Ellwood se quedó mirándolo, tratando de averiguar qué era.

—Tres, señor —respondió—. Flegg y Rawlins, y Molony se ha quemado.

Ellwood se dio cuenta entonces de que eran sesos. Trozos grisáceos de cerebro y sangre, aferrados al pelo y las pestañas de Kane, goteándole por la barbilla.

Hayes silbó.

—¿Ha sido un impacto directo? —preguntó.

—Sí, señor.

—¿Está bien Molony?

—No tenía buen aspecto, señor.

—Bueno —dijo Hayes—, pues nos vengaremos de los alemanes.

Kane asintió.

—Sí, señor.

—Límpiate, que pareces una carnicería —le dijo Hayes, y siguió caminando hacia el nido de las ametralladoras—. Me dan hasta pena los alemanes, de verdad —le dijo a Ellwood por encima del hombro—. No tienen ni la mitad de artillería que nosotros, y ahora saben que les espera una media hora dura mientras contraatacamos.

—¿Crees que se avecina un ataque? —le preguntó Ellwood, que no pudo evitar sentir una punzada de emoción ante la idea de estar tan cerca de la muerte, de estar de verdad en plena guerra.

Había pasado toda la niñez jugando a los soldados, y ahora lo había visto, había visto sesos salpicados en la cara de un hombre, de una manera más clara y con más detalles que en todos los libros que había leído.

—Lo dudo —respondió Hayes—. Es probable que solo sea algún coronel imbécil presumiendo ante su superior, sano y salvo tras las líneas alemanas.

Al llegar al nido de ametralladoras, Hayes dio varias órdenes breves, y luego le hizo un gesto a Ellwood para que se tapara los oídos. El ruido de las ametralladoras era tan fuerte que Ellwood, más que oírlo, lo sentía; le vibraban los huesos de un modo que le resultaba emocionante. Las explosiones le producían un cosquilleo en la pelvis que lo inundaba de tal regocijo que casi le parecía excitante.

Aquella noche se fue a dormir tarde, con una sensación similar a la que lo solía invadir al llegar al internado tras las vacaciones, como si llevara allí un millón de años y su hogar no fuera más que un sueño extraño y autoindulgente.

En su segunda noche, Ellwood dirigió su primera patrulla. Salió de las trincheras con seis hombres y se acercaron a la alambrada de espino, que en algunas partes estaba hecha pedazos por los tiros. Reforzaron los huecos con alambre nuevo lo más rápido que pudieron.

Solo los separaban unos sesenta y cinco metros de las trincheras alemanas. Resultaba extraño pensar que aquel paisaje desolado y vacío ocultaba a miles y miles de hombres. Aunque no tuviera sentido, a Ellwood le recordó a una de las veces en que jugaron a las sardinas en Cemetery House. Ellwood había sido uno de los últimos en encontrar a los otros chicos. Había buscado por todas partes y solo había encontrado habitaciones puestas patas arriba. Pero al final había abierto la puerta de un cuarto vacío y se había topado con un silencio furtivo, un silencio palpable que inundaba la habitación. Había visto un par de zapatos que sobresalían de las cortinas, y entonces había sido como si se le acostumbrara la vista y pudiera ver a chicos escondidos por todas partes. Había tres bajo el colchón, aplastados, y otros dos ocultos entre las sábanas. Había uno detrás del espejo de pie y otro arrodillado detrás de la pantalla de la chimenea. La vida de la habitación bullía en silencio, y Ellwood se había escondido a toda prisa junto a Gaunt detrás de un escritorio plegable. Se habían quedado mirándose en un silencio risueño cuando había entrado Bertie Pritchard, había dicho «¡Aquí no!» y se había marchado.

Recordaba que Gaunt había apoyado la frente contra la suya y, cuando había entrado Pritchard, Gaunt le había tapado la boca a Ellwood con la mano. Había abierto los ojos de par en par tratando de contener la risa.

Mientras desenrollaban el alambre, uno de los soldados de Ellwood estornudó. Los hombres que había a su alrededor se apartaron al instante. Cuando volvió a estornudar, un francotirador alemán le disparó en la pierna y el hombre empezó a lamentarse.

—Por Dios, que nos vas a delatar a todos —le dijo Ellwood.

—Me han dado —se quejó el hombre.

A Ellwood le castañeteaban los dientes con tanta fuerza que le costaba hablar.

—Te llamabas Hayward, ¿no? —le preguntó Ellwood—. Escúchame. Solo tienes una herida en la pierna, así que sé un hombre y guarda silencio.

—Hay mucha sangre, señor —dijo otro hombre.

Ellwood creía recordar que se llamaba Roberts. Ellwood se arrastró hasta donde yacía Hayward, gimiendo entre el barro. La sangre le brotaba de la pierna a chorros de un tono carmesí. Ellwood hizo presión sobre la herida con la mano, pero fue inútil. En cuestión de segundos, Hayward se había desangrado.

Ellwood retiró las manos de la pierna ensangrentada de Hayward. Sus hombres lo observaban. Era consciente de que todos eran mucho mayores que él, y de que él era nuevo.

—Llévatelo a la trinchera, Roberts —le ordenó. Sintió un gran alivio al ver que podía hablar con voz firme—. Vamos a descansar un cuarto de hora y luego volveremos a reforzar la alambrada.

Roberts arrastró el cuerpo de Hayward hacia la trinchera por los brazos, y Ellwood se permitió respirar.

—«¡Adelante, Brigada Ligera!» —dijo Gaunt cuando Ellwood lo informó de lo sucedido—. Habrá que enterrarlo, aunque no sé dónde.

—Lo único que ha hecho ha sido estornudar —le dijo Ellwood, a quien le parecía que disparar a un hombre por estornudar era antideportivo.

—Deberías escribir el pésame para su familia esta noche. Hayward estaba casado.

—¿Y qué... qué digo?

Gaunt lo miró a los ojos con una mirada inexpresiva.

—Que murió como un valiente por el rey y la patria.

Ellwood fue el primero en alejarse.

—Gaunt...

—Estarás de servicio desde las cuatro hasta la hora de volver a nuestras posiciones. Escribe la carta y luego vete a la cama.

—Tan solo estornudó —insistió Ellwood.

Gaunt no lo miró. Apuró la jarra de *whisky* y fue a supervisar el reparto de comida.

Viernes, 6 de agosto
En algún lugar de Bélgica

Estimada señora Hayward:

En nombre de los oficiales y hombres de mi compañía, quisiera desearle mi más sentido pésame por la muerte de su marido, el soldado William Hayward. Lo dispararon mientras reforzaba nuestras defensas y murió al instante y sin dolor. Le aseguro que todos sentiremos su pérdida, ya que era un caballero galante y un soldado muy valiente. Aunque su muerte es una tragedia, espero que la consuele saber que murió protegiendo a su país.

Atentamente,
Subteniente Sidney Ellwood

Ellwood aprendió pronto que lo que volvía tan insoportable la vida en las trincheras no era la violencia, sino la pura *fealdad*. No tardaron en empapárseles las botas por completo y Huxton, un oficial delgado y taciturno con el que compartía el búnker, le aconsejó que no se las quitara.

—No te va a servir de nada, y te va a costar muchísimo volver a ponértelas.

Las moscas los asediaban, se daban un festín con los muertos y luego iban a posarse tan tranquilas en la comida de los hombres. Se quedaban pegadas en la mermelada, que siempre era de ciruela y de manzana. A Ellwood nunca le había gustado la mermelada de ciruela, pero antes de que pasaran dos días estaba ya completamente seguro de que si alguna vez veía una ciruela auténtica le entrarían ganas de vomitar. En cuanto a las manzanas, esa sustancia agria y cubierta de moscas que comían con pan a las cinco cada tarde tenía tan poco que ver con ellas como las «chuletas» con la carne de verdad. Su ordenanza, Daniels, hacía lo que podía, y de vez en cuando se inspiraba y se animaba a hacer algo un poco más ambicioso que ese puré amarillo con pan.

—De postre va a haber tarta —dijo.

Huxton, Hayes, Gaunt y Ellwood estaban sentados alrededor de la mesa del búnker.

—¿Tarta de qué? —preguntó Huxton, desconfiado.

—De ciruela y manzana —respondió Daniels.

Todos se quejaron salvo Gaunt, que permaneció callado. Apenas había hablado con Ellwood desde su primer día. Cada vez que Ellwood le hacía una pregunta, respondía con monosílabos antes de ordenarle ir a encargarse de alguna tarea desagradable. Trataba a Huxton como si estuviera senil y Daniels le tenía pavor. Solo era paciente con Hayes.

—Dime que no es solo pan con mermelada, Daniels —dijo Huxton.

—Es una tarta —respondió Daniels con firmeza.

—Pero ¿lleva azúcar? ¿Huevos? ¿Harina?

—Bueno…, no es ese tipo de tarta, señor.

—¿Qué otro tipo de tarta hay? —preguntó Huxton.

—He horneado un poco de pan con azúcar y mermelada.

—Es que lo sabía —dijo con un suspiro Huxton—. Es pan con mermelada. Cuando llegue a casa voy a sacar el pan y la mermelada y me voy a poner a pegarles tiros, por crímenes contra la humanidad.

—¿La traigo, señor?

—Trae más *whisky* —le ordenó Gaunt.

—Sí, señor.

Daniels se fue corriendo.

Los soldados rasos eran quienes lo pasaban peor, ya que no tenían ningún sitio seco donde sentarse o dormir a menos que hubiera algún hueco en el escalón de tiro, que también estaba algo húmedo. La combinación de largas marchas devastadoras dentro y fuera de la línea con el hecho de que el agua de las trincheras les llegaba por los tobillos les provocó heridas pútridas en los pies. Se les partían las uñas cuando intentaban limpiar los fusiles encasquillados con los dedos; no se les permitía usar gasas, como hacían los oficiales, porque se creía que deterioraban las armas con el tiempo. Y entre toda esa proliferación de pequeñas heridas estaba la suciedad, como la de los sacos de arena, por ejemplo. Cuando Gaunt le había escrito que se estaban pudriendo, Ellwood no lo había entendido; ¿cómo iba a pudrirse la arena? Pero la cuestión era que los sacos ya no estaban llenos solo de arena. Tenían una mezcla nauseabunda de arena y tierra mezclada con vísceras. Apestaban a carne en descomposición y a veces reventaban y bañaban a los que pasaran por allí con entrañas y gusanos. Los hombres utilizaban la arpillera áspera de los sacos de arena vacíos para todo, desde envolver queso hasta vendar cortes.

Habían cavado trincheras especiales para las letrinas. Había una viga larga de madera colocada sobre ellas, y a veces se rompía y sumergía a los hombres en el pozo de inmundicia que había debajo. La mayor parte de las veces hacían sus necesidades en cascos alemanes, que tenían forma de cuenco, y por la noche arrojaban el contenido por encima de la trinchera. Era demasiado arriesgado hacerlo de día, cuando cualquier mano que asomara en un momento determinado podía recibir un disparo. Las indignidades constantes les espesaban la mente.

Era viernes y estaba atardeciendo. Los esqueletos maltrechos de los árboles se alzaban contra la luz fría de las estrellas en la tierra de nadie. De vez en cuando, el cielo les ofrecía destellos curiosos de belleza. Los hombres escribían sobre ello en las cartas; les describían las puestas de sol con todo lujo de detalle a sus familias, como si en el frente no hubiera nada que ver más que nubes carmesíes y rayos polvorientos de luz dorada.

Ellwood estaba supervisando una entrega de municiones cuando se le acercó uno de los soldados rasos. Sabía quién era; se llamaba Isaac Kohn y era uno de los únicos judíos de la compañía. Ellwood se había fijado en él de inmediato.

—Buen *sabbat* —le dijo Kohn en voz baja, vacilante.

No había nadie más alrededor.

Por alguna razón, Ellwood sabía que ocurriría aquello.

—La familia de mi madre se convirtió antes que la de Benjamin Disraeli —respondió con frialdad, volviéndose para buscar al intendente.

Por el rabillo del ojo vio la tímida sonrisa de Kohn vacilar y desaparecer. Era mucho mayor que Ellwood; tendría unos cuarenta años. La mayoría de los soldados rasos eran mayores que los oficiales.

—No pretendía ofenderlo, señor.

Ellwood se obligó a mantener la calma.

—No pasa nada, no me he ofendido. Es fácil caer en ese error. Pero deja de holgazanear y trae esa caja de granadas.

Kohn asintió y obedeció. Ellwood se tocó el pelo para comprobar que siguiera bien peinado. Así era.

Entre la comida y el té tenían unas tres horas para dormir y escribir cartas. Gaunt parecía no dormir nunca. A veces, cuando Ellwood volvía al búnker, se lo encontraba tumbado en la cama de alambre, con unos ojos inyectados en sangre en los que resplandecía la luz de las velas.

En su quinto día en las trincheras, Daniels recogió la cena y les ofreció a todos una taza de té.

—Saca el *whisky* —le mandó Gaunt, como hacía en cada comida.

Daniels se retorció las manos.

—Solo queda una botella, señor.

—¿Qué ha pasado con las demás? ¿Has estado dándole tú al *whisky*?

—¡No, señor! Había siete, y seis ya se las han bebido, señor.

—¿Quién se las ha bebido? —preguntó Gaunt.

—Bueno, señor, usted se bebió una el primer día, y dos el día que llegó el subteniente Ellwood...

—Bueno, bueno, tampoco es necesario enumerarlas como si fueran crímenes. Trae la última y mañana beberemos ron.

—Sí, señor.

Daniels se marchó a toda prisa.

Hayes estaba observando a Gaunt, preocupado.

—Deberías dormir un poco —le dijo.

—No puedo —respondió Gaunt.

—Podrías tumbarte y descansar los ojos —dijo Hayes.

Gaunt le sonrió, y a Ellwood se le retorció el corazón de celos.

—Siempre preocupándote por mi salud, David.

—Bueno, pues yo aún tengo bastante energía —comentó tranquilamente Huxton. Se sacó una baraja de cartas de la mochila—. ¿Te apetece una partida de cartas, Gaunt?

Gaunt se quedó mirando las cartas como si hubiera visto un fantasma y entonces, para el horror de Ellwood, rompió a llorar. Los tres hombres se quedaron observándolo en absoluto silencio mientras Gaunt aullaba, un sonido animal, demencial, y abría los ojos de par en par mientras le brotaban las lágrimas.

«Fallé y le di a Harkins en la cabeza —había escrito en la carta que le había enviado a Ellwood—. Se había alistado en 1914 y nunca lo habían herido. Nadie jugaba con él a las cartas, porque ganaba siempre».

—Henry… —dijo Ellwood, estirando la mano para posarla sobre el hombro de Gaunt.

Pero Gaunt se levantó con una violencia súbita y se giró hacia él con el rostro descompuesto por una furia desenfrenada.

—¡Que no me llames Henry, Ellwood! Soy tu capitán, ¡por el amor de Dios!

—Lo… lo siento muchísimo, Gaunt..

—¡Sal de aquí! ¡Ve a inspeccionar los rifles!

—Pero, Gaunt…

—¡*Fuera*!

Ellwood salió corriendo escaleras arriba. Una mano putrefacta había empezado a asomar de la pared de la trinchera aquella mañana, y Ellwood vio a un soldado raso detenerse y estrecharla.

—Buenas tardes —estaba diciendo el hombre con un acento pijo exagerado. No parecía saber que lo estaban observando—. ¡Qué buen tiempo hemos tenido por ahora!

SIETE

Esa mañana ya había inspeccionado los rifles, de modo que los hombres se extrañaron al verlo de nuevo. Por suerte, Ellwood estaba acostumbrado a ejercer autoridad. No le importaba que la mayoría de sus hombres tuvieran muchísima más experiencia que él; hablaba con seguridad, como si se dirigiera a los miembros de su residencia de la escuela en una reunión en la sala común.

—Escuchadme —les dijo—. Puede que otras compañías se las apañen con un armamento mugriento, pero yo quiero que los alemanes se queden cegados por el metal de nuestros cañones, ¿entendido? Lonsdale, deja de sonreír y ponte a pulir.

—Sí, señor.

Ellwood se había tomado la molestia de aprenderse todos los nombres de los hombres de su pelotón en el primer o segundo día. Al fin y al cabo, ellos se sabían el suyo. Estar al mando le resultaba relajante. Para cuando regresó al búnker, ya estaba más calmado.

—Hola —lo saludó Hayes, que estaba sentado sobre una caja de municiones.

Estaba solo.

Ellwood le devolvió el saludo, se quitó el gabán y lo colgó en un clavo oxidado de la pared.

—¿Dónde está Gaunt?

—Con los artilleros. ¿Quieres una taza de té?

—¿Sabrá a desinfectante?

—Me temo que sí.

—Bueno, me vendrá bien de todos modos.

Hayes se levantó.

—¿Hayes?

—¿Sí?

—¿Lo habías visto llorar así antes?

Hayes arrastró los pies, incómodo.

—Preferiría no comentarlo.

—Ay, Dios.

—No pasa nada —dijo Hayes—. Solo necesita descansar. Está cansado. Todos estamos cansados.

«Cansados». Si aquello era estar «cansados», habría que inventar una nueva palabra.

Al día siguiente, reunieron a todos los hombres y volvieron a recorrer las trincheras laberínticas que llevaban al pueblo. Eran ocho kilómetros y los hombres cargaban con mochilas que parecían el doble de grandes que ellos. Los más delgados se metían calcetines debajo de las correas para evitar que les salieran ampollas. Por supuesto, los oficiales contaban con ordenanzas que les llevaban el equipaje. Pero los soldados rasos se mostraban alegres mientras se retiraban del frente, bromeando sobre lo que le harían a la hija del káiser si la atrapasen.

A medida que se alejaban, las trincheras se iban volviendo menos profundas, hasta que pudieron ver las llanuras de lodo en las que de tanto en tanto sobresalía una mano o un pie.

—¿Veis a ese hombre de ahí? —dijo Huxton mientras señalaba hacia unos dedos pálidos que asomaban del lodo—. Yo vi cómo ocurría. Un proyectil lo lanzó volando fuera de la trinchera y nadie pudo sacarlo de ahí. El barro se lo tragó como quien se bebe una bebida fría en un día de calor.

Ellwood no respondió; tan solo desvió la mirada. Recordó con un destello de dolor su respuesta a la carta de Gaunt sobre el barro: «Me hace gracia pensar en ti en el frente, quejándote justo por el barro».

Gaunt marchaba delante de él, estirando los hombros de tanto en tanto. Aún no le había dicho ni una palabra a Ellwood, aparte de ordenarle que recogiera sus cosas.

Se cruzaron con los hombres que iban a sustituirlos. Se les veía limpios y descansados, y algunos tenían un brillo en la cara provocado por una emoción que Ellwood reconoció. Aún no habían estado en el frente.

—¿Qué tal por allí? —les preguntó un joven oficial ansioso.

—Es el infierno —respondió Huxton alegremente.

—¡Estupendo! —dijo el oficial.

Cuando llegaron al pueblo, la sensación era como de estar de vacaciones. Los hombres se quitaron las mochilas y corrieron hacia la destilería, donde habían montado unos baños improvisados. Los oficiales se alojaban en una granja pequeña de dos habitaciones.

—Compartes habitación conmigo, ¿no, Huxton? —dijo Hayes.

Gaunt parecía afligido.

—Pero si siempre nos ponemos juntos.

—Sí, y no dejas de parlotear en sueños toda la noche. Quiero descansar como es debido.

Gaunt pareció contener su réplica. Apartó a Ellwood y subió las escaleras. Ellwood se preguntaba por qué habría dicho eso Hayes; en la escuela, Gaunt no solía hablar en sueños.

La habitación era sencilla, encalada, con dos catres, uno en cada pared. A Ellwood le pareció el colmo del lujo.

Bañarse era un placer. Daniels recogió los uniformes de todos para lavarlos y les dio ropa limpia para que se la pusieran, y tras vestirse Ellwood volvió a sentirse como un ser humano. Los hombres estaban tan aliviados de haber sobrevivido, aunque fuera por un tiempo, que se pusieron a jugar un partido de fútbol a la luz del atardecer. Para cenar, comieron pollo asado. Fue la mejor comida que Ellwood había probado jamás.

Cuando llegó la hora de acostarse, Gaunt subió despacio las escaleras, como si lo fuesen a ejecutar. Ellwood lo siguió y cerró la puerta del dormitorio tras ellos.

—Bueno… —dijo Gaunt.

Tenía un aspecto espantoso.

—No hace falta que hablemos, Gaunto —le dijo Ellwood en voz baja.

Gaunt sonrió.

Algo pareció romperse en el interior de Ellwood.

—Gracias —respondió Gaunt.

Se metieron en camas separadas y Gaunt apagó la vela de un soplido.

—¡Salid de la trinchera, cobardes de mierda!

Las palabras sacaron a Ellwood a rastras de un sueño de lo más profundo. Se incorporó, alerta de repente.

Gaunt se estaba retorciendo en su cama.

—¡Os pienso disparar a todos! ¡Salid de la trinchera!

Ellwood corrió hacia él y lo sacudió.

—¡Gaunt! ¡Gaunt, despierta!

—Sí, os voy a disparar, lo voy a…

Gaunt abrió los ojos. No pareció reconocer a Ellwood, pero dejó de gritar.

—Ha sido solo un sueño —le dijo Ellwood. Gaunt parpadeó y se incorporó, jadeando—. Ha sido solo una pesadilla.

—¿Elly?

—Sí, soy yo.

Gaunt se desplomó sobre él.

—Que me vas a aplastar, grandote. Venga, hazme hueco.

Gaunt se apartó y ambos se tumbaron bajo las sábanas, cara a cara.

—Era solo un sueño —repitió Ellwood.

Gaunt negó con la cabeza.

—No —contestó—. Eso es lo que trato de decirme, pero todo esto es real. Es un horror.

—Lo sé. No dejo de pensar en las cosas que te decía en las cartas...

Gaunt se rio.

—Era muy tierno. —Gaunt suspiró. Empezaba a volver en sí, a despertar poco a poco—. Me gustaba pensar en ti en Preshute, recitando a Tennyson.

—Antes de estropearlo todo al alistarme.

Gaunt estiró la mano y le acarició la ceja a Ellwood con un pulgar tembloroso. Ellwood se quedó paralizado y dejó escapar un suspiro entrecortado cuando se detuvo.

—Voy a morir en la guerra... —dijo Gaunt—. Quería... quería que me recordaras tal y como era.

—No digas esas cosas. De todos modos, me gustas como eres.

Gaunt esbozó una sonrisa amarga.

—Ah, ¿sí? ¿Hasta arriba de alcohol y a punto de echarme a llorar todo el rato?

—Ahora no estás borracho.

Gaunt lo miraba fijamente, con una intensidad que Ellwood había temido no volver a ver en él. En las trincheras, Gaunt tenía la mirada perdida e inexpresiva.

—No. Me alegro de no estarlo —contestó Gaunt.

—Creía que me odiabas —le dijo Ellwood.

Gaunt lo acercó a él y lo besó con fuerza en la frente. Tenía todos los músculos tensos y temblorosos.

—Idiota —le dijo.

A Ellwood le latía el corazón tan rápido que estaba seguro de que Gaunt podía sentirlo.

—Cuando llegué y ni siquiera podías mirarme...

—Estoy fatal, Elly. Estoy tan asustado a todas horas que no soy capaz de pensar con claridad. Me siento como si me hubieran quemado la piel, se me hubiera desprendido y no fuera más que un esqueleto andrajoso..., nervios sin piel... —Frunció el ceño y se apartó—. Lo siento. No pretendía darte la brasa.

—No me molesta lo más mínimo.

—Ni siquiera puedo dormir sin hacer el ridículo.

Ellwood le apartó un mechón de pelo que le caía sobre los ojos.

—No has hecho el ridículo —le aseguró.

—Ja —dijo Gaunt con la voz rota.

Ellwood le acarició el pelo y la sien con tanta delicadeza que apenas lo rozaba. Gaunt dejó escapar un suspiro tembloroso.

—Es solo que estás cansado —dijo Ellwood, tratando de convencerse a sí mismo—. Te hace falta dormir. Ya verás como después estás fresco como una lechuga.

Gaunt movió la cara contra la mano de Ellwood.

—Haces que parezca tan sencillo… —le dijo.

—Tú solo… quédate tumbado, sin moverte —le sugirió Ellwood—. Estás temblando.

Y, para demostrárselo, Ellwood le pasó la pierna por encima a Gaunt, con lo que lo cubrió y lo aplastó con su propio peso. Pretendía que a Gaunt dejaran de temblarle todos los músculos, pero no lo había calculado bien; no había pensado en qué parte del cuerpo de Gaunt tendría bajo la pierna. Se quedó paralizado cuando sintió el miembro duro de Gaunt a lo largo del muslo.

Al momento Ellwood estaba más excitado que en toda su vida. Esperó a que Gaunt dijera algo. Era imposible que Gaunt no lo sintiera contra su pierna, cada vez más duro.

El único sonido que emitía Gaunt era su respiración agitada. Ellwood empezó a moverse un poco; casi se estaban frotando uno contra otro, tan despacio que podría haber parecido que era sin querer. Esperó a que Gaunt se moviera o lo apartara. Pero no hizo ninguna de las dos cosas.

Ellwood le posó una mano en el pecho. Era mucho más robusto que el suyo; daba la sensación de que podría soportar todo el peso de Ellwood si se colocase sobre él. No se estaban mirando, y Gaunt seguía temblando, con sacudidas bruscas e irregulares. Ellwood llevó la mano hacia abajo, hasta la cintura de Gaunt. A Gaunt se le cortó la respiración y movió las caderas ligeramente, de un modo casi imperceptible, contra las de Ellwood. Ellwood, sorprendido, exhaló una bocanada de aire.

Entonces Gaunt apartó a Ellwood de un empujón.

—Vuelve a la cama —le dijo—. Mañana te arrepentirás de no haber dormido.

Ellwood se quedó inmóvil, bocarriba y respirando con dificultad.

Oía a Gaunt a su lado, sentía todo su cuerpo musculoso junto al suyo. Esperó a que Gaunt cambiara de opinión, a que lo agarrara y lo acercara hacia él.

Pero no fue así.

—Vale —dijo Ellwood, y se incorporó—. Pues buenas noches, Gaunt.

Ya había vuelto a su propia cama cuando Gaunt contestó en voz baja.

—Buenas noches.

Esa mañana, mientras supervisaban el entrenamiento de sus hombres, Ellwood intentó en vano que Gaunt lo mirase a los ojos. Gaunt no le había dirigido la palabra en todo el día.

—¿Jugamos al fútbol esta tarde, muchachos? —preguntó Huxton durante el almuerzo.

Gaunt miró por la ventana.

—Yo a lo mejor voy a dar un paseo.

—¿Te importa si voy contigo? —le preguntó Ellwood muy rápido, demasiado rápido.

—Como quieras —respondió Gaunt.

Pasearon en silencio, aunque no dejaban de oírse los disparos. De no haber sido por eso, podrían haber imaginado que estaban de nuevo en Preshute, vagando por las llanuras de Wiltshire.

—¿En qué estás pensando? —le preguntó Gaunt.

—Adivínalo.

—¿En poesía?

—Siempre.

—¿En qué poema?

Ellwood dudó antes de citarlo. Le parecía demasiado revelador, como si decírselo fuera lo mismo que confesarle: «¡Te quiero! ¡Te estoy esperando!».

Pero al fin habló:

> Viene ella, mi paloma, mi querida;
> Viene, mi vida, mi destino;
> Grita la rosa roja: «Está cerca, está cerca».
> Escucha la consuelda: «Lo oigo, lo oigo».
> Y susurra el lirio: «Yo espero».

Gaunt arrancó con irritación una hoja al pasar por debajo de un álamo.

—Es «Maud», de Tennyson, ¿no?

—Sí —respondió Ellwood.

—A mi hermana la llamaron así por ese poema.

—Ya.

Gaunt soltó un gruñido y se sumió en el silencio.

Hablaron distraídos de la guerra, de los hombres, de los proyectiles. Gaunt iba azotando los setos con un palo húmedo, como si estuviera pegándole al enemigo.

—Hordas infinitas de víctimas…, cadáveres y más cadáveres… —murmuró.

—«Quieto, triste corazón, no dudes» —dijo Ellwood.

—¿Tennyson?

—Longfellow.

—¿Tienes un poema para cada ocasión?

—Por supuesto.

Gaunt rodeó a Ellwood con el brazo y le besó la coronilla. Fue tan rápido que a Ellwood no le dio tiempo a captar la sensación antes de que acabara. Se paró en seco, pero Gaunt siguió adelante como si no hubiera pasado nada.

Cuando llegaron a un claro, empezó a llover. Gaunt se refugió bajo un roble enorme, pero Ellwood inclinó la cara hacia el cielo y se echó a reír. Las gruesas gotas de agua lo empaparon y sacó la lengua para bebérselas. Con los disparos a lo lejos, le sabían más dulces.

Gaunt se quedó observándolo. Siempre lo observaba, como si Ellwood fuera algo importante que quisiera recordar, pero esa vez era diferente. Se apoyó en el tronco del roble, apretando los dientes y con el ceño fruncido. Parecía dolido.

Ellwood se cobijó también bajo las gruesas ramas.

—¿Te asusta la lluvia, Gaunto?

—Me aterra —respondió en voz baja Gaunt.

Ellwood se acercó más y más y más. Apoyó el antebrazo en el tronco, junto a la cabeza de Gaunt.

—Antes pensaba que no te asustaba nada.

—Eso demuestra lo poco que me conoces.

Gaunt tenía la cabeza apoyada en el tronco y los ojos clavados en los de Ellwood.

—¿En qué estás pensando *tú*? —le preguntó Ellwood.

Gaunt bajó la mirada hasta la boca de Ellwood y luego volvió a subirla.

—No te lo puedo decir —contestó.

—Muéstramelo, entonces.

Gaunt vaciló y después tiró de las caderas de Ellwood hacia él por las trabillas del cinturón. Ellwood se acercó a Gaunt con un grito ahogado y pegó la cara contra su cuello. Gaunt fue bajando los dedos hasta la parte delantera de los pantalones de Ellwood y jugueteó con los botones. Ellwood no se atrevía a moverse, aterrado de que en cualquier momento Gaunt volviera en sí y parase.

Gaunt se la sacó a Ellwood de los pantalones y la agarró con una mano caliente. Ellwood no pudo evitar soltar un sonido de sorpresa. Gaunt giró la cabeza con brusquedad y le mordió el cuello; después le dio la vuelta para apoyar a Ellwood contra el tronco.

Gaunt se dejó caer de rodillas.

—Ahh —dijo Ellwood—. No hace falta que...

Pero Gaunt lo ignoró. Era todo surrealista. Ellwood no se podía creer que estuviera ocurriendo de verdad, no se creía que tuviera la boca de Gaunt, tan caliente, envolviéndolo; era todo tan poco propio de Gaunt.

—Henry —lo llamó Ellwood, pero Gaunt no levantó la mirada; siguió ocupándose de él con una destreza inquietante, como si estuviera cumpliendo un deber para alguien a quien no respetaba.

Era una sensación dolorosamente placentera, pero Ellwood lo detuvo. Le puso la mano en la cabeza y lo apartó con delicadeza.

—Intenta... relajarte —le dijo.

Gaunt alzó la vista y su rostro adoptó la expresión fría y desdeñosa que Ellwood sabía que significaba que estaba avergonzado.

—Siempre me han dicho que se me da bastante bien —respondió.

—¿Ya lo has hecho antes?

Gaunt dejó escapar una risa carente de alegría.

—Un par de veces.

Ellwood sabía que en alguna ocasión algún chico mayor se había aprovechado de Gaunt, pero nunca se había permitido pensar en ello. Su propia experiencia había sido muy diferente. Ellwood había tenido sospechas sobre Sandys; nunca había entendido cómo se había hecho amigo Gaunt de alguien que lo obligaba a...

A menos, claro está, que Gaunt hubiera querido...

—¿Alguna vez has... con alguien que te gustara? —le preguntó Ellwood.

—¿Que me gustara?

Gaunt parecía sorprendido.

—Alguien que no te *disgustara*, al menos —le aclaró Ellwood—. Alguien con quien no estuvieras enfadado.

Gaunt tensó la mandíbula. Su silencio ya era una respuesta.

—A lo mejor es que Lantham ha dejado el nivel demasiado alto —dijo tras una pausa.

—No saques el tema de Lantham. No digo que no se te dé bien. —Se le daba tan bien que daba miedo—. Es solo que no pareces estar disfrutando.

Gaunt frunció el ceño.

—Déjame que te enseñe —le dijo Ellwood.

Se dejó caer junto al tronco del árbol, se sentó sobre la hierba húmeda y luego tiró de Gaunt para que se sentara a su lado y le desabrochó los pantalones. Gaunt la tenía un poco más pequeña que él. Ellwood se había percatado hacía mucho tiempo, en la escuela, y le había parecido de lo más atractivo.

—¿Haciéndomelo a mí? —exclamó Gaunt—. No creo que quieras...

Se calló cuando Ellwood se la metió en la boca. Al fin le colocó una mano con ternura sobre la cabeza mientras respiraba con ligeros temblores delicados. No parecía importarle la cera del pelo de Ellwood, y a Ellwood lo embargó un afecto feroz. Era embriagador saber que su boca podía volver a Gaunt tan frágil. ¡A Gaunt! Con su estoicismo austero e impenetrable.

—Elly, voy a...

Ellwood levantó el pulgar con entusiasmo.

—¿Y bien? —preguntó Ellwood después de tragar.

Gaunt lo acercó a él.

—Maravilloso —dijo. Miró a Ellwood como si nunca hubiera visto a nadie como él—. Pero supongo que ya sabes que se te da de maravilla.

Ellwood agachó la cabeza, sin poder dejar de pensar en que aún no se habían besado, pero Gaunt le levantó la barbilla con un dedo. Tenía las pupilas grandes y negras. Mantuvo los ojos abiertos y se inclinó un centímetro hacia delante. Luego se detuvo.

Ellwood dejó caer la cabeza hacia él. Ambos se quedaron quietos, con los labios a punto de rozarse. Era extraño que aquello fuera lo que parecía el punto de no retorno, después de lo que Ellwood acababa de hacer. Durante un momento, Ellwood estuvo convencido de que Gaunt se iba a echar atrás y a fingir que nada de aquello había sucedido.

Pero entonces Gaunt cerró los ojos y posó los labios sobre los de Ellwood.

Fue un beso indeciso, curioso. Ellwood lo imitó, espantado de la posibilidad de asustarlo, y sospechando que a Gaunt le daría reparo besarlo ya que Ellwood no había bebido ni un sorbo de agua desde que Gaunt había terminado en su boca. Pero Gaunt alzó la mano hasta la mandíbula de Ellwood, lo sujetó con delicadeza y lo besó de nuevo con más intensidad.

—No sabía… No pensaba que fueras… de esa clase de chicos —dijo Ellwood cuando se separaron.

Los ojos de Gaunt, brillantes, revelaban su preocupación.

—Déjame intentarlo de nuevo —le pidió.

—Con mucho gusto —dijo Ellwood, conteniendo las preguntas.

¿Por qué querría Gaunt hacer eso con él? ¿Desde cuándo lo quería? ¿Lo habría vuelto loco la guerra?

Gaunt volvió a probar con una pasión mucho más intensa.

Ojalá tuviéramos más tiempo, pensó Ellwood antes de dejar de poder pensar en absoluto.

No hubo besos largos y lentos para devolver a Ellwood con cuidado a la tierra. Cuando terminó, Gaunt se levantó y se alejó. Ellwood sintió que se sonrojaba mientras se abrochaba los pantalones y alcanzaba a Gaunt. Había dejado de llover y estaban volviendo por donde habían venido.

Me odias, pensó Ellwood mientras observaba el perfil afilado y sinuoso de Gaunt, como un rostro apuesto en un espejo de feria. *Odias lo que acabas de hacer.*

—¿Qué poema nos pega ahora, Ellwood? —le preguntó Gaunt con la voz que solía adoptar en la trinchera, la misma que utilizaba cuando le ordenaba inspeccionarles los pies a los hombres en el frente.

No era una voz a la que Ellwood estuviera acostumbrado. Gaunt siempre había sido un tanto cortante, y en ocasiones cruel, pero no solía olvidar que Ellwood era su amigo. Antes, solo eso ya era suficiente para mantenerlos unidos.

En cualquier caso, el poema que le rondaba la mente era, una vez más, uno que revelaría sus sentimientos: Thomas Wyatt, lamentando la pérdida de Ana Bolena:

Huyen de mí los que alguna vez me buscaron
Con pies desnudos, al acecho en mi aposento.
Los he visto nobles, mansos y dóciles,
Quienes ahora son fieras y no recuerdan.

—«La carga de la Brigada Ligera» —mintió Ellwood.

—Recítalo.

—No seas idiota, Gaunt, si odias ese poema.

—Cualquier cosa es mejor que este silencio horroroso.

—También podríamos hablar.

—¡Que recites el poema, Ellwood, ya que siempre lo tienes en la punta de la puta lengua!

Ellwood tensó la mandíbula. Gaunt frunció el ceño y se metió las manos en los bolsillos.

—Lo siento —se disculpó—. «En el valle de la Muerte cabalgaron los seiscientos…».

—Elly.

—¿Qué, Gaunt? Estoy haciendo lo que me has pedido. Siempre hago lo que me pides.

—¿Por eso es por lo que hemos…? ¿Porque crees que es lo que quiero?

Ellwood intentó reír.

—No. No tienes ni idea de lo que quieres. Estás hecho un lío.

Gaunt suspiró.

—Eso no te lo niego.

Volvía a parecer él mismo al hablar.

—Mira. Una urraca —dijo Ellwood, porque era todo absurdo.

—Una urraca significa tristeza*.

—A lo mejor vemos otra antes de volver.

—El cielo va a estar bonito esta noche —dijo Gaunt, estirando el cuello—. Creo que el cielo es una de las pocas cosas que valen la pena de la guerra. Pagaría un chelín por verlo, y resulta que es gratis.

Ellwood tenía ganas de darle un puñetazo. Quería hacerlo sangrar y luego curarle las heridas.

—Sí —respondió—. Está bonito. Me encantaría volar por él.

—Gideon Devi estaba en el Cuerpo Aéreo Real, antes de que lo capturasen.

Ellwood trató de evitar poner mala cara.

—¿Has recibido alguna carta de él?

—Ninguna. Ni siquiera sé si lo dejarán enviar cartas.

—Los alemanes son unos monstruos.

Gaunt sacudió la cabeza.

—Sí, desde luego somos todos unos monstruos.

—Tú no eres como ellos, Gaunt.

—A lo mejor no soy nada. Ya soy un fantasma. Estarías muy gracioso paseando por Bélgica y hablando solo, ¿eh?

—No hagas ese tipo de bromas...

Gaunt dejó escapar una risa débil, y no estaba envuelta en ira, como Ellwood esperaba.

—Lo siento, Elly, lo siento. Estoy siendo muy antipático.

Ellwood chocó el hombro de Gaunt con el suyo.

—Supongo que no debería sorprenderme que estés igual de malhumorado en el frente como en los mejores bailes de la temporada social londinense.

—Me parece que preferiría estar en una trinchera que en la cena de cumpleaños de tu prima Ethel.

—Ethel es una buena chica.

---

* N. del T.: Hace referencia a la canción infantil (Una: tristeza / Dos: felicidad / Tres: una niña / Cuatro: un chaval / Cinco: plata / Seis: oro / Siete: un secreto para guardar como un tesoro).

—Desde luego.

—Podrías estar con chicas peores.

—¿Estás intentando casarme con alguna chica?

Ya se había cerrado en sí mismo de nuevo. Estaban hablando demasiado. Ese era el problema.

—Ay, haz lo que quieras, Gaunt.

No hablaron más y se separaron cuando volvieron a la granja.

OCHO

Gaunt y Hayes estaban sentados en un banco del jardín, hablando en voz baja. Ellwood se había acostado temprano para no tener que verlos, pero seguía despierto cuando Gaunt subió al fin.

Ellwood se volvió hacia la pared.

—Sé que estás despierto —le dijo Gaunt mientras se sentaba en el borde de la cama de Ellwood—. Tenemos que hablar.

Ellwood se dio la vuelta para mirarlo. Recordaba haberle dicho eso a Macready.

—De acuerdo.

—Nuestra amistad significa mucho para mí —le dijo Gaunt, como si estuviera recitándolo.

Ellwood se incorporó.

—Para mí también, Henry.

—No quiero ponerla en peligro por nada del mundo.

—Después de lo de Maitland, seguí siendo su amigo.

—¿Y qué hay de Macready? ¿Cómo acabó tu amistad con él?

Ellwood hizo un gesto con la mano como para quitarle importancia.

—Bueno, pero Macready se lo buscó él solito. Se lo tomaba todo demasiado en serio.

Gaunt dejó escapar una risita.

—¿Y yo no me lo tomaría así?

Ellwood frunció el ceño.

—¿Lo harías?

—No —respondió Gaunt con brusquedad.

Ellwood apoyó la mejilla en el hombro de Gaunt. Gaunt se lo permitió.

—Lantham... —dijo Gaunt.

—¿Qué pasa con Lantham? —preguntó Ellwood, sorprendido.

—Me dijiste que estabas enamorado de él. En la carta.

—No estoy enamorado de Lantham —contestó Ellwood, más rápido que Pedro al negar a Jesús—. Para nada.

Esa respuesta pareció dejar a Gaunt más incómodo que nunca. Volvió la cara, de modo que Ellwood solo podía ver el contorno de la mandíbula fuerte de su amigo.

—Bueno, pero puede que Lantham esté enamorado *de ti* —dijo Gaunt, y Ellwood oyó la frustración en su voz, aunque no la entendió.

—Lo dudo. De todos modos, todo eso fue en la escuela. Es irrelevante.

Gaunt cerró los ojos.

—¿Y por qué es irrelevante?

—Porque sí. —Ellwood estaba desconcertado por el interrogatorio que le estaba haciendo Gaunt. No tenía sentido que le pareciera que Lantham era una buena razón para que dejaran de mostrarse afecto físico, sobre todo cuando Gaunt había desarrollado de repente un misterioso interés sexual por los hombres, hasta entonces inexistente—. Solo estábamos... haciendo el tonto. Ya sabes.

Gaunt tragó saliva.

—¿«Haciendo el tonto», Ellwood?

—Sí —contestó Ellwood—. En el sentido de... pasar el rato.

—Ya —dijo Gaunt—. Entiendo.

Sonaba agotado.

—Henry, ¿cómo te has sentido hoy en el bosque? —Gaunt respiraba con dificultad, pero no respondió—. ¿Te ayudó a olvidar la guerra? —insistió Ellwood.

Gaunt asintió una vez, casi como un espasmo.

—Pues ya está.

—¿Y después de la guerra? —le preguntó Gaunt.

—Será como si nada de esto hubiera ocurrido. Te lo prometo.

—¿Lo prometes de verdad?

—Sí. No significa nada, Henry. Solo que queremos olvidarnos de todo de vez en cuando.

De repente Gaunt lo agarró por la cintura y le plantó besos en los ojos, en las orejas y en la frente.

—No va a cambiar nada —murmuró Ellwood, aterrado de que parase—. No significa nada.

—Vale, vale —dijo Gaunt, tirando de Ellwood para subírselo al regazo—. A la mierda todo. Olvidémoslo todo.

—No significa nada —repitió Ellwood para recordárselo a sí mismo.

—Para… Deja de hablar —le dijo Gaunt, y lo besó entre la mandíbula y la oreja.

Te quiero, te quiero, te quiero, gesticuló Ellwood con la boca entre los cabellos de Gaunt, sin emitir sonido alguno.

—¿Te has acostado alguna vez con un hombre? —le preguntó en voz alta.

—Sí —respondió Gaunt.

¿Con quién? *¿Con quién?* ¿Sandys? ¿Gideon Devi? ¿Cuándo? ¿Por qué? ¿Había querido? ¿Por qué no había querido hacerlo con Ellwood? ¿Por qué quería estar con Ellwood ahora?

Pero Gaunt no le debía las respuestas a esas preguntas.

—Así que ya sabes cómo va —dijo.

—Sí —contestó Gaunt.

Y Gaunt sí que lo sabía, aunque el sexo tal y como él lo conocía no podía ser más diferente del sexo tal y como se lo había enseñado Maitland a Ellwood.

«Despacio —solía decirle Maitland—, que si no te voy a hacer daño».

A Gaunt no parecía preocuparle el dolor. Le metió prisa a Ellwood en los pasos en los que le habría encantado tomarse su tiempo.

Apenas habían hablado de cómo iban a hacerlo. Ellwood sabía qué era lo que resultaba más obvio —siendo Gaunt tan grande y corpulento, y Ellwood tan esbelto y delicado—, pero las ideas de Gaunt sobre el sexo parecían coincidir justo con las fantasías de Ellwood. Siempre había querido poseer a Gaunt; siempre había sido celoso y posesivo. Gaunt, por otro lado, asumió automáticamente un papel más bien sumiso, como si pensara que Ellwood tenía tanta experiencia que esa era la única manera de hacerlo.

—No te quiero hacer daño —le dijo Ellwood.

—Pero eso es parte del sexo —dijo Gaunt, impaciente.

—¡No si se hace bien!

Gaunt pareció darse por vencido, como si lo hubieran reprendido. Ellwood no se molestó en calmarlo; de todos modos, cuando Gaunt estaba acobardado era más fácil de manejar. Se volvía tímido y asustadizo.

—Pensaba que ya habías hecho esto antes —le dijo Ellwood cuando Gaunt se apartó con brusquedad de él dos veces.

—Sí que lo he hecho.

—No hace falta que sigamos.

—Es solo que no lo había hecho… así. Cara a cara.

—¿Preferirías…?

—¿Y tú?

—¡No!

Gaunt cerró los ojos. Sudaba como si estuviera en el cuadrilátero de boxeo.

Ellwood resistió la tentación de lamerle la piel.

—A lo mejor no estás preparado —le dijo Ellwood, a punto de bajarse de él.

Gaunt lo agarró por los brazos.

—No, Elly. Quiero… —Las pupilas negras le ocupaban todo el ojo—. Quiero que sigas. Por favor.

Al día siguiente, Gaunt no lo podía mirar a la cara. Era como si se hubiera hartado de ver a Ellwood, cuando sus pupilas se habían tragado sus ojos y había pedido más. Ellwood intentaba no pensar en ello. «Los he visto nobles, mansos y dóciles, / quienes ahora son fieras y no recuerdan».

Los versos le rondaban la cabeza. Gaunt les ladraba órdenes a los soldados y trataba mal a Daniels, como si no hubiera cambiado nada.

A lo mejor no había cambiado nada. Pero aquella noche volvieron a acostarse. Esa vez fue mejor —más despacio, con menos violencia—, y Gaunt no rechazó sus besos tan a menudo, aunque apartó la cabeza ante la boca de Ellwood al menos la mitad de las veces. Ellwood no pudo evitar sentir que se trataba de una muestra desconcertante de pudor, dadas las circunstancias. Pero el comportamiento de Gaunt en general era tan misterioso e imprevisible que resultaba imposible comprenderlo. Ellwood temía estar aprovechándose del hecho de que Gaunt claramente se había vuelto loco; no sabía si debía disculparse y meterse en la otra cama y esperar a que Gaunt volviera en sí.

Pero, en lugar de eso, le dio besos por toda la clavícula y lo observó estremecerse. Él también podía dejarse llevar por la locura.

Gaunt no dejaba de sobresaltarse ante sonidos imaginarios.

—No va a entrar nadie —le aseguró Ellwood.

—No lo sabes.

—Deja de preocuparte tanto.

—Es difícil cuando... Ahh...

Pero, en su última noche, Gaunt no podía estarse quieto. No dejaba de pasearse por el dormitorio, fumando un cigarrillo detrás de otro.

—Esto no puede seguir así allí —le dijo a Ellwood.

—Ya lo sé.

¿De verdad lo veía Gaunt tan depravado como para pensar que no iba a poder controlarse en un búnker del frente? ¿Qué pensaba, que Ellwood se iba a lanzar de cabeza a su ingle entre explosión y explosión?

—Y no puedes llamarme Henry.

—Hayes y tú os llamáis por vuestros nombres de pila.

—Eso es distinto.

—¿Por qué?

—Porque sí.

Tiró el cigarrillo al montón cada vez mayor de colillas del cenicero.

—Vale —accedió Ellwood. Él tampoco quería volver a las trincheras, pero no le veía sentido a desperdiciar así su última noche—. Volveré a llamarte Gaunt. Pero no puedes ignorarme todo el rato.

—¡Te ignoraré si me da la gana!

Ellwood echó la cabeza hacia atrás, exasperado.

—¿Vienes a la cama o qué?

Gaunt negó con la cabeza y encendió otro cigarrillo.

—Al menos necesitas dormir —dijo Ellwood.

—No puedo dormir.

—¡No lo has intentado!

—No hace falta. Sé que no voy a poder.

Cuando Ellwood lo convenció al fin para que se metiera en la cama, Gaunt no lo dejó dormir en toda la noche. Se quedaba dormido unos minutos y de repente se incorporaba como un resorte, con los ojos llorosos y abiertos de par en par. Al cabo de un rato, Ellwood se acabó yendo a su cama. Gaunt se despertó gritando dos veces.

El desayuno pasó sin pena ni gloria.

—Es imposible dormir en esta casa con todo el jaleo que montas, Gaunt —le dijo Huxton.

—Como siempre, Huxton, eres la verdadera víctima de la guerra —contestó Gaunt, y se terminó el *whisky*—. Bueno, no tiene sentido seguir posponiéndolo.

Volver a las trincheras fue peor que llegar por primera vez. La novedad se había desvanecido y solo quedaba la cruda realidad.

Gaunt pasaba la mayor parte del tiempo con los soldados. Se ponía en peligro con largas patrullas, y bebía con la mayoría de las comidas. Solo hablaba para dar órdenes. Una tarde, se puso en pie de repente, se acercó a la viga de madera y se golpeó la cabeza contra ella con fuerza. Era como si su propia cabeza fuera un huevo y quisiera romperlo. Luego, sin pronunciar palabra, volvió a la mesa y empezó a censurar cartas. Ellwood y Hayes se miraron incómodos.

—¿Pasa... pasa algo, Henry? —le preguntó Hayes.

—Es solo que me duele la cabeza —respondió Gaunt.

Pero de vez en cuando miraba a Ellwood a los ojos y se le suavizaba la expresión. Resultaba reconfortante saber que aún existía alguna conexión entre los dos Gaunts. A Ellwood le preocupaba que, si alguna vez se rompía esa conexión, Gaunt seguiría siendo el hombre duro con la mirada perdida que era en las trincheras incluso mucho después de que la guerra terminase.

Lunes, 16 de agosto de 1915
Ypres, Flandes

Querida señora Kohn:

Me dirijo a usted con profundo pesar para informarle de la muerte de su marido, el soldado Isaac Kohn. Todos los que lo conocían lo apreciaban mucho, y era muy valiente. Lo alcanzó un proyectil que cayó sobre su búnker, y los mató a él y a otros seis hombres. Me han contado que se estaba riendo cuando cayó el proyectil y que fue una muerte indolora. Nos entristece mucho haber perdido a un caballero tan galante. Espero que la consuele saber que su marido dio la vida por su país y nos hizo sentir muy orgullosos.

Atentamente,
Subteniente Sidney Ellwood

Ellwood se preguntaba si habría alguna frase judía de consuelo que debiera añadir a la carta de Kohn. Si existía, desde luego a él no se la habían enseñado nunca. Solo podía pensar en los Salmos. Recordaba vagamente que los judíos y los cristianos compartían el Antiguo Testamento.

«Posdata —añadió—: Aun si voy por valles tenebrosos, no temo peligro alguno porque tú estás a mi lado».

Escribir la carta de Kohn dejó a Ellwood con cierta sensación de desarraigo. ¿Cómo enterraban los judíos a su gente? Kohn lo habría sabido. Le iba la mente de un lado a otro mientras le llegaban recuerdos extraños: una casa oscura, espejos cubiertos por luto negro, mangas rasgadas. Un funeral al que había asistido de niño. Las imágenes eran tan espeluznantes que se preguntó si se las habría inventado.

En cualquier caso, no importaba. El proyectil que había caído en el búnker de Kohn lo había hecho pedazos, y no había quedado nada de él, ni siquiera para llenar un saco de arena.

Tras seis días horrendos, volvieron al pueblo. Se lavaron y le quitaron los piojos a la ropa al hacer la colada, aunque no se los pudieron quitar del pelo.

Ellwood estaba sentado en su cama leyendo *In Memoriam A. H. H.* de Tennyson y esperando a que Gaunt subiera. No estaba seguro de que fuera a subir antes de la cena, pero su paciencia se vio recompensada cuando llegó Gaunt al fin y se sentó a su lado, dejando una distancia prudencial entre los muslos de ambos.

—Solo hay cordero para cenar —se quejó Gaunt.

—Mejor que carne en conserva.

—Eso sí.

Ellwood cerró el libro y lo dejó en el suelo.

—¿Todavía no se te han ido las ganas de leer poesía? —le preguntó Gaunt.

Ellwood frunció el ceño.

—Ahora la necesito más que nunca.

> Mirad, nada sabemos;
> solo puedo confiar en que el bien caerá
> al fin —y nunca cerca— al fin y para todos,
> y el invierno se vuelva primavera*.

Gaunt había cerrado los ojos. La expresión de capitán curtido se había desvanecido de su rostro.

Volvía a tener solo dieciocho años.

Siempre le había gustado que Ellwood recitara poesía. Ellwood no sabía por qué. Se había pasado todo *Lower Sixth* recitándole sonetos a Gaunt; era, probablemente, lo único que le había impedido volverse loco de remate y confesarle su amor salvaje y eterno, lo cual sabía que habría incomodado a Gaunt sobremanera. De todos modos, Gaunt ya sabía que Ellwood estaba enamorado de él. Por los sonetos.

Gaunt se apoyó en la pared y Ellwood continuó.

> Y así corre mi sueño: ¿quién soy yo?
> Solo un niño que llora por la noche;
> solo un niño que llora por la luz;
> y con solo mis gritos por idioma.

---

* N. del T.: Tennyson, Alfred, *In Memoriam y otros poemas*, «In Memoriam», trad. José Luis Rey Cano (Cátedra, 2022).

Ellwood se detuvo. Gaunt abrió los ojos.

—¿A qué clase de gritos crees que se refería? —preguntó Gaunt.

Era tan insoportablemente guapo...

—Tócame y lo averiguarás —dijo Ellwood con osadía.

Gaunt sonrió.

—Dudo que fuera eso lo que tenía Tennyson en mente.

—No sé yo, eh. ¿No solía decir Sandys que Tennyson era homosexual?

Ellwood supo de inmediato que había metido la pata, aunque no estaba seguro de qué palabra era la que lo había provocado: «Sandys» u «homosexual». Gaunt se apartó de la pared y apoyó los codos en las rodillas y la cabeza en las manos.

—Henry...

—Para.

Ellwood se apartó. Se dio cuenta de que lo que había dicho en el bosque era cierto: siempre hacía lo que Gaunt le decía. Desde los trece años, cuando Gaunt lo había encontrado llorando bajo un pupitre y le había dicho: «No dejes que te vean». Cuando Gaunt le decía que se callara, se callaba. Cuando le decía que lo dejara en paz, lo dejaba en paz. La única vez que no le había hecho caso había sido al alistarse, a pesar de la carta furiosa de Gaunt en la que le pedía que no lo hiciera.

Aunque, en cierto modo, Ellwood pensaba que eso también había sido una forma de obediencia: obediencia a una orden anterior. Había estado acatando las instrucciones tácitas de la horrible carta de Gaunt tras la segunda batalla de Ypres: «Ojalá pudiera volver a verte antes de morir».

«Ven —decía esa carta—. Te necesito». Y Ellwood, obediente como siempre, se había alistado al instante.

Se preguntaba si Gaunt sabía que haría cualquier cosa por él.

Como bien decía Tennyson, incluso aunque llevara un siglo muerto, el polvo de sus restos lo oiría y latiría.

Gaunt se levantó y fue hacia la puerta, pero se detuvo antes de abrirla.

—Tú odiabas a Sandys —dijo.

—Pues claro que lo odiaba. Te pegaba.

—Todo el mundo me pega. Tú mismo me has pegado antes.

Ellwood lo miró fijamente.

Cuando estaban en primero y en segundo, Gaunt y Ellwood se habían peleado y se habían dejado las narices sangrientas y los ojos negros.

Pero él sabía que Gaunt no se refería a eso.

MAYO 1914 — *Lower Sixth*

Era primavera y Ellwood estaba tan enamorado de Gaunt que tenía la mente desbocada por la ira. Gaunt estaba presente en cada cosa que leía, veía, escribía, hacía o soñaba. Parecía que hubieran escrito cada poema sobre él, que hubieran compuesto cada canción para él, y Ellwood no se lo podía sacar de la cabeza por mucho que lo intentara.

Pensaba que tal vez todo ese dolor acabaría por echar a perder el amor, pero en lugar de eso lo atrajo aún más, como si fuera Marco Antonio clavándose su propia espada. Y amar tanto a alguien era algo mágico; era un sentimiento extraño y resbaladizo, como una envoltura de tela cortada del cielo.

A veces se imaginaba qué aspecto tendría Gaunt cuando envejeciera, y sabía con una certeza vertiginosa que lo amaría incluso cuando estuviera calvo, arrugado y agotado.

Empezó a interesarse por Macready para distraerse, pero eso solo empeoró las cosas, como una única manga planchada de una camisa arrugada. Los defectos de Macready le daban rabia. Él no era inteligente como lo era Gaunt. Sonreía con demasiada facilidad. Cuando reía, a Ellwood no le parecía una victoria. Al cabo de unas semanas, se olvidó de él.

—Tienes que hablar con él —le dijo Gaunt.

Habían descubierto que podían entrar en el viejo priorato arrastrándose bajo la celosía, y estaban fumando cigarrillos en el altar.

—Ya he hablado mucho con él.

Gaunt lanzó una hoja de papel hecha una bola al aire para que Ellwood la recogiera. Era otro de los poemas horribles de Macready.

—No sé por qué te los da a ti —dijo Ellwood—. Uf, este es el peor: «Me entristece su ausencia, / detesto mi existencia». ¿Te has dado cuenta de que siempre rima «ausencia» con «existencia»?

—Me los da a mí porque *tú* lo evitas.

Ellwood suspiró.

—¿Por qué no me deja en paz de una vez?

—¡Porque está enamorado de ti! —le gritó Gaunt, alejándose del altar para quedar cara a cara con Ellwood.

—Anda ya, qué va —contestó Ellwood, desconcertado por aquella repentina muestra de emoción.

—Estás ciego —insistió Gaunt, clavándole los ojos—. Se muere por ti. —Ellwood le devolvió la mirada, desorientado—. Solo tienes que ver esos poemas.

Gaunt desvió la mirada y señaló con la mano el trozo de papel arrugado que sostenía Ellwood.

—Está haciendo el ridículo al llamar la atención de esta manera —dijo Ellwood—. Así no se hacen las cosas.

—Eres un insensible, Ellwood.

Ellwood no pudo evitar reírse ante la ironía de que Gaunt le dijera que no tenía suficientes sentimientos.

—¿«Insensible»? ¡Yo no soy el que no puede hablar con su propia hermana!

La mirada de Gaunt se oscureció, y Ellwood supo que acababa de destruir uno de los puentes frágiles de confianza que los unían. Gaunt se lo había contado en privado, mientras volvían a casa caminando después de un baile de Navidad en Mayfair. «Se me traba la lengua —le había dicho, arrastrando las palabras—. Nunca logro decir lo que pretendo».

—Eres un sinvergüenza —dijo Gaunt.

—¿Por qué le estás dando tanta importancia a Macready? No es importante.

—¡A lo mejor *tú* sí eres importante para *él*!

Era demasiado. Que Gaunt le diera consejos sobre el amor a gritos en un priorato medieval abandonado era sencillamente *demasiado*.

—¿Qué pasó ese día con Sandys, el año pasado?

No estaba seguro de por qué se lo había preguntado. Se le habían escapado las palabras de la boca; ni siquiera había sido consciente hasta ese momento de que quería saber la respuesta a esa pregunta.

Gaunt parpadeó y se encerró en sí mismo. (Ellwood se percató. Siempre se percataba).

—Nada —respondió, pero no le había preguntado *qué* día, lo que significaba, por supuesto, que sí había sucedido algo, y Ellwood necesitaba saberlo, porque su amistad con Sandys ocultaba alguna verdad importante sobre Gaunt, una parte central de la personalidad de Gaunt que Ellwood intuía que podía cambiarlo todo, si lograba descubrirlo.

—¿Nada? —le preguntó Ellwood.

Gaunt mantuvo el rostro inexpresivo.

—Deberíamos volver a la residencia.

—Sandys cerró las persianas. Acabaste con un ojo morado.

—No pasó nada.

Y, de repente, Ellwood lo creyó. Estaba furioso.

—Pues claro que no pasó nada. A ti nunca te pasa nada. Eres completamente indestructible.

Ellwood le dio un puñetazo a Gaunt en el hombro, justo donde sabía que tenía un moratón bastante feo de su última pelea. Se lo dio demasiado fuerte como para ser de broma, pero aun así Gaunt podría haberle respondido devolviéndole un golpe juguetón.

Sin embargo, Gaunt permaneció inmóvil. Le habían dado una buena paliza en el cuadrilátero el día anterior, por lo que tenía la cara llena de moratones y cortes. Ellwood quería pegarle en todos y cada uno de ellos, por si alguno resultaba ser el punto débil que lograra hacer que Gaunt se abriera. Ellwood sonrió, como si estuviera de broma, y le dio un puñetazo en el hematoma de la mandíbula.

—¿Y ahora? —le preguntó—. ¿Sigues siendo inquebrantable?

—Estoy perfectamente.

—Siempre estás perfectamente —respondió Ellwood, y estaba tan furioso que sentía fuego en cada uno de sus poros.

Ni siquiera podía pensar; tan solo podía pegarle un puñetazo tras otro a Gaunt, y después de cada golpe le preguntaba cómo estaba.

—Estoy perfectamente —repetía Gaunt con una voz fría y firme.

Ni siquiera se inmutaba. Estaba hecho de acero, y no había manera de penetrar en aquella fortaleza. Gaunt ni siquiera trataba de parar los golpes; no era más que un muro contra el que Ellwood se estaba lanzando, pero solo conseguía romperse en pedazos; su propia ofensiva lo estaba destruyendo.

—¡No quiero pelearme contigo, Elly! —exclamó Gaunt.

—¿*Por qué no?*

Ellwood acompañó cada palabra con un puñetazo. Y entonces algo cambió.

—¡*Porque no!* —gritó Gaunt con la voz rota.

Le pegó un puñetazo a Ellwood con el dorso de la mano, y no se pareció en nada a la manera en que luchaba en el cuadrilátero, con golpes calculados y eficaces. Fue un golpe salvaje, y Ellwood sintió que se le rompía la nariz por la mitad, una rotura aparatosa, con la sangre recorriéndole la cara. Se le anegaron los ojos de lágrimas, pero las contuvo parpadeando. Vio un rayo de esperanza.

Había una grieta en la armadura. Había algo dentro de aquella fortaleza.

Se quedaron mirándose fijamente, jadeando, sangrando.

—Hablaré con Macready —dijo Ellwood.

Gaunt rio y ayudó a Ellwood a salir por la ventana del priorato. Nunca volvieron a hablar de aquello, pero, cada vez que

Ellwood se tocaba la zona plana que Gaunt le había dejado en la nariz por culpa de aquel puñetazo, recordaba que había algo dentro de la fortaleza.

AGOSTO DE 1915 — FLANDES

—Eso fue distinto. Sandys la tenía tomada contigo; yo solo estaba enfadado.

Gaunt apoyó la cabeza en el dintel de la puerta.

—No la tenía tomada conmigo —respondió en voz baja.

—Lo siento —dijo Ellwood—. No tendría que haber sacado el tema. He sido un desconsiderado. Sé bien lo confundido que me siento yo cuando alguien menciona a Maitland.

—¡Lo de Sandys no era como lo tuyo con Maitland!

—Ya, no quería decir...

—Da igual, está *muerto*, ha muerto valientemente en el frente... Ay, Dios...

Gaunt volvió la cara hacia la puerta. Ellwood, vacilante, se acercó a él, pero no se atrevió a tocarlo.

—Lo siento —repitió.

Ellwood dejó caer la frente con timidez entre los omóplatos de Gaunt, que no dejaban de agitarse.

Cuando Gaunt cesó de temblar, se dio la vuelta. No quedaba rastro de emoción en su rostro. Todo se había desvanecido.

—Lo siento —se disculpó Gaunt—. Me estoy volviendo un viejo gruñón.

—Tienes dieciocho años.

—Ah, ¿sí? Me siento como si tuviera ochenta. Será mejor que vayamos a cenar, o Huxton no nos dejará ni las migas.

—Siento haberte pegado, Henry.

—Y yo lo de tu nariz. Es una pena; eras bastante guapo.

—Eso cuenta como un cumplido. Me lo pienso apuntar.

—Vanidoso.

Aquella noche Gaunt volvió a gritar en sueños, pero Ellwood se tumbó en la cama con él y le dijo que no pasaba nada, que solo era una pesadilla. Al día siguiente, Gaunt se arrodilló ante él en un campo.

No hablaban demasiado. Si permanecían en silencio, Ellwood podía fingir que Gaunt estaba enamorado de él, y Gaunt podía fingir... Ellwood no estaba seguro de lo que fingía Gaunt. Pero, en cualquier caso, el silencio les venía bien.

Conforme los cuatro días se acercaban a su fin, la mirada ausente regresó a los ojos de Gaunt.

—¿No puedes intentar disfrutar un poco? No tiene sentido perder dos noches de cada cuatro —le dijo Ellwood cuando se fueron a la cama la última noche.

—¿«Disfrutar»? —repitió Gaunt.

—Distraerte, al menos —contestó Ellwood—. Para eso estoy aquí, ¿no? Para distraerte.

—Estás aquí para ser pasto de las ametralladoras —respondió Gaunt.

De repente a Ellwood le pareció que hacía frío. No se había dado cuenta antes, pero ahora estaba temblando.

—No me gusta que digas esas cosas —dijo.

—Ay, vete a dormir.

Ellwood lo obedeció, y Gaunt se quedó despierto, paseándose de un lado a otro, fumando.

Al día siguiente Gaunt no fue a desayunar.

—¿Ha dormido bien Henry? —preguntó Hayes—. No lo oí anoche.

—No creo que se acostara siquiera —contestó Ellwood.

Gaunt apareció en la puerta.

—Ha habido un cambio de planes. Nos mandan a Francia. Va a producirse una gran ofensiva.

—Qué bien. Vamos a estar en casa justo a tiempo para Navidad, ¿eh, chicos? —dijo Huxton mientras comía tocino.

—¿A dónde nos envían, Gaunt?

—A un lugar llamado Loos.

NUEVE

T omaron un tren hacia Francia. Los soldados murmura-
ban supersticiones sobre la ofensiva.

— ... el radioperador del batallón en Piccadilly ha dicho
que estamos en la primera oleada.

—¿Quién, Ted? ¿Ted ha dicho eso?

—Dice que es Stone Ginger.

—Traduce —le pidió Gaunt a Hayes mientras subían al vagón
del tren.

Hayes entendía la jerga *cockney* y la de las trincheras mucho
mejor que los oficiales de la escuela privada.

—Que es algo seguro —contestó Hayes—. Putos radioperado-
res. ¿No pueden quedarse calladitos? —Miró a Gaunt—. ¿Has oído
algo tú?

—No.

El tren iba abarrotado, aunque ellos tenían su propio compartimento que compartían con los oficiales de las compañías A y C.

Ellwood apoyó la cabeza en el hombro de Gaunt. Gaunt se
quedó rígido, pero, cuando miró a su alrededor, vio que los demás
oficiales del vagón también estaban en contacto físico unos con
otros. Huxton tenía los pies en el regazo de Hayes. Hayes tenía la
cabeza apoyada en el brazo de un oficial de la compañía C. Todos
estaban echados unos sobre otros. En el ambiente hipermasculino
de la guerra, no les preocupaba demasiado la hombría.

Gaunt se permitió inclinar la cabeza hasta juntarla con la de
Ellwood. Ellwood se quedó dormido y Gaunt fingió dormir también, pero no podía pensar en otra cosa que no fueran las partes
de sus cuerpos que se tocaban.

Si Ellwood fuera una chica, Gaunt le habría tomado la mano y le habría besado la sien. Tal vez le habría comprado un anillo y habrían unido sus vidas.

Pero Ellwood era Ellwood, y Gaunt tenía que conformarse con el peso de su cabeza sobre su hombro. Loos se cernía sobre ellos, una palabra que estaba seguro que algún día tendría un significado oscuro, pero que ahora no era más que un susurro de pavor en el estómago.

Varias horas más tarde se bajaron del tren en Francia y marcharon casi diez kilómetros hasta un pueblo cercano. Era mucho más grande que el que quedaba cerca de Ypres, y los hombres gritaron de alegría cuando vieron el burdel del ejército. Se habían quejado mucho de la falta de variedad de mujeres en Ypres.

Los oficiales se dirigieron al castillo abandonado que hacía las veces de cuartel general. Un ordenanza estresado condujo a Gaunt y a Ellwood a un dormitorio lujoso con una cama enorme con dosel y dejó el saco de dormir de Ellwood sobre el parqué.

—No va a hacer falta —le dijo Gaunt—. No me importa compartir la cama.

—Muy bien, señor —respondió el ordenanza, y se retiró.

Gaunt frotó entre los dedos las colgaduras bordadas de la cama, rehuyendo la mirada de Ellwood.

—No está mal para ser un barracón del ejército, ¿eh? —preguntó.

—Es maravilloso —respondió Ellwood, acercándose a él.

Sus hombros se tocaron.

—Nos vamos a sentir como reyes aquí.

—Eduardo II y Piers Gaveston —dijo Ellwood, pero a Gaunt le molestó la comparación; ambos habían tenido un final violento y prematuro.

—Será mejor que me presente ante el coronel —comentó Gaunt.

—Pues yo me voy a quitar toda la ropa y a revolverme por la cama —anunció Ellwood.

—Ni se te ocurra.

Ellwood sonrió.

—Esperaré a que vuelvas, entonces.

Gaunt le dio un golpecito con el dedo por debajo de la barbilla y fue a buscar al coronel. Cuando regresó una hora más tarde, Ellwood estaba acurrucado en el asiento junto a la ventana, usando su ejemplar de *In Memoriam A. H. H.* como superficie sobre la que apoyarse para escribir una carta.

Parecía un cuadro, aún más que de costumbre. Irradiaba paz y prosperidad. Era 1912; un mundo en el que la barbarie se había purgado del espíritu humano para siempre jamás. Gaunt se detuvo en la puerta para estudiarlo.

—Pareces una aparición —dijo Ellwood al alzar la vista—. ¿Eres un fantasma que me persigue?

—Lo siento, no quería asustarte.

—¿Ha terminado la guerra o algo así? Estás radiante.

Gaunt se sentó a su lado.

—Nuestra división se va a quedar aquí de descanso durante tres semanas —dijo.

—¡Tres semanas!

—Sí.

Poco a poco, en el rostro de Ellwood se empezó a dibujar una sonrisa resplandeciente.

—Tres semanas en una cama con dosel contigo —dijo.

—Si te portas bien. Que todavía puedo hacerte dormir en el saco.

—No si quieres tocarme —respondió Ellwood, y Gaunt notó que algo en su pecho giraba con un chasquido.

—Sí que quiero —dijo con voz ronca.

Ellwood sonrió mientras bajaba las largas y oscuras pestañas.

—Ah, ¿sí? —dijo con una voz tan sedosa que a Gaunt le entraron ganas de escapar de su propio cuerpo.

Ellwood se inclinó un poco hacia delante. Sus labios se encontraron y todo se volvió más sencillo.

—No me entero ni de una palabra de lo que está diciendo —se quejó Gaunt cuando el viejo terminó su largo monólogo entre resoplidos.

—*Pouvez-vous répéter, monsieur ?* —le preguntó Ellwood.

Gaunt puso los ojos en blanco.

—Que lo repita no va a servir de nada —dijo.

Ellwood le hizo un gesto con la mano para que se callara.

Se habían instalado en un huerto de cerezos de los terrenos del castillo. Ellwood se había llevado unos sillones raídos de cretona de lo que antaño debía de haber sido un cuarto de un niño y Gaunt había pedido una mesa de las habitaciones del servicio. Ya casi no quedaban cerezas, pero algunos de los árboles de floración tardía estaban aún cargados de fruta. Cada pocas horas, Ellwood dejaba a Gaunt con su papeleo y se llenaba el sombrero de cerezas.

—*Mais ce n'est pas possible, Capitaine, comment sommes-nous censés vivre normalement quand on pêche à la dynamite dans notre rivière...* —dijo el viejo francés, furioso.

—Ah —contestó Ellwood, y se echó a reír—. Ya empiezo a entenderlo.

—Deja de reírte —le pidió Gaunt—. Lo estás empeorando. Parece que va a sacar una guillotina en cualquier momento.

—Lo siento —dijo Ellwood—. *Monsieur, les hommes utilisent des explosifs pour pêcher dans la rivière ?*

—*Mais c'est ce que je viens de dire !*

—Ya veo —dijo Ellwood.

—Debería haber prestado atención a las clases de la señorita Pardieu —añadió Gaunt.

—Nadie le prestaba atención a esa vieja bruja —respondió Ellwood—. Yo no habría aprendido nunca francés si mi madre no hubiera sido amiga de Alain-Fournier. ¿Has leído alguna vez *El gran Meaulnes*?

—No es el momento, Elly —lo cortó Gaunt.

—Bueno, en cualquier caso, ya está muerto. Lo mataron al mes de empezar la guerra. Era bastante guapo.

—Elly.

—*Les hommes seront punis, monsieur. Ne vous inquiétez pas* —le aseguró Ellwood al hombre.

El viejo francés soltó un largo suspiro y gritó algo más; luego se tocó el sombrero y desapareció.

—¿Me lo vas a explicar o qué? —le preguntó Gaunt a Ellwood.

—Pensaba que se te daban bien los idiomas —respondió Ellwood.

—Solo las lenguas muertas —dijo Gaunt—. Pásame las cerezas. Y deja de poner esa cara de engreído.

—Es la cara que tengo —respondió Ellwood mientras dejaba un puñado de cerezas sobre los formularios de suministros de Gaunt.

—Pues la odio —dijo Gaunt.

Ellwood echó un vistazo rápido a su alrededor. No había nadie cerca, solo un pelotón de la compañía A que estaba practicando con las bayonetas en el campo, más allá de los árboles.

—¿En serio? —preguntó en voz baja, y se llevó el dedo índice entre los dientes para chuparse el zumo de cereza de la yema.

Gaunt intentó evitar sonreír, aunque sabía que era una causa perdida.

—No intentes distraerme —le dijo—. ¿Qué ha dicho el francés?

Ellwood sonrió y se recostó en el sillón.

—Ah, cierto. Parece que los hombres han estado *pescando con bombas*.

Gaunt estuvo a punto de atragantarse con un hueso de cereza.

—¿En serio? —consiguió decir al fin.

—Por lo visto —respondió Ellwood—. ¿Funcionará?

—Técnicamente, las municiones no están para eso —contestó Gaunt.

—¿Para qué? ¿Para pescar? No, supongo que no. La verdad es que deberían usarse para los alemanes.

—Si nos ponemos quisquillosos al respecto —dijo Gaunt.

Se miraron y se echaron a reír. Luego, sin decir nada más, Gaunt ordenó los papeles y Ellwood recogió las cerezas en su pañuelo.

—La verdad es que da pena castigarlos —comentó Gaunt mientras caminaban hacia los barracones.

—Pero es que no podemos permitir que vuelen media Francia para pescar unas cuantas carpas —dijo Ellwood con sensatez—. Entre otras cosas, no es muy eficiente.

—Ahora mismo daría una buena parte de Francia por unas carpas —dijo Gaunt—. Al menos un tercio.

—Yo no empezaría diciéndoles eso —dijo Ellwood—. A lo mejor no deja muy claro el mensaje.

Gaunt le dio a Ellwood un golpe en el hombro con el suyo, y Ellwood se lo devolvió. Les dijeron a los hombres que usaran los rifles para disparar a los peces, si era necesario, y dejaron caer que, si los franceses no oían las explosiones, no recibirían quejas.

Dos días después, Lonsdale se les acercó con una sonrisa tímida y una carpa recién pescada.

—Y los hombres os mandan saludos —les dijo.

—Y por eso —dijo Ellwood aquella noche mientras yacían en la cama, hasta arriba de pescado— es por lo que algunos actos no se deben castigar.

Gaunt se volvió para observar a Ellwood y sus miradas se cruzaron. Ellwood sonrió, y una desolación repentina y cruda se extendió por el corazón de Gaunt al pensar en Hércules, y en Héctor, y en todos los héroes de los mitos que encontraron la felicidad durante un instante pero que luego vieron que ese no era el fin de la historia.

Aparte de los entrenamientos por las mañanas y el momento en que los soldados debían estar en alerta, a las seis, eran libres de hacer lo que quisieran. Jugaban a juegos elaborados de policías y ladrones con los soldados y nadaban en el río. Ellwood daba paseos largos por el campo.

—Me pregunto qué cambiaría si tuviéramos a un líder tan bueno como Pericles —dijo Gaunt una noche.

Estaban tumbados en la cama, lánguidos y saciados. Ellwood cerró los ojos mientras sonreía.

—Estás cansado —le dijo—. Cuando te invade un tipo específico de cansancio, te pones a hablar de Tucídides.

—¿Un tipo específico de cansancio?

—Mmm —dijo Ellwood—. Cuando estás cansado pero no agotado. O… cuando no se te ocurre qué decir.

Se produjo una pausa larga en la que Gaunt inclinó la cabeza para apoyarla contra la de Ellwood sobre la almohada.

—Qué bien me conoces —respondió Gaunt.

Estaba claro que intentaba sonar irónico, pero no le salió bien y parecía hablar en serio.

—No —contestó Ellwood—. Para nada.

—Mejor que nadie —dijo Gaunt.

Ellwood no lo tenía nada claro. Recordaba a Gaunt abriéndose por completo en sus cartas a Gideon Devi, que conocía a Gaunt desde que tenía nueve años.

Ellwood se apoyó sobre el codo para mirar a Gaunt. Gaunt abrió un ojo, alerta.

—¿Qué? —le preguntó Gaunt.

—Cuéntame algo —le dijo Ellwood—. Algo que nadie más sepa.

—Ay, duérmete, Elly.

Ellwood se tumbó de nuevo, sintiéndose como un tonto. A veces olvidaba que Gaunt no estaba enamorado. Que aquello era un complemento muy práctico de su amistad, no una transformación.

—De niño solía fingir que era Perseo —dijo Gaunt de repente.

Ellwood se quedó mirando el dosel. Sabía que, si decía algo, Gaunt dejaría de hablar.

—El padre de Perseo era Zeus —continuó Gaunt—. Pero Zeus no le mostraba demasiado interés a Perseo al principio. Perseo vivió una infancia pobre en un pueblo de pescadores.

—Ah —dijo Ellwood.

—¿Cómo que «ah»?

—Nada. Continúa —le pidió Ellwood.

—Ya está. Solo que solía fingir que era Perseo. Es algo que no sabe nadie más.

Ellwood abrió y cerró la boca varias veces, tratando de pensar qué decir.

—Tu padre debe estar muy orgulloso de que hayas llegado a ser capitán —dijo al fin.

—Sí, muchísimo —respondió Gaunt con voz tensa.

—¿Crees que Perseo llegó a perdonar a Zeus? ¿Por no preocuparse por él cuando debería haberse preocupado?

Se produjo un largo silencio. Entonces Gaunt respondió:

—No.

Lo único que impedía que aquel descanso de la división con Ellwood fuera el momento más feliz de la vida de Gaunt era la certeza de que se acabaría, y la seguridad de que lo que llegaría después lo destrozaría. Incluso aunque ambos, por algún milagro, salieran ilesos de la guerra, Gaunt no sabía cómo iba a poder plantarse junto a Ellwood en el altar y verle casarse con Maud después de aquellas semanas brumosas y soleadas de besos, poesía y sexo.

Viernes, 20 de agosto de 1915
Londres

Querido Henry:

Disculpa mi letra; me han salido ampollas en los dedos de limpiar orinales en el hospital. Estoy tan cansada que apenas puedo leer, y solo he encontrado tiempo para leer *The Ethics of War*, de Russell, que es brillante, por supuesto. Aunque no sé si estoy del todo de acuerdo con él: no sé qué opino de esta guerra. Me resulta un poco imprudente llamarla «una guerra de prestigio», como si el militarismo prusiano pudiera haber quedado en nada...

Quién sabe; tal vez. No lo sé, no lo sé. En cualquier caso, te he mandado el ensayo. Aunque nunca lees nada de lo que te envío.

¿Te has cruzado con los Fusileros Galeses Reales en el frente? Te lo pregunto porque es el regimiento del prometido de Winifred, Charles. Ha vuelto al frente después de sufrir la herida en la cabeza (gracias por escribirle en mayo; fue muy amable por tu parte). ¿Me puedes decir cómo está si lo ves? Winifred dice que las cartas que le envía son muy raras. Charles se cansa demasiado como para escribirle lo suficiente y dice que no entiende sus respuestas, que usa demasiadas palabras. Me gustaría poder ayudarla. Lo pasa fatal los días en que recibe noticias suyas porque dice que es como si no fuera él quien le escribe. Si sabes algo de él, sé que ella te lo agradecería.

Me preguntaste por mamá y papá. Papá trabaja demasiado y mamá se queja de los criados. En resumen: no ha cambiado nada. Cuando les escribas, ¿podrías pedirles que me dejen quedarme en la residencia de las enfermeras? Tengo que levantarme tempranísimo para atravesar la ciudad, y es una tontería hacer como que vivir en Brixton con dieciocho chicas y una matrona es un atentado contra mi pureza. A ti te harán caso. No sabes cuánto hablan de ti. Papá cuenta la historia de la herida que recibiste en la pierna de un modo tan vívido que cualquiera diría que estuvo allí cuando ocurrió.

Sidney me escribió un poema muy largo sobre un caballo. Si tuviera que hacerme una idea de cómo es la guerra por sus cartas, pensaría que lo único que hay son nubes y campos y granjeras francesas con mejillas rubicundas. Muy bucólico todo, pero no puedo evitar preguntarme si piensa que ignoro toda la brutalidad. A veces es tan victoriano… En fin, dale un beso de mi parte, y tened cuidado.

Con mucho cariño,
Maud

The Ethics of War no era un ensayo largo; Maud solo le enviaba ensayos cortos porque pensaba que, si no, lo aburrirían. Por alguna razón Gaunt era incapaz de decirle lo mucho que valoraba sus intereses, las puertas que le abría en la mente. Habían estado muy unidos de pequeños, pero, cuando Gaunt se había ido a Grinstead y había empezado a verla nada más que en las vacaciones, algo se había roto entre ellos, como una horquilla al partirse.

Y entonces había llegado Ellwood, y como no podía ser de otra manera se había quedado hechizado por la independencia de Maud, su inteligencia y su aspecto, y cualquier posibilidad que quedara de recuperar aquella amistad de la infancia se había ido al garete. Gaunt quería hablar con ella, sabía que podía confiar en ella, y sin embargo era incapaz de decirle lo que le quería decir. Sus cartas lo cohibían y le hacían sentirse solo. Las guardaba todas.

Lunes, 23 de agosto de 1915
En algún lugar de Francia

Querida Maud:

No creo que sea buena idea que los hombres me vean leyendo a un objetor de conciencia como Bertrand Russell. Es difícil simpatizar con los objetores de conciencia cuando estás comiendo carne de lata por segundo año consecutivo. El otro día oí a un hombre decir que le gustaría estrangular al puñetero señor Bertrand Russell con una bandera de Reino Unido…

Todo bien hoy. Ellwood está bien también. Nada que contar. Le he escrito a papá con respecto a lo de la residencia; no tiene sentido que se comporte así.

Pobre Winifred. Seguro que Charles mejorará cuando haya descansado un poco. Ya te contaré si me encuentro con su regimiento. Por ahora no lo he visto.

Buena suerte con los orinales. Tú puedes.

Con cariño,
Henry

—Has estado muy callado esta tarde —le dijo Gaunt.

Estaban tumbados a la orilla de un río, secándose al sol después de haberse dado un baño.

Ellwood soltó un gruñido evasivo. Gaunt le dio un codazo.

Ellwood se tapó los ojos con el antebrazo.

—He recibido una carta de Roseveare. Toma, léela tú mismo.

Estiró una mano para tantear el montón de ropa que tenía por encima de la cabeza y sacó una carta arrugada. Gaunt se incorporó para leerla. Ellwood apoyó la cabeza en el hombro de Gaunt, con los rizos despeinados y sin cera después del baño.

Martes, 31 de agosto de 1915
Kingswood Court, Surrey

Querido Sidney:

Espero que estés bien. Me hace mucha ilusión recibir tus cartas. Me alegro de que Gaunt y tú estéis descansando un poco.

Esta semana hemos recibido malas noticias. Mi hermano Martin ha muerto en Galípoli. Al parecer murió de manera instantánea e indolora, lo cual nos alivia bastante. Recibimos el telegrama el mismo día que la carta de Preshute en la que me decían que seré delegado. Mi madre está hecha una fiera; quiere que lo rechace, dice que trae mala suerte. La verdad es que no es demasiado descabellado. Primero Clarence, luego Martin; ambos delegados, ambos muertos. Fuimos al pueblo para organizar el funeral y unas chicas me dieron una pluma blanca. Mi madre casi les saca los ojos. Me muero de ganas de que empiecen las clases. Es un horror estar en casa, con mi madre así...

Querías que te contara cosas de los demás. Pritchard está en Galípoli y dice que los australianos son tremendamente valientes. West, Finch y Aldworth están en Francia, esperando a que pase algo. A Grimsey lo hirieron en Galípoli. La verdad es que está bastante mal; lo visité en el hospital en Londres. Le dispararon justo en la ingle, así que me temo que se puede ir despidiendo de tener niños, y de todo, en realidad, y para colmo una herida de ese tipo tampoco le concede nada de honor. Se pondría furioso si supiera que te lo he contado. Lo mandarán de vuelta al frente una vez que se haya curado. Creo que espera que lo maten.

Siento escribirte una carta tan triste. Pronto empiezan las clases, y seguro que entonces estaré más animado.

Tu amigo,
Cyril Roseveare

Gaunt dobló la carta y la volvió a meter en el bolsillo de la chaqueta de Ellwood.

—Menuda mala suerte lo del hermano de Roseveare —dijo.

Nunca le había caído bien Cyril Roseveare; siempre lo había considerado arrogante. Cuando Ellwood se mostraba más agresivo y cruel, Roseveare nunca intentaba detenerlo. Sonreía con indulgencia y se dejaba llevar, por injusta que fuera la situación. A los chicos les parecía que era valiente porque nunca se quejaba, pero Gaunt no llamaba a eso valentía. La valentía no era tan ciega.

Gaunt no lograba entender por qué no se había alistado Rose-veare; iba en contra de todo lo que Gaunt sabía de él.

—«En el valle de la Muerte cabalgaron los seiscientos» —dijo Ellwood.

Gaunt trató de evitar hacer una mueca de incomodidad.

—¿Crees que de verdad tuvo una muerte instantánea e indolora? —le preguntó Ellwood. Gaunt le lanzó una mirada larga y fría—. Bueno, supongo que tampoco hace falta que Cyril lo sepa —concluyó Ellwood, que se había pegado las rodillas al pecho.

—Ya lo descubrirá por sí mismo cuando se aliste. ¿Por qué no se ha alistado aún?

—Está muy unido a su madre —contestó Ellwood, frunciendo el ceño—. Mucho. Me lo contó una vez cuando estaba borracho con los Ardientes. Dijo que había soñado que morían los tres, y que de repente su madre se quedaba sin hijos.

Ellwood apoyó la cabeza en los brazos. Él también estaba muy unido a su madre. Gaunt pegó con delicadeza la nariz contra el hombro desnudo de Ellwood y Ellwood soltó una pequeña carcajada.

—Últimamente las cartas de Pritchard son más alegres que de costumbre —dijo—. Siempre está de lo más animado cuando todo va mal.

—Parece que se está librando una batalla terrible en Galípoli —dijo Gaunt.

—No soporto la idea de que le pase algo —contestó Ellwood.

—Estará bien —le aseguró Gaunt—. No le pega nada sufrir una muerte joven y trágica. Es demasiado prosaico.

Ellwood sacudió los hombros con una ligera carcajada.

—Tienes razón —respondió—. Tiene que sobrevivir. Su destino es tener seis hijos aburridos y un trabajo aburrido.

—Exactamente —concordó Gaunt.

Ellwood alzó la cabeza y apoyó la barbilla en los brazos.

—Antes me habría encantado tener hermanos —dijo.

—Y a mí —dijo Gaunt.

DIEZ

Estaban entrenando a los hombres cuando Gaunt vio a Burgoyne. Estaba junto al coronel, tomando notas en un cuaderno.

Ellwood se acercó a Gaunt cuando terminaron.

—¿Lo has visto? ¿Has visto a Burgoyne?

—Sí —respondió Gaunt.

—Menudo cobarde asqueroso. Se va a pasar el resto de su vida afirmando haber estado en el frente, cuando en realidad no ha hecho más que pasearse por un castillo y comer patas de cordero.

—A lo mejor no cumplía los requisitos para combatir. Al fin y al cabo, ve fatal.

—Te has vuelto un blando si de verdad crees que no ha hecho todo lo posible por escabullirse. Igual que solía escabullirse de nadar en invierno.

—Yo tampoco quería nadar en invierno. El agua estaba congelada. ¿No te acuerdas de que cada dos por tres alguien contraía neumonía en el segundo trimestre?

—Ah, pues nada, ponte de su parte, entonces. Quemó mis poemas.

Cada vez estaban los dos más agresivos y no dejaban de discutir. Ya había comenzado el bombardeo de las defensas alemanas, por lo que no se podía olvidar que el asalto era inminente. El martilleo de los fabricantes de ataúdes desquiciaba a los hombres, que se pasaban el tiempo difundiendo rumores de que pronto los enviarían a algún lugar seguro de Palestina, bebiendo demasiado y escribiendo cartas evasivas a sus familias.

Gaunt había empezado a dormir mal de nuevo, y sabía que a Ellwood le ocurría lo mismo, aunque Ellwood nunca dijese nada. Gaunt soñaba todas las noches con una nube de aire irrespirable que cubría el mundo. Los tocones de los árboles se extendían ante él en el paisaje vacío y desolado. De algún modo sabía que habían pasado cien años y que todo estaba sucediendo de nuevo.

El sexo se empezó a volver febril, influenciado por el miedo, y frecuente, como si trataran de acumular recuerdos. Gaunt comenzaba a estar dolorido, pero no dijo nada al respecto. Ellwood se percató de todos modos.

—Ese no es el único tipo de sexo que me gusta —le dijo.

—Nunca he dicho que lo fuera.

—¿Por qué te empeñas en sufrir todo el tiempo? No quiero hacerte daño.

—Hablas demasiado —le dijo Gaunt, y volvió la cara hacia un lado—. Hazlo y ya está. No pasa nada.

Ellwood fue bajando por el pecho de Gaunt, dándole un beso en cada costilla.

—Quédate quieto —le pidió, y Gaunt trató de concentrarse, de apreciarlo, de recordar; pero, como siempre, en el instante en que la boca de Ellwood lo tocaba, se perdía a sí mismo.

Habían sido unas semanas maravillosas, pero ahora Gaunt tenía la sensación macabra de que no se había dado cuenta de su paso, de que se había preocupado demasiado por disfrutarlas, de un modo infantil. Pensaba que, con que pudiera capturar al menos un momento dichoso con Ellwood —el sabor de su boca, tal vez, o la expresión de su rostro cuando Gaunt hacía algo que lo complacía en la cama—, podría aferrarse a él en las trincheras y sentir que alguna parte de él había sobrevivido.

El último día antes del asalto, se toparon con Burgoyne en las escaleras.

—Hola, Burgoyne —lo saludó Gaunt, agotado.

Ellwood mantuvo su bello rostro frío y altivo.

—Hola, Gaunt, Ellwood. ¿Tenéis ganas de que empiece el espectáculo mañana?

De repente Gaunt sintió cierta lástima por el muchacho desgarbado que estaba uno o dos escalones por encima de él. Burgoyne siempre había sido un caso perdido. Era lo bastante inteligente como para saber que no encajaba pero no lo suficiente como para saber cómo cambiar.

—La verdad es que no —contestó Gaunt.

—Tenemos un buen plan. Les vamos a enseñar a los alemanes lo que es bueno.

—¿«Tenemos», Georgiete Regordete? —le dijo Ellwood con malicia—. ¿Tú también vas a salir de las trincheras?

—No te pases de descarado, Ellwood. Recuerda que soy tu superior.

—No era su intención, Burgoyne. Pero el campo de batalla es un infierno, ya lo sabes.

—Es que precisamente *no* lo sabe —intervino Ellwood—. Apuesto a que ni siquiera ha estado en las trincheras. Le da demasiado miedo que le rompan esos dientes espantosos que tiene.

—Cállate, Ellwood —le ordenó Gaunt—. Burgoyne, lo siento, estamos un poco alterados. Espero que te vaya bien.

Agarró a Ellwood del codo y lo arrastró escaleras arriba antes de que Burgoyne pudiera responder.

—¡Eres un pelota de mierda! —exclamó Ellwood cuando llegaron a su dormitorio. Gaunt encendió un cigarrillo—. ¡Que me quemó los poemas!

—¡Qué más dan tus poemas, Ellwood! ¡Por si lo has olvidado, Burgoyne tiene el poder de decidir si vivimos o morimos!

—Me llamó «judío».

—Es que eres judío.

—No empieces.

—Mira, es una persona abominable, ya lo sé, pero eso no significa que tengamos que ser nosotros abominables también.

—Gaunt, el hijo de Dios, siempre poniendo la otra mejilla.

—Eso son tonterías y lo sabes.

—Es una víbora, es repugnante. Estoy seguro de que nunca ha visto un cadáver.

A Gaunt se le escapó una risa agónica.

—Ay, Dios, Elly, ¿es así como juzgamos a los hombres ahora?

Ellwood no respondió.

Aquella noche, Gaunt se sentó en el asiento de la ventana y se puso a fumar. Pensaba que Ellwood estaba dormido hasta que su voz atravesó la oscuridad.

—«Contempladme, pues no puedo dormir, / como un culpable yo me arrastro ahora / temprano en la mañana hacia la puerta*».

—¿Tennyson? —le preguntó Gaunt, aunque ya sabía la respuesta.

—Sí. «In Memoriam A. H. H.».

—Un poema escrito tras la muerte de un amigo —dijo Gaunt. A Ellwood le brillaba el blanco de los ojos como un cristal a la luz de las velas—. ¿Escribirás sobre mí cuando muera, Elly?

—Sí —contestó Ellwood, con la voz cargada de una ira repentina e inexplicable.

—¿Y cómo lo vas a llamar? ¿«In Memoriam H. W. G.»?

—Puede. Todavía no lo he decidido.

Gaunt emitió un sonido que no dejaba claro si estaba riéndose o ahogándose.

—Ven a la cama —le dijo Ellwood.

—Dime, ilustre poeta, ¿cómo vas a plasmar nuestros revolcones en tus versos?

---

* N. del T.: Tennyson, Alfred. *In Memoriam y otros poemas*, «In Memoriam», trad. José Luis Rey Cano (Cátedra, 2022).

—A lo mejor te cambio el nombre por el de Maud y ya está.

Gaunt se sacudió de la risa, el tipo de risa que hace que piquen los ojos y se forme un nudo en la garganta. Ellwood no se acercó a él, y Gaunt no sabía cómo pedirle que lo hiciera.

—Duérmete, Elly —le dijo cuando recuperó el control de su voz.

—Henry... —Sus miradas se cruzaron. A Gaunt le latía el corazón en los oídos, desbocado—. Es igual —concluyó Ellwood—. Buenas noches.

Ya no les quedaba más ira a ninguno de los dos. Gaunt asintió.

—Buenas noches, Elly.

De modo que Ellwood se tumbó en la cama, haciendo como que dormía, y Gaunt empezó a beber.

A las seis y media de la mañana del 25 de septiembre, reunieron a los hombres y esperaron. Había comenzado la batalla. Permanecieron en posición durante horas antes de que al fin se les dieran las órdenes de marchar. Los soldados estaban inquietos, expectantes. Incluso los más temerosos tenían ganas de *ver* por fin la tierra de nadie, de atravesarla a la luz del día.

Cuando llegaron a las trincheras, estaban sumidas en el caos. Era la primera vez que los británicos utilizaban el gas, pero el viento lo había hecho retroceder por la tierra de nadie hacia sus propias tropas. Era imposible moverse sin pisar a los heridos, que dejaban escapar gemidos lastimosos pidiendo agua. Un joven con la tez amarillenta característica de quienes estaban a punto de morir giró la cabeza con una expresión resentida, como si no quisiera que lo observaran. Otro hombre le pedía a cada soldado que pasaba junto a él que le describiera su herida:

—¡Por favor, no la quiero mirar!

Lo cierto era que tenía todo el cuerpo lleno de astillas de metal, demasiadas para contarlas, como un alfiletero. Ellwood, que estaba al lado de Gaunt, se estremeció. Aún no había desarrollado esa indiferencia despiadada al dolor que era un requisito previo para sobrevivir en el frente.

Gaunt ignoró a los heridos que se quejaban y dividió a los hombres en pelotones. Era imposible no percibir el olor del gas, como a pimienta y a dulce a la vez.

—Ellwood —dijo Gaunt antes de que se separaran. Ellwood lo miró. Tenía unos hombros estrechos, infantiles, incluso con el uniforme bien ajustado—. Buena suerte.

Ellwood asintió sin sonreír.

—Buena suerte.

A Gaunt le habría gustado que la guerra hubiera sido como Ellwood quería que fuera. Que hubieran podido cabalgar por un campo de batalla blandiendo una espada junto a su valeroso rey.

Se puso la máscara antigás. Sus hombres lo imitaron. Parecían insectos extraños y monstruosos.

—¡Vamos! —les ordenó.

Había estado practicándolo, diciéndolo en voz alta para que no le temblara la voz, para no acordarse de Ypres, pero los proyectiles sonaban tan alto que nadie lo oía. La sangre le martilleaba la cabeza al ritmo de las explosiones de la artillería. Empuñó la pistola y subió al escalón de tiro.

Sus hombres lo siguieron.

Salieron de la trinchera, dejaron atrás la alambrada y se adentraron en la nube espesa de gas verde. A su alrededor, otros pelotones estaban formando bloques, como en un patio de armas. Avanzaban en columnas.

Las ametralladoras empezaron a acribillarlos.

—¡Al suelo! —gritó Gaunt—. ¡Abran fuego de cobertura!

Todos se dejaron caer al barro y dispararon como locos al gas impenetrable. No tenían modo de saber si les estaban disparando a los alemanes o a las tropas a las que se suponía que estaban relevando. Era casi imposible ver a través de los cristales empañados de las máscaras, y más difícil todavía respirar. A Gaunt le empezó a escocer allí donde tenía la piel expuesta al gas.

El pelotón que tenían al lado se tumbó en el suelo y comenzó a disparar.

—¡Nos están cubriendo! ¡Avancen!

Se pusieron en pie con torpeza y corrieron hacia delante, pero cayó un proyectil cerca de Gaunt y salió volando por los aires hasta aterrizar con pesadez sobre cadáveres anteriores. Con el impacto, se les reventaron los estómagos dilatados. A Gaunt se le había caído la máscara antigás, y la primera bocanada de aire le llenó los pulmones de fuego. Miró a su alrededor en busca de la máscara. Una bala le pasó silbando junto a la oreja, se arrojó a un agujero cercano que había dejado un proyectil y contuvo la respiración.

Un soldado raso joven con una máscara en la cara giró despacio la cabeza hacia él. Se le habían salido los intestinos y le brillaban sobre los harapos ensangrentados del uniforme.

A Gaunt le ardían los ojos. Allí el gas era peor aún, puesto que se había asentado. Tenía un poco de agua en la mochila y la buscó a tientas, se la vertió en la manga y respiró a través de la tela, agonizando.

El hombre se separó la máscara antigás de la cara.

—Tome —le dijo—. Tenga la mía.

—No puedo aceptarla —respondió Gaunt entre toses.

—In… insisto —dijo el hombre, que se la quitó y se la tendió a Gaunt con la poca fuerza que le quedaba.

Parecía tener unos veinte años. Gaunt negó con la cabeza.

—Quédatela —dijo Gaunt.

—Por favor —le pidió el hombre, ahogándose y sosteniendo aún en alto la máscara.

Gaunt la aceptó y se la puso. Le llegó un torrente de aire limpio y respirable a los pulmones. Supuso que solo había tomado una bocanada del gas, y que se había diluido en la tierra de nadie. Seguía tosiendo y jadeando, y se le anegaron los ojos de lágrimas, pero no correría la misma suerte que los soldados argelinos en Ypres.

El joven empezaba a asfixiarse. Gaunt empapó un poco de tela de su botiquín y se lo colocó en la cara.

—¿Cómo te llamas? —le preguntó.

—Billy Selton —respondió el hombre, tosiendo.

—Le escribiré a tu madre, Billy.

El hombre asintió con la cabeza con debilidad.

—¿Tiene morfina? —le preguntó.

Gaunt negó con la cabeza, pero le dio la petaca y le ayudó a levantarse la máscara improvisada para que pudiera beber.

—¿Puedes respirar? —preguntó Gaunt cuando le hubo colocado la máscara de tela de nuevo.

—Más o menos —contestó Billy. Sus ojos eran un espanto; le brotaban lágrimas tóxicas de ellos como si fuera pus—. Me duele.

—Le diré a tu madre lo valiente que eres.

—Me duele —repitió Billy.

Gaunt lo tomó de las manos y se las apretó.

Billy se echó a llorar, en silencio, como un niño avergonzado de sí mismo.

—Se lo diré a tu madre —insistió Gaunt—. Estará muy orgullosa de ti, Billy.

—¿Sobreviviré…? —le preguntó Billy.

—Pues claro, muchacho —respondió Gaunt.

Billy gimoteó. Cuando murió estaba moviendo ligeramente la cabeza de un lado a otro, como si intentara decir que no.

Gaunt salió del agujero. Dedujo en qué dirección estaban las trincheras de los aliados por la enorme cantidad de cadáveres que había diseminados en esa área. No eran más que unos seis metros, pero le pareció una distancia incalculable. Sentía como si se hubiera pasado la vida arrastrándose bocabajo a través del barro y las vísceras, como si nunca hubiera habido nada más.

Se encontró con un cadáver que se parecía tanto a Ellwood que se detuvo a comprobar si era él, a pesar de las balas que no dejaban de pasar junto a él. No era Ellwood. Era algún otro joven apuesto de dieciocho años. Le habían volado la nuca de un disparo. Gaunt sintió una alegría violenta de que aquel chico estuviera muerto, porque pensó que había muerto él *en lugar de* Ellwood. Siguió arrastrándose hacia adelante y al fin llegó a su propia trinchera, se lanzó a ella y cayó sobre un hombre que estaba tirado en el suelo, gimiendo.

—¡Ahh! —gritó el hombre cuando Gaunt aterrizó sobre él.

No llevaba máscara antigás; ninguno de los hombres que había allí la llevaba. Gaunt se quitó la suya.

—Fusileros Reales de Kennet, Tercer Batallón, compañía B —dijo.

—Por ahí —respondió uno de los heridos que estaban en el suelo.

Gaunt corrió en la dirección que le había señalado el hombre. Tenía que llegar a su búnker. Tenía que encontrar a Ellwood.

ONCE

Gaunt no tardó en empezar a reconocer a los heridos.

—¡Está vivo! —le dijo un soldado que se llamaba Ramsay al pasar junto a él.

—Los dos lo estamos —le dijo Gaunt—. ¿Has visto al teniente Ellwood en alguna parte?

Ramsay negó con la cabeza.

—No he visto a ninguno de los oficiales. Lo han pasado bastante mal, señor.

Furioso, Gaunt se dirigió hacia el búnker de los oficiales. Bajó casi rodando los escalones.

—¿Ellwood? —lo llamó.

—¿Eres tú, Gaunt?

Ellwood estaba allí. Estaba vivo. Estaba vivo.

En cuestión de segundos, Gaunt estaba besando cada centímetro del cuerpo de Ellwood que podía, lo cual fue más difícil de lo normal por el hecho de que Ellwood estaba haciendo lo mismo con Gaunt.

—Estás vivo —exclamó Ellwood—. Henry, ay, Dios...

—He pasado al lado de un cadáver que se parecía tanto a ti...

—Y yo he visto que te alcanzaba un proyectil. ¿Estás herido?

—Salí volando y aterricé en un sitio complicado, pero estoy bien...

—Huxton pisó una mina; aún tengo parte de él en la manga, mira...

—¿Cómo está David?

—No lo sé, no lo he visto... Henry, pensaba que te habían matado... —Ellwood rompió a llorar—. Quiero irme a casa. Todavía no tenemos diecinueve años; todavía podemos volver a casa.

—No, no podemos, Elly. Tenemos que aguantar.

—Mañana vamos a tener que salir otra vez... Por mí, no me importa, Henry, pero me he pasado todo este rato pensando... pensando que estabas muerto...

Gaunt lo besó. Todavía le escocían los ojos, aún llorosos. Se le mezclaban las lágrimas propias con las de Ellwood.

—No pienses en eso, Elly. Te vas a volver loco si lo piensas.

—Quiero irme a casa —insistió Ellwood entre sollozos.

—Vaya, vaya, qué sorpresa —dijo una voz.

Gaunt se apartó de golpe de Ellwood, atravesado por el terror, crudo y brillante, como si estuviera frente al fuego enemigo.

Quien les hablaba desde las escaleras era Burgoyne.

—¿Qué estás haciendo aquí? —le preguntó Ellwood en un tono violento.

Su rostro bañado en lágrimas rezumaba todo el rencor y la impotencia de un niño enfadado.

—Como dijiste que nunca había estado en las trincheras, pensé en haceros una visita. He de decir que no esperaba encontrarte lloriqueando porque quieres irte con tu mami, Ellwood.

—«Lloriqueando»... Rata cobarde asquerosa, te sacarías los ojos si hubieras visto las cosas que he visto yo...

—Ellwood, ve a preguntar por Hayes. Burgoyne... —Gaunt extendió una mano temblorosa y suplicante—. Lo de ahí fuera ha sido un espanto.

Pero Ellwood no se marchó.

—¿Un «espanto»? —Ellwood cerró los puños. Gaunt trató de colocarse entre él y Burgoyne—. Ha sido una carnicería. Ha sido inmoral. Deberían fusilaros a ti y a todos los que lo habéis planeado.

—No tienes ni idea de estrategia militar, Ellwood —le espetó Burgoyne en una voz aguda.

—Puede, pero por lo visto vosotros no tenéis ni idea de cómo funcionan las ametralladoras cuando marchan los soldados hacia ellas en filas de diez. ¡Que llevamos unos putos sombreros de tela, Burgoyne!

—Ellwood… —le advirtió Gaunt.

—Tenemos un número limitado de cascos de acero…

—¿Y tú qué excusa has puesto? ¿Qué patética excusa has utilizado para no tener que poner tu vida en peligro, so despreciable?

—La vista…

—¡La vista! ¡Pregúntale a Gaunt por los dolores de cabeza que sufre!

—¡Se acabó! —gritó Burgoyne—. ¡Soy tu *superior*, Ellwood!

Ellwood apartó a Gaunt y pegó a Burgoyne con fuerza en la cara.

—Eres un cobarde. Debería darte vergüenza.

A excepción de la mejilla, que se le había quedado colorada, Burgoyne estaba pálido, con las fosas nasales muy abiertas.

—Pegar a un superior se castiga con la muerte —le advirtió.

—Burgoyne —dijo Gaunt con la voz entrecortada.

Burgoyne se giró de repente para lanzarle una mirada afilada, como la de una serpiente a punto de atacar.

—Sabía que Ellwood era un pervertido, Gaunt, pero no creía que *tú* también lo fueras.

Gaunt agachó la cabeza.

—Burgoyne… —repitió sin demasiada convicción.

Pero Burgoyne ya había subido los escalones y se había marchado.

Gaunt se dejó caer sobre una caja de municiones. Ellwood soltó una risita con los ojos brillantes.

—Alguien tenía que decírselo, Gaunt.

—En esta guerra, Burgoyne es un dios, Ellwood. —Hundió la cara entre las manos—. Has hecho que nos ganemos la ira de los dioses.

Veinte minutos después, Hayes entró tambaleándose en el búnker. Gaunt y Ellwood lo abrazaron sin mediar palabra. Se quedaron un momento así, con las tres cabezas juntas, antes de que Hayes hablara.

—Huxton...

—Muerto.

—Y Daniels también.

Gaunt se separó de los dos y sirvió tres *whiskies*.

—He nombrado a Ramsay nuestro ordenanza por ahora —dijo Hayes.

—¿Sabe cocinar? —preguntó Ellwood.

—¿Acaso sabía Daniels?

Hayes se dirigió afuera y pasó revista. Regresó con una expresión sombría.

—¿Cuántos? —le preguntó Gaunt.

—Ciento cuatro bajas —respondió Hayes.

—Mañana habrá un contraataque —dijo Gaunt.

—Le he ordenado a Lonsdale que se ocupe de las raciones —dijo Hayes—. Al menos habrá más para repartir.

—Seguro que eso los anima —contestó Gaunt—. Se lo merecen.

Se bebieron el *whisky* en silencio y se pusieron a escribir cartas. Gaunt era cada vez más consciente de las heridas de metralla que había recibido en el lado derecho del cuerpo. Ahora, sin la conmoción de la batalla, el dolor no hacía más que aumentar. Decidió escribirle a la madre de Billy Selton antes de ir al hospital de campaña.

Le dedicó un buen rato a la carta, pero omitió que las últimas palabras de Billy habían sido: «Me duele».

Sonó el teléfono.

Gaunt fue despacio a contestar la llamada. Escuchó las órdenes e hizo algunas preguntas. Ellwood y Hayes lo estaban observando cuando colgó. Sacó la pitillera, pero le temblaban demasiado los dedos como para abrirla. Hayes se levantó, le abrió la pitillera con facilidad y se colocó un cigarrillo en la boca. Una vez encendido, se lo dio a Gaunt.

—Gracias. —Gaunt dio una calada y tosió y escupió cuando el humo le llegó a los pulmones, afectados por el gas. Cuando recobró el aliento, miró a Ellwood—. Quieren más información sobre las tropas alemanas. Quieren que tú y yo nos llevemos a tres hombres y capturemos a un prisionero alemán.

Se produjo una pausa horrorosa.

—¿Cuándo? —preguntó Hayes.

—Esta noche.

—Pero ¡eso es imposible!

—Ellwood y yo nos hemos ganado la enemistad de ciertas personas influyentes —contestó Gaunt, y soltó una risita.

—Pero si es que no va a servir de nada —dijo Hayes. Ellwood tenía la mirada perdida en su litera—. Ya sabemos quiénes son las tropas enemigas. Bávaros. El subalterno que estaba aquí antes que nosotros dijo que uno de ellos hablaba inglés, y que se ponían a charlar sobre Múnich de una trinchera a otra.

—Ah —dijo Gaunt, sin fuerzas—. ¿Así que hemos estado todo el día disparando a bávaros? Pobrecillos. Ahora es Oktoberfest en Múnich.

Levantó el *whisky* con aire de tristeza y cantó en voz baja:

> *Ein Prosit, ein Prosit*
> *Der Gemütlichkeit*
> *Ein Prosit, ein Prosit*
> *Der Gemütlichkeit!*
> *Oans, zwoa, drei, gsuffa!*

Se bebió hasta la última gota del *whisky*.

Hayes lo miraba como si Gaunt se hubiera vuelto loco de remate.

—¿Hablas alemán?

Ellwood rio.

—¿Heinrich Wilhelm Gaunt? Su madre conoce al káiser.

—Ve a buscar voluntarios para esta noche, ¿te parece, Ellwood? —le pidió Gaunt—. Les daremos el doble de ron durante un mes.

Ellwood asintió. Una vez que se hubo marchado, Gaunt se volvió hacia Hayes.

—No se lo digas.

—¿El qué?

—Que esto es un asesinato.

DOCE

—**P**uede que salgas ileso —dijo Hayes. Gaunt lo miró—. ¡Oye, es posible!

—Yo diría que no. —Esbozó una sonrisa tensa—. Pero, bueno, al menos serás capitán.

—No digas eso.

Gaunt se encogió de hombros y se llevó la mano al amasijo de barro, tela y piel que tenía en las costillas.

—¿Esa sangre es tuya o de otro? —le preguntó Hayes.

—Creo que mía —respondió Gaunt—. Recibí disparos de ametralladora en el costado.

—Tendrías que ir a vendarte. Ya cumpliré yo las órdenes que te han dado.

—Estoy perfectamente.

—No te hagas el héroe. Estás herido.

—No voy a dejar que Elly vaya sin mí.

Hayes reflexionó.

—No vas a dar el brazo a torcer, ¿verdad?

Gaunt se rio.

—No.

—Me caes bien, ¿sabes? —dijo Hayes—. Me caes muy bien.

—Y tú a mí, David.

—Supongo que jamás te habrías fijado en mí si no fuera por la guerra.

—Probablemente no —respondió Gaunt—. Pero habría salido perdiendo.

Hayes levantó la copa.

—Por los amigos insólitos.

Y brindaron.

—Si él sobrevive y yo no… —empezó a decir Gaunt.

—Bebe —lo interrumpió Hayes con firmeza.

Al caer la noche llovía a cántaros, lo que, según les dijo Gaunt a los soldados, dificultaría que los artilleros los descubrieran. Lo cierto era que apenas suponía diferencia alguna, salvo por lo lamentable que sería morir en el barro frío y húmedo. Repartió el ron y volvió al búnker para esperar un cuarto de hora a que el alcohol hiciera efecto. Ellwood estaba sentado solo, con el rostro pálido pero con expresión de decisión.

—Ven, vamos a mirar el mapa —le dijo Gaunt—. Cuando te diga, tienes que ir aquí y lanzar las bombas a la alambrada. Entonces, cuando esté despejado, entraré corriendo con los hombres, atraparé al alemán que ande más cerca y te lo entregaré.

—¿Cuánto tiempo llevará?

—Con suerte, no más de diez minutos en total.

—No está mal.

—Ya.

—¿Henry? —Gaunt alzó la vista—. ¿Me habrías besado de no haber sido por la guerra?

Gaunt dejó que sus ojos recorrieran la curva de la mandíbula de Ellwood. Sus cejas revueltas, con cada pelo brotando como un milagro, de un color negro que contrastaba con su piel lisa y olivácea. El arco temible y seductor de sus labios. ¿Lo habría besado Gaunt de no haber sido por la guerra? Por supuesto que no; nunca se habría atrevido. Tal vez había sido un cobarde, o tal vez sencillamente había preferido mantener el corazón intacto. Tan solo podía ser tan imprudente porque sabía que moriría.

—No, la verdad es que no —contestó Gaunt.

Ellwood jugueteó con el borde desgastado del mapa.

—«¡Qué vanidad la mía! / ¿Cómo iba él a amar a alguien tan humilde?*» —dijo.

---

* N. del T.: Tennyson, Alfred, *In Memoriam y otros poemas*, «In Memoriam», trad. José Luis Rey Cano (Cátedra, 2022).

A Gaunt le dolía la cabeza; se le estaba inundando de agua salada.

—Tennyson —dijo.

—*In Memoriam*.

—Deberíamos echarle otro vistazo al mapa —dijo Gaunt, porque resultaba ridículo, incongruente, que Ellwood estuviera soltando palabras como «amar» cuando estaban a punto de aventurarse en la tierra de nadie.

—«Lo mismo que ella, entonces, me silencio para no fatigarte con mis cantos*» —recitó Ellwood—. Shakespeare.

No era el momento de ponerse a recitar a Shakespeare. Ignorar eso era tan típico de Ellwood que a Gaunt le resultaba doloroso.

—Ya hay un agujero en la alambrada que ha dejado la artillería, así que las bombas solo van a servir para despejar los escombros —continuó Gaunt.

—«Mi espíritu lo amó y aún lo ama, / como una chiquilla que dio su corazón / a uno cuyo rango excede el suyo**». Eso es de Tennyson de nuevo.

—Lo ideal sería capturar a un teniente, pero dudo que tengamos tiempo para ser tan selectivos —prosiguió Gaunt, sin tener ni idea de lo que decía.

Ellwood estaba de pie, y Gaunt se dio cuenta de repente de que él también, de que se habían alejado de las viejas cajas de munición que hacían las veces de mesa y taburetes. Ellwood se pasó la mano por el pelo y se le despeinaron los rizos, que sobresalían en ángulos extraños. Parecía como si aún no hubiera decidido si quería besar a Gaunt o darle un puñetazo.

—Elly —insistió Gaunt—. Elly, tenemos que concentrarnos. Estamos… Mira dónde estamos.

Pero Ellwood solo tenía ojos para él.

---

* N. del T.: «Soneto 102», *Sonetos*, William Shakespeare, trad. de Antonio Rivero Taravillo (Renacimiento, 2016).

** N. del T.: Tennyson, Alfred, *In Memoriam y otros poemas*, «In Memoriam», trad. José Luis Rey Cano (Cátedra, 2022).

—Ojalá te lo pudiera decir con mis propias palabras —contestó Ellwood—. Pero no puedo. Y tampoco quieres que lo haga. «Amar es mi pecado, y tu virtud / el odio de mi amor pecaminoso».

—No te odio, no seas ridículo —le espetó Gaunt, aunque en ese momento sí que lo odiaba, lo odiaba por su elocuencia inútil e incomprensible, que no era propia de Loos, que a Gaunt le recordaba a Preshute y a Inglaterra y a cosas en las que no quería pensar hasta estar seguro de que volvería a tenerlas.

—Eso era de Shakespeare. Pero a veces es mejor Keats —dijo Ellwood, con la voz cargada de las lágrimas que no había derramado.

Agarró a Gaunt por la cintura (Gaunt se mordió la lengua cuando Ellwood le desgarró las heridas con las manos), tiró de él para acercarlo y, aunque Hayes iba a volver de un momento a otro, a Gaunt no le importaba; iba a morir, lo sabía, y Ellwood lo miraba como si fuera el mundo entero.

«¡Que te me des entera, entera, toda!
Tú, tu alma, por piedad dámelo todo.
Moriré si te guardas solo un átomo*».

Parecía que estaba loco. Febril. El beso que le dio a Gaunt en los labios fue violento y desesperado.

—Elly... —dijo Gaunt, separándose.

—¿Lo entiendes?

—Yo...

—¿*Lo entiendes*?

—Pero... ¿qué pasa con Maud?

—¿*Maud*? —exclamó Ellwood—. ¿Que qué pasa con Maud? ¿Cómo te lo puedo dejar más claro, Henry?

—Bueno, a lo mejor si usaras tus propias palabras por una vez, en lugar de hablar con esas putas citas crípticas...

—¿Crípticas? ¿Cómo puedes ser tan obtuso?

—Ya es la hora —les dijo Hayes con gentileza desde la entrada.

---

* N. del T.: *Poemas*, John Keats, trad. de Antonio Rivero Taravillo (Comares, 2006).

—Gracias —contestó Gaunt.

Se puso la mochila y Ellwood lo imitó, sin mirarse el uno al otro.

—Henry —dijo Ellwood mientras se acercaban a las escaleras—. Prométeme que me hablarás de todo esto cuando volvamos.

Gaunt no podía mirarlo. Si lo miraba perdería la cabeza por completo; se negaría a seguir luchando, se convertiría en objetor de conciencia en el acto, se dispararía a sí mismo y a Ellwood en los pies. Cualquier cosa con tal de mantenerlos a ambos con vida.

—Cuando volvamos —respondió.

—Prométemelo.

Gaunt pensó en la carta que había intentado escribir aquella tarde. Se había dado por vencido después de redactar cuatro palabras. La hoja de papel con la que podría haberle dicho a Ellwood todo lo que sentía seguía en su cuaderno. Antes era inútil amar a Ellwood porque Ellwood no le correspondía, y ahora era inútil aunque él también lo amara.

—Sí —le contestó Gaunt—. Te lo prometo.

Fuera, Cooper, Allen y Kane se estaban poniendo las mochilas, que estaban empapadas.

—Muy bien, señores —les dijo Gaunt—. Es posible que lo que le diga nuestro prisionero al coronel pueda salvarles la vida a cientos de miles de soldados británicos. Puede ser decisivo para ganar o perder la guerra. Así que no nos rendiremos hasta que lo tengamos; aguantaremos lo que nos echen. ¿Entendido? ¡Vamos a darles un buen espectáculo!

Los hombres asintieron. Gaunt se preguntaba si sabrían que todo aquello eran estupideces irrelevantes, que los estaban sacrificando por una pelea de niños de colegio que se había agravado y se había transformado en pura crueldad.

Llovía a mares. Salieron a hurtadillas de las trincheras y se arrastraron por la tierra de nadie, tóxica y plagada de cadáveres.

Normalmente allí reinaba el silencio, pero esa noche se oían los quejidos de los miles de heridos como los crujidos de un barco en una tormenta.

—Ahora —les dijo Gaunt, y Ellwood lanzó las bombas contra la alambrada de espino.

Al instante los alemanes comenzaron a dispararles. Mataron a Cooper en los primeros segundos de un disparo en el ojo. Gaunt no esperó a que se despejaran los escombros, sino que se echó a rodar para atravesar la alambrada, que aún estaba en llamas. Oía a Ellwood, a Kane y a Allen siguiéndolo, además de a un oficial alemán que les gritaba órdenes a sus hombres con un acento tan familiar que resultaba doloroso. Gaunt bajó de un salto a la trinchera y agarró al alemán que tenía más cerca por la cintura para alzarlo y pasárselo a Ellwood. Tenía a más de diez hombres sorprendidos ante él, entre ellos...

—*Ernst? Sind Sie das?*

Notó un impacto en el pecho. Bajó la mirada y vio con una curiosidad extraña y serena la sangre que le brotaba del torso.

—¡Henry! —gritó Ellwood.

Pobre Elly, pensó mientras se desplomaba. Que te abandonen es mucho más duro.

II

TRECE

—Está muerto, señor —anunció Kane con urgencia. A Ellwood le pareció que no estaba hablando en su idioma. Una bala pasó rozándolo y entonces volvió a ver el mundo con claridad, enfocado de nuevo. El muchacho alemán estaba tratando de escapar desesperadamente, el alemán que se había llevado a cambio de la vida de Gaunt. Ellwood le estaba agarrando las piernas con tanta fuerza que el chico chillaba de dolor. Allen y Kane estaban atravesando la alambrada de espino a toda prisa, y Ellwood los seguía. Las armas rugían. Una granada hizo pedazos a Kane. Ellwood ni siquiera se detuvo al verlo, aunque el día anterior había estado haciendo bromas con Kane, le había dado un golpecito con el dedo en la frente y le había dicho que era un cabrón miserable.

Dispararon a Allen mientras corría. Cayó en un agujero, y Ellwood y el prisionero cayeron tras él. El chico profirió gritos en alemán, de modo que Ellwood le dio un puñetazo y logró que se callara.

Allen solo estaba herido en el brazo. Se llevó la mano a la herida para tratar de contener la hemorragia.

—¿Y ahora qué, señor? —preguntó.

—Dios —dijo Ellwood, con la intención de maldecir, pero de algún modo le salió como una oración: agonizante, suplicante—. A ver —dijo, blandiendo el rifle hacia el alemán—. *Spichst du Englisch?*

—¡Un… un poco! Bastante mal.

—Bueno, pues yo no quiero morir. ¿Y tú?

El chico lo miró con los ojos abiertos de par en par. Ellwood rebuscó entre sus recuerdos, tratando de recordar las frases que había usado aquel verano en Múnich, pero le resultaba sencillamente insoportable, porque Gaunt estaba en cada uno de aquellos recuerdos relucientes.

—*Ich möchte leben* —le dijo a toda prisa, juntando las palabras como pudo—. Quiero vivir.

—*Ich auch* —respondió el chico, serio.

«Yo también».

—*Ja* —dijo Ellwood—. Así que cállate, ¿de acuerdo? —Se llevó el dedo a los labios—. Ven, Allen, apúntalo todo el tiempo con el rifle mientras lo ato.

Le llevó poco tiempo. El alemán se había vuelto extraordinariamente cooperativo ahora que habían establecido el deseo mutuo de sobrevivir. El ruido de las armas comenzaba a disminuir. Ellwood se quitó el sombrero y lo sacó por el agujero en el que estaban ocultos. Salió disparado de su mano de inmediato.

—¿Te quedan granadas, Allen?

—Dos, señor.

—Cuando yo lo diga, lánzaselas a los alemanes y echamos a correr como locos.

Allen asintió con la cabeza, con los ojos como platos por el miedo. Ellwood alzó al muchacho y se lo colocó sobre el hombro.

—*Spinnst du? Sie werden uns töten!*

—Bueno, ¿y qué otra opción tenemos? ¡Ahora, Allen!

Allen lanzó las granadas con el brazo bueno, salieron todos como pudieron del hoyo y echaron a correr. La lluvia había dejado el suelo resbaladizo, y Ellwood estuvo a punto de caerse dos veces. Oía las balas que pasaban silbando a su alrededor, pero no les hizo caso. Se limitó a correr.

Y entonces llegaron al hueco de la alambrada de espino. Lo atravesaron y se lanzaron de un salto en su propia trinchera.

Ellwood dejó caer al chico alemán sobre los tablones de madera.

—¿Estás bien?

—*Ja* —respondió el muchacho, temblando—. ¿Ahora me haréis daño?

—*Nein.*

Allen estaba vomitando. Hayes recorrió la trinchera a toda velocidad hacia ellos.

—¡Habéis sobrevivido!

—Dos de nosotros.

Hayes pasó la mirada de Ellwood a Allen. Tensó la mandíbula.

—¿Cómo ha sido?

—Un disparo en el pecho. —Brotó de él un sonido parecido a la risa que de repente se transformó en algo extraño—. «¡Honrad la carga que emprendieron! / ¡Honrad la Brigada Ligera, / a los honorables seiscientos!».

Hayes lo miró consternado.

—Será mejor que vayas a acostarte.

—No. Gaunt… Gaunt dijo que teníamos que llevar al prisionero directo al cuartel general.

—Ya lo llevo yo.

—Lo dijo Gaunt —repitió Ellwood.

Por su expresión, Hayes parecía querer discutir con Ellwood, pero se limitó a asentir.

Eran casi las once cuando Ellwood y el alemán llegaron al castillo. Ellwood se había pasado el camino sumido en un estado de embotamiento total, sin ser consciente de nada que no fueran las botas, que le apretaban ligeramente.

Un ordenanza los condujo a un salón elegante, donde se encontraba el coronel sentado con otros seis hombres, fumando puros y bebiendo oporto. Burgoyne dejó la copa que sostenía cuando vio a Ellwood.

—¡Ah! ¡Nuestro prisionero alemán! Bien hecho, teniente —le dijo el coronel—. Acérquelo.

Ellwood empujó al muchacho hacia delante. El coronel le habló en un alemán chapurreado durante unos minutos y luego sonrió mientras miraba a la habitación.

—Sí, tal como pensábamos, es un regimiento bávaro. Bueno, siempre está bien confirmar la información. Gracias, Burgoyne, por sugerir la misión. Tiene usted un sentido de la estrategia estupendo. —Miró a Ellwood—. Voy a pasar por alto su aspecto desaliñado por esta vez, teniente, pero no seré tan indulgente si le vuelvo a ver con los botones sin pulir. Puede retirarse.

—Le pido disculpas por los botones, señor —respondió Ellwood, eligiendo cada palabra con precisión—. Verá, esperaba que fuera el capitán Gaunt quien le entregase al prisionero.

El coronel lo miró con frialdad.

—Pero intuyo que lo han matado.

Burgoyne emitió un ruido extraño. Ellwood lo ignoró.

—Sí, señor. Y a otros dos hombres. Pero me alegro de que haya podido confirmar la información.

—Cuidado, teniente. Su comportamiento está rozando la insolencia. —Ellwood cerró la boca con fuerza y esperó—. Eso es todo. Puede retirarse.

—Gracias, señor.

Ellwood se giró y se marchó de la habitación.

Llevaba recorrida la mitad del pasillo cuando oyó a Burgoyne.

—¡Ellwood! ¡Espera!

No dejó de andar. No podía. Estaba tan cansado que creía que se desplomaría si se detenía.

Burgoyne lo alcanzó al llegar a las escaleras.

—¿De verdad está muerto Gaunt?

—Sí.

—No estarás… No me estarás gastando una broma, ¿no?

Ellwood se apoyó en la barandilla con pesadez, insensibilizado por la impotencia.

—¿Una broma, Burgoyne?

—Sí. Para asustarme.

Lo azotó de repente una vertiginosa ola de nostalgia por Preshute. Cuando ponía los dormitorios de los demás patas arriba, jugaba al críquet y descansaba en las ramas de las hayas, comiendo manzanas robadas.

—No, no es ninguna broma, Burgoyne.

Burgoyne parecía anonadado.

—¿Qué esperabas? —le preguntó Ellwood en un tono manso, con curiosidad; estaba demasiado cansado para odiar a Burgoyne.

El odio llegaría después. Lo volvería fuerte y nervioso y retorcido, un soldado valiente y furioso... Pero no había llegado aún.

—Pensaba que te llevarías un sustito y... verías que no podías tratarme así —le dijo Burgoyne.

—Un sustito... —repitió Ellwood sin comprender nada.

Burgoyne asintió. Se le veía la tez verde, tanto que resultaba espeluznante, y tenía un aspecto cadavérico en la penumbra del vestíbulo.

Ellwood empezó a bajar las escaleras. Sentía el corazón oprimido por algo que no lograba comprender porque era demasiado enorme e inútil; y a su mente le repugnaba esa pena que sentía como algo infinito, algo imposible.

—Ellwood —lo llamó Burgoyne.

Ellwood no se detuvo. Le daba igual lo que Burgoyne tuviera que decirle, no podía importarle. No podía importarle nada. Todo carecía de sentido. No tenía los botones pulidos. El regimiento que iban a masacrar al día siguiente venía de Múnich, donde las chicas llevaban *dirndls* y desayunaban salchichas blancas.

—Ellwood, espera... ¿Cómo ha sido?

Ellwood siguió bajando las escaleras con pesadez; estaba demasiado cansado.

—Le han disparado en el pecho —respondió sin mirar a su alrededor—. Hemos tenido que... Hemos tenido que dejarlo allí.

Casi había llegado a la puerta cuando Burgoyne volvió a hablar.

—Ellwood... ¿Qué... qué puedo hacer?

Ellwood se detuvo y se volvió hacia él.

—Nada.

Esa vez, Burgoyne no lo siguió cuando Ellwood se alejó.

Cuando regresó al búnker, se encontró a West allí. Tenía las orejas infantilmente grandes, tanto que resultaba cómico; Ellwood había olvidado lo mucho que le sobresalían, y llevaba el gabán torcido.

—¡Ellwood! —exclamó con alegría al verlo.

Ellwood casi se dejó caer en sus brazos. West lo abrazó, aunque parecía sorprendido.

—Hola —lo saludó Ellwood, apretando el rostro contra la tela del abrigo de West. Le salió una voz pastosa e infantil de un modo extraño. Tragó saliva antes de volver a hablar—. ¿Qué haces aquí?

West le dio varios golpecitos en el hombro y Ellwood se obligó a separarse.

—Nos han enviado como refuerzos para mañana —le explicó West.

Tenía el mismo aspecto de siempre. Resultaba reconfortante lo inmutable, alegre y *normal* que era.

—¿Ya has visto algo de acción? —le preguntó Ellwood.

—No. Y me muero de ganas. Aunque nos tenían a unos ochenta kilómetros del frente y nos han hecho marchar hasta aquí en dos días, así que estamos sencillamente agotados.

—¿Has conocido ya a Hayes?

—Sí. Alguien debería decirle que su sastre está como una cabra.

—Con el tiempo te acostumbras. Hayes es un buen hombre. —Ellwood se dejó caer en una caja de municiones vacía—. ¿Ochenta kilómetros en dos días? Tus hombres tienen que estar hechos polvo.

—Sí, están un poco desmoralizados. —West se aclaró la garganta—. Hayes me ha contado lo de Gaunt.

Ellwood se sirvió un *whisky* sin responder. No sentía que tuviera control sobre su voz.

—Lo siento mucho —dijo West—. Me caía muy bien, aunque me rompiese la clavícula.

—¡Intentabas robarle el colchón mientras dormía! —exclamó Ellwood; las palabras se le escapaban de la boca por la indignación.

—¡No he dicho que no me lo mereciera!

Hayes entró en el búnker.

—La mitad de tus hombres son menores de edad, y entre todos no acumulan ni ocho semanas de entrenamiento —le dijo a West.

—Ya, pero le ponen muchas ganas.

Ellwood se llevó las palmas de las manos a los ojos.

—¡Muchas ganas! —repitió—. Sí, seguro.

—Deberías dormir un poco —opinó Hayes.

—¿Te dice a ti alguien alguna vez que deberías dormir un poco? —replicó Ellwood.

—Tengo veintisiete años. Puedo acostarme solo.

Parecía mucho mayor. Ellwood sacudió la cabeza.

—Tengo que escribirles una carta a los padres de Gaunt.

—Ya lo hago yo —dijo Hayes.

—Es culpa mía que esté muerto; es lo menos que puedo hacer.

—¿Cómo dices algo tan espantoso? —exclamó West—. Estoy seguro de que no es cierto.

Ellwood no contestó.

—Ellwood —insistió West. Ellwood alzó la vista. El rostro de West mostraba una preocupación sincera—. Ya es todo bastante horrible sin que pienses eso.

Ellwood pensó en arrojarse de nuevo a sus brazos. Pero en su lugar tan solo le preguntó:

—¿Han sincronizado tus hombres sus relojes?

—Ah…, sí. Pero, por supuesto, lo comprobaré de nuevo antes de salir de las trincheras —dijo West, y luego siguió charlando de fondo como el fantasma de una sala común de Preshute mientras Ellwood sacaba una hoja de papel y empezaba a escribir.

Aquella carta fue como todas las demás: patriótica y falsa.

A las cinco y media de la mañana sonó el teléfono. Hayes contestó y anotó las órdenes del ataque.

—Bueno, capitán Ellwood, será mejor que venga para que pueda informarle —dijo después de colgar.

—Estás de broma.

—No.

—¡Vaya, Sidney, felicidades! —exclamó West—. ¡Verás cómo se ponen los de la escuela!

—Burgoyne —dijo Ellwood al darse cuenta—. Ha sido cosa de Burgoyne. Para redimirse.

Estaba mareado. No había comido nada desde el desayuno del día anterior.

—¿En serio? —dijo West—. ¿De qué? Qué amable por su parte. Capitán Ellwood. ¡Qué bien suena!

—Lo siento, Hayes. Deberías haber sido capitán tú.

—No digas tonterías —le dijo Hayes con rigidez—. Eres la opción más evidente. La escuela a la que asistí no me entrenó para gobernar un imperio.

—Yo diría que lo que estamos haciendo ahora es perder el imperio.

—¡Qué estupidez! —dijo West—. Perder el imperio… ¡Mira cómo luchan los gurkas! Quieren a Inglaterra tanto como nosotros, eso lo puede ver cualquiera.

Ellwood fue a mirar el mapa.

—El ataque es a las nueve —dijo Hayes—. Les proporcionaremos fuego de cobertura a las tropas que estén a nuestra derecha.

Por suerte, la lluvia había disuelto el gas, por lo que no era necesario que llevaran máscaras. Todos los hombres de West parecían tener unos quince años, y Ellwood sorprendió a uno de ellos intentando cargar un cartucho en el arma al revés. Aquello no inspiraba ninguna confianza.

A las nueve, salieron de las trincheras. West recibió un disparo en la cabeza antes de que hubieran recorrido medio metro siquiera. Ellwood se detuvo a mirar sus sesos. Pritchard siempre había dicho que no tenía cerebro, pero allí estaba, gris y palpitante y con coágulos de sangre.

Cuando se hubieron adentrado unos seis metros en tierra de nadie, se tumbaron y abrieron fuego. El ruido era ensordecedor y los aislaba de todo lo demás. Un pelotón de otro regimiento pasó junto a ellos. Ellwood vio, como si se tratara de una pesadilla, que quien los dirigía era su amigo de los Ardientes, Finch. Un instante después, un proyectil alcanzó a Finch.

—¡Que no cesen los disparos! —les ordenó Ellwood a sus hombres.

Se arrastró hasta donde se hallaba Finch, que abrió los ojos a duras penas. La bomba le había arrancado la cadera izquierda y la mitad de la caja torácica.

—Hola, Ellwood —lo saludó.

—¿Qué tal, Finchy?

Con una avalancha extraña de intimidad, Ellwood se dio cuenta de que a Finch se le veía el pulmón, que había quedado expuesto.

—No llores, Sidney, viejo amigo —le pidió Finch con la voz entrecortada; sonaba como si le doliera hablar.

—¿Crees que podrías moverte un poco? —le preguntó Ellwood—. No estamos demasiado lejos.

Finch trató de incorporarse y emitió un ligero gemido de dolor.

—No, me parece a mí que no.

—Puedo arrastrarte.

—De acuerdo.

Ellwood lo agarró por debajo de los brazos y tiró de él.

—Es inútil, Sidney —concluyó Finch entre jadeos.

Le brotaba la sangre del pecho, de un rojo intenso contra el uniforme caqui.

—Desde luego, con esta herida te mandan a casa seguro —le dijo Ellwood, y le agarró la mano y se la apretó.

Finch sonrió, pero no pudo devolverle el apretón.

—No estaría mal.

—Tengo que volver con mis hombres —le dijo Ellwood, agachando la cabeza.

—No pasa nada, Sidney. Nos vemos en la Cueva del Ermitaño.

—A medianoche.

Finch se echó a reír, pero la risa se convirtió en unos gritos débiles de dolor. Ellwood le dio un beso en la frente, se arrastró hacia sus hombres y dejó que Finch muriera solo.

THE PRESHUTIAN

VOL. L. — N.º 753.   14 DE OCTUBRE DE 1915.   Precio 9 peniques

~CUADRO DE HONOR~

MUERTOS EN COMBATE

Adams, H. R. (Subteniente), Regimiento de Norfolk. Muerto en combate cerca de Loos el 26 de septiembre, a la edad de 21 años.

Bates, O. H. L. (Teniente), Regimiento Real de Warwickshire. Muerto en combate cerca de Loos el 28 de septiembre, a la edad de 25 años.

Blackett, D. A. (Subteniente), Guardia de la Frontera de Gales del Sur. Muerto en combate en Galípoli el 13 de agosto, a la edad de 19 años.

Burkill, A. H. (Capitán), Regimiento de Cheshire. Muerto en combate en Galípoli el 10 de agosto, a la edad de 25 años.

Feetham, B. E. (Subteniente), Seaforth Highlanders. Muerto en combate cerca de Loos el 26 de septiembre, a la edad de 22 años.

Finch, J. P. (Teniente), Regimiento de Worcestershire. Muerto en combate cerca de Loos el 26 de septiembre, a la edad de 19 años.

Gaunt, H. W. (Capitán), Fusileros Reales de Kennet. Muerto en combate cerca de Loos el 25 de septiembre, a la edad de 18 años.

Harbord, J. W. (Capitán), Black Watch (Royal Highlanders). Muerto en combate cerca de Loos el 28 de septiembre, a la edad de 21 años.

Lecke, C. B. (Teniente), Batallón de Escuelas Públicas. Muerto en combate en Galípoli el 5 de septiembre, a la edad de 30 años.

Lyde, G. G. (Subteniente), Regimiento de Wiltshire del Duque de Edimburgo. Muerto en combate en Galípoli el 10 de agosto, a la edad de 21 años.

Nepean, C. G. (Teniente), Regimiento de Gloucestershire. Muerto en combate en Galípoli el 8 de agosto, a la edad de 25 años.

Prickett, R. E. (Subteniente), Seaforth Highlanders. Muerto en combate cerca de Loos el 26 de septiembre, a la edad de 20 años.

Rotherham, H. G. (Capitán), Regimiento York y Lancaster. Muerto en combate cerca de Loos el 26 de septiembre, a la edad de 19 años.

Spooner, R. P. (Teniente), Regimiento de Bedfordshire. Muerto en combate cerca de Loos el 26 de septiembre, a la edad de 24 años.

Wells, W. W. (Teniente), Regimiento de Londres. Muerto en combate cerca de Loos el 28 de septiembre, a la edad de 22 años.

West, E. W. (Subteniente), Regimiento Real de Warwickshire. Muerto en combate cerca de Loos el 26 de septiembre, a la edad de 18 años.

Whitling, C. M. (Subteniente), Brigada de Fusileros. Muerto en combate cerca de Loos el 26 de septiembre, a la edad de 20 años.

HERIDOS

Aldworth, E. H. (Teniente), Infantería Ligera de Yorkshire.

Aubrey, F. C. (Capitán), Fusileros Reales.

Bird, T. L. (Subteniente), Cuerpo Real de Fusileros del Rey.

Carr, E. C. (Teniente), Regimiento Real Irlandés.

Cowley, A. (Capitán), Regimiento de Bedfordshire.

Charlton, P. A. (Subteniente), Regimiento de York y Lancaster.

De Sausmarez, J. M. (Capitán), Fusileros Reales Escoceses.

Henderson, N. C. (Subteniente), Royal Highlanders.

Loftus, R. P. (Capitán), Regimiento de Worcestershire.

Loring, A. O. (Teniente), Regimiento Real de West Surrey.

Mastroianni, A. M. (Teniente), Regimiento de Bedfordshire.

Nozieres, C. (Subteniente), Regimiento de Norfold.

Sheppard, C. R. B. (Comandante), Regimiento de Sussex.

Sorley, H. H. G. (Teniente), Regimiento de Suffolk.

Stansfeld, K. L. (Teniente), Seaforth Highlanders.

Symonds, M. H. (Teniente), Regimiento de York y Lancaster.

Taylor, D. R. (Teniente), Regimiento de Dorsetshire.

I

Media liga, media liga,
media liga hacia adelante,
en todo el valle de la Muerte
cabalgaron los seiscientos.
«¡Brigada Ligera, adelante!
¡Carguen las pistolas!», dijo él.
En el valle de la Muerte
cabalgaron los seiscientos.

II

«¡Brigada Ligera, adelante!».
¿Había algún hombre abatido?
No, aunque los soldados sabían
que alguien había errado.
No tenían que replicar,
no tenían que razonar,
Tenían que vencer, morir.
En el valle de la Muerte
cabalgaron los seiscientos.

III

Cañones a su derecha,
cañones a su izquierda,
cañones al frente
descargaron y tronaron;
atacados por disparos,
cabalgaron audaces
hacia las fauces de la Muerte,
hacia la boca del infierno
cabalgaron los seiscientos.

IV

Brillaron sus sables desnudos,
brillaron al virar en el aire
para ensartar a los artilleros,
cargaron un ejército, mientras
todo el mundo se asombraba.
Sumidos en el humo de las baterías
por la línea que rompieron;
cosacos y rusos
tambalearon por los sablazos
despedazados y destrozados.
Después regresaron, pero no,
no los seiscientos.

V

Cañones a su derecha,
cañones a su izquierda,
cañones a su espalda
descargaron y tronaron;
atacados por disparos,
mientras caían caballo y héroe.
Los que lucharon tan bien
cruzaron las fauces de la Muerte,
de vuelta de la boca del infierno,
todo lo que quedaba de ellos,
lo que quedaba de los seiscientos.

VI

¿Cuándo se esfumará su gloria?
¡Ah, la carga brava que hicieron!
Se maravilló el mundo entero.
¡Honrad la carga que emprendieron!
¡Honrad la Brigada Ligera,
a los honorables seiscientos!

Martes, 5 de octubre de 1915
Londres

Querido Sidney:

Gracias por tu carta. No sabes lo mucho que aprecio tu franqueza. Solemos oír hablar a menudo de hombres que sufren muertes rápidas e indoloras, pero el trabajo en el hospital me ha demostrado que la mayoría de los hombres mueren despacio y con un gran sufrimiento. Tu descripción, aunque ha sido difícil de leer, también ha sido... Supongo que no puedo decir que haya sido tranquilizadora. Pero tengo una mente muy activa, y le has dado algo a lo que aferrarse. Te lo agradezco.

Ayer llegó una carta suya. Supongo que se había retrasado. Incluía el código que teníamos para avisarnos un ataque inminente: «μᾶλλον γὰρ πεφόβημαι τὰς οἰκείας ἡμῶν ἁμαρτίας ἢ τὰς τῶν ἐναντίων διανοίας». ¿Lo reconoces? Es Tucídides, claro. «Tengo más miedo de nuestros propios errores que de los planes del enemigo».

Ha sido extraño recibir una carta con una premonición sobre algo que ya había sucedido. Y de un fantasma, nada menos.

Mamá lleva sin dejar de llorar desde que recibió el telegrama.

Papá parece estar fingiendo que no ha pasado nada. Ambos quieren que deje el trabajo en el hospital, pero no soporto la idea de renunciar a mi pequeña contribución a la guerra. Ahora que ya ha empezado, ¿qué otra opción tenemos además de intentar acabar con ella?

Me siento vacía y estoy enfadada. La compasión, sea del tipo que sea, me hace querer responder con crueldad. Supongo que tú me entenderás; tú eras quien lo conocía de verdad. Los tres hemos estado unidos desde el momento en que te conoció. Al menos, yo siempre lo he sentido así. No sé si Henry lo sentiría del mismo modo. No estoy segura de que Henry pensara alguna vez en mí, desde su marcha a Preshute. Se le daba bien marcharse sin mirar atrás.

Lo siento. Ya te digo: estoy enfadada. Trabajo doce horas al día en un hospital repleto de hombres en diversos estados de putrefacción y decadencia, y la guerra no parece que vaya a terminar todavía, aunque no sé cómo es posible que continúe. Me da mucho miedo que mueras o que te quedes ciego, mutilado o desfigurado. El miedo que siento por ti es como un peso con el que cargo incluso mientras duermo. Por favor, escríbeme.

Tuya,
Maud

Jueves, 14 de octubre de 1915
Cemetery House
Escuela Preshute

Querido Sidney:

Acabo de ver la lista de bajas en *The Preshutian*. Siento muchísimo lo de Gaunt. (Y lo de Finch y West, y todos los demás pobres compañeros a los que conocíamos bien y que ahora no volveremos a ver). ¿Cómo lo estás llevando?

Aquí todos se quedan muy raros cada vez que sale *The Preshutian*. Nadie sabe cuánto tiempo hay que esperar para volver a comportarse con normalidad. Para los más pequeños, el periodo de silencio por respeto parece acortarse cada vez más. Para los mayores, se va alargando con cada número. Supongo que conocemos a más de los chicos que mueren y nos miramos unos a otros preguntándonos quién de nosotros se unirá a las filas el año que viene.

Me caía bien Gaunt. Sé que no es la primera palabra que le viene a la mayoría de la gente a la cabeza al pensar en él, pero era amable. Melancólico, demasiado fuerte y tan interesado en Tucídides que resultaba desconcertante, pero amable. Resulta extraño pensar en que hayan podido matar a alguien tan fuerte con un trocito de plomo, ¿no? Recuerdo que pensé lo mismo con mi hermano Clarence.

Espero que no lo estés llevando demasiado mal.

Tu amigo,
Cyril Roseveare

Viernes, 22 de octubre de 1915
En algún lugar de Bélgica

Querido Cyril:

Muchísimas gracias por escribirme.

Estuvimos luchando en Loos durante seis días, hasta que el regimiento quedó tan mermado que tuvieron que retirarnos. No te puedo dar cifras, claro. Ahora hemos vuelto a Flandes, que en comparación resulta hasta relajante. Me he vuelto un experto en detectar dónde va a caer un proyectil por el tipo de silbido que emite. Los hombres han empezado a llamarme «Sid el Suertudo». Creo que hace un año me habría parecido impertinente, pero ahora me gusta.

Estoy intentando evitar pensar en Gaunt. Trato de fingir que no ha existido nunca. Aunque me lo está poniendo muy difícil. No deja de aparecer en los lugares más inesperados. Cuando salgo a patrullar, siempre hay algún cadáver que se transforma en él y abre los ojos para mirarme. Es muy desconcertante. Luego entra en el búnker y se queda junto a las escaleras, observándome. Ojalá supiera lo que quiere.

Bueno, ya sé lo que quiere. Lo mismo que todos nosotros. Pasear en barca, ir a clase y tomar algo en el *pub*. Que sea siempre 1912.

Espero que la llama de los Ardientes siga viva. ¿Te han contado ya que Aldworth está bien? Fue solo una herida superficial. Aunque, claro, lo que de verdad le vendría bien a cualquiera de nosotros sería rompernos el brazo. Así sí que disfrutaríamos de unas buenas vacaciones.

Pero, bueno, siempre hay una próxima vez. Dicen que habrá otra gran ofensiva en verano.

Me paso la vida preocupado por Pritchard. Me escribe unas cartas de lo más alegres, pero su regimiento está en apuros. Las cartas que recibo tan solo demuestran que estaba vivo hace una semana, y se me va la cabeza solo de imaginarme lo que puede haber pasado desde entonces. Su madre ha prometido telegrafiar si lo matan o lo hieren. No puedo ni expresar lo agradecido que estoy de que estés en Inglaterra.

Tu amigo,
Sidney Ellwood

Martes, 16 de noviembre de 1915
Los Dardanelos

Querido Sidney:

Acabo de enterarme de lo del pobre de Gaunt. Tienes que estar destrozado. Desde luego, yo lo estoy por West. Gracias por contarme cómo ocurrió; me alegro de que fuera rápido.

Estoy completamente decidido a no sentir lástima de mí mismo. Es una suerte que estemos tan ocupados por aquí. Los combates son bastante intensos; hay mucha acción.

Cada vez que veo algo espantoso pienso: ¡Vaya! ¡Me estoy haciendo un hombre! Justo como Kipling prometía, en *El libro de la selva*, si era lo bastante valiente. ¿Te has enterado de que han asesinado a su hijo en Loos? Parece que ha sido un horror.

Cada dos por tres empiezo a escribir cartas para West mentalmente. Pero el pobre desgraciado era casi analfabeto, para colmo; lo más probable es que no leyera nunca mis cartas siquiera. No debería haberle tirado tantas cosas a la cabeza. Uf, ya no me gusta pensar en su cabeza.

Qué pesado soy, ¿eh? ¿Tú no eres pesado sobre Gaunt? Seguro que sí.

Los bestias de los francotiradores turcos no dejan de dispararnos. Las armas retumban como el ronroneo de un gato. Qué reconfortante, ¿no? He de confesar que la guerra no es tan colorida como en las ilustraciones de *Our Island Story*. ¿Dónde están los estandartes? ¡Quiero ESTANDARTES, joder!

Las pobres ratas están enfermando por comer muertos. Aquí los cuerpos se pudren más rápido. Me darían pena las cabronas si dejaran de comerse mis raciones después de haberse comido a mis amigos.

Es posible que no te vuelva a ver; por aquí se derrama bastante sangre. Te esperaré en las puertas del cielo, ¿qué te parece? ¿Estoy estable? West era el que evitaba que se me fuera la cabeza del todo. Dios, las armas no paran. Los turcos son incansables; son dignos de admiración.

Estoy seguro de que tú estás a salvo, cabrón con suerte. Y la barbilla bien alta, ¿eh? ¡Lo único que se puede hacer en tiempos como estos es ser un hombre!

Con cariño,
Bertie Pritchard

Miércoles, 29 de diciembre de 1915
Hampshire

Querido Ellwood:

Por favor, no rompas esta carta cuando veas de quién es. Estarías en tu derecho, pero no lo hagas, por favor.

He vuelto a alistarme, esta vez como soldado raso, y estoy en el proceso de entrenamiento mientras escribo esto. En unos meses me mandarán al frente. Sé que nada de lo que diga o haga puede compensar lo que ha pasado, pero lo estoy intentando.

No dejo de recordar tu expresión cuando me dijiste que no había nada que pudiera hacer la noche que mataron a Gaunt. No creo que lo olvide nunca en toda mi vida. La cuestión es que me caía bien Gaunt. Al menos, siempre me dio la impresión de que sentía más compasión por mí que los demás chicos, aunque me rompiera la nariz en *Hundreds*. Ni siquiera quería ir a la guerra, para empezar. Siempre voy a lamentar su muerte y el papel que he desempeñado yo en ella.

No espero, y ni siquiera te pido, que me perdones. Pero creía que te agradaría saber que tus palabras han conseguido que cambie.

Tu humilde servidor,
George Burgoyne

CATORCE

Pronto, Ellwood y Hayes llegaron a la conclusión tácita de que su compañía estaba maldita. No dejaban de llegar oficiales para sustituir a Gaunt y a Huxton, y ninguno duraba más de un mes.

Keary recibió un disparo en la tráquea mientras patrullaba. A Fanshawe lo alcanzó un mortero; su cabeza salió rodando hacia atrás y los hombres se quedaron mirando en silencio cómo se balanceaba sobre los tablones de madera de una forma horripilante. A Wilding lo capturaron en una incursión. Langhorne y D'Olier murieron juntos cuando D'Olier encendió un cigarrillo mientras estaban de guardia en el escalón de tiro. Las últimas palabras de Langhorne fueron: «Apaga ese puto cigarro...».

Yatman fue el más afortunado de todos. Tan solo perdió un brazo.

—Me debes un chelín —dijo Hayes mientras se lo llevaban en una camilla.

—Si sobreviven, no cuenta —contestó Ellwood.

Para Ellwood, el oficial que representaba sus mayores temores era un joven que se llamaba Crawley. Era un chico delicado de diecinueve años, bastante apuesto, y había leído el último poema antibélico de Ellwood, que habían publicado en *The New Statesman*.

—Eres muy bueno —le dijo Crawley—. Yo también escribo de vez en cuando.

Le enseñó sus poemas a Ellwood. Eran muy bonitos:

«La luz verde del sol se cuela entre los soplos de la
primavera, un sueño en que mi corazón alza el vuelo
y se libera».

Era su primera vez en las trincheras. Al cabo de tres semanas ya le había desaparecido la emoción de los ojos y había dejado de hablar de Inglaterra. Ellwood regresó al búnker una mañana y descubrió que se había metido un tiro de escopeta en la boca. En los documentos oficiales anunciaron que había muerto mientras patrullaba, y Ellwood le escribió una carta a la madre de Crawley para informarle de que había muerto con valentía.

A Crawley lo sustituyó Lansing, uno de esos hombres poco habituales en el frente a los que les encantaba matar. Llevaba granadas en el bolsillo en todo momento, incluso en los barracones, y se echaba a reír cuando las bombas caían sobre la línea alemana.

—¡Dios! Es que hasta pagaría por oírlos chillar; ¿vosotros no? *Kamerad! Kamerad!*

Hayes y Ellwood se miraban asqueados. Ninguno solía contestar. Aunque eso no desanimó a Lansing lo más mínimo. De hecho, parecía tomarse sus silencios frecuentes y prolongados como una muestra de admiración. Entraba y salía del búnker pavoneándose como un gallito con el pecho henchido, siempre pinchando a Ellwood, provocándolo con bromas.

—¿Necesitas ayuda para cargar el rifle, capitán? Se te dan tan bien las armas como las chicas —le dijo una tarde.

Ellwood, que había estado frotando el arma con un trapo viejo para limpiarla, levantó un poco el cañón y lo apuntó hacia el pecho de Lansing.

—Tu madre nunca se me ha quejado —respondió.

Lansing soltó una carcajada estruendosa.

—De ti no se burla —dijo Ellwood más adelante, cuando habían enviado a Lansing a una misión de exploración especialmente arriesgada.

Hayes rio por la nariz.

—No le parece que valga la pena perder el tiempo conmigo. Nadie se burla de la plebe.

—Seguro que eso no tiene nada que ver —le aseguró Ellwood.

Hayes torció la boca por toda respuesta. Ellwood se sintió mal porque le dio la impresión de que no se había expresado como quería, de que era como todas las veces que en *Shell* los demás chicos lo habían llamado avaro y Gaunt le había dicho que no era porque fuera judío. Ahora entendía que Gaunt había pretendido tranquilizarlo. Aunque solo había conseguido que Ellwood se sintiera solo.

En su primera noche en los barracones, Lansing se emborrachó y empezó a fanfarronear. Se inclinó sobre la mesita de la granja donde se quedaban los oficiales y se dirigió a Ellwood. Nunca hablaba con Hayes si podía evitarlo.

—¿Has matado alguna vez a un alemán? —le preguntó con el aliento cargado de *whisky*.

—Me imagino que sí —respondió Ellwood.

—Pero a sangre fría. Con la bayoneta.

—No —contestó Ellwood.

Lansing suspiró y se reclinó en la silla.

—No hay nada igual. Nada. ¿Has ido de caza alguna vez?

—Sí —dijo Ellwood.

A Hayes le brillaban los ojos de un modo que transmitía peligro, expectante, como esperando a que Ellwood se sintiera cada vez más unido a Lansing. Ellwood se preguntaba a veces cómo habían conseguido Gaunt y Maitland salvar aquella separación provocada por la diferencia de clases, cómo habían logrado que Hayes confiara en ellos, cuando parecía ver a Ellwood como la opresión personificada. Se preguntaba si sería la sangre de su madre lo que lo volvía tan poco digno de su confianza. Era lo que siempre se preguntaba cuando no caía bien a la gente.

—La sensación de sangre caliente derramada en la piel… —dijo Lansing, con la mirada perdida en algún lugar que quedaba por detrás de la oreja izquierda de Ellwood—. ¡Tener la vida de alguien en tus manos…!

—¿En qué batalla? —preguntó Hayes, que interrumpió con brusquedad la ensoñación de Lansing.

—No fue en ninguna batalla —contestó Lansing sin mirar a Hayes—. Eran prisioneros.

—¿Mataste a *prisioneros*? —le preguntó Hayes.

—Tres alemanes de mierda menos —dijo Lansing, encogiéndose de hombros.

—Continúa —dijo Ellwood tratando de hablar con una voz gentil e incitante—. Cuéntanos. ¿Eran grandotes?

Hayes curvó el labio. Ellwood lo ignoró.

—Uno de ellos sí —respondió Lansing—. ¿Tienes un cigarrillo? Gracias.

—Estabas diciendo que uno de ellos sí —dijo Ellwood mientras abría y cerraba la pitillera. Por el suelo se extendían las sombras alargadas. A lo lejos se oía a los hombres cantando—. Debió de resultar difícil matarlo.

—Para mí no —dijo Lansing, sonriendo—. Y chilló como una niña pequeña cuando le rajé el cuello.

—¿Con la bayoneta? —le preguntó Ellwood.

—No, con su propio cuchillo.

Lansing sacó un cuchillo de su mochila. Era de unos quince centímetros de largo y emitía un brillo tenue a la luz titilante.

—Dios —dijo Ellwood—. Qué ironía. Imagino que estarías encantado, ¿no? ¿Te dio lástima?

—¿Lástima? Pero si era alemán —contestó Lansing.

Ellwood asintió.

—Claro, por supuesto. Desde luego, tu valentía es digna de admiración.

Lansing pareció oír por fin la frialdad en el tono de Ellwood.

—¿Tienes algo que decirme? —le preguntó con la voz más baja.

Ellwood sacó un cigarrillo y lo encendió, tomándose su tiempo, con la vela.

—No —respondió tras dejar escapar una voluta de humo—. Para nada. Tu talento para el asesinato me ha dejado impresionado. Me pregunto si sabrás luchar.

Lansing se abalanzó sobre él por encima de la mesa, blandiendo todavía el cuchillo.

Ellwood permaneció inmóvil.

—Conque agrediendo a un oficial superior, ¿eh? —le preguntó, y le dio otra calada al cigarrillo.

Lansing se quedó paralizado y volvió a sentarse en la silla.

—Sabes perfectamente que sé luchar.

—Bueno. Ya lo veremos —dijo Ellwood.

Al final, Lansing no murió luchando. Estaba buscando una caja de cerillas en el bolsillo y se le quedaron los dedos enganchados en la anilla de una granada. Murió en la explosión junto con otros dos hombres.

Su sustituto, Carrington, ya estaba medio loco cuando se unió a ellos. Ellwood había jugado con él al críquet antes, puesto que había sido uno de los jugadores principales del equipo de Wellington. Carrington tenía dieciocho años al estallar la guerra, y se había alistado de inmediato. Ahora el bateador sonriente que había sido dos años atrás estaba casi irreconocible. Las entradas le llegaban hasta casi la mitad de la cabeza y sufría espasmos violentos cada treinta y cinco segundos. También tenía la costumbre inquietante de mirar a Ellwood a la cara y gritar aterrado.

—¡Quieres dejar de hacer eso de una vez! —le gritó Ellwood, impaciente, la tercera vez que ocurrió—. ¡Eres un oficial del ejército británico!

Carrington cerró la boca con brusquedad y se llevó la mano al pecho.

—Lo siento muchísimo —susurró—. Te he confundido con otra persona.

Cuando se lo hizo a Hayes, él le devolvió el grito. Al principio, Ellwood pensaba que estaba tratando de tomarle el pelo a Carrington, pero al momento se dio cuenta de que Hayes estaba tan aterrado de Carrington como Carrington de cualquier recuerdo que transformara sus rostros a la luz de las velas.

—¡Hayes! ¡Contrólate!

—Ay, Dios —dijo Hayes, pálido y con el rostro brillante por el sudor—. Está loco. Está loco de remate.

—Lo siento mucho —repitió Carrington—. Te he confundido con otra persona.

—Todos van a pensar que nuestro búnker está encantado si sigues así —dijo Ellwood.

No mencionó que el búnker ya estaba encantado de por sí. Cuando intentaba dormir, Gaunt se sentaba junto a su litera y lo observaba. En ocasiones llevaba su uniforme, con el pecho hundido y cubierto de sangre seca. La mayoría de las veces, sin embargo, vestía su frac de Preshute, lo cual a Ellwood le provocaba una melancolía indescriptible.

—Lo único que pretende Carrington es que lo manden a casa —dijo Ellwood mientras Carrington patrullaba.

Hayes se encendió un cigarrillo con las manos temblorosas.

—Eso es lo que nos espera a todos, si es que sobrevivimos —contestó—. La locura.

Hayes se negaba a quedarse a solas con Carrington. Cuando Ellwood estaba de guardia, se ponía a recorrer las trincheras de un lado a otro, y solo dormía cuando Carrington estaba fuera.

—Tonterías —dijo Ellwood.

—A partir de aquí va todo cuesta abajo, Ellwood. Después de seis meses, empiezas a perder la cabeza. Ya lo verás.

Ellwood tamborileó con los dedos sobre la mesa.

—¿Es eso lo que más temes? ¿La neurosis de guerra?

Era una conversación común. En 1913, podías preguntarle a un recién conocido dónde había estudiado o a qué se dedicaba. En 1916, la pregunta era más bien qué parte de ti mismo te daba más miedo perder.

Hayes se encogió de hombros.

—Si te vuelan las piernas, sigues siendo *tú*.

Ellwood se pasó una mano por la frente. El rostro hecho pedazos de Crawley se le aparecía en sueños a menudo; los fragmentos espeluznantes de huesos, los ojos gelatinosos, el fin absoluto de todo lo que había sido Crawley.

—¿Y a ti? —le preguntó Hayes—. ¿Qué es lo que te quita el sueño?

Ellwood se obligó a sonreír.

—La comida de Ramsay. Oye, Hayes, ¿por qué fumas esos cigarrillos asquerosos del ejército?

Las chicas belgas del pueblo vendían Woodbines. Los cigarrillos del ejército sabían a alquitrán.

—Han subido los precios en el pueblo —contestó Hayes.

Ellwood apartó la mirada. No le gustaba hablar sobre los precios de las cosas.

—Solo unos pocos francos —dijo. Hayes lo fulminó con la mirada—. Caray, ya te doy yo el dinero que necesites, Hayes. Encima de que ya fumo bastantes de tus cigarrillos…

—No me hace falta que me compres cigarrillos —contestó Hayes, con un movimiento indignado de la cabeza.

—No seas bobo, Hayes —dijo Ellwood—. Les compro cosas a mis amigos cada dos por tres. Además, me resulta deprimente ver a un oficial fumando esa basura. Pensaba que tu paga te alcanzaría para unos tristes paquetes de tabaco.

—Le envío la paga a la familia de mi mujer —respondió Hayes con acritud.

—¿Estás casado?

—Lo estaba.

—Ah.

Hayes apagó el cigarrillo en la vieja lata de carne que utilizaban como cenicero.

—Neumonía.

—Lo siento.

Hayes no respondió.

—Yo es que no… —comenzó a decir Ellwood, vacilante—. No sé mucho de dinero, la verdad.

Hayes soltó una carcajada desagradable.

—Me cuesta creerlo —contestó.

A Ellwood le sentaron mal las palabras de Hayes. Empezó a comprar más paquetes de Woodbines y a dejarlos sobre la mesa, pero Hayes nunca se los fumaba.

En abril, Ellwood volvió a casa de permiso. Se reunió con Maud para tomar el té en Londres sin ningún acompañante.

—¿Seguro que no pasa nada? —le preguntó varias veces; se sentía como un sinvergüenza poniendo en peligro la reputación de Maud.

—Ahora las cosas han cambiado —dijo Maud.

La veía a la vez más y menos guapa de lo que había sido; se le notaba gastada y cansada, pero Ellwood veía a Gaunt en la curva de sus cejas.

—Ya veo, ya —contestó Ellwood—. ¿Te imaginas lo que habría dicho tu madre si hubiéramos salido juntos a solas en 1913?

—Me habrían desterrado a Australia, como a las mujeres descarriadas de Dickens —dijo Maud con una sonrisa.

La taza de porcelana de Ellwood era muy delicada; se sentía demasiado fuerte y torpe como para beber de ella, como si fuera una bestia salvaje a la que estuvieran entrenando para el circo.

Debido a su trabajo en el hospital, hablar con Maud era más fácil de lo que Ellwood había esperado. Maud no tenía opiniones sobre la guerra, y no hizo ningún comentario sobre el mal humor de Ellwood cuando llegaron los bollos y no había crema de leche, tan solo un trozo diminuto de mantequilla. La escasez de alimentos no se notaba tanto en el frente. Lo mejor se reservaba para los soldados.

—No contestas a mis cartas —le dijo Maud cuando terminaron de comer.

A Ellwood le dio la impresión de que Maud llevaba toda la tarde pensando en cómo mencionarlo, y que al final no se le había ocurrido ninguna forma más delicada que decir la verdad, por hiriente que fuera.

—Estoy bastante ocupado —contestó Ellwood, tratando de mostrar la agresividad que sentía.

—Henry escribía todos los días —replicó Maud.

Ellwood alzó la vista, sorprendido. Eso no lo sabía. Le resultaba asombroso aprender cosas nuevas sobre Gaunt, como descubrir un poema de Shakespeare que se había perdido mucho tiempo atrás. Maud, sin embargo, no lo estaba mirando. Tenía la vista clavada en sus propias manos y en la taza de té que sostenían.

—A mí no me escribía muy a menudo —dijo Ellwood.

—¿Estás mucho más ocupado de lo que lo estaba él? —le preguntó Maud.

—Si es que tampoco hay demasiado que escribir... —dijo Ellwood.

—A mí sí que se me ocurren cosas que contarte —protestó Maud—. ¿O es que te aburren mis cartas?

—No —dijo Ellwood—. Apenas les presto atención.

La taza de té de Maud repiqueteó contra el platillo cuando Maud la agarró con más fuerza.

—Maud...

Maud lo miró a los ojos. Lo observaba con tanta violencia que sus rasgos parecían haberse ensanchado. Era como ver a Gaunt a través de la niebla. Ellwood se encogió en la silla.

—Por favor, perdóname —le pidió—. No tengo excusa para lo antipático que he sido. Lo único que quería decir es que me resulta difícil recordar que existe Inglaterra cuando estoy...

Dejó la frase a medias.

—Lo siento —se disculpó Maud. Se le anegaron los ojos de lágrimas. Intentó enjugárselas sin que Ellwood se diera cuenta—. Ya lo sé. Sé que allí es todo terrible. No tengo ningún derecho a pedirte nada. Además, yo soy el motivo por el que Henry se alistó.

Ellwood pasó los brazos por encima de la mesa y le apartó la mano de la cara.

—Iba a alistarse de un modo u otro —dijo—. Se habría alistado en cuanto me hubiera alistado yo.

Maud llevó la vista al techo.

—Nunca quería compartirte con nadie —dijo—. Incluso me llegué a preguntar si me odiaba.

A Gaunt le habría parecido fatal la idea de que Maud y Ellwood tomaran el té juntos. Ellwood sintió de pronto que era el peor traidor del mundo, allí sentado con la preciosa hermana de Gaunt, comiendo bollos y disfrutando, como si su corazón no estuviera enterrado con el de Gaunt en la tierra abarrotada de Francia. Llamó a la camarera y le pidió la cuenta.

—Pues claro que no —dijo Ellwood en un tono despreocupado—. No seas tonta.

Maud frunció el ceño.

—¿Te vas?

—¿Qué? Ah, sí. Tengo que comprar una brújula en los Almacenes del Ejército y la Marina.

—Voy contigo —le dijo Maud—. Me he pedido la tarde libre.

La camarera les llevó la cuenta. Ellwood pagó sin mirar a Maud.

—Va a ser muy aburrido —respondió una vez que la camarera se hubo marchado.

—Sidney.

Ellwood se levantó.

—Bueno, pues ven si quieres —concluyó.

Maud se quedó sentada.

—No eres el único que lo ha pasado mal —le dijo.

—Ya lo sé —contestó Ellwood—. Tienes razón. Lo siento. La cuestión es que... —Respiró hondo—. La cuestión es que es cierto; Henry no quería compartirme. No le gustaba la idea de que tú y yo fuéramos amigos.

—Pero ¿por qué no? —le preguntó Maud, desesperada—. Es evidente que nuestra amistad es muy distinta a la tuya con él, ¿no?

—Pues claro —dijo Ellwood; no sabía cómo explicarse—. Por supuesto que sí. No me hagas caso, Maud, estoy...

Maud le posó la mano en el brazo.

—Sidney —le dijo con delicadeza.

—No soy más que un egoísta...

—No pasa nada —le aseguró Maud.

Ellwood parpadeó y parpadeó hasta que logró contener las lágrimas. Todos los de la tetería lo estaban mirando.

—Menudo ridículo estoy haciendo —murmuró.

Maud le llevó con amabilidad al exterior. Mientras caminaban hacia los Almacenes del Ejército y la Marina, le habló sobre el hospital. Se quejó de las normas victorianas que le imponían al Destacamento de Ayuda Voluntaria, destinadas a preservar su pureza moral. Ellwood se dejó llevar por su voz sensata y racional. De tanto en tanto la miraba, le miraba la nariz larga y recta, el pelo espeso y rubio. Tenía una mandíbula que resultaba más bien masculina.

— ... y a las enfermeras las obligan a dimitir si se casan —estaba diciendo.

—¿Quieres casarte? —le preguntó Ellwood.

Maud arqueó las cejas.

—¿Me lo estás pidiendo?

Ellwood se quedó sorprendido.

—¿Te gustaría? —le preguntó.

Maud no dejó de mirar al frente mientras avanzaban por la calle abarrotada de gente.

—La directora de mi escuela dio un discurso antes de que me fuera. Nos dijo: «Solo una de cada diez de vosotras llegará a casarse. No es una estimación mía. Es un hecho estadístico». —Maud lo miró—. Una de cada *diez*.

Ellwood no quería casarse, pero tampoco es que tuviera demasiados deseos de nada, así que ¿qué más daba?

—Bueno, ya me tienes a mí —le dijo.

Maud hizo una mueca.

—No digas tonterías. Y, de todos modos, puede que tú no...

Se interrumpió. La palabra «sobrevivas» se quedó flotando con pesadez entre ellos.

—Ya —dijo Ellwood en un tono sombrío—. Puede que no.

Se produjo una pausa mientras cruzaban la calle.

—No quería decir eso —se disculpó Maud.

—Si quieres, podemos casarnos ahora mismo —le dijo Ellwood, aunque sabía que era algo imprudente y deprimente—. Podemos ir a Gretna Green.

Maud parecía tan triste como se sentía Ellwood.

—Ah, ¿sí? —le dijo—. Claro, porque estamos enamoradísimos, ¿no?

—Nos llevamos bien. Hay mucha gente que se casa sin estar enamorados —comentó Ellwood, sin saber por qué estaba discutiendo sobre el tema.

A los quince años, Ellwood había decidido que se casaría con Maud porque era inteligente y una buena chica, y eso significaría que pasaría todas las Navidades del resto de su vida con Gaunt. Ahora empezaba a ver lo estúpido que había sido ese plan.

—Quiero dedicarme a la política —le dijo Maud—. Y créeme que no quieres a una política como esposa.

Ellwood se rio.

—Si ni siquiera puedes votar.

Maud no contestó. Habían llegado a los almacenes. Ellwood compró una brújula y cada uno se fue por su lado como si no hubieran hablado de nada importante.

Ellwood se preguntaba si Maud había cambiado. ¿La habría transformado también la guerra?

Si era cierto, no le había ocurrido solo a Maud. Mientras paseaba hacia la estación de tren, las mujeres con las que se iba cruzando le parecían extrañas e irreconocibles. Las pobres iban mejor vestidas que antes, y las ricas caminaban solas por las calles, incluso las jóvenes. Parecía que Londres les pertenecía. Iban vestidas de negro. Ya lo había comentado Maud: el negro se había puesto de moda. A largo plazo, no tenía mucho sentido comprar ropa de colores cuando pronto tendrían que vestirse de luto.

Una de aquellas mujeres rebosantes de confianza se le acercó cuando fue a tomar el tren de vuelta a East Sussex. Ellwood iba vestido con un traje de lana ligera, ya que su sirvienta le había dicho que iba a tener que lavar a fondo su uniforme para deshacerse de todos los piojos.

—¡Para este gallina —le dijo la mujer, y le tendió una pluma blanca—, que se escabulle de ir a las trincheras con tanta valentía!

Ellwood le gruñó como un perro. La mujer dio un paso atrás y dejó caer la pluma a sus pies. Ellwood se pasó el resto del viaje fulminando con la mirada a los demás pasajeros. Sabía que podría haberle explicado a la mujer que estaba de permiso, pero no creía que fuera necesario. Se le veía en la cara dónde había estado.

En cualquier caso, había aprendido la lección. Desde ese día solo salía de casa vestido de uniforme. Las chicas le sonreían, aunque él no era capaz de devolverles la sonrisa. Se preguntaba qué sería de un país lleno de solteronas. Le resultaba inimaginable.

Cuando fue a Preshute a visitar a Roseveare, los chicos se arremolinaron a su alrededor.

Lo llamaban «capitán Ellwood». El señor Hammick insistió en pronunciar un discurso durante la cena en el que afirmaba que era un honor que Ellwood hubiera pertenecido a Cemetery House. Roseveare, sin embargo, no hizo ningún comentario sobre el uniforme elegante de Ellwood.

Se le veía más delgado que antes, y la corbata blasonada que tenían que llevar los delegados parecía pesarle mucho en el cuello.

Se escabulleron de los chicos de su residencia y se adentraron en el cementerio. A Ellwood le resultaba desgarrador estar allí sin Gaunt. Sabía que Roseveare también estaba afligido aunque no hablaran del tema. Pero Roseveare llevaba ahora tres sellos: el suyo y los de sus dos hermanos. Los llevaba todos en el mismo dedo meñique, uno tras otro, como si los estuviera guardando a buen recaudo para cuando Martin y Clarence volvieran a casa.

—¿Te has enterado de lo de Burgoyne? —le preguntó Roseveare.

—¿Que se ha alistado como soldado raso?

—Que ha muerto.

—Ah —dijo Ellwood.

Roseveare se quedó pensativo.

—Todo esto me ha enseñado los límites de mi odio —concluyó—. Siempre había pensado que odiaba a Burgoyne, pero por lo visto no lo suficiente como para alegrarme de que haya muerto.

—¿Cómo ha sido?

—Una muerte indolora y valiente, según decía el *in memoriam*, claro. Pero Grimsey estaba con él. Parece ser que cayó en un hoyo de proyectil que se había inundado y se ahogó.

Ellwood se sorprendió al comprobar que a él tampoco le alegraba haberse enterado de su muerte, aunque su odio no dejaba de crecer. Pero no podía odiar a los soldados. Sentía ansias de destruir, de herir, de matar, pero no estaba seguro de a quién. Tal vez a los civiles del tren, que habían puesto cara de asombro cuando había gruñido.

—¿Cuándo cumples los dieciocho? —le preguntó a Roseveare.

—El mes que viene.

El reclutamiento había comenzado en marzo, y habían rebajado la edad mínima a los dieciocho años.

Ellwood tocó la parte de arriba de una lápida cubierta de musgo.

—¿Crees que morirás? —preguntó. A Roseveare se le ensombreció el rostro—. No sé por qué he dicho eso —añadió Ellwood—. Es que…

Roseveare sacudió la cabeza.

—No merece la pena pensar en eso.

—Es como si no pudiera controlar mis pensamientos —dijo Ellwood.

Roseveare pasó varios segundos sin mirarlo, y Ellwood recordó aquella noche de borrachera, no demasiado tiempo atrás, cuando Roseveare le había contado lo de su sueño recurrente.

—No es más que un telegrama —le había dicho—. Es solo mi madre abriendo un telegrama, y hay otros dos sobre la mesa. Me despierto del miedo. Solo por un telegrama.

—Tú no eras tan amigo de Finch como yo —dijo en ese momento Roseveare.

A Ellwood se le instaló la culpa en el pecho. Casi se había olvidado de Finch. Le resultaba extraño pensar que, en algún momento, le habría dolido mucho su muerte. No se había parado a pensar en que ese era otro sufrimiento más con el que Roseveare cargaba, junto con la pérdida de sus dos hermanos. Ellwood siempre había sido egoísta. Estaba seguro de que Gaunt lo habría recordado.

—Lo siento —se disculpó Ellwood.

—No lo sientas —le dijo Roseveare—. Lo único que quería decir es que… No pienso en si me matarán a mí o no. Pienso en si te matarán *a ti*. Y a Grimsey, y a Aldworth.

—Cada uno elabora su propia lista de nombres —dijo Ellwood.

Roseveare soltó una carcajada silenciosa.

—Sí. Y en mi lista queda ya poca gente. Tienes que sobrevivir por mí, Sidney.

Ellwood despegó un poco de musgo de la tumba. No podía mirar a Roseveare. Ya lo estaba pasando bastante mal por tener la certeza de que iba a morir sin que le recordaran el sufrimiento que le causaría su muerte a sus amigos.

—No me va a pasar nada —dijo—. Tengo muy buena suerte, ¿recuerdas?

Roseveare no respondió.

—En julio voy a cumplir diecinueve años —dijo Ellwood al cabo de un momento—. Gaunt ni siquiera pudo llegar a esa edad. Toda mi vida he sido más joven que él y ahora voy a ser mayor. Tiene gracia, ¿eh?

En realidad no creía que fuese a llegar a cumplir los diecinueve. Todos sabían que la ofensiva de verano iba a comenzar en junio.

—¿Sigues viendo al fantasma de Gaunt? —le preguntó Roseveare.

Ellwood se sentó tras la lápida y acarició las briznas de hierba. Ya no veía los colores como antes. Sabía que la hierba debía de ser de un verde intenso y nostálgico, pero a él no se lo parecía. Sin embargo, sí eran más vívidos los recuerdos de las manos de Gaunt, tan femeninas que resultaban extrañas, y que Ellwood siempre había considerado más apropiadas para tocar el piano que para boxear. Era como si Ellwood se hubiera quedado flotando en un lugar irreal donde los vivos se desvanecían y los muertos tomaban forma, y el mundo entero era confuso.

—No tendría que haberte dicho eso —le dijo—. Ahora seguro que parece que me estoy volviendo loco.

—No creo que te estés volviendo loco —le aseguró Roseveare.

—Es solo que... Me habría gustado poder enterrarlo. Aquí. Le habría hecho ilusión.

Los pájaros parloteaban alegremente en las ramas marrones y húmedas. El sol iluminaba los narcisos de entre las lápidas. Qué vivo parecía todo, y qué misericordioso: morir en una época en la que tu muerte te proporcionaba un momento breve en el centro de algo. Ser importante, en lugar de uno entre millones.

—Casi no me has contado nada de la guerra —le dijo a Ellwood su madre aquella noche.

Estaba tumbada en una *chaise longue* estilo Napoleón III, zurciendo un calcetín para mandarlo al frente. Se había unido a la iniciativa bélica con más entusiasmo que eficacia: estaba tan orgullosa de la bufanda gruesa de lana que había tejido, por ejemplo, que Ellwood no le había dicho que le quedaba demasiado ancha. Según las normas, los hombres no podían taparse las orejas, por mucho frío que hiciera.

—¿Qué quieres que te cuente? —le preguntó Ellwood con la mirada clavada en un libro de poemas de Thomas Hardy.

Su madre se incorporó un poco.

—No lo sé, cielo. Pero sabes que siempre puedes hablar conmigo. Somos amigos, ¿no?

—Sí —respondió Ellwood, porque decirle que sí era más sencillo que explicarle que una amistad no amenazada por la violencia no le resultaba tan intensa.

—¿Es...? —Se mordió el labio inferior. A su madre no se le daba bien expresarse. A Ellwood siempre le había parecido entrañable, pero ahora lo cabreaba—. ¿Es *muy* horrible Francia?

—He estado sobre todo en Bélgica.

Su madre se puso como un tomate.

—Ya, claro, ya lo sé —dijo, aunque se le trababa la lengua y estaba sonrojada y abatida.

No sabía qué decir, cómo mirarlo, y Ellwood estaba demasiado aturdido por la ira como para que le importase. Lo embargó un extraño impulso de hacerle daño. Dejó el libro.

—No es demasiado agradable ver morir a tus amigos, no —dijo.

A su madre se le anegaron los ojos de lágrimas y el enfado de Ellwood se esfumó. Solo quería que lo dejara en paz.

—Pero la mayor parte del tiempo no está mal —añadió—. Es como la escuela. No llores.

—Ojalá… Supongo que no podrías encontrar la manera de… Tu tío podría hacer que te enviaran a un lugar más seguro —dijo al fin su madre—. ¿No podrías pensártelo…?

Por alguna razón pensó en Hayes. La idea de usar sus contactos para escapar del frente le resultó repugnante de un modo nuevo e inesperado.

—Allí estoy bastante seguro —contestó, sabiendo que no podía explicárselo—. No es como si estuviera en el Cuerpo Aéreo Real. Estoy sobre todo en la reserva.

Su madre dejó escapar un breve suspiro, como si hubiera esperado esa respuesta.

—La reserva… —repitió—. Me alegro. Ya sabes que… lamenté mucho lo de Henry. Le tenía mucho cariño.

—Ah… —dijo Ellwood—. Sí. Es una lástima. Pero es lo que hay. ¿Qué vamos a cenar?

A su madre se le iluminó el rostro.

—Van a venir unos amigos que son encantadores; seguro que te animan. ¿Te acuerdas de lady Emma?

Ellwood asintió y se enfrascó en su libro de Thomas Hardy de nuevo.

—¡Ay! —exclamó su madre. Extendió la mano hacia Ellwood. Se había pinchado en el dedo índice y tenía una gota gorda de sangre con forma de globo en la yema—. Estoy convencida de que la última criada me ha robado el dedal, y mira lo que me ha pasado por su culpa —dijo entre risas.

A Ellwood se le revolvió el estómago. Empezó a verlo todo negro y de repente se sentía débil, sin aliento.

—¿Sidney? ¿Estás bien? —le preguntó su madre.

—Estoy... —respondió Ellwood, y luego se desplomó de espaldas en el sillón, mareado, mientras la oscuridad se le extendía por los ojos.

—Nunca ha sido tan impresionable —les explicó la madre de Ellwood a sus amigos durante la cena.

—Menudo pinchazo ha debido ser para intimidar a un soldado.

Lady Emma se echó a reír.

Ellwood no dijo nada. No se explicaba por qué le había horrorizado tanto aquella gota de sangre del dedo de su madre cuando había visto el cerebro de West palpitar con los últimos latidos de su corazón y no había sentido más que una curiosidad fría.

A los pocos días empezó a ansiar volver al frente. Salvo Roseveare, nadie parecía saber qué decirle. Su madre lo miraba mucho, demasiado, como si intentara grabárselo a fuego en la memoria. Sus amigos lo observaban expectantes mientras comían quesos, como si pensaran que en cualquier momento iba a ponerse a contar una historia emocionante sobre heroísmo y caballerosidad.

—Mi Peter murió en Loos —les dijo el granjero cuando les llevó un día la leche—. ¿Tú has estado en Loos?

Ellwood se vio obligado a admitir que sí.

—¿Y cómo fue?

No sabía qué responder. *Era el infierno que tanto temía uno durante la infancia y que había llegado para devorar a los niños. Era pisar*

los cadáveres de tus amigos para que quizá te mataran a ti también. Era
la encarnación del mal de todo un siglo.

De modo que se quedó mirando al granjero, enmudecido, hasta que su madre lo agarró del brazo y se lo llevó de allí, como si fuera un viejo borracho y atontado.

—Está muy cansado —se disculpó su madre con el granjero.

Sí. Estaba muy cansado.

QUINCE

Tardó un buen rato en darse cuenta de que estaba soñando. Estaba boxeando, o intentando boxear, pero le faltaba tanto el aire que cada movimiento era como recibir un puñetazo en el pecho. Su oponente —¿Sandys?— era rapidísimo e implacable. Le asestaba un golpe tras otro, todos certeros y punzantes, y Gaunt sentía cómo penetraban en sus pulmones como un taladro al rojo vivo. El dolor era tan agudo que no podía respirar. Trataba de tomar aire, pero nunca era suficiente.

—¡Para! —trató de decirle a Sandys, pero no salió ningún sonido de su boca, y fue entonces cuando supo que estaba soñando.

El dolor no cesó. Notaba una humedad horrorosa en el pecho.

—Respira —le dijo un hombre, y Gaunt lo intentó, pero no podía; se estaba asfixiando.

Entonces unas manos fuertes lo empujaron y lo pusieron de lado, y Gaunt, aterrado, tomó una bocanada de aire.

—No tengas miedo —le dijo el hombre en un tono tranquilizador.

Gaunt abrió los ojos. Respiró otra vez, y otra más. Su miedo se volvió menos animal.

—Van a llevarte a otro sitio —le dijo el hombre, y Gaunt se dio cuenta de que estaba hablando en alemán.

Espera, intentó decirle Gaunt. *Espera. No entiendo nada.* Pero, al abrir la boca, el dolor se apoderó de nuevo de él con más punzadas ardientes, y el sonido que emitió en su lugar fue uno que reconoció. Había pasado antes junto a hombres que emitían sonidos como aquel y los había ignorado.

—No tengas miedo —repitió el hombre—. Vas a sobrevivir.

DIECISÉIS

Ellwood regresó al frente rebosante de una especie de alegría intensa y horrible. Inglaterra era un lugar manchado por la ignorancia, y las trincheras, en comparación, estaban limpias.

Encontró a Gosset en el búnker.

—¡Hola, Ellwood! ¿O debería empezar a llamarte «capitán»?

Hayes le lanzó a Ellwood una mirada de repugnancia.

—¿Qué haces aquí? —preguntó Ellwood—. ¿Cómo es posible que alguien se haya creído que tienes dieciocho años?

Gosset esbozó una sonrisa inmensa.

—Bueno, ¡tengo casi quince años, eh! Y el hombre de la Oficina de Reclutamiento acabó tan harto de rechazarme, y mi madre tan harta de descubrirme, que al final mi tío escribió una nota en la que confirmaba que sí tenía dieciocho años. ¡Él mismo fue a la Oficina de Reclutamiento conmigo! Qué apañado, ¿eh?

Por detrás de Gosset, Hayes alzó un dedo. *Una semana.* Ellwood sacudió ligeramente la cabeza. Hayes se encogió de hombros.

—Oye, ¿es eso *whisky*? ¿Me dais un poco? Hay mucha humedad aquí, ¿no? Ya he conocido al otro, a Carrington. Está un poco chalado, ¿no?

—Se puso a chillar como un loco cuando llegó Gosset —le explicó Hayes a Ellwood.

—Suele hacer esas cosas —dijo Ellwood—. ¿Y ahora dónde está, Hayes?

—De patrulla. Odio mandarlo a patrullar; es un puto lastre.

Gosset soltó una risita cuando Hayes dijo «puto». Ellwood lo ignoró.

—¿Lo has enviado con Lonsdale?

—Sí. Pero es que a los hombres les cabrea tener que hacer de niñera de chicos de la escuela privada en la tierra de nadie cuando ganan muchísimo menos que ellos.

—Pues la verdad es que no sé qué hacer al respecto —dijo Ellwood.

—Es todo interesantísimo —opinó Gosset, a quien al parecer la locura de Carrington le traía sin cuidado—. Hayes ya me lo ha explicado todo, Ellwood; ya me ha hablado sobre las inspecciones de los rifles y las rondas de disparos mañaneros y los refuerzos de la alambrada. No se creía que yo fuera duque.

—Ya te lo advertí en la escuela, Gosset. No deberías ir por ahí diciéndoselo a todo el mundo. La gente no se lo toma bien.

Gosset se encorvó alegremente en su silla.

—Ah, bueno, seguro que tienes razón. Pero es que soy duque, ¿sabes?

—¿Podemos hablar? —le dijo Hayes a Ellwood.

—Gosset, sal un momento.

—¡Genial! ¡Tenía muchas ganas de ir a echar un vistazo por ahí!

—¡No toques nada! —le gritó Ellwood desde detrás.

—Bueno, ¿qué vamos a hacer? —dijo Hayes una vez que se hubo marchado Gosset.

—Si su tutor legal ha dado su consentimiento, no creo que haya nada que podamos hacer.

—Es un niño.

—Sí, Hayes, ya lo veo.

Hayes apoyó los codos en la mesa.

—Me ha seguido a las letrinas, ¿sabes?

—Ya se calmará. Solo tenemos que mantenerlo con vida durante... durante unos cuantos años.

Ambos sintieron de repente lo imposible que resultaría esa tarea.

—A lo mejor uno de los dos debería dispararle en el brazo —propuso Hayes.

—No pienso hacer que me sometan a un consejo de guerra por Gosset.

—Antes de que pase una semana habrá muerto... —dijo Hayes en un tono sombrío.

—No, mira, voy a llevarlo a patrullar conmigo esta noche y...

—¿Contigo? ¿Es que quieres que lo maten?

Ellwood se quedó paralizado.

—¿A qué te refieres?

Hayes se enderezó.

—A que estás deseando que te maten.

—Eso no es verdad —respondió Ellwood.

—¿No? ¿Entonces por qué insistes en lanzarles granadas a los alemanes cada vez que sales de patrulla, aunque solo estés arreglando la alambrada?

—Porque quiero matar...

Se detuvo. Eso era todo. No tenía ninguna víctima en concreto en mente; tan solo el acto de matar.

—Seis meses, Ellwood. Seis meses tardan los nervios en empezar a desgastarse.

—Pues los tuyos parece que están perfectos —respondió Ellwood, irritado.

Hayes se rio.

—Ah, ¿sí?

—Bueno, pues llévate tú a Gosset.

Hayes suspiró.

—No le va a hacer gracia. Te tiene en un pedestal, te considera un héroe. No sé por qué.

—Seguro que ya te encargarás tú de dejarle las cosas claras.

Hayes le tiró ceniza encima mientras subía a por Gosset.

En su último día en el frente, Carrington volvió de patrullar más pálido que de costumbre.

—Me noto las piernas un poco raras —se quejó, y se desplomó.

Cuando Ellwood lo examinó en busca de heridas (Hayes se negó a tocarlo), no le encontró ni una.

—¿Qué le ha pasado, Ellwood? —preguntó Gosset con impaciencia.

—Ve a comprobar los sacos de arena que hay junto a Regent Street —le ordenó Ellwood.

Hayes y él siempre encontraban la manera de sacar a Gosset del búnker. Aquello lo ponía en peligro, pero no soportaban verlo.

Ellwood le preguntó a Lonsdale cómo había ido la patrulla. (Era consciente de que Lonsdale le caía demasiado bien, y eso le resultaba incómodo. Costaba encontrar el equilibrio adecuado con los demás hombres: si no los conocías y no te importaban, no podías ser su líder, pero, si les tomabas cariño, sus muertes constantes resultaban devastadoras).

—No ha ocurrido nada extraño, señor —contestó Lonsdale—. Hemos estado arreglando la alambrada y hemos vuelto directos aquí.

—El teniente Carrington dice que no puede mover las piernas.

—¿En serio? —Lonsdale parecía desconcertado—. Pues no le ha pasado nada en las piernas.

—¿Ha sucedido algo extraño?

—Bueno… Una rata enorme estaba hurgando entre los cadáveres y en un momento dado movió a un francés muerto. La verdad es que parecía como si el francés se hubiera incorporado él solo. Todos nos echamos a reír, pero el teniente Carrington se quedó blanco como los acantilados de Dover.

Tratando de no pensar en lo mucho que le gustaría ver los acantilados de Dover, Ellwood volvió al búnker. Hayes estaba paseándose por el exterior.

—Está chalado —dijo.

—Está fingiendo —añadió Ellwood con gravedad—. No le pasa nada en las piernas.

Pero, por mucho que Ellwood le gritase a Carrington, por muchas veces que le dijera que era un cobarde vergonzoso que prefería que sus hombres murieran por él antes que levantarse y andar, Carrington no se movió de su litera.

—Ya lo sé —susurró—. Sé que soy un cobarde. Pero es que no puedo mover las piernas, Ellwood, *no puedo*.

Ellwood amenazó con dispararle si no se levantaba. Carrington lo intentó y se desplomó una vez más. Ellwood le apuntó a la cabeza con la pistola.

—Hazlo, será lo mejor —le dijo Carrington—. Soy un cobarde de mierda. Sé que lo soy.

En ese momento entró Hayes y le arrebató la pistola a Ellwood.

—Ha luchado en Mons y Artois, Ellwood, ¡no es ningún gandul!

—¡No le pasa nada en las piernas! ¡Lo único que quiere es volver a casa!

—Es cierto —admitió Carrington, que lo estaba pasando fatal—. Quiero irme a casa. Sé que es vergonzoso.

—Lo que está es loco —dijo Hayes, y al fin insistió en que llamaran a los camilleros.

Se llevaron a Carrington mientras susurraba «¡Soy un cobarde de mierda!» entre espasmos.

Hayes estaba sentado a la mesa, censurando cartas; Ellwood, tumbado en su litera. Gosset estaba de patrulla, bajo la mirada atenta de Lonsdale.

Gaunt estaba apoyado en la viga de madera, vestido con el frac de Preshute.

Ellwood cerró los ojos, irritado y rabioso. Al cabo de unos minutos, ya no podía soportarlo. Se incorporó y fulminó con la mirada a Gaunt, que se limitó a seguir observándolo fijamente, como si estuviera esperando a que hablara.

—¿Sabías que Gaunt y yo follábamos? —dijo Ellwood, y sintió como cada palabra le quemaba la boca.

Gaunt se dio la vuelta y desapareció.

Hayes miró hacia las escaleras y dejó de escribir.

—No hables así de él —respondió.

—No vaya a ser que arruine los recuerdos tan bonitos que tenías de él, ¿no? Pues es la verdad. Follábamos en los barracones… —continuó Ellwood, fuera de sí, pero Hayes lo interrumpió.

—Cállate. No quiero saberlo. —Ellwood echó la cabeza hacia atrás para mirar al techo—. ¿Qué esperabas, Ellwood? ¿Querías que te sometiera a un consejo de guerra?

—No —respondió Ellwood en voz baja.

—¿Entonces?

—Ay, mira, haz como si no te hubiera dicho nada.

Hayes arqueó las cejas.

—¿Qué? —le preguntó Ellwood, con ganas de pelea.

—Que ha sido un arrebato bastante descomunal.

Ellwood se levantó y se sirvió un *whisky*. Era inútil tratar de dormir.

—¿Sabes que todas las personas a las que se lo he contado se lo han tomado bien? Gaunt solía decir que tengo muy buena suerte.

—Imagino que normalmente no lo dices de una manera tan vulgar como ahora mismo...

—¿Por qué no te caigo bien, Hayes? Le caigo bien a todo el mundo.

—Vete a la cama, Ellwood.

—«Ellwood». ¿Cómo es que nunca me llamas por mi nombre de pila? A Gaunt y a Maitland los llamabas por los suyos.

Hayes parecía sorprendido.

—Henry me leyó la parte de tu carta en la que le decías que te parecía inapropiado. «Como un niño pequeño o un estadounidense», creo que dijiste.

—No me acuerdo. Lo más probable es que estuviera intentando hacerme el ingenioso.

—Ah, ¿sí? Pues no creo que te hubiera gustado demasiado que te llamara Sidney cuando nos conocimos.

—Es más íntimo. —Ellwood se frotó la nariz—. Gaunt nunca me llamaba así. No creo que tuviera la suficiente confianza conmigo. En cualquier caso, no me importaría que me llamaras Sidney.

Se miraron un momento.

—Será mejor que vaya a inspeccionar los rifles —dijo Hayes.

Aunque Gosset tan solo era subteniente, Hayes y Ellwood permitieron desde el principio que tuviera una habitación propia en la granja de los oficiales, en lugar de condenarse mutuamente a compartirla con él. Ellwood subió a su cuarto justo después de cenar. Se sentó en la cama en la que había dormido Gaunt e intentó escribir.

Cuando solo llevaba un rato intentándolo, Hayes llamó a la puerta.

—¿Tienes un momento?

Ellwood asintió y Hayes se sentó en la cama, dejando una distancia prudencial de unos quince centímetros entre ambos. A Ellwood le entraron ganas de decirle que no se acostaría con él por más que se lo pidiera, aunque tampoco era cierto. Ellwood habría hecho lo que fuera por dejar de pensar.

—He encontrado algo de Henry que creo que deberías ver —anunció Hayes.

A Ellwood le temblaba ligeramente la mano cuando fue a agarrar el cuaderno que le tendía Hayes. Lo abrió, miró la primera página y reconoció al instante la letra azul y ordenada de Gaunt:

«Mi queridísimo y preciado Sidney,».

No había nada más. Solo papel en blanco, vacío, inerte, sin sentido. Una coma, seguida de la nada. La muerte, resumida por la gramática.

—¿Y el resto? —preguntó Ellwood, alzando de repente la voz.

—No hay más —contestó Hayes—. No tenía pensado dártela hasta que has dicho que nunca te llamaba así.

—Pero ¿y está el resto de la carta? —aulló Ellwood, blandiendo la página en blanco mientras se acercaba a trompicones a la ventana—. ¿Dónde está el resto de la carta?

—Supongo que la dejó a medias, Ellwood —le dijo Hayes.

Ellwood articuló en silencio las palabras.

—«Mi».

Tan solo la palabra «mi» le habría bastado para sobrevivir si Gaunt se lo hubiera dicho alguna vez a la cara.

—Jamás me llamó Sidney. Ni una sola vez en cinco años. —Miró a Hayes—. ¿Qué crees que significa?

—No lo sé —contestó Hayes.

Estaba sentado en la cama, erguido y rígido.

—¿Por qué no la acabaría?

—No lo sé —repitió Hayes.

—Sabía que iba a morir.

—Pensaba que moriríais los dos.

—Pero nunca me llamaba Sidney.

Nunca le había dicho nada de eso. «Mi», «queridísimo», «preciado». «Sidney».

Ellwood se recostó contra la ventana, alargando el cuello mientras alzaba la vista.

—Si Gaunt hubiera sido una chica, me habría casado con él sin pensármelo dos veces —concluyó.

El silencio se prolongó unos instantes, incómodo, doloroso. No lo había calculado bien; había malinterpretado a Hayes. Estaba seguro de que iba a denunciarlo. Aunque, a esas alturas, a Ellwood ya no le importaba nada.

—Gauntette —dijo Hayes.

Ellwood se sorprendió de la carcajada tan alta que soltó. No sabía por qué le hacía tanta gracia, pero le pareció maravilloso reír sin rencor ni miedo.

Cuando abrió los ojos, Hayes lo estaba observando.

—Henry solía leer algunos fragmentos de tus cartas en voz alta —le dijo Hayes—. Incluso las partes más crueles le parecían encantadoras.

La risa pareció desatar algo en la mente de Ellwood: la breve alegría que le había provocado descubrir algo nuevo sobre Gaunt se transformó en espanto al saber que aquellos descubrimientos tendrían un fin. Tal vez aquel fuera el último.

Ellwood se giró hacia la ventana para que Hayes no pudiera verle la cara. Las lágrimas brotaban solas. Lágrimas y más lágrimas.

No dejaban de caer, y Ellwood no podía contenerlas por más que parpadease y respirase.

—Ellwood —le dijo Hayes.

—Estoy bien —respondió Ellwood, y logró hablar con normalidad, sin que le temblara la voz—. Estoy bien.

—Vale —dijo Hayes; parecía aliviado.

Hayes no sabía que eso era lo primero que aprendían en las residencias de los internados los niños pequeños que añoraban su hogar: a llorar en silencio.

Al tercer día en la granja, llegó el sustituto de Carrington. Se llamaba Watts. Tenía veintitrés años, era tímido y muy pero que muy *guapo*.

Ellwood se apoyó contra el marco de la puerta de la habitacioncita que Watts compartiría con Gosset mientras estuvieran en los barracones.

—¿De dónde eres? —le preguntó—. ¿Quieres un cigarrillo?

—¡Ah, gracias! —dijo Watts, y aceptó uno. Tenía el pelo rubio y rizado—. Soy de las afueras de Buxton.

—Precioso —dijo Ellwood, mirándolo a los ojos azules, delicados y lánguidos.

Watts sonrió y bajó la mirada.

—Sí. O sea…, gracias —respondió.

Tenía un acento de Derbyshire muy marcado. Era tan nuevo y diferente que a Ellwood le resultó emocionante.

—Bueno, mejor te dejo descansar —le dijo—. Avísame si Gosset te vuelve loco; seguro que puedo convencer a Hayes para que os cambiéis de cuarto.

—Ah, ya me las apañaré —respondió Watts—. O sea, tampoco es que haya nada que «apañar». Sea donde sea, estaré bien, capitán.

—Me puedes llamar Ellwood.

Watts alzó la vista. Tenía unas pestañas muy claras.

—Ellwood —dijo.

Ellwood le sostuvo la mirada durante unos segundos de más, y después le dio un golpecito al marco de la puerta.

—Nos vemos en la cena, Watts. Te aconsejo que te des un baño mientras puedas. Lo mejor es darse un chapuzón en el río.

—¡El río! Pues eso haré. Gracias, capitán. Quiero decir, Ellwood. Gracias.

Hayes estaba tumbado en la hierba. Ellwood fue a tumbarse a su lado.

—Dos semanas —dijo Hayes.

—Calla —respondió Ellwood.

El coronel empezó a insistir en llevar a cabo misiones de exploración, unas pruebas de resistencia mental especialmente horribles en las que los hombres salían solos de noche a la tierra de nadie y se arrastraban bocabajo hasta llegar a la alambrada de los alemanes. La idea era tratar de aguzar el oído y averiguar cuántos soldados había en la trinchera alemana y si estaban trabajando duro, para medir las posibilidades de un ataque inminente.

Adentrarse en la tierra de nadie siempre resultaba estremecedor, pero ir sin nadie más a tu lado te hacía sentir tan solo y tan aislado que los soldados que realizaban las misiones de exploración solían desarrollar neurastenia en cuestión de semanas.

Watts se ofreció voluntario para salir a explorar varias veces. Le fue bien durante un tiempo, pero le acabó pasando factura. Temblaba durante horas después de cada misión. A Ellwood le partía el corazón verlo.

Después de una misión especialmente tensa, Watts volvió y vomitó en el exterior del búnker. Ellwood lo ayudó a bajar las escaleras y le dio una taza de agua.

—Gracias —le dijo Watts.

—Mañana iré yo en tu lugar —dijo Ellwood.

Watts dejó la taza de hojalata sobre la mesa con un movimiento lento y cauteloso para ocultar lo mucho que le temblaba la mano.

—No, no —dijo—. Puedo ir yo, capitán. Quiero decir, Ellwood. Puedo hacerlo; no estoy intentando librarme, de verdad que no.

Ellwood le agarró la mano y se la apretó. Watts clavó la mirada en la zona en que sus pieles se rozaban y luego miró a Ellwood.

—Ya lo sé —le aseguró Ellwood.

Watts se lamió el labio.

—Watts —lo llamó Hayes desde la entrada del búnker. Sonaba serio—. Acaba de llegar el suministro de municiones. ¿Puedes ir a comprobar que hayan enviado suficientes granadas de fusil?

—Se ha pasado la noche entera en una misión de exploración —le dijo Ellwood.

Watts apartó la mano y se levantó.

—No pasa nada, ya voy —dijo Watts.

Mientras el chico se marchaba, Hayes lo observó con expresión hostil. Cuando estaba lo bastante lejos como para no oírlos, Hayes se volvió hacia Ellwood.

—Ni se te ocurra —le advirtió.

Ellwood sacó papel y una pluma estilográfica de la mochila.

—¿Ni se me ocurra hacer *qué*, Hayes?

—Lo sabes perfectamente. No te atrevas a tocar a ese chico.

—Es mayor que yo —se defendió Ellwood.

Hayes puso ambas manos sobre la mesa destartalada y se inclinó hacia delante.

—*Ellwood*. Sé que te cuesta pensar en los demás, pero, por favor, intenta recordar que, a diferencia de ti, Watts no ha ido a Eton.

—Preshute. Y no entiendo qué tiene que ver eso —dijo Ellwood.

—Ya, ya imagino que no lo entiendes —respondió Hayes.

Ellwood apoyó los codos en la mesa.

—Pues continúa, Hayes. A ver qué es lo que piensas de mí. ¿Qué es exactamente lo que te preocupa? Se me ocurre alguna que otra cosa, pero no quiero hacer suposiciones.

A Hayes le brillaban los ojos, pero habló como si Ellwood no le hubiera dicho nada:

—¿Sabes qué pasaría si alguien os viera juntos? Dirían que te ha agredido. Él a ti. Que es todo culpa suya. Lo someterían a un consejo de guerra y lo fusilarían en un abrir y cerrar de ojos por atreverse a mancillar a su querido capitán que ha estudiado en una escuela privada...

Ellwood se quedó paralizado mirando a Hayes. No había caído en lo que le decía.

—No permitiría que pensaran eso —respondió.

Hayes se rio.

—¿De verdad, Ellwood? ¿Si te vieras obligado a elegir entre trabajos forzados y una carrera brillante..., lo defenderías? Madura de una vez.

Ellwood trató de sostenerle la mirada, pero no fue capaz. Hayes era demasiado hiriente y tenía demasiada razón. Ellwood bajó la vista al papel.

—El pelotón de trabajo va a llegar de un momento a otro —dijo en voz baja—. Me gustaría tener té caliente listo para cuando lleguen. Ve a prepararlo, por favor.

No levantó la vista.

Hayes dejó escapar una risa desagradable.

—A sus órdenes, señor —dijo, y se fue.

Después de aquello, Ellwood apenas miraba a Watts. Resultaba evidente que Watts estaba confundido por la repentina falta de atención por su parte, pero no dijo nada al respecto. De hecho, prácticamente dejó de hablar. Empezó a tartamudear y apestaba a *whisky*. Fue un alivio cuando contrajo una enfermedad venérea de una prostituta francesa y lo tuvieron que enviar a un hospital de Amiens.

—Gracias a Dios —dijo Hayes—. Me estaba poniendo de los nervios.

—Y a mí —convino Ellwood en un tono sombrío, y Hayes, para sorpresa de Ellwood, se echó a reír.

—Ya, era bastante evidente —dijo.

Esa noche, Ellwood se ofreció voluntario para salir a explorar. No le importaba tanto como a los demás. La idea de salir solo a la tierra de nadie le provocaba un entusiasmo curioso.

Llegó a las trincheras alemanas sin ningún incidente y se quedó tumbado en el barro durante media hora, escuchándolos toser, dar pisotones y murmurar. Cuando pensó que tenía información suficiente para satisfacer a sus superiores, Ellwood comenzó a volver arrastrándose por el suelo.

Fue entonces cuando se dio cuenta de que se le había roto la brújula, la brújula nueva que había comprado con Maud. Cada vez que conseguía verla bien a la luz de las bengalas que cruzaban el cielo, la flecha estaba girando a lo loco.

Lo invadió el miedo en oleadas estremecedoras. Era la peor pesadilla de cualquier explorador; estaba perdido. Si intentaba volver arrastrándose hasta las trincheras británicas, tenía muchas posibilidades de llegar sin querer a la alambrada alemana. No lograba ver ninguno de los puntos de referencia que utilizaba para ubicarse durante las patrullas: el joven soldado alemán con un disparo en la mandíbula que se había estado descomponiendo poco a poco cerca de sus trincheras, los tres caballos putrefactos, el viejo muro de ladrillo maltrecho que en el pasado tal vez había sido el cobertizo del jardín de alguien... No se atrevía a levantar la cabeza cuando las bengalas iluminaban el cielo, pero era imposible ver nada en la oscuridad.

Su pánico aumentaba a medida que avanzaba la noche. Si no regresaba antes del amanecer, se quedaría allí atrapado hasta que volviera a caer la noche, puesto que era mortal mover un solo músculo en la tierra de nadie a la luz del día. Con cada bocanada de aire que tomaba respiraba el olor dulce a cadáver.

Le empezó a doler la mandíbula. Apretaba tanto los dientes para que le dejaran de castañear que temía rompérselos. Se arrastró unos treinta y cinco metros hacia lo que esperaba que fuera la alambrada de los ingleses, y solo encontró más hoyos de bombas y más muertos. Parecía que había conseguido trazar una línea paralela a las trincheras.

El amanecer se empezaba a extender por el cielo. Ellwood estaba expuesto por completo, y seguía sin saber en qué dirección se encontraba su trinchera. Alzó la cabeza y al instante le empezaron a rozar las balas, que le salpicaron los ojos de agua y fango. Se puso en pie de un brinco y corrió unos tres pasos antes de que una le alcanzara y se lanzara de cabeza detrás de un montón de canadienses muertos. Las balas se fueron clavando en los cuerpos con un sonido similar al de alguien dándole golpes a un tablón mojado.

¿Serían británicas o alemanas? No lo sabía. No podía arriesgarse a moverse para examinarse la herida. Le dolía demasiado como para que fuera algo muy grave, o eso esperaba. Tenía la lengua pastosa y seca.

Cuando dio comienzo la primera ronda de disparos mañaneros con los fusiles entre una trinchera y otra, Ellwood se acercó a los cadáveres. Debía de haber más de diez. Se preguntaba si serían amigos suyos.

El día entero fue un sufrimiento continuo. Cada vez que se movía un centímetro, le disparaban, aunque por suerte parecía que los francotiradores no lo veían del todo bien por los cadáveres que lo rodeaban. El sol le quemaba la cabeza y le empezó a doler la sien. Se quedó dormido una o dos veces, y en ambas ocasiones se despertó con una sacudida y, un segundo después, el fuego de las ametralladoras.

Los canadienses olían mal con el calor. Ellwood observó sus uniformes y pensó en lo lejos que estaban de casa. Ya no le dolía la cadera en la zona en la que le había dado la bala. No sabía lo que

significaba eso. El dolor era un indicador poco fiable de la gravedad de la lesión.

Si esa noche no conseguía averiguar cómo volver a las trincheras, ¿qué sería de él? ¿Iría Hayes a buscarlo? Sería un riesgo inútil,
puesto que era de lo más improbable que alguien atrapado en la
tierra de nadie durante veinticuatro horas siguiera vivo cuando lo
hallaran.

Empezaba a refrescar un poco. Se oía el sonido de los proyectiles a lo lejos. Pero donde se encontraba él todo estaba en calma.

DIECISIETE

Una vez que hubo oscurecido, Ellwood esperó una hora antes de moverse. Bebió agua de su botella, pero eso le dio más hambre. Luego se examinó la herida de la cadera. Con un alivio tan inmenso que hasta se mareó, descubrió que tan solo se trataba de un rasguño, nada que no se pudiera solucionar con una vacuna antitetánica y unas gasas limpias.

Respiró hondo y se puso en pie. Cuando lanzaron la siguiente bengala, no se tiró al suelo, sino que giró la cabeza y estudió metódicamente el paisaje.

Y entonces lo vio: el antiguo muro de ladrillos. Estaba justo en la dirección opuesta a la que creía.

Se tiró al barro justo a tiempo. Le rozaron disparos que provenían de ambas direcciones.

Avanzó arrastrándose por el suelo, muerto de hambre, desesperado por el miedo y la determinación. Le llevó una hora recorrer seis metros. Se sentía como un animal, como una presa.

Al fin llegó al muro de ladrillos. Ahora corría más peligro que antes; era evidente que los británicos le dispararían al acercarse a la alambrada.

Miró el reloj. Los soldados que se encargaban de reforzar la alambrada saldrían en quince minutos. Esperó.

Lonsdale lideraba la primera cuadrilla. Ellwood reconoció su voz y avanzó despacio hacia los tres caballos muertos.

—Lonsdale —susurró.

El grupo entero se detuvo; todos los hombres se quedaron inmóviles ante el horror de un sonido desconocido en la tierra de nadie.

—Lonsdale —repitió Ellwood.

—¿Quién anda ahí? —susurró Lonsdale.

—Soy el capitán Ellwood. Ven a buscarme; no puedo acercarme solo o los centinelas me dispararán.

—¡Capitán…! —exclamó Lonsdale. Se acercó a Ellwood tumbado bocabajo—. ¡Ya lo dábamos por perdido, señor!

—Yo también —respondió Ellwood, y lo siguió hasta la alambrada. Los hombres le ofrecieron una sonrisa y algunos le tocaron los brazos para demostrarle lo aliviados que estaban de verlo—. Venga, a trabajar —les dijo Ellwood, y luego se introdujo por el agujero de la alambrada y al fin volvió a la seguridad de su propia trinchera.

Hayes estaba entre los centinelas.

—¿Ellwood?

Ellwood se balanceó de un lado a otro.

—Hola, Hayes. ¿Me has echado de menos?

Hayes dio un paso adelante; miraba a Ellwood como si fuera un fantasma.

—Estás vivo —dijo.

—Eso parece —respondió Ellwood.

Hayes se limitó a quedarse mirándolo.

—Creo que debería ir al hospital de campaña —dijo Ellwood—. Casi siento el calor del tétanos extendiéndose por la cadera.

—¿Estás herido?

—No es nada —le aseguró Ellwood, y le mostró el rasguño.

—No tiene mala pinta —le dijo Hayes.

—Ya —contestó Ellwood—. No voy a poder impresionar a las chicas con esta herida.

Hayes soltó una carcajada alegre y repentina. Dio otro paso firme hacia delante y le dio una palmada en la espalda a Ellwood.

—Me alegro de que hayas vuelto —le dijo.

Gosset no dejaba de abrazarlo.

—Ay, es que me alegro tanto —le dijo—. ¿Ha sido emocionante? ¿Has matado a alguien? Lo mismo te dan una medalla. Sería estupendo, ¿no?

—No dan medallas por perderse en la tierra de nadie, Gosset —respondió Ellwood mientras se zafaba de sus brazos.

Hayes se rio en voz baja desde su litera.

—Podría hablarle sobre ti al amigo de mi tío. Es un general. El general Haig. ¿Has oído hablar de él?

Hayes se echó a reír, más alto esta vez.

—Sí, lo cierto es que sí —dijo Ellwood—. Por favor, no le hables de mí. Por Dios.

—Ah, bueno, vale. Pero es un hombre muy importante, ¿sabes? ¿Te has enterado de que, durante el tiempo que pensábamos que estabas muerto, Hayes ha sido capitán provisional? Se le ha dado muy bien.

—Cállate, Gosset —le mandó Hayes, que ya no se estaba riendo.

—¿«Capitán provisional»? —preguntó Ellwood.

—Iban a mandarnos a otra persona para que se hiciera cargo del puesto la semana que viene —le explicó Hayes.

—Pero eso es… —Ellwood miró a Gosset—. Gosset. ¿Has comprobado los sacos de arena hace poco?

—Esta misma tarde.

—Pues ve a hacerlo otra vez.

Gosset dejó escapar un suspiro.

—Debemos de tener la trinchera más pulcra de toda Bélgica —dijo, pero obedeció.

Ellwood se volvió hacia Hayes.

—¿«Capitán provisional»? ¡Menuda estupidez!

Hayes se incorporó en la litera.

—Mandé a varios hombres a buscarte —le dijo.

Ellwood parpadeó.

—Ah, ¿sí? No ha sido una decisión demasiado responsable…

—Bueno, es que me daba pavor la idea de que Gosset fuera mi único compañero.

Ellwood se rio y le dio otro bocado a la chuleta que se estaba comiendo.

—La verdad es que ha durado más de lo que esperábamos —dijo.

—Le va a ir bien —opinó Hayes—. Su tío es amigo del general Haig; ¿no te has enterado?

El sustituto de Watts se llamaba Thorburn, y ni siquiera pestañeaba cuando los proyectiles explotaban cerca de él.

—Este sí que va a durar —dijo Hayes—. Tiene unos nervios de acero.

Tal vez fuera al compararlo con Thorburn cuando Ellwood se dio cuenta por primera vez de lo mal que tenía Hayes los nervios. En una ocasión que Ellwood tiró una taza de la mesa y cayó con un ruido sordo en la tierra, Hayes se tiró al suelo y se cubrió el cuello con las manos.

—No era más que una taza, Hayes —le aclaró, mirándolo fijamente.

Hayes se incorporó despacio, con todo el blanco de los ojos expuesto.

—Perdón —se disculpó con la voz ronca.

—¿Te encuentras bien?

—Sí —contestó Hayes—. ¿Qué hora es? Será mejor que me vaya. ¿Puedes ir a ver si Ramsay me puede traer una taza de té?

—Hayes. Siéntate. Tienes diez minutos antes de que estés de servicio —le dijo Ellwood.

Thorburn entró en el búnker.

—Los cabrones de los alemanes han atado una campana a nuestra alambrada con una cuerda y no paran de tocarla —dijo—. Están volviendo locos a los centinelas.

—¡Locos! —gritó Hayes.

—Ya es casi de noche —dijo Ellwood—. En media hora saldré y cortaré la cuerda.

—Estoy bastante seguro de que te fusilarán si sales —dijo Thorburn en un tono desinteresado.

Ellwood suspiró, fue a mirar la campana y dejó a Hayes pálido y con el rostro enfermizo en el búnker.

En los barracones, Hayes y Ellwood seguían compartiendo habitación. Hayes dormía en el suelo. La cama le hacía soñar con que se ahogaba en el barro.

Una noche Ellwood se despertó con la voz de Hayes pronunciando una y otra vez su nombre en voz tan baja que, antes de la guerra, cuando tenía un sueño muy profundo, Ellwood ni siquiera lo habría oído. Abrió los ojos, confundido, y se encontró a Hayes arrodillado junto a su cama, con la cabeza entre las manos.

—Ellwood... Ellwood... Ellwood...

—¿Hayes? ¿Qué sucede?

Hayes alzó la vista con los ojos desorbitados.

—Me estoy volviendo loco —dijo.

Ellwood se incorporó y bajó las piernas de la cama. Estaba muy cansado. Los barracones eran el único lugar en el que podía dormir más de dos horas seguidas.

—¿De qué estás hablando? —le preguntó—. ¿Qué hora es?

Hayes hundió la cara en el colchón de Ellwood.

—Hayes —dijo Ellwood. Hayes murmuró algo, pero Ellwood no lo entendió—. ¿Qué has dicho?

Hayes volvió a erguirse y miró a Ellwood, aunque había adoptado una expresión extraña, como si no pudiera verlo.

—Me alegro de que Henry haya muerto —dijo—. Prefiero que haya muerto a que perdiese la cabeza.

Ellwood se quedó mudo. Todavía no se había despertado del todo y no se le ocurría nada que decir.

Hayes se abalanzó de repente hacia delante y se aferró a las rodillas de Ellwood.

—Me matarás si me vuelvo loco —le dijo—. Ya vi que estuviste a punto de hacerlo con Carrington. Me dispararás.

—No seas tonto —contestó Ellwood.

—Se me está yendo la cabeza —le dijo Hayes, mirándolo suplicante—. Estoy seguro de que la voy a cagar. Voy a llevar a los hombres a alguna parte, voy a perder los nervios y voy a hacer que los maten a todos. No me puedo permitir volverme loco, Ellwood; hay gente que depende de mí, no puedo...

Ellwood se levantó y retrocedió.

—Cálmate.

—No sabes cómo fue con John y con Henry. Cuando llegaron eran alegres y jóvenes y optimistas...

—No se puede decir que Gaunt fuera jamás un chico optimista —dijo Ellwood a regañadientes.

—Ver cómo se le salen los sesos a alguien... Te vuelve loco.

Ellwood había admirado a Gaunt por su hermetismo, pero también se había cuestionado la utilidad de dicho hermetismo. ¿De qué servía levantar tantos muros como para que nadie pudiera entrar y nada pudiera salir? Mientras observaba a Hayes convulsionarse contra la cama, comprendió, como nunca antes, por qué podía ser necesario obligarse a uno mismo a mantener la compostura.

—Ya sabemos el tiempo que se tarda en recuperarse de un brazo roto —estaba diciendo Hayes—. Sabemos cuánto se tarda en morir de una herida en el vientre. Pero ¿cuánto tardará Carrington? ¿Cuánto voy a tardar yo...?

—No te pasa nada, Hayes; estás perfectamente.

—No lo estoy, no lo estoy, no lo estoy —insistió Hayes.

Ellwood se arrodilló a su lado y, vacilante, posó una mano sobre la espalda de Hayes, que apoyó la cabeza en la cama y jadeó.

—David.

Hayes levantó la mirada.

—No estás loco —le aseguró Ellwood—. ¿No confías en que te lo diría si lo estuvieras?

Hayes cerró los ojos y respiró hondo.

—Tú no te creías que Carrington estuviera loco —replicó—. Pensabas que era un cobarde.

—Bueno, pero desde luego tú cobarde no eres —dijo Ellwood.

—Siento como si me arañasen la columna con cada sonido que oigo.

—Lo que me parece a mí es que tienes tanto miedo de perder la cabeza que te estás volviendo loco tú mismo —opinó Ellwood.

—Últimamente solo sueño con accidentes de tráfico. No sé por qué. Sueño que me atropella un taxi. O con accidentes de tren.

—No puedes volverte loco. Me apostaste tres chelines a que aguantarías toda la guerra.

Hayes soltó una risita, un sonido ahogado, y Ellwood apartó la mano. Se había pasado mucho tiempo intentando derribar las defensas de Gaunt. No sabía cómo volver a levantar los muros.

—Si le escribo al coronel, podemos intentar que te manden a un curso de entrenamiento de oficiales durante unas semanas. Así podrías descansar un poco.

—Los soldados no «descansan» cuando se están volviendo locos. Los dejamos en la línea hasta que los acaban matando —dijo Hayes.

—Bueno, eso es diferente —respondió Ellwood.

—Ah, ¿sí?

—Para empezar, es menos probable que los maten a ellos que a nosotros.

—Madre mía, pues sí que se te da bien consolar —se quejó Hayes.

—Deja que le escriba al coronel —dijo Ellwood—. Verás que te sientes mejor si...

—*No.*

Se produjo un silencio.

—¿Tú de niño querías ir a la guerra? —le preguntó Hayes.

Ellwood sonrió.

—Sí, tenía muchas ganas. Solía robar cacerolas de las cocinas para jugar con ellas como si fueran cascos.

Hayes asintió. Ya se le veía más tranquilo. Se levantó y se sentó en la cama. Ellwood se sentó a su lado.

—Pensaba que sería valiente —dijo Hayes.

—Y lo eres. Lo has sido. —Se miraron el uno al otro. Ellwood habló despacio, con firmeza—: No te pasa nada. Estás bien.

Hayes cerró los ojos y dejó escapar un suspiro tembloroso.

—Lo siento —se disculpó Hayes.

—No pasa nada. Estás perfectamente.

—Sí, lo sé. Lo estoy —contestó Hayes. Abrió los ojos y le ofreció a Ellwood una sonrisa débil—. Gracias.

—De nada —contestó Ellwood.

Los hombres se encariñaron con Gosset como no solían hacerlo con nadie. Lo llamaban el Duquecito. Por muy irritante que le pareciera a Ellwood, valía la pena ver cómo se enfurecía Hayes cuando Ramsay le ofrecía el tazón de sopa amarilla mientras lo llamaba «alteza» en un tono respetuoso.

Pero, como era de esperar, no duró mucho. Lo mató un proyectil que atravesó la trinchera mientras Gosset estaba de centinela.

—Algún afortunado acaba de heredar un ducado —comentó Hayes cuando fueron a ver lo que quedaba del cadáver.

En junio de 1916, recibieron órdenes de abandonar Ypres. Se iba a producir otra gran ofensiva. Recogieron todas sus pertenencias y marcharon hacia el Somme.

DIECIOCHO

SEPTIEMBRE DE 1915 — LOOS

C uando Gaunt volvió en sí, estaba en un hospital alemán improvisado en un pueblo asolado por las bombas detrás de las líneas enemigas. Estaba tumbado sobre el costado derecho, con el agujero del pecho cubierto con una gasa gruesa y oscurecida, y no solo le costaba respirar, sino que también le resultaba insoportable.

—No puedo respirar —le dijo a una enfermera que pasaba por allí. La mujer lo miró sin entender lo que le estaba diciendo, y Gaunt se dio cuenta de que había hablado en inglés—. No puedo respirar —intentó decirle de nuevo, esa vez en alemán.

Al instante la enfermera se acercó a él y llamó al médico. Le pincharon el pulmón para expulsar el aire sobrante y Gaunt gritó de dolor, asfixiado.

—Dadle morfina —ordenó el médico.

—Nos queda muy poca.

—Este hombre la necesita.

La enfermera le administró la morfina mientras le apartaba el pelo de los ojos. Gaunt jadeaba e intentaba tomar aire, tratando de aguantar el dolor, que parecía hacer que se olvidara de todo, salvo del pavor.

Entonces la morfina se interpuso como una cortina entre su pecho y él.

Pasó el tiempo y Gaunt permaneció allí aturdido, oyendo a los demás hablar en alemán. De haber sido por su madre, Gaunt se habría criado en Múnich. Los hombres que morirían a su alrededor

serían ellos, los alemanes. Habría estado luchando contra Ellwood...
No habría conocido a Ellwood.

—Hola —lo saludó un joven oficial conforme se sentaba a su
lado.

Gaunt parpadeó. Era el hombre que había visto en la trinchera, el que le había dicho que no tuviera miedo, pero entonces se
dio cuenta de que se había equivocado al pensar que era su primo
Ernst.

—Hola —respondió Gaunt—. Eres el que me rescató.

—En efecto —dijo el oficial—. ¿Quién es Ernst? Hablas alemán muy bien.

—Mi primo. Ernst Grisar.

El oficial sonrió.

—¡Yo conozco a Otto Grisar!

—Sí, son hermanos.

—Me llamo Lukas Hohenheimer.

Se dieron la mano.

—Muchas gracias por rescatarme —le dijo Gaunt—. Creía que
ya no lo contaba.

—¿Cómo iba a dejarte allí cuando me estabas mirando con
esos ojos?

—Cualquier otro me habría dejado tirado.

—También ayudó oírte el acento de Múnich.

Gaunt sonrió.

—Ya sabía yo que algún día me iba a venir bien.

—¿Al hombre que capturasteis en las trincheras... —dijo
Hohenheimer— le vais a hacer daño?

Gaunt se sobresaltó. Una punzada de dolor se abrió paso a
través de la morfina.

—¿Lograron escapar?

—Dos de ellos, sí —respondió Hohenheimer.

—¿Qué dos?

—¿Y cómo quieres que lo sepa?

Gaunt se tapó los ojos con el brazo.

—¿Uno de ellos era amigo tuyo? —le preguntó Hohenheimer.

—Sí.

—Lo siento.

—Siempre tiene muy buena suerte —dijo Gaunt con vigor—. Seguro que está bien. Y no te preocupes por tu soldado. Va a estar más seguro en uno de nuestros campos de prisioneros de guerra que tú en el frente.

Hohenheimer fue a visitarlo cada tarde durante los cuatro días que estuvo de descanso. Le ofrecía cigarrillos al personal del hospital y llamaba a Gaunt «Heinrich Grisar». Así logró que lo trataran igual de bien que a cualquier alemán, y no lo trasladaron a la tienda de prisioneros de guerra.

Nadie sabía qué hacer con él. Hablaba alemán con acento bávaro y respondía al nombre de Heinrich. De no haber sido por el uniforme caqui, nadie habría sabido que era uno de los enemigos.

Aún no había acabado la batalla de Loos y el hospital recibía un herido grave tras otro. Al día siguiente de que Hohenheimer volviera al frente, un joven subteniente que se llamaba Alex Pfahler ocupó la cama contigua a la de Gaunt. Un mortero le había desgarrado el costado, de modo que estaba tumbado sobre el flanco izquierdo y adormilado por la morfina. Gaunt y él se miraban fijamente durante horas, comunicándose mediante parpadeos. Durante la primera semana apenas hablaron, salvo para explicarse aquel nuevo código. Era una intimidad nacida del dolor.

—Si cierro los ojos cinco segundos, significa que estoy pensando en un baño caliente —le dijo Pfahler.

Gaunt parpadeó una vez, con lo que le decía que sí.

—Si guiño con el ojo derecho, significa que el hombre que han traído va a morir en menos de una hora —dijo Gaunt.

—No me hagas reír —contestó Pfahler con una mueca—. Me duele al reírme.

Echo de menos Múnich, le decía Pfahler mediante parpadeos unas quince veces al día.

Espero que Ellwood esté vivo, le respondía Gaunt parpadeando.

—Sí que erais amigos, ¿eh? —le dijo una vez Pfahler tras varias horas de silencio.

—Y tanto…

Seis días después volvió Hohenheimer para decirle que el hombre al que habían matado cerca de su trinchera no era un oficial, sino un soldado raso.

—Tu amigo debió de escapar.

Gaunt cerró los ojos con un alivio impregnado de culpa. Eso significaba que o Kane o Allen estaban muertos, y les había tomado cariño a ambos.

—Tengo que volver —dijo.

—Ni se te ocurra decir ese tipo de cosas. ¿Quieres que me sometan a un consejo de guerra? ¿Qué crees que me pasará a mí si te escapas?

—Soy inglés. No me puedo quedar aquí.

—También eres alemán. Espera a que acabe la guerra en un campo de prisioneros.

Gaunt giró la cabeza y la hundió en la almohada.

—¡«A que acabe la guerra»! Pero ¡si podrían pasar años!

—Imposible —respondió Hohenheimer—. No podemos seguir así.

Gaunt no contestó. Empezaba a pensar que la guerra continuaría hasta que la tierra de nadie se extendiera por el mundo entero y los dos últimos hombres que quedaran vivos se dispararan el uno al otro desde sus respectivas zanjas en el barro. ¿Acaso sabía Eduardo III, cuando le declaró la guerra a Francia en el siglo XIV, que duraría ciento dieciséis años?

—La enfermera me ha comentado que has estado teniendo pesadillas —le dijo Hohenheimer con aire despreocupado.

La vergüenza se apoderó del corazón de Gaunt. Sabía que no dejaba dormir a nadie en el hospital de campaña. Por la noche se levantaba de un brinco, gritándoles a los muertos. El movimiento brusco le abría la herida del pecho, de modo que sus gritos atormentados se acababan convirtiendo en aullidos de dolor. Era la única vez que los hombres del hospital lo oían hablar en inglés: «¡Salid de la trinchera, cobardes de mierda! ¡Os pienso disparar a todos!».

—Lo siento —se disculpó Gaunt.

—Supongo que tampoco puedes hacer nada al respecto.

—Intento mantenerme despierto.

—No es una solución demasiado buena a largo plazo.

—No —respondió Gaunt y suspiró—. No tengo tantas pesadillas cuando estoy en el frente.

—Ah, pues maravilloso. Te mandaremos de vuelta con los inglesitos para que puedas dispararnos en paz.

—Ojalá.

Gaunt les preguntaba a todos los nuevos pacientes que llegaban cómo iba la batalla. Le respondían que era difícil saber quién iba ganando, pero que era muy sangrienta. No dejaba de pensar en Hayes y en Ellwood. Sandys le había dicho una vez que, de media, los oficiales británicos tardaban solo tres meses en morir o en sufrir alguna herida.

Cuando terminó la batalla de Loos, el 8 de octubre, había ganado Alemania, aunque los hombres de la sala del hospital de Gaunt estaban demasiado cansados como para alegrarse por la victoria.

A Pfahler y a Gaunt les habían ido reduciendo la morfina conforme el hospital se llenaba de pacientes. Solían hablar para distraerse y no centrarse en el dolor.

—¿Cómo es la guerra al otro lado? —le preguntó Pfahler.

—Es un infierno —respondió Gaunt; después se lo pensó mejor—: Aunque la comida es mejor.

—¿Es cierto eso de que vuestros oficiales comen carne tres veces al día?

Gaunt pensó en las «chuletas» que tanto había odiado en las trincheras. La escasez de alimentos que sufrían los alemanes los obligaba a comer mucho pan de centeno y patatas.

—Sí, es cierto —respondió.

Pfahler dejó escapar un suspiro cargado de envidia.

—No dejo de pensar en un plato que comí en 1912, en una posada pequeñita cerca de Augsburgo. Era una comida sencilla pero deliciosa. Sueño con ella, pero siempre me despierto en cuanto agarro el tenedor.

—«Ya que se ha alimentado de ambrosía / y ha bebido la leche del Paraíso» —citó Gaunt en inglés.

Pfahler frunció la nariz.

—Resulta muy desconcertante cuando haces eso.

—¿Cuando hago el qué?

—Convertirte en inglés de repente.

—Es que soy inglés.

Pfahler puso los ojos en blanco. Era de lo más patriota, y por lo visto le parecía que la insistencia de Gaunt en su nacionalidad no era más que una fase pasajera.

—Y dime, *Kapitän* Grisar-Gaunt…

—Gaunt, solo Gaunt.

—¿Quién crees que va a ganar esta gran guerra?

—Espero que nosotros.

—Y, cuando dices «nosotros», te refieres a…

—Evidentemente a los británicos. Los aliados.

—Imposible. No pueden ganar.

—Que yo sepa, los hospitales de campaña británicos no tienen que reutilizar las gasas —dijo Gaunt mientras se llevaba la mano al vendaje marrón y espantoso del pecho.

—¡Las desinfectan!

—Pero tienen una pinta…

—¿Ves? Justo eso es por lo que vais a perder. Los ingleses sois demasiado amables, demasiado despreocupados. Y Alemania tiene el mejor ejército de la historia de la humanidad.

—Eso no te lo niego.

—¿Entonces?

—Supongo que sencillamente no quiero que ganéis.

Pfahler se llevó el dedo de un modo juguetón a la comisura de los labios, curvados en una sonrisa.

—Bueno, pues deberías. Todo el mundo debería querer que ganásemos. Bajo un imperio alemán, disfrutaríamos de siglos de prosperidad. Le enseñaríamos al mundo a triunfar.

—Ay, qué altruistas sois. Estoy seguro de que todos os agradeceríamos muchísimo tal instrucción.

—Siempre hay algún imperio, *Kapitän*. ¿Por qué no uno alemán? Con nuestro arte, nuestra medicina y nuestros filósofos. Tenemos mucho que ofrecer.

—Creo que estamos todos tan ocupados *ofreciendo* que nos acabamos olvidando de todo lo que *tomamos*.

Pfahler intentó encogerse de hombros e hizo una mueca de dolor.

—Dudo que a los bárbaros les importaran los romanos, una vez que disfrutaron de sus carreteras y sus baños.

—Al contrario —replicó Gaunt—. Yo creo que les debían de importar muchísimo.

—Uf, es imposible hablar contigo. No entiendes de historia.

Gaunt cerró los ojos. La morfina hacía que viera más lógico todo el pasado, toda la amplitud de la historia, que el presente y todo el caos que conllevaba, que aún no había empezado a cobrar sentido. Visualizó mentalmente imperios que se alzaban y se desplomaban como las idas y venidas de la marea, sin parar, mientras cada sociedad arrojaba como si nada sus tragedias y sus defectos a las costas extranjeras. Parecía inevitable y, sin embargo, desde la perspectiva de las playas de arena, corrosivo a unos niveles devastadores.

Pfahler murió una semana después, mientras se comunicaba mediante parpadeos con Gaunt: *Echo de menos Múnich. Echo de menos Múnich.*

Hohenheimer no estaba presente cuando el *Oberst* acudió a inspeccionar el hospital. Gaunt ya se encontraba mejor del pulmón, tanto que podía tumbarse bocarriba, un avance que le venía especialmente bien dadas las escaras que le habían empezado a salir en el costado derecho. Estaba tumbado con los ojos cerrados, intentando encontrar el equilibrio entre pensar, que le resultaba desagradable, y dormir, que le helaba la sangre.

—¿Qué hace aquí ese inglés? ¿Por qué no está con los demás prisioneros de guerra? —preguntó una voz retumbante.

—Lo trajo el teniente Hohenheimer, señor —respondió una enfermera—. Es alemán.

—¿Y entonces qué hace vestido de caqui? —La voz sonaba cada vez más fuerte; el *Oberst* se había acercado a verlo—. Hola, inglesito —dijo en un inglés vacilante—. ¿Qué te ocurre?

—He recibido un disparo en el pulmón, señor —contestó Gaunt en alemán.

—¡Vaya! Este pequeño traidor quería luchar en el bando equivocado, ¿eh? Eres tan alemán como yo.

—No, señor —contestó Gaunt, y abrió los ojos—. Soy inglés.

Resultaba cómico lo mucho que se parecía el *Oberst* al coronel de los Fusileros Reales de Kennet. Al parecer los oficiales superiores eran personajes universales.

—Deberías. estar muerto. —Miró al médico—. No acostumbramos a rescatar a soldados con heridas mortales en los pulmones, ¿no es así, doctor?

—La Conferencia de La Haya da instrucciones muy claras sobre el tratamiento de los prisioneros… —dijo el médico.

—¡Ah, la Conferencia de La Haya! Pero si ya nadie la respeta, ¿no? Hay un tren que va a un *Offizierslager*. Que se lo lleven en ese tren.

—Aún no está en condiciones de viajar, señor —opinó el médico.

Al *Oberst* se le encendió el rostro.

—Súbalo a ese tren. Ahora mismo.

Y así fue como Gaunt acabó en el suelo de un vagón de tren repleto de oficiales británicos abatidos, camino de un campo de prisioneros de guerra en Alemania.

DIECINUEVE

Los compañeros de Gaunt del campo de prisioneros lo llevaron con delicadeza a su dormitorio y lo dejaron en una cama que le recordaba tanto a la de Preshute que Gaunt, con la mente maleable por la morfina, no dejaba de creer que había vuelto a la escuela.

—¿Elly? —preguntaba cada vez que entraba alguien, antes de recordar que Ellwood estaba en el frente, y que él estaba en un campo de prisioneros.

—Me temo que no, amigo —le dijo Nicholson la segunda vez que ocurrió.

Conocía a Nicholson de oídas; había estudiado en Sherborne el año anterior. Gran parte de los doscientos soldados británicos del campo eran antiguos alumnos de alguno de los veintitantos internados del país. El resto de los prisioneros, unos cuatrocientos, eran franceses o rusos.

—¿Henry? —lo llamó alguien tras unas pocas horas—. ¿Henry Gaunt?

Gaunt trató de incorporarse, pero no fue capaz.

—¿Sí?

Un apuesto joven indio se arrodilló junto a su cama.

—¡¿Gideon?! —preguntó Gaunt.

—¡Sí que eres tú, Henry! —Gideon Devi se abalanzó sobre el cuerpo de Gaunt—. ¡Madre mía, cómo me alegro de verte!

Gaunt se estremeció de dolor.

—Ay, vaya, no te estaré haciendo daño, ¿no? —le preguntó Devi.

—Es solo que me molesta un poco el pulmón. ¿Cómo has acabado aquí?

—Un alemán muy hábil derribó mi avión.

—Suena de lo más glamuroso.

—Esto no tiene muy buena pinta, Henry. ¿Estás bien? —le preguntó Devi mientras le apartaba la camisa a Gaunt para mirarle la herida.

—Estoy perfectamente.

Devi le dedicó una mirada exasperada, y Gaunt sonrió.

—Duele horrores —admitió.

—Eso está mejor. —Devi siempre había forzado a Gaunt a hablar, mientras que Ellwood tan solo le hacía preguntas delicadas y sutiles, y daba marcha atrás en el momento en que Gaunt fruncía el ceño—. Me dijeron que había un gigante herido aquí dentro que daba gritos cada vez que alguien entraba, así que quise venir a echar un vistazo. Yo también duermo aquí, ¿sabes?

—Va a ser como estar en Grinstead House otra vez.

Devi sonrió satisfecho.

—No lo sabes tú bien. Es increíble lo bien que te preparan los internados ingleses para acabar siendo un prisionero. Aquí hay un hombre que dice que ojalá sus padres lo hubieran enviado aquí en vez de a Preshute. Llama a la escuela «la casa de la tortura».

—No sabes cuánto me alegro de verte —le dijo Gaunt—. Se me estaba empezando a ir la cabeza.

Devi se subió a la cama y se colocó frente a él.

—¿Cómo está tu amigo Ellwood?

Para su humillación, Gaunt rompió a llorar. Devi tuvo el tacto de apartar la mirada y le ofreció un pañuelo.

—No lo sé —contestó Gaunt una vez que hubo recuperado el control de la voz—. Sigue en el frente. No he recibido ninguna carta suya.

—No nos permiten enviar ni recibir correspondencia —le contó Devi.

—Pero la Conferencia de La Haya...

Devi rio.

—¿Sí, Henry? ¿La Conferencia de La Haya qué? Continúa.

—Ya... Entiendo.

Un hombre raquítico con gafas irrumpió en la habitación cubierto de tierra.

—Oye, Devi, te toca volver ahí abajo. Ah, ya veo que has despertado al gigante.

—Este es Henry Gaunt. Éramos amigos en Grinstead.

—El mundo es un pañuelo. Yo soy Oliver MacCorkindale. Encantado de conocerte, Gaunt. ¿Tienes pensado quedarte por aquí mucho tiempo?

—Tengo que volver al frente —dijo Gaunt, y miró a Devi—. Elly hace muchas locuras cuando lo está pasando mal. Seguro que consigue que lo maten con sus tonterías.

Devi y MacCorkindale intercambiaron una mirada.

—Bueno, ahora mismo no es que sea de gran utilidad —dijo MacCorkindale.

Gaunt se quedó mirándolos, confundido. ¿Estaban hablando de Ellwood?

—No, pero cuando está sano es fuerte como un toro. Y habla alemán —respondió Devi.

—Ah, ¿sí? Interesante…

—¿De qué estáis hablando? —les preguntó Gaunt.

Devi recuperó el pañuelo de la mano de Gaunt y se bajó de un salto de la cama.

—Todavía no es importante, Henry. Tú preocúpate de curarte. Oye, MacCorkindale, ¿por qué no te quedas con él y le haces compañía durante un rato? Los dos estáis obsesionados con el griego; seguro que tenéis mucho de lo que hablar.

Devi salió de la habitación.

—¿A dónde va? —preguntó Gaunt.

MacCorkindale se encogió de hombros para evadir la pregunta.

—Te gustan los clásicos, ¿no? —le preguntó, se sentó en el suelo junto a la cama de Gaunt y se quitó las gafas para limpiárselas.

—Mucho.

—No se nos permite tener papel. Con que te atrapen con un trocito, ya te castigan con una semana de aislamiento. Quién me iba a decir a mí que recitar la *Ilíada* me iba a volver tan popular.

—¿No nos dejan tener libros?

—La Cruz Roja envía algunos de vez en cuando, pero siempre mandan *Adam Bede* de George Eliot. Aquí todo el mundo debe de haber leído *Adam Bede* más de diez veces. No está mal, pero uno al final se cansa de los triángulos amorosos.

—¿Y qué hace la gente todo el día para pasar el rato?

—Nos hemos inventado un juego bastante escandaloso que consiste en saltar sillas; jugamos en el comedor. Y todo el mundo intenta escapar, claro.

—¿Lo ha conseguido alguien alguna vez?

—¿Escapar de aquí? —MacCorkindale esbozó una amplia sonrisa—. No, todavía no.

VEINTE

—¡Salid de la trinchera, cobardes de mierda! ¡Os pienso disparar a todos!

—¡Henry! —lo llamaba alguien que lo estaba sacudiendo.

—¿Elly?

Cuando se le acostumbró la vista, vio que, de los once hombres con los que compartía dormitorio, la mitad lo estaban mirando desde sus camas.

—No, soy yo. Gideon.

Con un gran esfuerzo, Gaunt consiguió incorporarse.

—Lo siento muchísimo. ¿He despertado a todo el mundo?

—No te preocupes por eso —le dijo Devi.

El hombre de la cama de al lado resopló.

Gaunt se llevó las manos al corazón, que le latía tan rápido como en Ypres.

—Ayúdame a salir al pasillo, Devi. Puedo dormir allí.

—¡No seas ridículo! ¡Estás herido!

Gaunt empezó a levantarse.

—¡Ten cuidado! —exclamó Devi.

—Voy a seguir dando gritos una y otra vez. No va a poder dormir nadie mientras esté yo por aquí. No me obligues a suplicártelo.

Devi puso cara de exasperación y dejó que Gaunt se apoyara en él para salir de la sala. Arrastró el colchón y la colcha fina de Gaunt hasta el pasillo, donde hacía un frío polar.

Gaunt se tumbó y se colocó de cara a la pared.

—Henry.

Gaunt no contestó.

—Henry, no tienes nada de lo que avergonzarte.

Devi acabó marchándose al fin. Gaunt pensó que Ellwood se habría quedado a su lado toda la noche, esperando a que hablara. Cuando era amable, Ellwood era más paciente que Devi; pero, cuando se volvía despiadado, también podía ser más cruel y violento. Devi era todo honor y encanto; Ellwood, contradicciones intensas.

A la mañana siguiente Gaunt descubrió que por culpa de sus pesadillas se había granjeado la enemistad de un chico joven y antipático que se llamaba Windeler. El muchacho le pisó en el vientre a propósito al bajar las escaleras cuando iban a pasar revista. Gaunt jadeó de dolor.

—Lo siento, amigo —se disculpó Windeler—. No te vayas a poner a gritar como una niña otra vez.

Gaunt no dijo nada. A Ellwood siempre se le ocurrían réplicas ingeniosas, pero Gaunt se refugiaba en el silencio, en el silencio y en los puños. Hacía años que nadie lo insultaba sin que él le pegara. Pero ahora apenas era capaz de mantenerse en pie, y mucho menos de pelearse con Windeler.

Y además estaba el hecho de que, en secreto, comprendía el desprecio de Windeler. Su impotencia ante las pesadillas lo aterraba casi tanto como las propias pesadillas.

Devi lo ayudó a volver al dormitorio después de que pasaran revista por la mañana.

—No parece que le caiga muy bien a ese tal Windeler —dijo Gaunt.

—Bah, no es mal muchacho —contestó Devi.

Gaunt había olvidado que a Devi le solía caer bien todo el mundo. Como mecanismo de defensa, era sorprendentemente eficaz. En Grinstead, Devi les ofrecía una sonrisa a quienes se metían con él y se reía de sus bromas pesadas hasta que empezaban a sentir que en realidad Devi era el público que buscaban y acosaban a otro para divertirlo a él.

Gaunt había sufrido un acoso terrible en Grinstead. Había llegado con ocho años, todavía abrazado a su osito de peluche Steiff. Una supervisora, que en realidad no tenía malas intenciones, había sellado su destino al proclamar en voz alta que se parecía al pequeño lord de la novela de Frances Hodgson Burnett. No había casi nada que despreciaran más los niños de 1904 que el pequeño lord, ese dechado de la masculinidad feminizada, con esos tirabuzones largos y rubios y esa costumbre enfermiza de llamar a su madre «querida». Desde entonces habían vilipendiado a Gaunt. Tiraron su preciado osito de peluche al váter y comenzaron a encerrar a Gaunt en todo tipo de armarios y cajas, donde se quedaba durante horas antes de que Devi lo encontrase. En consecuencia, los maestros le pegaban por faltar a clase, ya que no podía revelar por qué no había asistido a Aritmética, claro. No era ningún chivato.

Sin embargo, a pesar de todas las noches que había pasado sollozando en silencio con el rostro enterrado en la almohada, le encantaba Grinstead. En Londres, había dado paseos formales por Hyde Park con Maud y su institutriz. En Grinstead, Devi y él se subían a lo alto de las copas de los árboles; trepaban por las hayas y los robles e incluso una tarde embriagadora consiguieron encaramarse a una secuoya alta y sin ramas. De tanto en tanto llegaban rachas impredecibles en las que los otros chicos eran crueles con él, pero a menudo les parecía bien que se uniera a sus juegos elaborados en los que se dedicaban a construir fortalezas. Por la noche, se quedaban hasta tarde hablando hasta que la supervisora atrapaba a un chivo expiatorio, lo arrastraba de la oreja y le pegaba con un zapato.

Era divertidísimo.

Y luego por supuesto estaba Devi, con quien se revolcaba peleándose por los extensos campos, porque incluso Devi, que se valía de su buen carácter para protegerse, era capaz de ver que, para sentirse seguro en Grinstead, lo mejor era desarrollar la fuerza física. Pasaban las largas tardes de los sábados intentando derribarse mutuamente. Cuando Gaunt cumplió once años, los chicos de su curso ya no lo asustaban. De hecho, nada parecía asustarlo. Había empezado a adquirir esa inefable capa de desenvoltura estudiada que comenzaba a cubrir poco a poco a todos los chicos de los internados entre los ocho y los dieciocho años.

Cuando llegó a Preshute, todavía con esa belleza empalagosa propia del pequeño lord, se adentró en un mundo completamente nuevo de dominación y poder. Allí, solo, sin Devi (el padre de Gaunt había estudiado en Preshute y se había negado en redondo a mandar a Gaunt a Eton con su amigo), tuvo que soportar los equivalentes sexuales de acabar encerrado en armarios y faltar a clase. Pero, igual que las tardes escalando árboles con Devi habían equilibrado la balanza en Grinstead, Ellwood brillaba tanto en su vida en Preshute que iluminaba incluso las sombras. Ellwood, como Devi, se sumió en un frenesí de poder y crueldad, y salió ileso. Gaunt estaba convencido de que Ellwood, a sus trece años, había elegido a Maitland como un defensor potencial y se había valido de su protección con un *savoir-faire* maquiavélico. Devi también se las había apañado siempre para sacarles provecho a sus desventajas. Los chicos de Grinstead no dejaron de llamarle «maharajá» jamás, pero Devi fue lo bastante hábil como para convencerlos de que era un apelativo cariñoso e incluso reverente, y no un insulto. A Gaunt, tanto Ellwood como Devi le parecían fascinantes, aunque sabía que nunca aprendería a usar su encanto como un arma, como ellos.

Pero ahora la táctica de Gaunt —lograr que la gente lo respetara a base de palos— no le resultaba útil. Solo podía esperar que Windeler lo atormentara de maneras a las que fuera inmune. Gracias al boxeo, estaba bastante acostumbrado a recibir golpes. Pero sus pesadillas eran delicadas y dolorosas, y no le gustaba pensar en lo vulnerable que era a los ataques dirigidos en esa dirección.

MacCorkindale le estaba haciendo compañía el día en que Gaunt se encontró por primera vez con un guardia. Tenía unos diecisiete años y una cabeza enorme para un cuerpo tan enclenque. Podría haber sido guapo si no hubiera estado tan desnutrido.

—¿Capitán Gaunt?

—¿Sí?

—No estabas presente cuando han pasado revista —dijo en inglés con un acento muy marcado.

MacCorkindale apoyó los codos en la cama de al lado y fulminó con la mirada al pobre guardia.

—Pues claro que no. Uno de los vuestros no tuvo otra cosa que hacer que dispararle en el pulmón, joder.

Resultó evidente que el guardia no entendió el significado de todas las palabras que pronunció MacCorkindale, pero la intención sí le había quedado clara.

—Es obligatorio estar presente cuando se pasa revista —dijo con brusquedad—. Quien se ausente recibirá un castigo.

—Lo siento —se disculpó Gaunt en alemán—. Ya ves que estoy herido. Me cuesta bastante levantarme de la cama.

—¡Hablas alemán!

—Mi madre es bávara.

La expresión del guardia se transformó. Esbozó una amplia sonrisa.

—¡Baviera! Qué país tan bonito.

—Sí. ¿Cómo te llamas?

—*Oberjäger* Christian Lüneburg.

—Lamento que tengamos que conocernos en estas circunstancias, *Oberjäger* Lüneburg.

—Vendré cada vez que toque pasar revista hasta que te encuentres mejor.

—Eres muy amable, gracias.

Lüneburg miró a MacCorkindale.

—¿Qué es eso? —le preguntó en inglés mientras señalaba con la barbilla una lata de melocotón vacía en la que MacCorkindale había estado mezclando manteca y cera de abejas con el mango de una navaja.

—Un ungüento para las escaras de Gaunt —respondió MacCorkindale.

Gaunt tradujo sus palabras, y Lüneburg relajó el rostro.

—¿Te duele mucho? —le preguntó a Gaunt—. Puedo llamar al médico.

—Va a venir esta tarde. Estoy muy bien atendido. Gracias.

Lüneburg sonrió y se marchó.

—Vaya. Pues sí que sabes hablar alemán —exclamó MacCorkindale.

—¿De verdad me has hecho un ungüento para las escaras?

MacCorkindale se echó a reír.

—No. Pero he estado rápido, ¿eh?

—Entonces, ¿para qué es?

—Tú preocúpate de curarte el pecho. Luego ya hablaremos.

Transcurrieron varios meses antes de que Gaunt pudiera bajar sin ayuda de nadie cuando llegaba la hora de pasar revista. Durante ese tiempo, pudo hacerse una idea bastante clara de cómo funcionaba el campo de prisioneros. Pronto descubrió que MacCorkindale lo había resumido muy bien. Los hombres pasaban el tiempo correteando por el comedor, provocando a los guardias, leyendo y releyendo *Adam Bede* y, sobre todo, planeando fugas elaboradas.

Fishwick se había dejado crecer el pelo y ahora lo llevaba en tirabuzones largos y rubios. Un francés que hablaba muy bien alemán y él planeaban hacerse pasar por una pareja sajona apasionada. La idea era que Fishwick pareciera tan desesperadamente enamorado de su hombre que a los guardias les resultase incómodo interrogarlos.

Woodbridge se estaba fabricando un par de patines de hielo para poder atravesar el foso la próxima vez que se helara. El foso era la gran desventaja del campo de prisioneros de Fürstenberg, que Gaunt no tardó en deducir que era la última parada de quienes más se empeñaban en tratar de escapar, hombres que ya se habían fugado de tres campos o más. Aun así, los prisioneros no se desanimaban. En el tiempo que tardó Gaunt en recuperarse, dispararon a tres oficiales que habían intentado cruzar el pozo a nado, entre ellos un hombre muy creativo que se había pintado la cara para parecer un nenúfar y nadaba de espaldas. Estuvo a punto de llegar a la otra orilla antes de que lo atraparan. No mataron a ninguno de los oficiales. Tan solo los inscribieron en la lista de espera para el régimen de aislamiento, aunque la mayoría de las veces los trasladaban a otra prisión antes de que pudieran cumplir su condena. Era lo más normal: el aislamiento era el castigo más frecuente, y por eso mismo las celdas estaban muy concurridas. De hecho, de aislamiento tenía poco, y los hombres a los que encerraban en aquellas celdas frías y húmedas pasaban el tiempo de un modo muy parecido a como lo pasaban quienes gozaban de cierta libertad: leyendo *Adam Bede*. (En un momento dado llegó un cargamento de libros de la Cruz Roja, y los hombres se abalanzaron sobre ellos emocionados y frenéticos cuando vieron que contenía una novela diferente de George Eliot: *Felix Holt*. La decepción que se llevaron al descubrir que se había producido un error administrativo fue enorme: los veinticuatro libros eran, en realidad, ejemplares de *Adam Bede* con cubiertas de *Felix Holt*).

Cada vez que un inglés pretendía fugarse, tenía que recibir la autorización del oficial británico de mayor rango: un hombre mayor que recordaba a Kipling llamado Evans, que era quien coordinaba las huidas para garantizar que un intento no pusiera en peligro a otro.

Gaunt esperaba encontrar hostilidad entre los británicos, los franceses y los rusos, pero no fue así. Los británicos eran quienes más trataban de escapar, pero los franceses y los rusos siempre estaban dispuestos a ayudarlos. A los franceses se les daba de maravilla robar cosas. Los rusos eran hoscos y siempre tenían hambre, pero se mostraban generosos con el alcohol que elaboraban. Los soldados de los tres países estaban unidos por un desprecio absoluto por la autoridad alemana.

Las noches cada vez eran más largas, pero la cantidad de aceite para lámparas que les asignaban a los prisioneros no había aumentado, de modo que solo tenían lo bastante como para mantener las luces encendidas hasta las nueve.

—Joder, me siento como si estuviera otra vez en primero —se quejó Devi.

—No tenemos por qué quedarnos de brazos cruzados —dijo MacCorkindale—. Hay aceite de sobra en las lámparas que iluminan los pasillos. Podemos robar un poco de ahí.

Y así lo hicieron: cada noche se llevaban el aceite de los pasillos hasta que los descubrió el *Kommandant* y envió a varios de sus hombres a vigilar las lámparas.

—Lo único que cambia es que ahora vamos a tener que ser más astutos —dijo MacCorkindale, que acabó ideando un procedimiento sencillo y rutinario para robar el aceite de las lámparas delante de sus narices.

Ya había demasiadas tareas de las que los pobres guardias tenían que ocuparse de por sí, de modo que nunca había más de uno por pasillo. Primero, Devi debía acercarse a una de las lámparas del extremo del pasillo para levantar sospechas. El guardia se dirigiría a él y dejaría la lámpara del otro extremo del pasillo desprotegida para que MacCorkindale la vaciara. El guardia, sorprendido por la oscuridad repentina, se giraría bruscamente en busca de un culpable, momento en el que Devi robaría el aceite de la segunda lámpara. El guardia quedaría entonces sumido en la más absoluta oscuridad.

Gaunt seguía pasando todas las noches en el pasillo, insomne y tiritando en la oscuridad. Devi y MacCorkindale lo ayudaban a volver a la cama por la mañana, aunque la mayoría de los días Windeler le daba antes una patada en las costillas. A Gaunt no le importaba demasiado. Lo que odiaba era cuando Windeler se burlaba de él adoptando un tono agudo: «Ay, Dios mío, me da pavor salir de las trincheras; ojalá estuviera aquí mi mami para darme un besito antes de salir».

Tan solo lo decía cuando no había nadie más cerca. Ambos sabían perfectamente de qué lado estarían los demás oficiales. Gaunt nunca respondía.

Lüneburg iba a verlo a las nueve de la mañana y a las seis de la tarde. Cuando no había nadie más por allí, se apoyaba en la cama de Gaunt y le daba conversación.

—Tienes pinta de estar muerto de hambre —le dijo un día Gaunt.

Lüneburg se mordió el labio.

—Es muy raro, *Kapitän*, esto de que los prisioneros coman mejor que los guardias.

—Ven mañana a la hora de comer. Últimamente no tengo mucho apetito; me encantaría compartir la comida contigo.

Lüneburg parecía cauteloso.

—No puedo darte nada a cambio —respondió.

—Ya lo sé.

Lüneburg se rascó por detrás de la oreja, un gesto dulce y tímido.

—Cuando te vi por primera vez, me pareciste un hombre amable —le dijo.

A MacCorkindale no le hizo ninguna gracia descubrir que Gaunt estaba compartiendo sus comidas con un guardia.

—Eres un oficial británico. Tu trabajo consiste en hacerle la vida imposible.

—Ya lo pasa bastante mal sin mi ayuda.

—Es nuestro *captor*.

—Lo sé perfectamente, pero no es muy caballeroso mofarse de los muchachos hambrientos.

Aquel día Gaunt había ido al comedor y se había espantado al ver como tiraban los oficiales con ostentación sus raciones alemanas a la basura para darles preferencia a los alimentos que les suministraba la Cruz Roja, que eran mucho mejores y que solo recibían los prisioneros. Los guardias habían seguido la comida desperdiciada con la mirada, con unos ojos abatidos, impotentes y hambrientos.

—Tampoco es que fuera muy *caballeroso* por su parte usar gas en Ypres e invadir Bélgica.

—Lüneburg no invadió Bélgica.

—De verdad que parece que, si hubieras estado en Alemania cuando estalló la guerra, te habrías alistado en su bando.

—Déjalo ya, MacCorkindale. He luchado en la puta guerra, ¿no?

No fue capaz de empezar a caminar con cierta seguridad hasta marzo. En abril, el médico lo declaró oficialmente curado.

—Entonces, ¿qué? ¿Estás ya como nuevo? —le preguntó Devi durante el almuerzo.

—Por lo visto no estoy lo bastante bien como para luchar. Como si eso importara. Me acabarán enviando al frente de todos modos si vuelvo a Inglaterra.

—¿Cómo llevas los espacios cerrados? —le preguntó Devi.

—Mientras quepa... ¿Por qué lo dices?

—Bueno, quieres salir de aquí, ¿no?

—Como sea.

—Ven conmigo.

Gaunt no se comió sus raciones de comida alemana. Las envolvió en una servilleta y se las dio a Lüneburg al salir. Al chico se le iluminó la cara de entusiasmo. A Gaunt le recordó al fervor resplandeciente que poseía Ellwood cuando hablaba de Tennyson.

Devi lo llevó al sótano de los ordenanzas. Estaba vacío, salvo por unas fundas de colchón viejas y rellenas que había debajo de las escaleras.

—Evidentemente tienes que jurar que vas a guardar el secreto, etcétera, etcétera —dijo Devi.

—Lo juro.

Devi movió una astilla que sobresalía de la pared y se abrió una puertecita en el revestimiento de madera.

—Venga, vamos —le susurró Devi.

Gaunt entró agachado y Devi cerró la puerta tras ellos.

Se encontraban en una especie de sótano con paredes de ladrillos en los cimientos del edificio. MacCorkindale iba en camiseta interior y sudaba como un pollo mientras manejaba un fuelle rudimentario hecho con una vieja chaqueta de cuero. El aire de la chaqueta salía por una manga, a través de una serie de latas cortadas, y se introducía en un agujerito en la pared de ladrillo.

—¿Estás haciendo un *túnel* para huir?

Devi y MacCorkindale asintieron con entusiasmo.

—No está mal, ¿eh? —dijo Devi—. ¿Te lo esperabas?

—Pero... ¡¿y el foso?!

—La idea es abrirnos paso por debajo de él, lo bastante hondo como para que no se venga abajo.

—Pero vamos lentísimos —se quejó MacCorkindale.

—Pero ¿qué se supone que vamos a hacer cuando salgamos? Soltarán a los perros para que nos persigan.

Devi le dirigió una sonrisa a MacCorkindale.

—¿Qué te dije, Mac? Sabía que estaría dispuesto a unirse.

—¿Nos vas a ayudar? —preguntó MacCorkindale.

—Pues claro que os voy a ayudar —respondió Gaunt—. Tengo que volver al frente.

—Esa es la cuerda —le dijo Devi.

Se acercó al túnel y tiró de un cordón largo y fino. Al fin apareció una palangana esmaltada llena de tierra. Se oyó un ruido como de ratas en las paredes, y unos minutos después salió Nicholson retorciéndose del agujero, con los pies por delante y cubierto entero de tierra. Se sentó a toda prisa y hundió la cabeza entre las rodillas.

—¿Qué tal el aire? —preguntó MacCorkindale.

—Horroroso —contestó Nicholson—. Me va a reventar la cabeza.

—Bueno, Gaunt, ¿quieres probar? —preguntó Devi.

Nicholson alzó la mirada con expresión de curiosidad.

—¡Anda, pero si es el gigante herido! ¿Ahora eres uno de los nuestros?

—Me gustaría serlo.

—Es un poco estrecho —le advirtió Devi—. Tienes que avanzar a rastras unos veintidós metros. Tenemos cucharas y tazas para cavar. Intenta mantener la boca cerrada; así durarás más.

—Oye, y no te parece una putada mandarlo ahí dentro desde ya, ¿Devi? —preguntó MacCorkindale.

—Bah, Gaunt siempre está bien —dijo Devi.

—Sí —dijo despacio Gaunt—. Puedo hacerlo.

Nicholson no parecía muy seguro.

—A mí no me gustaría bajar hasta ahí con medio pulmón.

—No me va a pasar nada —insistió Gaunt, y se tumbó boca arriba con la cabeza en el agujero.

—Apriétate los brazos contra el cuerpo —le aconsejó Devi—. No vas a poder moverlos mucho cuando estés dentro.

Gaunt se llevó las manos al pecho. Nicholson le entregó la palangana vacía con la cuerda atada y Gaunt se adentró en el túnel bocarriba.

El aire era denso y húmedo. Sintió un pánico instintivo y atenazador. No se parecía a estar encerrado en un armario, porque sentía la presión del suelo contra la espalda como si estuviera en un ataúd. Cada pocos metros encontraba listones rotos del somier de una cama que le servían de apoyo, lo que tan solo lograba poner de relieve el carácter *amateur* de la operación.

—No… no se irá a derrumbar conmigo dentro, ¿no, Gideon? —preguntó cuando ya no podía ver la luz tenue del sótano.

—Si pasa eso, tira fuerte de la cuerda y te sacamos agarrándote de los pies —dijo Devi.

—A lo mejor deberías volver —sugirió MacCorkindale—. Y empezar con el fuelle.

—Estoy perfectamente —le aseguró Gaunt, y siguió avanzando por el túnel.

«Ya sé que estás perfectamente —le había dicho Ellwood, dejando escapar el humo de su boca exquisita, en Fox's Bridge—, pero ¿estás bien de verdad?».

Pensar en Ellwood le dio fuerzas para ir más deprisa. Poco después, se había adentrado tan hondo en las entrañas de la tierra que el aire olía a rancio. Se le desgarraban los pulmones cada vez que intentaba respirar.

Las condiciones empezaron a mejorar al llegar al final del túnel, ya que el tubo largo de latas terminaba allí y de él salían bocanadas constantes de aire respirable. Tanteó en la oscuridad en busca de las herramientas para excavar. Acabó encontrando una taza vieja de hojalata. La agarró y la hundió en la tierra. El ángulo en que tenía que colocar los brazos era incomodísimo. Tardó casi diez minutos en llenar la taza. La vació en la palangana y volvió a empezar.

Pensó en Maitland, enterrado así. Una vez, Maitland había vagado por las colinas de Wiltshire, sintiendo la lluvia en la cara y el aire en los pulmones, pero ahora yacía inmóvil en un lecho de tierra interminable. Nunca volvería a recibir la luz del sol en la piel. Maitland, que tanto había amado a Ellwood, y aun así se había portado bien con Gaunt…. Gaunt se dio cuenta de que ni siquiera sabía qué planes tenía Maitland después de la guerra. Quizá ni el propio Maitland lo supiera.

—¿Sigues estando muy unido a Ellwood? —le había preguntado Maitland durante la primera noche que pasaron fuera de las trincheras.

—Sí.

Maitland había metido la yema del dedo en la cera de la vela y había formado una bola.

—Le tengo mucho cariño a Sidney —había admitido.

—Sé que en la escuela erais amigos… particulares.

Maitland había sonreído.

—Sí. Aunque siempre te quiso más a ti.

—Pero si Ellwood te adoraba —había respondido Gaunt—. Se quedó destrozado cuando te marchaste.

—Bah, a Ellwood le gusta jugar a sentir cosas —le había dicho Maitland, observándolo con atención—. Así se distrae de lo auténtico.

Gaunt no le había preguntado a Maitland qué quería decir con «lo auténtico». Pensaba que ya lo sabía: creía que se refería a Maud.

Empezó a golpear la tierra húmeda; cada golpe era un castigo para sus pulmones. *Tonto. Tonto, ciego, inútil y cobarde. ¡Todos esos sonetos que recitaba en la escuela...! ¡Todos los meses que has desperdiciado!*

Al final logró llenar la palangana de tierra. Tiró de la cuerda y se la llevaron arrastrándola. Gaunt la siguió. No tenía ni idea de cuánto tiempo llevaba bajo tierra, pero sentía la cabeza como si se la estuviera estrujando una diadema apretada de hierro. El túnel parecía estrecharse a medida que retrocedía sacudiendo el cuerpo, y era plenamente consciente de que alguna zona podía venirse abajo e impedirle escapar en el último momento. El aire era ya insoportable y empezó a jadear. *Voy a morir aquí*, pensó, y sintió calambres en todos los músculos a la vez; lo invadió una necesidad salvaje de estirarlos, tan potente que trató de enderezar los brazos con todas sus fuerzas. Era imposible. Solo había espacio para mantener los codos pegados a los costados.

—Ay, Dios mío —gritó en voz alta.

—Que no cunda el pánico —le dijo una voz desde el final del túnel.

—¡No puedo respirar! ¡No me puedo mover!

—Mantén la calma —le pidió la voz.

—¡No puedo respirar!

—¡Cálmate!

Era Devi.

Gaunt asintió en la oscuridad. Era un oficial del ejército británico.

Tenía que mantener la mente fría.

Reanudó el lento recorrido por el túnel. El aire fue mejorando. La luz comenzó a atravesar la oscuridad. Entonces alguien lo agarró de los tobillos y tiró de él.

Había logrado salir.

—Ay, Dios —repitió.

—Pon la cabeza entre las rodillas —le indicó Nicholson.

Gaunt obedeció y tomó bocanadas fuertes y temblorosas de aire.

—Henry, estás hecho un toro. ¡Mira qué rápido has cavado! Yo tardo hora y media en llenar el plato —exclamó Devi.

—Ay, Dios —dijo una vez más Gaunt.

Devi le pasó el brazo por el hombro.

—¿Estás bien, amigo?

La pregunta lo tranquilizó.

—S... Sí, perfectamente. —Levantó la cabeza. MacCorkindale, Nicholson y Devi lo miraban con admiración—. Es solo que... da un poco de agobio, pero nada más.

—Siempre es peor cuando estás a punto de liberarte —dijo Nicholson.

—¿Cuánto tiempo me he pasado ahí?

Le había parecido una semana.

—Cuarenta y cinco minutos. —Devi lo estrujó—. Eres como un topo, Henry. Ahora que nos estás ayudando a cavar, vamos a poder salir de aquí en media hora.

La puertecita de madera se abrió de golpe y entró Archie Pritchard. Era el hermano mayor de Bertie Pritchard, amigo de Ellwood, y también había estado en Cemetery House, dos cursos por encima de ellos. Charlie Pritchard había sido un matón, y Bertie Pritchard (según Gaunt, aunque Ellwood no estaba de acuerdo) era un idiota, pero Archie había estudiado en Preshute con una beca. Era tranquilo y callado, pasaba desapercibido pero era popular, lo cual era toda una proeza teniendo en cuenta el pelo rojo y las pecas.

—Hombre, Gaunt, ¿eres tú?

—Pero ¡si es el mayor de los Pritchard!

Se abrazaron como viejos amigos, aunque apenas se conocían a pesar de ir a la misma escuela. No obstante, era parte de Preshute, y verlo fue tan reconfortante para Gaunt como podría haberlo sido ver a su propia madre.

—Oye, ¿sabes algo de mi hermano? —le preguntó Pritchard.

—En septiembre estaba bien, pero no he estado muy al tanto de nada desde entonces.

Pritchard se revolvió el pelo, distraído.

—Desde que perdimos a Charlie en Ypres, no paro de preguntar por Bertie; estoy más preocupado que una gallina con sus pollitos. Es un zopenco, ¿sabes? Seguro que aún ni siquiera sabe cómo funciona un rifle.

—Anda, alegra esa cara —le dijo Gaunt—. Se las arreglará.

Pritchard sonrió.

—Con un poco de suerte, volveré pronto al frente y podré cuidar de él. ¿Qué te ha parecido el túnel?

—Ah, pues maravillosamente... *tunelesco*.

—Le ha dado un poco de agobio al salir —le contó MacCorkindale—. Te dije que deberíamos haberle dejado empezar por el fuelle, Devi.

—Anda ya —dijo Devi—. Lo subestimas. Henry es el hombre más fuerte que conozco. —Le pasó el brazo por el cuello a Gaunt de nuevo y le besó un lado de la cabeza—. Henry Gaunt es indestructible. Bueno, ¿quién se encarga del fuelle mientras entro yo?

—Te voy a enseñar cómo funciona, Gaunt —se ofreció MacCorkindale mientras Devi se adentraba sin esfuerzo en el túnel, como pez en el agua.

Nicholson llenó una funda de colchón vieja con la tierra que Gaunt había sacado.

—Dentro de poco vamos a necesitar robar más fundas —dijo.

Pritchard y MacCorkindale gruñeron.

—Los guardias se vuelven locos cuando descubren que faltan cosas —dijo Pritchard.

—Bueno, ¿y dónde sugieres que escondamos otros diez metros cúbicos de tierra?

—¿Metros cúbicos? Anda, no me hagas reír. Si ese túnel tuviera un metro de ancho, me pasaría las tardes ahí dentro, de pícnic —dijo Pritchard.

—¡Oye! —gritó Devi desde el interior del túnel—. ¡Dejad de hacer el tonto y dadme un poquito de aire!

MacCorkindale le enseñó a Gaunt cómo funcionaba el fuelle. Resultaba que la extraña pasta de cera de abejas y manteca de cerdo que había mezclado MacCorkindale le había servido para forrar las costuras de la chaqueta de cuero, de modo que fuera hermética. Era una tarea de ingeniería extraordinaria, aunque a los pocos minutos de bombear Gaunt estaba ya sin aliento y le dolían los pulmones como si hubiera corrido un kilómetro.

—Se te ve agotado, Gaunt —dijo MacCorkindale.

—Estoy perfectamente —respondió Gaunt, aunque un velo de oscuridad granulosa empezaba a cubrirle la vista.

—Anda ya, no te pongas en plan mártir. Ve a tumbarte un rato.

Gaunt, agradecido, se marchó y se quedó tumbado en la hierba de fuera de los barracones durante unas horas, contemplando el cielo.

Recordó al señor Larchmont en clase hablándoles sobre la batalla de Poitiers. La había descrito con todo lujo de detalles fascinantes y minuciosos, y se quedó justo por el momento en que parecía que el Príncipe Negro estaba en apuros.

—Pero ¡señor! ¿Sobrevivió el Príncipe Negro? —le había preguntado West.

El señor Larchmont había abierto los ojos de par en par.

—Están todos *muertos*, West. Fue hace *cientos* de años.

Frente a la amplia extensión de historia, los temores de Gaunt se redujeron tanto que parecían insignificantes.

Al día siguiente, en el túnel, las paredes parecían estrecharse alrededor de Gaunt. Le pareció oler gas, dulce, empalagoso, ese extraño aroma a piña, y sintió la necesidad de salir de allí cuanto antes; mientras más rápido intentaba moverse, más se atascaba, hasta que dio unas patadas con demasiada violencia y le llovieron terrones de tierra. Pensó que iba a acabar enterrado vivo. Recordó historias de cadáveres descubiertos con las uñas rotas y dobladas hacia atrás, y marcas alargadas de arañazos en el interior de sus ataúdes. Aunque sabía que era imposible, intentó incorporarse; ya no pensaba con claridad, se estaba ahogando. Todo él no era más que un par de pulmones con ansias de aire.

—¡Henry! —gritó Devi desde la abertura del túnel—. ¡Mantén la calma!

Pero no podía. Siguió revolviéndose sumido en el caos hasta que Devi se arrastró hacia él y lo sacó por los tobillos.

Pritchard era quien se había encargado del fuelle. Al ver que Gaunt no dejaba de jadear, le dio una bofetada. El golpe lo calmó y pudo volver a respirar.

Devi lo miraba como si nunca se hubiera fijado bien en él.

—Madre mía, Henry, sí que tienes mal aspecto —le dijo.

—Estoy perfectamente —le aseguró Gaunt, aunque sin demasiada credibilidad, dado que había empezado a llorar.

Oyó que la puerta se abría y se cerraba. No le hizo falta mirar para saber que Devi y Pritchard se habían marchado. Les agradeció el tacto.

Esa noche, Pritchard fue a sentarse en el colchón de Gaunt en el pasillo.

—Se me ha ido la olla —dijo Gaunt, y se sorprendió a sí mismo por su franqueza.

Pero Pritchard había estado en Ypres. Lo comprendía.

—Ya se te pasará —dijo.

—No valgo para nada. Me puse a gritar como una niña porque pensaba que estaba oliendo el gas, joder.

—Ah, me preguntaba si sería por eso. Tú también estuviste en Ypres, ¿no?

Gaunt asintió.

—La verdad es que fue espantoso —dijo Pritchard.

—A mí por suerte no me pasó nada. —Gaunt suspiró—. Gideon no deja de mirarme como si me hubiera vuelto loco.

—Es un vejestorio. Ya sabes cómo va el tiempo en las trincheras. Seis meses es casi una generación. Cualquiera que haya luchado en 1914 no tiene ni idea de cómo son las cosas ahora.

—Si al menos pudiera dormir…

Pritchard se rio.

—No estaría mal, ¿eh?

La puerta del dormitorio se abrió y salió Devi. Gaunt se quedó petrificado, muerto de vergüenza.

—Oye, Henry… —empezó a decir Devi.

—Ya no queréis que os ayude con el túnel.

Devi pareció aliviado.

—Sabía que lo entenderías.

Gaunt miró a Pritchard, que suspiró.

—No tienes los pulmones en condiciones, de todos modos —dijo—. Aunque estuvieras… más descansado.

Gaunt sabía que, si hablaba, le traicionaría la voz. De modo que tan solo asintió y se recostó en el colchón.

—¿Cómo estás, Henry? —le preguntó Devi, vacilante.

Gaunt solo pudo tragar saliva como respuesta.

—Está perfectamente —respondió Pritchard—. Vámonos a la cama.

Gaunt se había metido de lleno en un tiroteo, pero era demasiado cobarde para mantener la calma en un túnel. Le cruzó la mente el pensamiento breve e insustancial de que tal vez hubiera preferido morir en Ypres a descubrir semejante debilidad sobre sí mismo.

VEINTIUNO

—**V**ale, Gaunt, a ti te va a tocar hacer de Héctor —dijo MacCorkindale.

—Pero si habías dicho que *yo* iba a hacer de Héctor —se quejó Nicholson.

—Eso era antes de enterarme de que Gaunt era un fanático de los clásicos. Héctor es el que más frases tiene, después de Aquiles.

—¿Puedo hacer de Aquiles, entonces?

MacCorkindale le lanzó a Nicholson una mirada fulminante.

—Aquiles soy *yo*.

—La verdad es que no quiero hacer de Héctor —intervino Gaunt—. No conozco la *Ilíada* tan bien como crees, MacCorkindale.

—Podemos hacer la Guerra del Peloponeso en otro momento, Gaunt. Pero ahora, y por petición popular, toca la *Ilíada*. Y tú tienes que interpretar a Héctor; hablas griego mejor que los demás.

Nicholson gruñó.

—Ufff, no lo iremos a hacer en griego, ¿no?

—¿Algún problema, Nicholson? —le preguntó MacCorkindale con frialdad.

—No, no. Continuemos.

Gaunt les recitó a regañadientes lo que lograba recordar de la *Ilíada* a los demás actores y les enseñó a decir las frases de cada uno. Al menos así se distraían. Y con las representaciones, que tuvieron bastante éxito. A Gaunt le había parecido que MacCorkindale estaba loco por insistir tanto en que actuaran en griego, pero no tardó en verle la lógica. Los franceses y los rusos habían estudiado el griego antiguo más que el inglés, y podían disfrutar mejor de la *Ilíada* en su idioma original. Las representaciones le brindaban a todo el campo de prisioneros la oportunidad de reunirse en el comedor, lo cual les proporcionaba una buena oportunidad de planear las huidas. Aunque algunas personas sí que acudían para ver a Gaunt y a MacCorkindale mientras representaban la lucha final entre Héctor y Aquiles («No hace falta que me pegues de verdad», se quejó MacCorkindale), la mayoría intercambiaban información, brújulas caseras, mapas dibujados a mano y suministros de alimentos. Incluso los hombres que tenían intención de pasar la guerra a salvo estaban más que dispuestos a ayudar a otros a escapar.

Cada pocos días un nuevo plan se veía frustrado. Lovell se coló por las alcantarillas y se le atascó la cabeza en una tubería. Campbell le robó madera a un carpintero que pasaba por allí y construyó un puente sobre el foso. Se derrumbó en cuanto puso un pie encima. Robinson y Harley drogaron a dos guardias con un somnífero que les habían comprado a los rusos. Consiguieron atravesar el foso vestidos con los uniformes de los guardias, pero los atraparon en el pueblo de al lado cuando el panadero entabló conversación con ellos y reconoció su acento inglés marcado. Al resto del campo le dio muchísima rabia; siempre era una alegría que los prisioneros cruzaran con éxito el foso.

—Tú espera a que acabe la guerra y ya está —le dijo Pritchard a Gaunt—. Si estuvieras en Inglaterra, seguro que te encerrarían por neurastenia de todos modos. Gideon dice que sigues gritando como un loco cada noche.

—Qué buen amigo es mi querido Gideon, ¿eh? ¿Cómo va el túnel?

—Todo fluye.

Gaunt levantó las cejas.

—Uy, no he elegido demasiado bien las palabras. No es que fluya nada; no ha entrado agua todavía, gracias a Dios. Seguimos cavando.

Gaunt intentó relajarse. Devi y Pritchard tenían razón. Sería un lastre en cualquier intento de huida. Le resultaba demasiado fácil dejarse llevar por el pánico y angustiarse. Cuando una mañana

Windeler susurró «¿Quién es Ellwood? ¿Tu novia?», después de que Gaunt hubiera pasado otra noche asolado por pesadillas tensas y cubierto de sudor, se dio cuenta de repente de que no podía respirar. Al momento Archie Pritchard estaba a su lado, frotándole la espalda y murmurándole palabras tranquilizadoras.

—Calma, muchacho, que no pasa nada —le estuvo diciendo hasta que la negrura brumosa desapareció de la vista de Gaunt y le dejó de latir con tanta fuerza el corazón.

—¿Y si es otra guerra de los Cien Años? —preguntó Gaunt cuando al fin pudo hablar.

—Tampoco podemos hacer nada al respecto —respondió Pritchard, encogiéndose de hombros, aunque Gaunt se dio cuenta de que la idea lo inquietaba— ¿Siempre tienes tan buen humor?

Gaunt rio.

—Sí.

—Bueno, esto seguro que te anima: ha llegado una caja de la Cruz Roja esta mañana.

—Ya he leído *Adam Bede*.

—Pues dale otra oportunidad. Yo lo he leído dos veces este mes y cada vez me gusta más. Pero, de todos modos, lo que quería decir es que he oído que hay periódicos en esta caja.

Gaunt se incorporó. ¡Periódicos! En los periódicos venían listas de fallecidos. El miedo se apoderó de él cuando imaginó (como hacía tan a menudo) que veía el nombre de Ellwood en el Cuadro de Honor. «Ellwood, S. L. (Subteniente), Fusileros Reales de Kennet. Muerto en combate a la edad de 18 años…».

Sin pensárselo dos veces, siguió a Pritchard hasta el comedor, que estaba aún más sumido en el caos que de costumbre. Evans, el oficial británico superior, estaba leyendo lenta y metódicamente la lista de fallecidos de un número de *The Times*. A medida que llegaban más y más hombres que se habían perdido el comienzo de la lista, los gritos de «¿Y Ainsworth? ¿Capitán J. Ainsworth?» y «Oye, ¿habéis pasado ya los que empiezan por "G"? ¿Sabéis algo del subteniente Goodwin?» recorrían la sala.

Los demás los mandaban callar.

—Teniente Prentis, H. W. —leyó Evans. Pritchard agarró a Gaunt del brazo con tanta fuerza que le dolía—. Soldado Quaid, C. K.

Pritchard soltó a Gaunt. Estaba lívido, con la frente sudorosa. Era extraño pensar que Bertie Pritchard fuera tan importante para alguien.

—Claro que eso solo significa que no ha muerto durante esta última semana o así… —dijo Pritchard.

—Algo es algo —respondió Gaunt, que sabía que no se calmaría hasta haber buscado él mismo el nombre de Ellwood en el periódico.

—Oye, esto no lo está leyendo nadie —dijo Pritchard mientras recogía una revista del suelo. Parecía decepcionado cuando vio la portada—. *The New Statesman*. Objetores de conciencia de mierda.

—Bueno, a lo mejor nos dice algo —dijo Gaunt, a quien le entusiasmaba *The New Statesman*.

La revista se había posicionado en contra de la guerra desde el principio. A su pesar, Gaunt sentía una admiración confusa por los objetores de conciencia; sospechaba que eran más valientes que él, pero a la vez no podía evitar guardarles rencor. Ellos, al menos, sobrevivirían a la guerra.

Pritchard y él se retiraron a un rincón de la sala y empezaron a hojear las páginas, atiborrándose de información. Gaunt no se había dado cuenta hasta ese momento de lo aislados que estaban en realidad, de lo lejano y desconocido que se había vuelto el mundo exterior.

Y entonces, al ver algo, le dio un vuelco al corazón.

—Para…

Pritchard estaba a punto de pasar la página mientras decía:

—No es más que poesía.

Sí, era solo poesía. Un poema largo, lírico e impecable. Cuartetos.

¿Y cómo lo vas a llamar? ¿In Memoriam H. W. G.?

Puede. Todavía no lo he decidido.

Gaunt conocía bien la poesía de Ellwood. Había leído todo lo que había escrito en Preshute; conocía esa forma soñadora y delicada en que Ellwood plasmaba la naturaleza por medio de palabras. Había visto cómo había cambiado su poesía al estallar la guerra, cómo se había llenado de heroísmo y de la promesa de la gloria de los soldados.

Ahora había vuelto a cambiar. No quedaba ni rastro del encanto prerrafaelita ni del optimismo infantil. Escribía de un modo más coloquial, con estallidos ocasionales y sorprendentes de belleza renuente. A pesar de que el poema llevase las iniciales de Gaunt, casi no había referencias a él, o al menos Gaunt no las veía. Dedicaba dos estrofas a la descripción de un coronel que reprendía al poeta por llevar los botones sin pulir; tres, al cuerpo en pedazos de un duque descuartizado; una, a un suicidio melancólico. El poema en su conjunto parecía avanzar y retroceder con una ira inquieta e intensa. Gaunt reconoció esa ira. Era lo que había llevado a Ellwood a reunir a varios de sus amigos y darle una paliza a Sandys. Era la misma furia con la que había pegado a Gaunt en el viejo priorato. Un odio insensato y abrasador recorría cada palabra de *In Memoriam H. W. G.*, pero Gaunt tan solo pudo distinguir una referencia real a sí mismo en una única estrofa:

Oigo los gritos de los cuerpos que se desgarran.
Agradezco haber dado yo en el blanco,
repto en la oscuridad de las trincheras.
Mueres desangrado en todos mis sueños.

—Cree que estoy muerto —dijo Gaunt.
—Eso parece —contestó Pritchard—. «S. E.». Es Ellwood, ¿no?
En lo relativo a la estructura, el poema era muy similar a los de Tennyson. Pero las palabras (la ira) solo podían ser de Ellwood.
—Dejadme ayudar con el fuelle —dijo Gaunt.
—¿Qué?
—Ya sé que no puedo cavar. Pero dejadme ayudaros con el fuelle; bombearé como si me fuera la vida en ello, y así saldremos más rápido.
—Henry, amigo, no sé yo…

—¡Cree que estoy muerto! No puedo quedarme de brazos cruzados, esperando a que llegue la paz, si es que llega algún día, mientras él...

Pritchard le dedicó una mirada comprensiva.

—Está bien. Hablaré con Gideon, si estás convencido de que te las puedes arreglar.

—Sí que puedo —respondió Gaunt—. De verdad.

Y era cierto. Le dolía el pecho durante horas después de manejar el fuelle: sentía arena en los pulmones, un dolor intenso que le hacía ver que algo iba mal. Pero no le importaba. Era más fuerte que los demás, y cuando manejaba él el fuelle el aire del túnel era de mejor calidad. Podían trabajar durante más tiempo, avanzar más. El túnel era cada vez más largo, aunque MacCorkindale se quejaba de que la tierra estaba demasiado húmeda.

—Deberíamos cavar más hondo. Tenemos que evitar que se filtre el agua del foso y nos inunde el túnel.

—¡Eso podría llevarnos varios meses más! —protestó Gaunt.

—Pero es más rápido que empezar un túnel nuevo cuando este se venga abajo—replicó MacCorkindale.

De modo que cavaron más hondo, donde el aire era peor y Gaunt tenía que bombear más fuerte que nunca.

Comenzaron a reunir material para la fuga. Los guardias registraban las habitaciones con frecuencia, pero los prisioneros habían descubierto ya mil maneras de ocultar el contrabando. Todo lo que debería ser sólido estaba hueco y escondía algún objeto prohibido. Un francés les fabricó brújulas diminutas y MacCorkindale se dedicó a copiar mapas en el altillo. El altillo era un secreto de los prisioneros; unos meses atrás, un joven ruso muy hábil había introducido revelador fotográfico de contrabando en el campamento y había construido una cámara con una caja de zapatos vieja. Los franceses distrajeron a los guardias mientras se colaba en el despacho del *Kommandant* y fotografiaba todos los mapas. (Los franceses siempre estaban dispuestos a crear alguna distracción. Esta en particular consistió en cinco franceses histriónicos y enfadados que acusaban al *Kommandant* de insultarlos por permitir a los ordenanzas franceses trabajar durante una fiesta católica que Gaunt descubrió más tarde que ellos mismos se habían inventado. Mientras el *Kommandant* se defendía, llegaban más y más franceses indignados, y la multitud se iba volviendo cada vez más explosiva, hasta que los gritos sanguinarios de «*Liberté ! Egalité ! Fraternité !*» y las amenazas de revolución por parte de todos los prisioneros del campo podían oírse incluso en el sótano del túnel).

Las fotografías de los mapas se guardaron en el altillo para tenerlas como referencia, y cada vez que se planeaba una fuga había que conseguir papel y pasarse horas trazando en la oscuridad. Los alemanes estaban desconcertados por la cantidad de mapas precisos dibujados a mano que circulaban por el campo.

Era primavera, y los guardias se habían calmado con algunas de sus medidas más draconianas. El foso ya no estaba congelado, lo que significaba que no tenían que patrullar durante toda la noche para atrapar a las hordas de hombres que intentaban cruzarlo patinando. Volvieron a permitir salir a los prisioneros si daban su palabra de honor, por lo que Gaunt, Pritchard y Devi daban paseos largos todas las tardes mientras exploraban la ruta que tomarían para escapar. Antes de cada excursión, debían firmar un documento en el que prometían no escapar. Nadie faltaba nunca a su palabra. Si lo hubieran hecho, se habrían granjeado el desprecio de sus compañeros del campo de prisioneros, porque ¿qué clase de oficial daba su palabra de honor y luego la incumplía?

Cuando atrapaban a prisioneros, siempre los llevaban a la oficina del *Kommandant*, donde les arrebataban sus pertenencias y las guardaban en un gran cofre de metal. Devi urdió un plan para recuperar los tesoros robados con la ayuda de los franceses y los rusos. Cuando atraparon a Hammond y Awdry (se habían escondido en las cestas de la lavandería, pero Awdry acarreaba tantas latas de conservas que el fondo de mimbre de la cesta se había roto por el peso), los llevaron al despacho del *Kommandant* y Devi puso en marcha su plan.

Plan que, por supuesto, comenzó con una distracción francesa.

VEINTIDÓS

—*Sale type ! C'est indigne ! C'est insupportable!* Devi y Gaunt esperaban en una zona del pasillo que había quedado a oscuras después de que hubieran robado el aceite de una de las lámparas, como de costumbre.

Observaron al *Kommandant* salir con cautela y encontrarse con un francés que estaba abofeteando a un guardia con un guante.

—*Was nun?* —preguntó el *Kommandant*, que parecía llevar días sin dormir.

—*Ce barbare m'insulte, monsieur* —respondió el francés con altanería.

—*C'est vrai !* —gritó su amigo.

—*Jamais de la vie je n'ai subi un tel outrage !*

Evans, el oficial superior británico, se acercó al alboroto.

—Calma, calma. ¿Qué está pasando aquí?

—¡No he dicho nada! —protestó el desgraciado del guardia alemán, ante lo cual los tres franceses empezaron a refunfuñar unos sobre otros, indignados.

—*Menteur !*

—*Et dire que vous vous prétendez civilisé !*

—*Ah, c'est raté, ça !*

—Está claro que algo ha debido hacer para molestar a estos caballeros —dijo Evans—. Tanto la Conferencia de La Haya como las leyes de la decencia humana indican que se nos trate con respeto, señor, aunque seamos sus prisioneros.

—Pero ¡si es que no he dicho nada! Se ofenden con demasiada facilidad —gritó el guardia.

Los tres franceses, ofendidos, exclamaban que nunca habían oído nada tan injusto, que tan solo esperaban un poco de ética, pero que qué se podía esperar de un país lleno de bárbaros visigodos...

—*Ruhe!* —dijo el *Kommandant*—. Estoy harto de vuestras quejas. Llévalos a las celdas.

—Me niego a ir a las celdas con este cerdo —se quejó uno de los franceses hablando en inglés, en un tono desdeñoso—. Llévenos usted mismo, *Kommandant*, o se tendrá que enfrentar a una revolución.

El *Kommandant* se tiró de los bigotes. Las amenazas de revolución siempre lo inquietaban, porque la realidad era que, aunque cualquier prisionero que se rebelara acabaría sometido a un consejo de guerra y fusilado, no había duda de que en Fürstenberg había suficientes hombres desesperados como para asesinar antes al *Kommandant* y a todos sus guardias.

—Muy bien —accedió.

El guardia y él agarraron a los franceses de los brazos y los hicieron avanzar por el pasillo.

—Creo que tenéis vía libre, chicos —les dijo Evans.

Gaunt y Devi se colaron en el despacho vacío del comandante. Hammond y Awdry sonrieron al verlos. El cofre de metal estaba abierto, ya que lo acababan de llenar con las incontables latas de carne en conserva de Awdry. Gaunt y Devi lo recogieron a duras penas y se lo llevaron al barracón ruso más cercano, donde un joven oficial de Moscú los estaba esperando con unas cuantas herramientas rudimentarias. Mientras despedazaba el cofre metálico, varios hombres fueron entrando en grupos de dos o tres para hacerse con lo que necesitaran del cofre y después se esfumaban.

Cuando el *Kommandant* se percató de lo ocurrido, ya no quedaba ni rastro del cofre ni de las provisiones. Registraron hasta el último rincón del campo, pero no encontraron nada, salvo algunas provisiones que los hombres habían escondido en lugares obvios para distraer a los guardias: debajo de los colchones o en las cisternas de los retretes.

Los hombres que estaban construyendo el túnel habían conseguido todo el material que necesitaban para escapar, salvo los documentos de identidad alemanes.

—Está complicada la cosa —dijo MacCorkindale—. Pensaba que en el cofre habría algo que pudiéramos usar.

—¿Cómo los han conseguido los demás? —preguntó Pritchard.

—Casi nadie los ha conseguido nunca —respondió MacCorkindale—. Y por eso mismo acaban siempre capturándolos.

—Lo mejor será que lo intentemos con la secretaria del *Kommandant* —propuso Gaunt.

—Ya lo he intentado. —Devi suspiró—. Es un témpano de mujer.

—Ah, ¿sí?

A Gaunt no se lo parecía. Cada vez que se cruzaba con Elisabeth, la secretaria joven y guapa del *Kommandant*, siempre le dedicaba una sonrisa.

—Todo el mundo sabe que es una frígida —dijo Nicholson—. Vamos a tener que pensar en otra cosa.

Continuaron trazando el plan, pero Gaunt siguió dándole vueltas al tema. Elisabeth era delgada y morena. Era amiga de Lüneburg. Gaunt decidió preguntarle a él por ella.

—¿Qué quieres saber? —le preguntó Lüneburg.

—Lo que sea. —Se detuvo—. ¿Tiene novio?

Lüneburg le lanzó una mirada cómplice.

—No.

—Mmm —dijo Gaunt.

—Es una buena chica —añadió Lüneburg.

—No lo dudo.

—Le he hablado de ti alguna vez. Le pareces un chico muy gentil.

—Eso explica las sonrisas —concluyó Gaunt.

—A lo mejor en parte.

La siguiente vez que Gaunt se topó con Elisabeth, se detuvo y habló con ella unos minutos en alemán antes de darle a escondidas una manzana y una tableta de chocolate. La interacción fue suficiente para confirmar sus sospechas: Elisabeth estaba coladita por él.

Observó cómo mordisqueaba el chocolate con aquellos dientecitos blancos y pensó en Ellwood.

—¿Te apetecería dar un paseo conmigo mañana? —le preguntó.

Elisabeth se puso como un tomate.

—Vale... Por qué no —respondió, fingiendo indiferencia.

Gaunt se permitió dedicarle una mirada dulce. Le resultaba extraño lo fácil que era; cuando miraba a Ellwood tenía que tener mucho cuidado. Al día siguiente, pasearon agarrados del brazo y Gaunt le hizo preguntas sobre su familia. Elisabeth parecía encantada de responder, y se apoyó en él, dejando caer todo su peso.

—Mira —le dijo—. Las vistas son preciosas, ¿verdad?

Tenía ojos marrones y los movía muy rápido. Era mucho menos dura que Ellwood, pero ambos eran igual de delicados. Tenía una melena larga y oscura que le colgaba de los hombros en rizos. Sus labios no tenían una forma muy definida. Se preguntó, desde un punto de vista científico, cómo sería besarlos.

Fácil, pensó.

—Eres un hombre muy amable —le dijo Elisabeth; las palabras salieron de su boca en nubecitas por el frío que hacía.

—No sé si eso es del todo cierto —contestó Gaunt.

—No creo que pudieras ser... desagradable conmigo —le dijo ella.

Gaunt le alzó la mandíbula. Era diminuta, como la de un gato. Encajaba a la perfección en su mano, pero no sentía nada.

—¿Te puedo besar? —le preguntó.

Elisabeth asintió; se había quedado sin aliento.

Ya había besado a chicas antes. El verano de 1914 había sido una vorágine de bailes y fiestas. Ellwood desaparecía a menudo con alguna que otra chica guapa de la alta sociedad, y volvía a aparecer media hora más tarde con los labios manchados de rojo y los ojos brillantes. Gaunt no había querido quedarse atrás.

Pero nunca había besado a ninguna chica así: sobrio, en un bosque. Parecía auténtico. Se quedó entumecido. Sentía la piel dormida; lo tocara como lo tocara Elisabeth, no reaccionaba.

—Eres tan guapo, Heinrich... —le susurró Elisabeth.

—Llámame Henry.

—Henry.

Así era aún peor. Su acento, el tono de su voz... Era sencillamente peor. Volvió a acercar la boca a la de Elisabeth y se preguntó cómo era posible que besar pudiera ser tan diferente, que cambiara tanto de un beso a otro, cuando se trataba de una acción tan sencilla.

El dolor que sentía en los pulmones no se distinguía de la angustia que lo anegó cuando Elisabeth lo rodeó con sus brazos.

—Henry —le dijo Elisabeth—, ¿qué te pasa?

—Nada, no me pasa nada.

Elisabeth pegó la cara contra la de Gaunt. Por alguna razón no le molestó.

—Puedes contármelo.

—De verdad que no me pasa nada.

—A las mujeres se nos da bien escuchar, Henry.

—No... No me llames así.

Aquello pareció sorprenderla, pero siguió dándole besos allí donde alcanzaba. Era todo tan *fácil*. ¿Así era como lo vivían los demás hombres? ¿Se permitían recibir la delicadeza cuando las mujeres se la ofrecían tan gentilmente?

—Esta guerra es un horror... —dijo Elisabeth con la voz cargada de preocupación—. Lo siento mucho.

Le enjugó las lágrimas con los dedos.

—Estoy enamorado... —dijo Gaunt.

Debería haberle avergonzado el modo en que se le había quebrado la voz, pero no podía sentir vergüenza mientras Elisabeth tuviera la cara tan cerca de la suya que ni siquiera podían mirarse el uno al otro.

—Eso es maravilloso, Heinrich. Es una chica muy afortunada.

—Ay, Dios…

—No me importa —le aseguró—. No me importa.

—Lo siento.

—No pasa nada, shhh. Tú bésame y ya está. Estoy aquí.

¿Estaría vivo Ellwood? Lo estaba cuando *The New Statesman* había publicado aquel poema. Pero Gaunt había sido testigo de lo que les ocurría a los jóvenes poetas en las trincheras. No todo eran proyectiles y cuerpos destrozados. A lo mejor ni siquiera era ya Ellwood, sino una versión vacía de sí mismo, iracunda y fea. Quizás estaba muerto. Era probable, de hecho. Podía estar muerto, o mutilado, o sufriendo, o…

—Shhh —dijo Elisabeth.

Se había echado a llorar, y Gaunt la abrazó y hundió la cara en su melena para consolarla.

—Lo siento, no era mi intención alterarte —se disculpó.

—Mi hermano está en el frente —le dijo Elisabeth. Gaunt la apretó más fuerte—. ¿La chica de la que estás enamorado… está a salvo?

—No —contestó Gaunt.

—¿Está en el frente?

—Sí.

—¿Es enfermera?

—No quiero hablar de eso.

Elisabeth asintió con la cabeza en el pecho de Gaunt. Se preguntó si podría casarse con ella. Elisabeth apoyaría la cabeza en su hombro cuando estuviese cansada. Él la tomaría de la mano en los restaurantes. El hecho de que se tocaran sería romántico. La gente admiraría su afecto.

Cuando Ellwood y él se mostraban cariñosos el uno con el otro, una sensación de asombro lo envolvía todo. Su ternura era vacilante y pasajera, como una mariposa que se posa en la mano de un niño.

—Siento no haber sido muy buena compañía —le dijo Gaunt.

Elisabeth sacudió la cabeza y sonrió.

—Mañana —dijo—. Mañana irá mejor, ahora que nos entendemos.

La verdad era que sí lo entendía, un poco. Fueron paseando de vuelta al campamento y Elisabeth le dejó que la besara en el pasillo, en la puerta de su oficina.

A Gaunt no le pareció demasiado desagradable.

Entre Elisabeth, manejar el fuelle, actuar en varias obras griegas y releer *Adam Bede*, el tiempo pasó deprisa.

No le habló a nadie sobre su relación con Elisabeth. Se encontraba con ella cada pocos días en algún lugar tranquilo. No hablaron demasiado después del primer día. Gaunt la desvestía con una calma desapasionada que Elisabeth parecía tomar como una muestra de buena educación.

—No quiero quedarme embarazada —le dijo una vez, cuando estaban a punto de acostarse.

—No tenemos por qué hacer nada —le dijo Gaunt, disimulando su alivio.

A veces Elisabeth le preguntaba por Ellwood.

—¿Estás prometido?

Gaunt rio.

—No.

—Pero seguro que quieres casarte.

—No es algo que se me haya pasado por la cabeza.

—Pero seguro que ella…

—No quiero hablar del tema.

Una vez sin querer la llamó Elly.

Elisabeth se quedó helada.

—Así es como me llama mi madre —le contó—. Dímelo otra vez, por favor.

—Tengo que irme. Queda poco para la hora de la cena.

—¿Es así como se llama?

—No quiero hablar del tema.

—Se me da bien escuchar, Heinrich.

Ahora se le daba mejor besarla, porque le había tomado cariño.

—Eres muy buena, Elisabeth. Pero… no puedo.

—No confías en mí.

—No confío en nadie.

—¡Eso es horroroso!

—¿Tú crees?

—Sí —respondió Elisabeth—. La pena te va a inundar la cabeza si no la dejas salir.

—No te preocupes por mí, pequeña poetisa.

Gaunt se decía a sí mismo que la estaba seduciendo para conseguir los documentos de identidad, pero, cuando se quedaba despierto por las noches evitando soñar, sabía que no era más que una excusa. La besaba por lo que Ellwood le había dicho en el búnker, a través de Keats y de Shakespeare y de Tennyson. Sentía que debía tomar una decisión, y necesitaba reunir toda la información posible antes de tomarla.

Por desgracia, cuanto más tiempo pasaba con Elisabeth, más evidente resultaba lo inútil que era intentar desearla. Era capaz de apreciar su belleza en un sentido artístico, como si fuera una escultura en un museo, pero era una admiración plana, sin texturas. Si el amor era lanzarse por un precipicio con la esperanza de volar, había un muro en el abismo que no había existido con Sandys ni con Ellwood, ni siquiera con Devi, a quien Gaunt había adorado perdidamente a los trece años. No sentía ningún miedo cuando estaba cerca de Elisabeth, porque no había posibilidad alguna de caer. Se había encariñado con ella, pero nunca le diría: «¡No te quedes ni un ápice de un ápice, o me muero!».

Era plena primavera y las novedades de la guerra llegaban poco a poco al campo de prisioneros. Las noticias de Verdún enervaban y enfadaban a los franceses. Los ataques con gas cerca de Loos a finales de abril intensificaron los sueños de Gaunt. A menudo se despertaba jadeando, con la mano de Devi posada en el hombro para recordarle dónde se encontraba.

Poco después de la muerte de lord Kitchener en el mar, en junio de 1916, terminaron de cavar el túnel. Devi, Pritchard, MacCorkindale, Nicholson, Gaunt y Evans se reunieron en el sótano para seguir trazando el plan.

—Es una idea bastante ambiciosa —dijo Evans—. Tenemos que planearlo todo con mucho cuidado.

—Tampoco podemos esperar demasiado —opinó MacCorkindale—. El túnel podría venirse abajo en cualquier momento.

Gaunt no paraba de moverse; estaba inquieto. No había entrado en el túnel desde la vez que se le había ido la cabeza y había creído oler gas.

—¿Has reunido las provisiones? —preguntó Evans.

—Sí —respondió Nicholson—. Todo salvo los documentos de identidad.

Evans suspiró.

—Es una pena. Todo sería mucho más fácil si los tuviéramos.

Gaunt carraspeó.

—Creo que voy a poder conseguirlos.

Los hombres se giraron para mirarlo.

—Puede que… —Se detuvo—. Puede que me haya hecho amigo de la secretaria del *Kommandant*.

—Pero, bueno, ¡menudo pillín! —dijo Nicholson—. Genial, en ese caso, creo que tenemos todo lo que necesitamos.

Evans asintió.

—Una vez que tenga los documentos, programaré vuestra fuga para el momento más próximo posible.

Discutieron algunos tecnicismos más, y Evans inspeccionó el túnel. Gaunt estaba distraído por las miradas indescifrables que le lanzaba Devi.

Cuando al fin acabó la reunión, salieron de la habitación secreta del sótano dejando un margen de diez minutos entre uno y otro.

Pritchard y Devi estaban esperando a Gaunt en el dormitorio. Pritchard estaba tumbado en la cama de Gaunt y Devi, apoyado contra la pared, sin decir nada. Sonrió al ver a Gaunt, pero esperó a que hubiera cerrado la puerta para hablar.

—Así que te estás acostando con Elisabeth, ¿eh? ¿Y cómo te las apañas? ¿Lo haces por detrás y cierras los ojos?

Gaunt se cruzó de brazos.

—Es una chica muy guapa.

—Eso desde luego —dijo Pritchard—. Yo no le diría que no.

—Ya, Pritchard —le dijo Devi—, pero es que *tú* no eres marica.

Gaunt sintió algo similar a una sacudida, como si lo arrastraran de vuelta a una pesadilla.

—No —dijo Pritchard—, no lo soy. En cualquier caso, Henry, es muy honorable por tu parte que hayas decidido pasar por eso y soportarlo, por el bien del rey y del país.

Gaunt no sabía qué expresión adoptar ni qué hacer con las manos. Se había olvidado de cómo respirar. Pero, incluso a través de su miedo, cada vez mayor, pudo percibir que ni Pritchard ni Devi parecían indignados. De hecho, a ambos se les veía como siempre: Devi, risueño y travieso; Pritchard, relajado y tranquilizador.

—No sé de qué estáis hablando, pero no tiene gracia —se quejó Gaunt.

Ellwood habría sabido qué decir. Ellwood habría hecho alguna broma apropiada para el momento y nadie habría vuelto a sacar el tema. Pero Gaunt era torpe, le costaba expresarse y no sabía cómo utilizar las palabras necesarias para librarse de las acusaciones.

—Anda, venga, no pongas esa cara —le pidió Pritchard—. Ni que fueras el único invertido que ha vagado por la Tierra. Que soy amigo de Aldworth.

—¡Aldworth...!

—Sí. ¿Has ido de caza alguna vez con él en Kent? —le preguntó Pritchard—. Tiene una puntería excelente.

—Pero... ¡Ni que hubiera un club secreto! —exclamó Gaunt.

Se dio cuenta demasiado tarde de lo que había admitido.

Devi parecía triunfante.

—Yo diría que en realidad la pregunta es: ¿quién de nosotros te gusta más? —preguntó con una voz alegre—. ¿Archie o yo? Porque yo soy más alto, y creo que la estatura se debería tener en cuenta.

Gaunt abrió la puerta de un tirón, salió de la habitación y dio un portazo tras de sí. No podía pensar. Estaba paralizado. Al fin, la puerta se abrió y Pritchard asomó la cabeza.

—Anda, no seas bobo —le dijo, de modo que Gaunt lo siguió al dormitorio de nuevo y se hundió en la cama frente a la suya.

Devi se sentó a su lado, muy pegado.

—He de decir que el hecho de que seas tú quien haya conseguido derretir a la frígida esa es de lo más irónico —bromeó.

Gaunt se apartó con brusquedad.

—Vete a la mierda, Gideon.

La sonrisa de Devi se volvió aún más amplia y se giró hacia Pritchard.

—No suele decir muchas palabrotas; cuando se pone así, es que está pero que muy enfadado.

—Mmm —dijo Pritchard, y se acercó para sentarse al otro lado de Gaunt—. ¿Y por qué estás enfadado, Gaunt? ¿No te ha gustado el pudin de la cena?

—Es que no tiene mucha suerte en el amor —le explicó Devi—. Ey, Gaunt, ¿te acuerdas de cuando me diste un beso en Grinstead?

—¡Yo no te di ningún beso!

—Para la obra de la escuela —le recordó Devi. Se inclinó hacia delante para poder ofrecerle una sonrisa a Pritchard con Gaunt de por medio—. Él era Julieta y yo era Romeo. Gaunt llevaba una peluca con tirabuzones largos. Estaba preciosa.

—Creo recordar que insistí en que no nos besáramos de verdad —se justificó Gaunt.

Era cierto. Gaunt había fingido pasarlo fatal por tener que llevar un vestido bonito y una peluca, pero sabía que no sería capaz de mostrar el nivel adecuado de repugnancia si tenía que besar a Devi. Se negó en redondo. Al final acordaron que Devi le agarraría la cara a Gaunt con las manos, colocaría los pulgares en los labios de Gaunt y se besaría sus propios dedos. Gaunt aceptó, aunque de mala gana.

—La verdad es que eras una Julieta bastante amargada —dijo Devi—. Ponías a la señorita Fairfax de los nervios. En cualquier caso, yo ya me olía lo que pasaba.

—Ah, sí, ¿no? —respondió Gaunt sin demasiada confianza.

Seguía esperando… No sabía muy bien qué era lo que estaba esperando. Que pasara algo horrible.

—Siempre he sabido que eras un poquito diferente —dijo Devi.

—¿Cómo…? ¿Es que… tú también eres…?

Devi parecía espantado.

—¡Ay, Dios, no! No. ¡No! Yo no soy… No.

—Vale, vale, Gideon, aquí nadie piensa que seas un desviado, no te preocupes —se quejó Gaunt con tono de protesta.

—No, no pretendía decir… Es solo que soy indio. Ya lo tengo bastante difícil de por sí.

—Ser indio no es ilegal —dijo Gaunt, mirándose los puños cerrados, posados sobre el regazo.

—Ya, ya, pobre de ti.

—Hay sitios en los que no es ilegal —añadió Pritchard—. Aldworth está pensando en mudarse a Brasil.

Gaunt pensó en los campos oscuros de detrás de Cemetery House, el caballo de tiza tallado en la colina, Ellwood con su frac ondeando al viento y diciendo: «Inglaterra es mágica».

—O también podrías probar con la hipnosis —sugirió Devi.

Gaunt se dejó caer sobre la cama y se cubrió la cara con los dos brazos.

—Por lo que he oído, no funciona —comentó Pritchard, como si Gaunt no se hubiera movido.

—Pues claro que no, si no tienes fe —dijo Devi.

—Te voy a dar una paliza —lo amenazó Gaunt—. Os voy a dar una paliza a los dos. Me da igual.

—Supongo que será una fase y ya se le pasará —añadió Devi, ignorándolo.

—Lo dudo —dijo Pritchard—. ¿Tú qué piensas, Henry? A mí me da que sois incorregibles. Ellwood y tú, digo.

Gaunt refunfuñó.

—Henry, ¿es ese tal Ellwood más guapo que yo? —preguntó Devi. Luego se giró hacia Pritchard y dijo—: No, es imposible.

—A mí no me mires —contestó Pritchard—. Yo no sirvo para juzgar esas cosas.

—Si un amigo mío se va a tirar a otros hombres, al menos quiero que tenga buen gusto —dijo Devi.

—Lo veo bastante razonable —convino Pritchard.

—¡La virgen! ¿Queréis callaros ya? —se quejó Gaunt.

—Ya lo hemos enfadado —dijo Devi.

—Lo has enfadado tú —puntualizó Pritchard.

—¡Que no estoy enfadado!

Devi se tumbó en la cama, a su lado. Un instante después, Pritchard lo imitó. Ambos se apretaron contra él.

Gaunt tragó saliva. Sabía lo que significaba que no tuvieran ningún problema por tocarlo.

—¿De verdad crees que nos puedes conseguir esos documentos? —le preguntó Pritchard.

—Pues claro que sí —respondió Devi por él—. Es Henry Gaunt, el gran seductor de hombres y mujeres de todo el mundo. Y digo yo, Henry, ¿no crees que ahorrarías tiempo si te acostaras directamente con el *Kommandant*?

—Preferiría que me disparasen en el pulmón a volver a hablar de estos temas alguna vez —dijo Gaunt.

—Ay, deja ya de presumir de tus heridas de batalla —le dijo Devi—. Que todos piensan ya que eres muy valiente; no hace falta alardear tanto.

Pritchard no volvió a sacar el tema. Devi hacía alguna que otra broma, pero Gaunt notaba que iba con pies de plomo; se aseguraba siempre de que nadie pudiera oírlas y, para la inmensa sorpresa de Gaunt, se dio cuenta de que las toleraba bastante bien. Incluso lo aliviaban. El hecho de que trataran algo que a él le había parecido tan grave con esa ligereza y de un modo incluso juguetón le resultaba tranquilizador. Sintió como si se hubiera liberado de algo, de un peso que no sabía que acarreaba. Le mejoró el ánimo. A veces olvidaba la razón, y luego se acordaba: *Con Archie y con Gideon no tengo secretos*.

Elisabeth tardó unos días en encontrarles los documentos de identidad y, mientras tanto, intentaba convencer a Gaunt de que se quedara. Le decía que estaba a salvo en el campo de prisioneros. Lo conmovió que estuviera preocupada, no por el riesgo que corría ella misma al conseguirle los papeles, sino por el que corría él al volver al frente.

—Te voy a echar de menos —le dijo, y lo decía en serio.

A través de su relación con Elisabeth, había empezado a entender mejor la de Ellwood con Maud. Era una amistad que no los llevaba a ninguna parte. Había sentido un nudo en el corazón, y ahora se le estaba empezando a deshacer; las cosas eran mucho más sencillas que antes.

Si hubiera estado Ellwood allí, habrían sido todavía más sencillas.

VEINTITRÉS

Una vez que recibieron los papeles, Evans les dijo que podían organizar la huida para el día siguiente por la noche. Habría luna creciente, lo que haría que fuera más difícil verlos al salir del túnel, y además también podían ocultarse en un campo de cebada que crecía en la salida.

A Gaunt, la víspera de la huida le recordó mucho a la víspera de la batalla de Loos. Sentía las mismas emociones, los mismos nervios y la misma ilusión, aunque esta vez era una experiencia más agradable, ya que estaba más emocionado que nervioso. Resultaba extraño pasar por la misma rutina de siempre, como si fuera un día normal. Le prometió a Hinton que lo ayudaría a aprenderse las frases en griego al día siguiente. Compartió la comida con Lüneburg, llevó a Elisabeth al bosque y la besó. No se atrevió a despedirse.

Cada vez que miraba a alguno de los compañeros con los que iba a fugarse y estos le devolvían la mirada, no podía evitar sonreír.

—Es un poco como si nos esperase un festín de medianoche, ¿no? —dijo Devi.

—Bastante menos saludable.

—Mucho más indecente.

—Con menos tarta.

Devi se rio. Sonaba como si estuviera un poco desequilibrado.

—Pues yo me pienso hartar de tarta, Gaunto. Ya verás.

Se acostaron a la hora de siempre. Gaunt se instaló en el pasillo, como siempre, y esperó.

A la una menos cuarto, Evans lo despertó cuando estaba sumido en un sueño maravilloso, sin pesadillas.

—Es la hora, muchacho —le dijo.

Gaunt fue el primero en llegar al sótano. Los demás entraron de uno en uno, cargados de provisiones. Se pusieron la ropa sucia que habían usado para cavar el túnel y envolvieron sus pertenencias en chaquetas impermeables atadas con cuerdas.

—Gideon debería ir primero —dijo Nicholson—. Ya que fue idea suya.

Todos asintieron. Así Devi sería quien tendría más posibilidades de escapar.

—¿Os quedaréis juntos una vez que hayáis escapado? —les preguntó Evans.

—Yo no —respondió Nicholson—. Voy a intentar tomar el tren. *Eine Fahrkarte nach Münster, bitte!*

—Los demás iremos a pie —dijo Devi—. Si alguien nos habla, Gaunt les dirá que soy un loco y que me están escoltando hasta un manicomio que hay cerca de Emsdetten. Babearé un poco. Seguro que va todo bien.

—Aquí os estaremos apoyando todos —les dijo Evans—. He hablado con algunos hombres para que respondan a vuestros nombres cuando pasen revista por la mañana; eso debería daros unas horas.

Ayudaron a Devi a atarse la chaqueta con las pertenencias al cuerpo, a modo de mochila. Gaunt le dedicó una sonrisa tensa.

—Ya verás como vas a estar bien, Henry —le dijo Devi—. Siempre lo estás.

—No te preocupes por mí.

Devi se puso a cuatro patas y se metió en el agujero.

MacCorkindale calculó que Devi tardaría unos veinte minutos en atravesar todo el túnel. Esperarían quince minutos antes de enviar a otra persona, para no alterar los cimientos del túnel.

Transcurrieron quince minutos sin incidentes, y Nicholson estaba atándose la mochila improvisada cuando Pritchard dijo:

—¡Escuchad!

Se oyó un rumor procedente del agujero.

Gaunt no dudó: se tiró al suelo, introdujo la cabeza en el túnel y gritó.

—¡Gideon!

A lo lejos, la voz de Devi respondió:

—¡Ayuda!

—Gaunt, espera —le dijo MacCorkindale—. Si el túnel se está inundando...

Gaunt se adentró en el túnel bocabajo.

—Ya voy —le gritó Gaunt.

—Estoy atascado —le respondió Devi—. ¡Cada vez hay más agua!

—¡Intenta liberarte como puedas! ¡Ya voy!

El túnel formaba una V. Según parecía, se había derrumbado cerca de la superficie, el agua estaba entrando a raudales y se estaba acumulando en el punto más bajo del túnel y subiendo desde allí. A medida que Gaunt iba bajando, el túnel se volvía más y más empinado.

—¡Henry...!

La voz de Devi sonaba débil. Su rostro irrumpió en la memoria de Gaunt como un fuego artificial.

—¿Recuerdas los fuertes de hierba que nos construíamos en Grinstead, Gideon? —le preguntó Gaunt, desesperado. Devi no respondió—. ¿Recuerdas el jaleo que se montaba cuando nos dejaban comer tostadas a las once? ¿Recuerdas... recuerdas el día que nos subimos a la secuoya?

Silencio. Gaunt siguió avanzando a duras penas. La falta de aire allí dentro hacía que le costase hablar y moverse a la vez.

—¿Me oyes?

La tierra, que al principio solo estaba húmeda, comenzó a estar completamente mojada. Había llegado al agua, agua helada y fangosa. La oscuridad era absoluta y el aire casi irrespirable.

—¡Gideon! —gritó Gaunt.

Una vez más, no obtuvo respuesta. Calculó que el túnel debía de continuar otros veintipocos metros, todo inundado. Devi estaba atrapado en alguna parte, ahogándose en un túnel demasiado estrecho como para mover los brazos. Devi, que había sido quien le había enseñado a trepar a los árboles.

Gaunt respiró hondo —le daba vueltas la cabeza por culpa del aire viciado— y se introdujo en la zona inundada del túnel.

En Preshute, Gaunt podía aguantar la respiración durante varios minutos seguidos, pero desde que lo habían herido incluso subir las escaleras lo dejaba agotado. El aire del túnel era tan espantoso que las bocanadas que había tomado para prepararse no le sirvieron casi de nada. En cuestión de segundos, le palpitaban los pulmones. Siguió medio nadando, medio excavando. Devi estaba ahí dentro; necesitaba llegar hasta él.

A pesar del dolor en el pecho, por alguna razón se sentía muy lúcido. Era mucho más fácil ser valiente por los amigos que por uno mismo.

Avanzaba despacio por la oscuridad del agua. No era el tipo de negrura al que los ojos se pudieran adaptar. Gaunt se esforzó por continuar. El agua se le metía en los oídos. Estaba muy tranquilo. No sentía ni frío ni calor. Avanzaba con firmeza, como un soldado.

Tocó algo duro y gomoso: una bota. Gaunt se sobresaltó y fue tanteando en la oscuridad hasta que llegó a lo que le pareció que debía ser un tobillo. La pierna se movió ligeramente. Devi estaba vivo.

Consciente de súbito de que no tenía aire suficiente en los pulmones como para sacar a Devi de allí, Gaunt retrocedió frenéticamente, tirando de la pierna de Devi. Tras un breve forcejeo, el cuerpo de su amigo empezó a moverse.

En el túnel no había espacio para que Gaunt se girase. Comenzó a reptar hacia atrás, cuesta arriba, tirando de un cuerpo por el agua. Debería haber sido imposible. Quizá lo hubiera sido si Gaunt se hubiera permitido creer durante un segundo que lo era. Pero se limitó a seguir tirando. Gracias al agua, el cuerpo de Devi no pesaba casi nada. Gaunt luchó con todas sus fuerzas para evitar abrir la boca y respirar. La desesperación que sentía en el pecho no dejaba de aumentar. Cada vez le costaba más mover las extremidades, que le zumbaban por la necesidad desesperada de oxígeno.

Y entonces una mano lo agarró del tobillo y tiró de él.

Alguien había ido a por él. Gaunt agarró a Devi con más fuerza aún y la mano tiró más de él, hasta que de pronto logró sacar la cabeza del agua y tomó una bocanada de aire tan fuerte que se mareó.

—Sigue tirando —le pidió Gaunt entre jadeos.

—Vale —contestó Pritchard, y Gaunt lo oyó seguir arrastrándose hacia atrás.

Gaunt sacó a Devi del agua con dificultad. Supo cuándo había salido a la superficie la cabeza de Devi porque escupió y tosió como si hubiera sufrido un ataque de gas.

—¡Está vivo! —exclamó Pritchard desde detrás.

—Sigue tirando —insistió Gaunt.

Gaunt siguió arrastrando a Devi hacia atrás, porque era evidente que Devi seguía sin ser capaz de moverse por sí solo. Fuera del agua, con la gravedad, costaba mucho más mover todo su peso. Pero Devi no tardó en hablar.

—Estoy bien —dijo.

—Deberíamos salir de aquí pero ya —indicó Gaunt—. No me apetece quedarme aquí dentro mientras se viene todo abajo.

Devi cambió de postura y al momento se fue arrastrando hacia atrás, dándole patadas a Gaunt en la cara.

—¿Queda mucho, Archie? —preguntó Gaunt.

—Ya veo la luz —contestó Pritchard.

—Está subiendo el agua —anunció Devi.

Y entonces Gaunt oyó voces en el sótano, y con un vuelco del corazón distinguió también el sonido inconfundible de alguien hablando alemán.

VEINTICUATRO

—**H**enry —dijo Devi en un tono apremiante—, escóndete la brújula en la boca.

Gaunt sacó como pudo la diminuta brújula improvisada que llevaba en el bolsillo. Era plana y no mucho más grande que una canica. Se la metió entre el carrillo y los dientes.

Se oyó un aullido fuerte y un sonido de algo arrastrándose por el suelo. Habían sacado a Pritchard del túnel por los tobillos. Gaunt siguió avanzando hacia atrás y, por segunda vez, sintió que alguien lo agarraba por los pies y tiraba de él.

Una vez fuera del túnel, parpadeó bajo la luz tenue del sótano secreto. Era Lüneburg quien lo había sacado y, antes de agacharse ante la entrada del túnel para sacar también a Devi de allí, le lanzó a Gaunt una mirada con la que le dejó claro que se sentía traicionado.

Lüneburg no era el único alemán que había en el sótano.

—*Steh auf* —ladró el *Kommandant*.

Gaunt se puso en pie, a punto de perder el equilibrio. Nicholson y MacCorkindale estaban contra la pared, con las manos en la cabeza. Gaunt se alegró de ver que Evans debía de haber escapado antes de que los pescaran. Pritchard le dedicó una sonrisa rápida.

—Un centinela oyó los gritos del túnel —le explicó.

—*Sei still!* —exclamó el *Kommandant*, apuntando con un rifle a Pritchard, que extendió las manos en señal de paz.

Se oyó un ruido y reapareció Lüneburg, seguido de cerca por Devi, que tenía el rostro gris.

—*Er braucht einen arzt* —dijo Gaunt, hablando con cuidado para que no se le notara la brújula que llevaba en la boca—. Necesita un médico.

—¡Silencio!

—Lüneburg —dijo Gaunt—, tienes que ayudarlo.

Pero Lüneburg tan solo lo miró con odio y agarró a Devi para que se levantara.

El *Kommandant* no dejó de apuntarlos con el arma mientras los conducía a su despacho. Formaron una fila frente a su escritorio. Pritchard rodeaba a Devi por la cintura con el brazo para sostenerlo.

—Si me dais vuestra palabra de honor de que me vais a entregar todas vuestras provisiones, no os registraré —dijo el *Kommandant*.

Todos le dieron su palabra. Gaunt no tuvo reparos en mentirle a la cara. No le parecía que el comportamiento del *Kommandant*, al impedirle a Devi ver a un médico, fuera demasiado caballeroso.

Se deshicieron de las mochilas improvisadas y se vaciaron los bolsillos. Nicholson incluso se sacó las monedas de los zapatos. Todos sabían que guardaba la mayor parte de su dinero en billetes, pegados a la espalda con cinta adhesiva.

—¿De dónde los habéis sacado? —preguntó el *Kommandant* en inglés mientras alzaba los documentos de identidad. Todos guardaron silencio—. ¿De dónde habéis sacado estos documentos? —repitió alzando la voz.

—Los he conseguido yo —respondió Gaunt.

—¿Y quién te los ha dado?

—Me temo que no puedo revelarlo. Es una cuestión de honor.

El *Kommandant* pareció querer pegar a Gaunt, pero se contuvo.

—Solo os los podría haber dado alguien alemán. Como comprenderéis, para mí esta información es necesaria.

—Lo comprendo perfectamente. Siento no poder ayudar —dijo Gaunt en un tono sincero.

El *Kommandant* se volvió hacia Lüneburg.

—Ha llegado a mis oídos que el *Kapitän* Gaunt te da su comida.

—No ha sido Lüneburg —se apresuró a decir Gaunt—. Eso se lo puedo asegurar.

—Oiga —intervino MacCorkindale—, si ha terminado de interrogarnos, ¿podríamos llevar a Gideon a que lo viera un médico?

—¡Silencio! —gritó el *Kommandant* mientras giraba el rifle hacia MacCorkindale.

—Pero es que... —se quejó MacCorkindale.

—Cállate, Mac —le mandó Gaunt.

MacCorkindale obedeció.

—¡Que me digas quién te ha dado estos papeles! —le ordenó el *Kommandant*.

—No se lo puedo decir —contestó Gaunt—. Siento mucho decepcionarlo.

—¡No recibiréis nada más de la Cruz Roja! ¡Os encerraremos en las celdas de aislamiento!

Gaunt intentó no sonreír. Ambas eran amenazas vanas. Al fin y al cabo, cualquiera que tratara de fugarse acababa en aislamiento, y Evans se encargaría de que les pasaran de contrabando los alimentos de la Cruz Roja, como hacía con todos los británicos que habían intentado huir.

—Ah, pues adelante —le retó Nicholson.

El *Kommandant* le pegó en la cabeza con el rifle. Todos empezaron a hablar a la vez.

—Pero ¡bueno! —gritó MacCorkindale—. ¡Menudo golpe rastrero y salvaje!

—Cerdo alemán —dijo Pritchard, con las mejillas rojas bajo las pecas.

—Esto ha sido una violación clara de la Conferencia de La Haya —dijo Gaunt.

—No lo olvidaremos cuando termine la guerra —lo amenazó Devi.

—*Seid still!* —ordenó el *Kommandant*.

—Calma, compañeros —les pidió Gaunt—. Creo que se está poniendo nervioso.

Todos dejaron de hablar. Nadie quería recibir un disparo, aunque sabían que el *Kommandant* no se atrevería a herir de muerte a ninguno de ellos. Lo más probable era que lo enviaran al frente si los mataba.

—*Bleib wo du bist* —dijo el Kommandant.

—Qué idioma tan encantador el alemán —dijo MacCorkindale.

—Deja de provocarlo —le pidió Gaunt.

El *Kommandant* lanzó una mirada cargada de veneno a MacCorkindale antes de llevarse a Lüneburg a un rincón. Hablaron en voz baja durante unos minutos. Gaunt intentó aguzar el oído, pero no podía oír nada con los murmullos de Nicholson y MacCorkindale.

Hablaran de lo que hablaran, a Lüneburg se le veía más furioso que nunca.

—Os vamos a mandar a las celdas de aislamiento —dijo el *Kommandant*.

—Qué halagador —dijo Devi mientras los escoltaban por el pasillo—. Nos han puesto los primeros en la lista de espera.

—La verdad es que el túnel era bastante impresionante —dijo Pritchard.

—Lo habría sido si no se hubiera derrumbado —dijo Gaunt—. ¿Estás bien, Gideon?

—De maravilla. Me encanta nadar.

—Oye, Gaunt, ese guardia te está lanzando unas miradas fulminantes. ¿Qué le has hecho? —le preguntó Nicholson.

—Traicionarlo, supongo. —Aminoró el paso para poder hablar con Lüneburg—. Estás enfadado conmigo —le dijo en alemán.

—Cállate.

—Lo siento si te he metido en un lío.

Lüneburg dejó escapar un sonido horrible que Gaunt supuso que era una risa.

—¿Un «lío»? Por tu culpa me van a enviar al frente.

—Ah... —dijo Gaunt mientras la culpa se extendía por todo su pecho.

Lüneburg rechinó los dientes y siguió mirando al frente. Parecía a la vez mucho más viejo que antes y mucho más joven.

—Tampoco es para tanto —añadió Gaunt. Pretendía tranquilizarlo, pero Lüneburg lo fulminó con la mirada—. Bueno, vale, no es coser y cantar. Pero te las arreglarás. Todo el mundo se las arregla.

—Ah, claro —dijo Lüneburg con rencor—. Todo el mundo se las arregla…

A Gaunt no se le ocurría nada más que decir. Se sentía como si hubiera disparado a Lüneburg, o como si le hubiera dado un puñetazo cuando no se lo esperaba. Bajó la mirada al suelo.

La zona de aislamiento estaba, como siempre, hasta los topes. Se trataba de una hilera de celdas sin ventanas, cada una destinada a albergar a un preso, aunque en realidad en todas había tres. Todos vitorearon cuando entró el nuevo grupo.

—¿Os han frustrado la fuga? —les preguntó un escocés con una nariz enorme.

Gaunt recordaba vagamente que lo habían atrapado haciendo agujeros en las paredes de su dormitorio como parte de algún plan confuso de huida que había implicado, entre otras cosas, setas venenosas y un montón de tuberías de plomo.

—Se ha venido abajo el túnel —contestó MacCorkindale.

—¿El túnel? ¿Es que os habíais olvidado del foso?

—Por completo. Alguien tendría que habérnoslo recordado.

Tuvieron que liberar a cinco hombres para hacer sitio para ellos en las celdas. Por suerte para Gaunt, lo encerraron en la misma celda que a Devi y a Pritchard. No había muebles, solo un cubo y una manta.

—De verdad que lo siento mucho, Lüneburg —le dijo Gaunt mientras Lüneburg cerraba la puerta—. Mucha suerte. A lo mejor nos volvemos a encontrar después de la guerra.

Lüneburg tragó saliva.

—Le contaré a Elisabeth lo que ha ocurrido —dijo—. No volverás a verla.

—Dale recuerdos de mi parte.

Gaunt observó a Lüneburg mientras se marchaba.

—No te preocupes por tu muchacho alemán —le dijo Devi—. Seguro que le va bien.

—¿Tú crees? —dijo Gaunt.

—Para empezar, va a tener más comida en el frente —contestó Pritchard—. Y parece que le hace falta.

Gaunt pensó en un proyectil alcanzando el cuerpecito delgado de Lüneburg, se estremeció y decidió no volver a pensar en él.

Se sacaron las brújulas de la boca y las compararon. Ambas funcionaban a la perfección.

—Sí que estuviste rápido al pensar en eso, Devi —dijo Pritchard.

—Ojalá hubiera caído en esconder también el mapa —contestó Devi—. Me lo dejé con el resto de cosas. —Suspiró y examinó la celda—. Bueno, esto es más o menos igual de agradable que las habitaciones de los chicos de primero en Eton, la verdad.

—Bastante mejor que Preshute —añadió Pritchard—. No hay chicos mayores que nos metan en barriles y nos lancen rodando colina abajo.

—Tu hermano Charlie nos disparó una vez con rifles de fogueo, ¿sabes? —dijo Gaunt.

Una mirada soñadora le cruzó el rostro a Pritchard.

—Ya —contestó—. Era temible, ¿eh?

—Ojalá no estuviera tan empapado —se quejó Devi—. Vamos a tener que acurrucarnos para entrar en calor.

—Yo no pienso tocaros —dijo Pritchard—. Por si no os habéis dado cuenta, estoy seco.

—Bueno, pues ven aquí, Henry —le dijo Devi. Gaunt se sentó a su lado, y Devi lo rodeó con el brazo—. Estás como una cabra, pero me has salvado la vida.

—Y Archie nos ha salvado a los dos.

—Y ninguno de nosotros va a salir de aquí pronto —dijo Pritchard en un tono sombrío.

Devi sonrió.

—No estés tan seguro de eso.

—¿Qué? ¿Acaso has estado cavando agujeros en las celdas en tus ratos libres?

—No —respondió Devi.

Se pegó más contra Gaunt para que se calentaran el cuerpo el uno al otro. A Gaunt le conmovió que a Devi no le repugnara el contacto físico con él. Pero, si lo que Devi decía era cierto, siempre había sabido que Gaunt era homosexual y nunca lo había tratado de manera diferente por ello.

—Estás poniendo esa cara... —le dijo Pritchard—, esa expresión como de Sherlock Holmes tramando un plan.

—Nos van a trasladar a un nuevo campo —anunció Devi—. Como siempre. Nos llevarán en tren. Y digamos que he pensado mucho en los trenes y en todas las oportunidades que nos ofrecen.

—¿Cuántas veces has intentado escapar hasta ahora, Gideon? —le preguntó Gaunt.

—Este es mi octavo intento. Patético, ¿no?

—¿Octavo? ¿Cuáles fueron los otros siete?

Devi fue contándolos con los dedos.

—Seduje a una enfermera; salté de un barco; le tiré arena a los ojos a un guardia y me escapé mientras le lloraban; me escabullí en pleno motín; me escondí en un carro de estiércol, que por cierto es muy desagradable, no lo recomiendo; trepé por los muros... En el primer campo en que estuve, salí de allí andando con tanta confianza que nadie me detuvo. Al cabo de seis días, cuando estaba ya medio muerto de hambre, me atraparon unos estudiantes demasiado entusiastas.

—La virgen —dijo Gaunt—. Sí que estás deseando volver al frente.

Devi se encogió de hombros.

—Así me entretengo.

Pritchard se acomodó bajo la manta.

—Bueno, muchachos, he sacado nuevas conclusiones sobre *Adam Bede* —dijo—. Poneos cómodos, porque tengo mucho que contaros.

VEINTICINCO

E stuvieron en las celdas de aislamiento durante dos semanas. A los tres días ya estaban hasta los mismísimos unos de otros. Pritchard se quejaba del olor del cubo, y Gaunt explicaba con todo lujo de detalles cómo se autodestruiría el imperio británico después de la guerra, ganara quien ganara.

—Sería horrible, ¿eh? —dijo Devi con una sonrisita encantadora—. Imagínate, la India gobernada por indios. Qué espanto.

Se pasaba el día sonriendo. Los volvía locos con su buen humor implacable.

—Lo importante es que no decaigan los ánimos —decía alegremente más o menos unas ocho veces al día.

Gaunt empezó a recitar textos de Tucídides. Pritchard le dijo que era un empollón insufrible. Gaunt le espetó que sus teorías sobre *Adam Bede* no se sostenían. Pritchard le pegó, Gaunt le devolvió el golpe y Devi propuso pasar la tarde en silencio.

Harry Windeler los visitaba una vez al día y les pasaba comida a escondidas; Gaunt supuso que Evans era quien lo obligaba a llevársela a base de intimidarlo. Sin sus visitas, se habrían muerto de hambre, ya que las raciones alemanas eran tan insignificantes que Gaunt no entendía cómo era posible que alguien pudiera sobrevivir solo con ellas.

Por mucho que se pelearan entre ellos, Devi o Pritchard siempre lo despertaban con delicadeza cuando Gaunt tenía una pesadilla.

—Tranquilo, muchacho —le decía Pritchard—. No pasa nada.

Antes Pritchard había estado en un dormitorio distinto al de Gaunt y Devi, de modo que Gaunt no sabía que Pritchard era sonámbulo. Casi todas las noches, se levantaba del suelo y se colocaba en un escalón de tiro imaginario, tratando de avistar francotiradores.

—Cada cual más loco... —se burlaba Devi.

A la segunda semana, pasaron de la agresividad a la tranquilidad y la paz. Jugaban a juegos como el de la verdad.

—¿Crees que Bertie estará vivo? —le preguntó Pritchard a Gaunt.

—¿Cómo quieres que lo sepa? —dijo Gaunt—. Solo podemos basarnos en los porcentajes, ¿no? Según lo último que leí, un dieciocho por ciento de los oficiales acaban muertos.

—Bertie siempre es el primero en ponerse en la línea de fuego, el muy idiota —dijo Pritchard—. Seguro que está intentando conseguir una Cruz Victoria. Ya sabes que es bastante obtuso.

—Es por todas las bolas de billar que le lanzaba West.

—Ay, venga, dejad ya esos temas tan lúgubres —protestó Devi—. Me toca. Henry, venga, ¿de verdad que nunca has estado enamorado de mí?

Gaunt suspiró.

—Gideon...

—¿Es porque soy indio?

—Me da igual que seas indio.

—¿Es que no soy tu tipo?

La expresión desagradable de Gaunt lo delató. Devi dejó escapar una carcajada.

—¡Lo sabía! Siempre me dio la impresión de que ese tal Ellwood debía de parecerse bastante a mí.

—La verdad es que creo que estaba celoso de ti —dijo Gaunt.

Devi se pavoneó.

—Pues claro que estaba celoso. Yo llegué primero a tu vida.

—Anda, no hace falta que torturemos a Henry sin motivo —intervino Pritchard.

—Tengo una pregunta para ti, Gideon —dijo Gaunt—. Archie y yo queremos encontrar a Ellwood y a Bertie. ¿Por qué tienes tú tantas ganas de ir al frente?

—¿Has montado alguna vez en avión? —le preguntó Devi.

—No —contestó Gaunt.

Devi esbozó una sonrisa infantil.

—Es la sensación de libertad más maravillosa del mundo. La anhelo. Es que... piénsalo: somos las primeras personas de la historia que pueden *volar*.

Hacían ejercicio cada vez que podían, como preparación para su próximo intento de fuga. Devi les explicaba el plan por las mañanas, cuando los guardias estaban más relajados y era menos probable que los oyeran.

—Todo el mundo se centra en salir del campo de prisioneros, pero la parte más peligrosa de cualquier fuga es pasar por Alemania —afirmó Devi—. Que es cuando la gente se muere de hambre o cuando los granjeros los matan a tiros. Y nosotros, en particular, vamos a estar en desventaja porque no tendremos muchas provisiones. Tengo algunas pastillas de carne que me he escondido cosidas en las hombreras, pero no creo que duren mucho.

—¿Alguien tiene dinero? A lo mejor Henry nos puede comprar algo de comer —sugirió Pritchard.

—Pero si vamos a llevar uniformes de prisioneros... —dijo Gaunt.

Devi negó con la cabeza.

—No. Evans ha conseguido convencer al *Kommandant* para que los oficiales británicos lleven un uniforme más cómodo, que es básicamente ropa de civiles. Nos los darán para que nos los pongamos antes de viajar.

—Evans es nuestro héroe —dijo Gaunt.

—Desde luego.

Ocurrió todo tal y como les dijo Devi. El día antes de su traslado, un guardia les llevó una muda que parecía casi ropa de civiles.

—Lo único malo es que no tenemos los sombreros adecuados —dijo Devi mientras se vestían.

—Bueno, pero no podemos hacer nada al respecto —contestó Pritchard.

—Lo que significa que vamos a tener que desplazarnos de noche. Pero no importa; seguro de que nos las arreglaremos. Henry, ¿cómo va ese pulmón? Saltar de un tren en marcha no es moco de pavo.

—Ah, va...

—Perfectamente —dijeron Pritchard y Devi a la vez.

Gaunt se rio.

—Ellwood solía decir: «Ya sé que estás perfectamente, pero ¿estás bien de verdad?».

Devi ladeó la cabeza.

—Te conoce bien, por lo que veo. —Hizo una pausa—. Me alegro.

Al día siguiente, un par de guardias que parecían agotados los sacaron de Fürstenberg. Resultaba de lo más extraño cruzar el foso bajo el que habían pasado tanto tiempo cavando el túnel.

Eran catorce los prisioneros a los que iban a trasladar a otro campo. Mientras los llevaban a la estación de tren, Devi le susurró algo a Nicholson.

—*Seid still!* —gritó uno de los guardias.

Devi inclinó la cabeza con actitud sumisa y se quedó callado, pero Gaunt vio en el brillo de los ojos de Nicholson que Devi había conseguido explicarle el plan con éxito. Nicholson se lo transmitió al momento a los demás prisioneros, y pronto Gaunt estuvo seguro de que todos estaban ya al tanto.

El tren los esperaba en la estación. Los dividieron en dos grupos de siete. Gaunt, Devi, Pritchard, MacCorkindale y Nicholson se colocaron juntos para que a todos les asignaran el mismo vagón del tren, junto con el escocés de la nariz enorme (Liddell) y un tal Templon, un joven francés que trataba de no llamar la atención. Devi los miró a los ojos, primero a uno y luego al otro, y ambos asintieron de forma casi imperceptible.

Gaunt, Devi y Pritchard se instalaron en los asientos más cercanos a la ventana. El guardia los amenazó con el arma hasta que todos estuvieron sentados.

—Este viaje va a ser mucho más agradable si prometéis no escapar —les aseguró el guardia. Todos guardaron silencio. El guardia suspiró—. Si dais vuestra palabra de que no vais a escapar, bajaré el arma —les dijo.

—¿Has leído alguna vez *Adam Bede*? —le preguntó Pritchard al francés—. Es una novela magnífica.

Liddell respondió por él:

—A los pobres desgraciados solo les dejaban leer a Flaubert.

A Templon se le iluminó el rostro.

—*Vous parlez de Flaubert ?*

—*Seid still!*

—Oye —se quejó MacCorkindale, con razón—, menudo viaje aburrido va a ser si tenemos que estar callados todo el tiempo.

—¿De qué parte de Alemania eres? —le preguntó Gaunt al guardia.

—Dresde —respondió el guardia, desconfiado.

—Una ciudad preciosa —comentó Gaunt.

—*Donc aucun d'entre vous n'a lu Flaubert ?* —preguntó Templon.

—No quiero ser antipático, pero ¿no tienes ni la más mínima idea de inglés? —le preguntó Nicholson.

Templon lo fulminó con la mirada.

—¿Acaso hablas tú francés? —le preguntó con frialdad.

—Henry habla griego antiguo —intervino Devi.

—No, no es cierto. Es una lengua muerta.

—*Seid still!*

El tren aceleró. Se dirigía hacia el sur, alejándolos cada vez más de la neutral Holanda.

Devi apoyó la cabeza en el hombro de Gaunt y fingió dormir. Gaunt sabía perfectamente que solo estaba fingiendo, porque Devi masticaba comida imaginaria cuando dormía de verdad; era algo que llevaba haciendo desde que era pequeño. Gaunt se quedó mirando por la ventana, preguntándose qué pasaría si se rompía una pierna al saltar del tren. Le latía el corazón con tanta fuerza que se sentía el martilleo en la cara.

El tren se detuvo en una estación. Devi seguía fingiendo estar dormido, pero Gaunt notaba que tenía los músculos contraídos.

Cuando el tren volvió a ponerse en marcha, alzó la cabeza, se crujió el cuello y habló, dirigiéndose a todo el vagón:

—Hace frío, ¿eh?

Era la señal. Al instante, los siete se levantaron y se dispusieron a bajar el equipaje del compartimento superior mientras exclamaban en voz alta:

—¡Sí, estoy congelado!

—¡Hace un frío horrible en este tren!

—¡Cualquiera diría que estamos en junio!

El guardia les ordenó a gritos que se sentaran, pero apenas se le oía por encima del jaleo. En medio de todo aquel caos, nadie se dio cuenta de que Devi y Gaunt habían bajado la ventanilla.

Devi miró a Gaunt a los ojos y sonrió.

VEINTISÉIS

Se lanzaron al mismo tiempo del tren, que avanzaba despacio, y cayeron a los campos. Pritchard los siguió casi de inmediato; se hizo un ovillo al caer, tal y como le había aconsejado Devi, y se dejó rodar hasta que se detuvo. Se quedaron allí inmóviles hasta que pasó todo el tren, ya que sabían que había un guardia con un rifle apostado en el último vagón.

Cuando el tren desapareció de su vista, se pusieron en pie, cruzaron las vías y echaron a correr hacia el oeste. Como les había advertido Devi, ese era el momento en que era más probable que los capturaran. Todo dependía del tiempo que sus compañeros del tren pudieran distraer a los guardias. Esprintaron. La libertad, la euforia y el miedo los impulsaban.

Al fin, Devi les dijo entre jadeos que podían aminorar un poco la marcha.

—Tenemos que encontrar un sitio donde escondernos hasta que anochezca —les dijo.

Siguieron corriendo a un ritmo más moderado, más tranquilos al ver que el tren no había vuelto a por ellos. Después de casi una hora de trote constante, llegaron a un pinar. Devi se llevó el dedo a los labios y encontraron una zanja apartada, lejos de los caminos.

Hablaban en susurros mientras se hundían en las agujas de pino para descansar. Era bien sabido que a los alemanes les encantaba pasear por el campo, sobre todo los domingos, y a muchos oficiales británicos los habían sorprendido las familias que habían salido a pasear por la tarde. Tenían sed, pero ir a buscar un manantial antes del anochecer era demasiado arriesgado. Se tumbaron todos apelotonados y cerraron los ojos.

Una de las mayores preocupaciones de Gaunt era que sus pesadillas los delataran, pero, para su sorpresa, en el bosque no las sufrió. Sospechaba que era por el mismo motivo por el que dormía mejor en la línea que cuando estaba de descanso: el suspense le impedía recordar.

Despertaban cuando se empezaba a poner el sol. Era verano, lo cual era una ventaja y un inconveniente a la vez: no tendrían que sufrir la nieve, pero las noches eran cortas. Tendrían que avanzar bastante, y no tenían mapa, solo brújulas. Sin embargo, en cuanto encontraran algún topónimo, podrían orientarse. MacCorkindale había insistido en que todos memorizaran los nombres de todos los pueblos y ciudades, y ahora se lo agradecían. Caminaron hacia el oeste a través del pinar y se detuvieron al llegar a un arroyo. Allí llenaron de agua las latas de tabaco, ya que ninguno tenía botellas.

Caminaron en silencio toda la noche, y tan solo se detuvieron cuando salió el sol. Después encontraron un lugar tranquilo donde refugiarse y volvieron a dormir.

Cuando despertaron, estaban muertos de hambre. Pritchard llevaba montones de chocolate de la Cruz Roja pegados al vientre, sujetos con el cinturón, y Gaunt se había metido en las mangas una cantidad nada desdeñable de pastillas de leche malteada de Horlick. Si fuera por Gaunt, se lo habría podido comer todo él solito para desayunar, pero solo tenían cuatro pastillas cada uno —dos de leche, dos de carne— y unos cien gramos de chocolate.

Luego esperaron a que transcurriese el largo día de verano. Diecisiete horas de sol. Acalorados, impacientes y callados por necesidad, esperaron. Dormían por turnos, pero era difícil cubrirse de la luz del sol, incluso aunque se taparan los ojos con los brazos.

La segunda noche, pasaron junto a una señal. Pritchard se subió a los hombros de Gaunt y encendió una cerilla para poder leerla. Reconocieron el nombre del lugar. Si sus cálculos eran correctos (y no estaban nada seguros de que lo fueran), les quedaban más de ciento sesenta kilómetros por recorrer.

Al segundo día, a Devi le empezaron a sangrar los pies. Pudo seguirles el ritmo a Gaunt y a Pritchard durante toda la noche, pero, cuando salió el sol y se detuvieron en un campo de hierba alta, se quitó las botas con un gruñido. Tenía los pies llenos de ampollas.

Pritchard y Gaunt intercambiaron miradas. En las trincheras, el estado de los pies de alguien solía marcar la diferencia entre la vida y la muerte.

—Los calcetines que llevo yo son más gruesos —dijo Pritchard en voz baja—. Seguro que te ayudan.

De modo que se intercambiaron los calcetines. Era un acto asqueroso que no cambiaría nada, pero el gesto animó a Devi, y esa, supuso Gaunt, había sido la intención de Pritchard.

Establecieron varias reglas: no pasarían por los pueblos antes de las once de la noche, evitarían los trenes y las ciudades a menos que estuvieran a punto de desplomarse y seguirían siempre el consejo de quien fuera más cauto en ese momento.

Al tercer día se encontraron con el primer alemán. Caminaban por un sendero rural poco después del anochecer y un hombre pasó a su lado en bicicleta. Se detuvo al ver a Devi. Los tres estaban sucios y tenían un aspecto peculiar con esas vestimentas: ropas de civil a juego y sin sombreros. Sin embargo, todo eso lo podrían haber explicado... si Devi no hubiera sido indio.

—Buenas noches —lo saludó Gaunt en alemán.

—¿De dónde es usted? —le preguntó el hombre con recelo.

—De Múnich. Estoy ayudando a mi primo a llevar a este lunático al manicomio de Emsdetten.

Cuando Gaunt lo señaló con un gesto, Devi soltó un gruñido violento y rechinó los dientes. Pritchard lo sujetó con fuerza por el brazo.

—¿Es peligroso? —le preguntó el hombre.

—Solo cuando tiene algún motivo para cabrearse, o cuando tiene hambre o sueño. Y ahora mismo tiene las tres cosas.

—Bueno, buenas noches —se despidió el hombre, que se subió de nuevo a la bicicleta y se alejó pedaleando tan rápido como pudo.

—Qué irónico —comentó Devi una vez que el hombre se hubo esfumado—, teniendo en cuenta que yo soy el más cuerdo de los tres.

No había casi nada que temieran más que los perros, sobre todo después de que una jauría los persiguiese en una aldea oscura durante la sexta noche. Lograron escapar vadeando un río, pero así consiguieron que a Devi se le rompieran las ampollas. Le dolían tanto que tuvieron que aminorar mucho más el paso. Nunca se quejaba y logró mantener el buen ánimo a todas horas, a pesar de que hacía tiempo que se habían acabado todo el chocolate y quedaba poco para que se les acabaran también las provisiones de pastillas de carne y de leche. Comían bayas cuando las encontraban, y al cuarto día Devi sacó unas tiras de cerdo salado que se había guardado para darles «una sorpresa». Aun así, el hambre los agobiaba, les daba dolor de cabeza y se sentían débiles e irritables.

—Tengo tanta hambre que no soy ni persona —se quejó Pritchard—. Tenemos que mandar a Henry a algún pueblo con algo de dinero.

—Demasiado peligroso —contestó Devi—. Parece un prisionero mugriento.

—No vamos a llegar nunca a Holanda —dijo Gaunt—. Vamos a morir en una cuneta como *La pequeña cerillera*.

—Ay, dejad ya de quejaros —protestó Devi—. Todas las aventuras tienen su parte incómoda.

—¿«Incómoda»? —repitió Pritchard, incrédulo—. ¡No podemos seguir así, Gideon!

—Seguro que encontramos algo —dijo Devi—. Como siempre.

Y tenía razón. Esa noche se toparon con un campo de patatas. Era demasiado pronto para que se hubieran formado, pero aún no se habían podrido las patatas de siembra. Metieron un montón en la chaqueta de Pritchard y comieron su primera comida de verdad en más de una semana. Era increíble lo mucho que afectaba el alimento a la perspectiva. De repente Holanda les parecía tan cerca que casi podían tocarla.

—Si nos atrapan, vamos a tener que deshacernos de todo esto —advirtió Devi—. Con la escasez de alimentos que hay en Alemania, no creo que traten muy bien a los ladrones de patatas.

A Devi le dolían tanto los pies que tenía que caminar agarrado a Gaunt y a Pritchard para mantener el equilibrio.

—Pero ya no queda mucho —añadió en un tono alegre.

En cualquier caso, le aportaba realismo a su tapadera.

—¡Alto! —gritó un hombre—. ¿Quién anda ahí?

—Corred —exclamó Pritchard.

Agarraron a Devi por la cintura y salieron corriendo entre los árboles. El hombre soltó a su perro para que los persiguiera, pero estaba oscuro y Pritchard divisó un pequeño muro por el que podían trepar. Una vez que estuvieron al otro lado, siguieron corriendo, arrastrando a Devi entre los dos, hasta que se encontraron tan exhaustos que no eran capaces de continuar.

—Ha faltado poco —dijo Pritchard.

—Al menos hemos corrido en la dirección correcta —añadió Devi, que se negaba a perder el optimismo.

Los sorprendieron más de una vez mientras descansaban durante el día, pero Gaunt los sacó del apuro en todas y cada una de las ocasiones.

Ya habían dejado Emsdetten atrás y se acercaban a la frontera holandesa. Cruzar la frontera no era tarea fácil, y los tres pensaban en lo duro que sería fracasar a esas alturas. Estaban empezando a quedarse sin comida una vez más.

—Seguro que en Holanda podremos comer lo que queramos —dijo Devi.

No se atrevían a hablar mucho; sería catastrófico que los oyeran charlar en inglés. En las carreteras más transitadas, Gaunt soltaba monólogos en alemán y fingía reprender a Pritchard. Para su sorpresa, aquello resultó ser de lo más eficaz para evitar las preguntas de los extraños.

La buena suerte que estaban corriendo los volvió imprudentes.

Llevaban dos semanas caminando y esperaban poder atravesar la frontera esa noche. Como estaban impacientes, partieron antes de lo recomendable. Apenas se había puesto el sol cuando retomaron la marcha.

Aún había luz cuando doblaron una esquina y se toparon con un soldado alemán. Acababa de salir de una cabañita de madera que había junto a la carretera. Gaunt vio que había más soldados en el interior.

—Buenas noches —lo saludó Gaunt, que de repente se paró a pensar en que ninguno de ellos se había afeitado ni lavado en semanas.

—¿Y ustedes quiénes son? ¿Qué hacen aquí?

—Estoy ayudando a mi primo a acompañar a este lunático a un manicomio que queda cerca de Overdinkel. ¿Sería tan amable de indicarnos por dónde se llega a la frontera holandesa?

—¿Tienen documentación?

—Pues claro —respondió Gaunt, con el corazón en un puño—. ¿Me equivoco al pensar que la frontera está pasando esos árboles? Déjeme que le diga que llevar de un lado a otro a un loco no es coser y cantar.

El soldado alzó el arma y apuntó a Gaunt.

—La documentación.

Varios soldados más salieron de la cabaña, armados también.

—*Ein Problem, Heinrich?* —le preguntó Pritchard en voz baja.

—*Nein, nein* —contestó Gaunt, palpándose los bolsillos, tratando de pensar.

Notó que Devi le apretaba el brazo. Sabía que intentaba comunicarle algo, pero no sabía qué.

Por suerte, pronto fue evidente: Devi se soltó de Gaunt y de Pritchard y se lanzó contra los soldados alemanes con un grito de guerra.

Gaunt y Pritchard no vacilaron. Salieron disparados hacia los árboles y dejaron atrás a Devi.

VEINTISIETE

JUNIO DE 1916 — EL SOMME

Oían la artillería del Somme mientras estaban aún en el tren. El pueblo en el que se bajaron era un hervidero de actividad, y el rugido de los cañones proporcionaba un telón de fondo atronador. Thorburn desapareció al instante en el burdel de los oficiales. Hayes y Ellwood se dirigían al barracón cuando un grupo de jóvenes sorprendió a Ellwood.

—¡Sidney!

—Pero, bueno, ¡si es Ellwood!

—¿Cómo estás, viejo amigo?

Bertie Pritchard y Loring se lo subieron a los hombros, y Roseveare, Grimsey y Aldworth se agolparon a su alrededor.

—¡Es una reunión de Preshute!

—¿Lo habéis pasado muy mal por ahora?

—Roseveare ya tiene a unas seis chicas francesas detrás de él, el muy canalla...

—¿Cómo están tus hombres? ¿Les apetece echar un partido de fútbol?

—Por lo visto Lantham está por aquí. ¿Te acuerdas de Lantham?

—¿No son maravillosas las armas? Es como para sentir pena por los pobres alemanes, ¿eh?

Ellwood fue mirando todos aquellos rostros amistosos y lo embargó una alegría desenfrenada que quedó eclipsada de inmediato por la desesperación. Estaban todos allí. Todos sus amigos, juntos en un mismo lugar, como si fueran los invitados de una boda espeluznante. Estaban dando brincos a su alrededor como cachorros, rodeados de fatalidad, y Ellwood sabía que todos y cada uno de ellos se había dado cuenta de lo mismo.

Hayes se había quedado un poco apartado, y se le veía incómodo de un modo casi cómico al lado de todos esos chicos de colegio privado que no paraban de dar botes, con esa forma de hablar y esas ropas inmaculadas.

—Este es Hayes —les dijo Ellwood, un tanto desesperado, ya que Pritchard estaba discutiendo con Grimsey y casi le había soltado la pierna a Ellwood.

Loring trató de levantarlo como pudo, y Ellwood fue rodando de un hombro entusiasta a otro como un saco de patatas.

—Hola, Hayes —lo saludó Roseveare en un tono amable—. Yo soy Roseveare. Es bastante incómodo ser el único que no conoce a todo el mundo, ¿eh? ¿En qué escuela has estudiado?

Era justo lo peor que podía haber dicho. Hayes tensó los brazos con más fuerza aún.

—En la pública de Lewisham.

Ellwood notó (y sabía que Hayes también) la expresión de sorpresa de Roseveare, y luego el movimiento rápido de sus ojos conforme observaba el uniforme lamentable de Hayes y lo asimilaba.

—Ah, ya —dijo—. Me temo que no la conozco.

Ellwood bajó con dificultad de los hombros de Loring y Pritchard.

—Hayes es genial. No sé qué haría si no lo tuviera como amigo.

Hayes se sonrojó.

—Pobre desgraciado —dijo Roseveare—. ¡Imagínate tener que aguantar a *Ellwood* además de la guerra!

—Tampoco es para tanto —dijo Hayes.

—Tienes que contarme cómo es Ellwood en el ejército. ¿Hace trampas jugando a las cartas? No es muy de fiar. Tienes que tener cuidado con él, Hayes.

Hayes le ofreció una sonrisa torcida.

—Jugando a las cartas, no sé, pero el otro día casi me saca los ojos de un puñetazo porque perdió una carrera de tijeretas.

—¡Porque hiciste trampa! —gritó Ellwood.

—¿Tijeretas? ¿Quién ha dicho tijeretas? —intervino Pritchard—. Yo tengo la tijereta campeona de mi batallón. ¡Ozymandias, el gran rey! ¡Contemplad mi obra, poderosos! ¡Desesperad!
—Se sacó un pañuelo doblado y lo abrió con veneración, pero dentro no había más que una mancha grumosa—. ¡Ay, Grimsey! ¡Seguro que lo has aplastado cuando me pegaste antes! Eres un bestia.

—Mi ordenanza cocina de maravilla —dijo Loring—. ¿Queréis que cenemos todos juntos?

—¿Qué te parece, Hayes? —le preguntó Ellwood.

Hayes se metió las manos en los bolsillos.

—No sé yo...

—Venga —insistió Roseveare, muy serio—. Cualquier amigo de Sidney es amigo nuestro.

—Bueno, pues de acuerdo —accedió Hayes con timidez.

Aquella noche, Ellwood se rio más que nunca. Estaban de lo más animados, gritando por encima de la cacofonía de la artillería. Loring convenció a Aldworth para que les contara cómo lo habían herido en Loos; una historia repleta de divagaciones que culminó con Aldworth apuñalado por accidente con una bayoneta por uno de sus propios hombres cuando intentaba explicarles cómo debían usarla. Pritchard hizo que se les saltaran las lágrimas de risa al describirles la batalla de Galípoli, que en sus historias sonaba menos como una batalla y más como un paseo divertidísimo por Turquía al estilo de *Tres hombres en una barca* de Jerome K. Jerome. Incluso Grimsey sonrió, aunque él también había estado allí y había vuelto cambiado. Ellwood les contó que Hayes solía contarles chistes a gritos a los alemanes.

—Anda, ¿ese eras tú? —le preguntó Loring—. ¡Maitland te adoraba!

Hayes no cabía en sí de gozo. Cuando se fue unos minutos, todos los muchachos se acercaron a Ellwood para hacerle preguntas.

—Oye, ¿es cierto eso de que trabajaba en una fábrica antes de todo esto?

—Es muy avispado, ¿no?

—¿Crees que se ofendería si le recomendara un sastre nuevo?

—Sí —contestó con rotundidad Ellwood.

—Ah, bueno —dijo Loring—. Pero es que con esas pintas nunca va a llegar a ser capitán.

—Bueno, pues es el mejor oficial de la compañía —le explicó Ellwood.

Más tarde, ya de noche, apareció Lantham. Ellwood había olvidado lo apuesto que era.

—Hola, Sidney —lo saludó Lantham en una voz dulce—. Acabo de enterarme de que voy a ser tu subteniente. Menuda suerte, ¿eh?

—¿Qué haces aquí, Maurice? —le preguntó Ellwood—. ¡Si solo tienes dieciséis años!

—Cumplo los diecisiete en agosto.

—Pero si ni siquiera te gustaba el entrenamiento de cadetes. ¿A qué estás jugando?

Lantham bajó la mirada; sus ojos eran todo pestañas.

—Unas chicas me ofrecieron una pluma blanca en el pueblo. Me hicieron sentir tan mal que fui y me alisté esa misma tarde.

—Ojalá pudiera arrastrar a esas chicas del pelo y traerlas hasta las trincheras —dijo Ellwood, muy serio.

—Bueno, solo hacen lo que tienen que hacer. Como todos, ya sabes, Ellwood. También debe de ser durísimo para las chicas. Están perdiendo a sus hermanos y a sus padres y a sus novios, y no pueden hacer casi nada al respecto.

—San Mauricio el misericordioso —se burló Ellwood, revolviéndole el pelo cobrizo y sedoso a Lantham.

Lantham se puso como un tomate.

Resultó que Lantham se alojaba en el mismo barracón que Ellwood. Automáticamente, Ellwood y Hayes decidieron compartir uno de los dos dormitorios, y dejaron a Lantham con Thorburn.

—¿Otro que te adora como si fueras un héroe? —le preguntó Hayes cuando se quedaron solos—. ¿Se puede saber qué hacías en esa escuela?

Ellwood no contestó. Le preocupaba haberse portado mal con Lantham. Nunca había llegado a contestarle las cartas.

—Parece que has congeniado con Roseveare —dijo.

—Mmm —dijo Hayes por toda respuesta.

—La verdad es que Cyril es todo un caballero —añadió Ellwood.

Hayes no hizo ningún comentario al respecto, lo cual dejó a Ellwood preocupado. Estaba seguro de que Hayes tendría algo que opinar sobre el uso de la palabra «caballero». Pero Hayes se limitó a quedarse sentado en la cama, frunciendo el ceño mientras se quitaba las botas.

—¿Me quieres contar qué te pasa? —le preguntó Ellwood.

—Les has dicho que éramos amigos.

—Ah —dijo Ellwood. Sintió la cara acalorada. Se dejó caer en la cama de enfrente—. Lo siento. ¿Preferirías que no les hubiera dicho eso?

Hayes dejó el abrigo doblado sobre el respaldo de una silla, puso la almohada en el suelo y se tumbó. Ellwood apagó la vela.

—Henry me pidió que cuidara de ti —le explicó Hayes.

Ellwood se acomodó bajo las sábanas. Intentó imaginarse la conversación, pero no fue capaz. Por alguna razón, nunca podía imaginar a Gaunt hablando de él. Siempre había pensado que Gaunt se olvidaba de él cuando no estaba presente.

—Por eso enviaste a los hombres a buscarme cuando me perdí —dijo.

—Los habría mandado por cualquiera. Pero cuando volviste me alegré —admitió Hayes.

Se produjo una pausa larga. El sonido de la artillería llenaba el silencio. Ellwood se preguntó si seguiría vivo en veinticuatro horas.

—Nos vamos a encontrar con un panorama bastante agitado cuando salgamos —dijo.

—Sí, me da a mí que sí.

—El coronel dice que no quedará nada de la alambrada, y que los supervivientes saldrán con las manos en alto cuando ataquemos.

Hayes dejó escapar un suspiro fuerte.

—Bueno, ya dijeron eso en Loos —respondió.

—¿No te parece injusto? Nuestros padres han vivido toda su vida sin tener que pasar por nada parecido a esto.

—Estaban ocupados construyendo el mundo que nos ha acabado llevando a esta situación.

—Supongo que creían que tenían sus propios problemas —comentó Ellwood.

—Nadie piensa nunca que su vida es fácil.

Y después ambos se quedaron callados mientras trataban de no pensar en el horror inconcebible que los esperaba cuando el bombardeo cesara y enviaran a los hombres a la batalla.

VEINTIOCHO

A medida que se acercaban al frente, el silencio era inconmensurable, pero las alondras seguían sobrevolando el cielo fúnebre, y crecían amapolas escarlatas en los bordes de las trincheras que usaban como vías de comunicación. Como siempre, cuando la mente de Ellwood no encontraba nada a lo que aferrarse, se aferraba a Tennyson.

> Mi corazón la oiría y latiría
> si fuera tierra en un lecho terroso;
> mi polvo la oiría y latiría
> si yo hubiera yacido muerto un siglo,
> me estremecería y temblaría bajo sus pies,
> y en rojo y púrpura florecería.

Con Gaunt muerto, no había nadie con quien pudiera hablar de poesía. Se guardaba los versos para sí mismo. Supuso que había pensado en ellos por el modo extraño en que se movía el suelo con la fuerza de las explosiones. Era como si la tierra tuviera un corazón que latía, como si estuviera imperiosamente viva y palpitara para que la salvasen. Se preguntaba cuándo habría sido la última vez que había sufrido Europa una destrucción de ese calibre. *Waterloo*, pensó. La tierra llevaba muerta un siglo, pero ahora se había despertado y exigía sangre.

El coronel se dirigió a los batallones, que se habían reunido en el pueblo antes de partir.

—Ya han recibido sus órdenes. Tienen que avanzar despacio pero sin pausa, y no paren hasta llegar a Berlín.

Iba de un lado a otro a lomos de una yegua marrón lustrosa. A Ellwood le recordó a las cacerías otoñales en East Sussex, al olor del aire frío y húmedo y a la certeza de que por la noche tomarían té y bollos junto al fuego.

—No creo que se vayan a topar con demasiada oposición. Ya oyen nuestros proyectiles, ya saben cómo asustan a nuestros amigos alemanes. Pocos ingleses han tenido la oportunidad de acumular tanto honor a tan bajo coste. ¡Marchen con la cabeza bien alta hacia la victoria, por ustedes mismos, por nuestro rey y por el imperio!

Los hombres, animados, vitorearon. La mayoría de los batallones estaban formados por el ejército de Kitchener, jóvenes voluntarios entusiastas que nunca habían presenciado una batalla.

Pero, conforme se acercaban al frente, incluso los más alegres se fueron quedando callados. Ellwood recordó lo que Gaunt había dicho sobre el sonido de la artillería: que te hacían sentir como si estuvieras en el centro del universo. En la batalla del Somme, era más que eso. Era como ver el universo partirse por la mitad.

La noche anterior Ellwood le había escrito una carta a su madre.

Miércoles, 28 de junio de 1916
En algún lugar de Francia

Querida madre:

Mañana nos enfrentaremos a una batalla intensa. Seguro que no me pasa nada, pero quería escribirte rápido para decirte que te quiero. La verdad es que solo estoy siendo supersticioso; llevamos casi una semana bombardeando a los pobres alemanes sin descanso, y lo más probable es que estén desesperados por rendirse.

Muchas gracias por enviarme toda esa comida; a los demás les ha encantado, sobre todo la piña en lata. Te quiero. Nos vemos pronto.

Tu hijo,
Sidney

Estaba convencido de que la carta no la consolaría lo más mínimo. Ya se había hecho a la idea de que iba a morir. No había otra cosa en la que pensar. Solo deseaba no tener que ver morir a ninguno de sus amigos antes de que sucediese.

Lantham, pálido, caminaba a su lado. Ellwood recordó que a Lantham ni siquiera le había gustado nunca la noche de Guy Fawkes, por todos esos fuegos artificiales.

—Anima esa cara, amigo —le dijo Ellwood—. Que estamos haciendo historia.

A Lantham se le tensaron los músculos del cuello, como los de un animal que intenta escapar de una correa.

Tuvieron que esperar en una trinchera de apoyo.

Desde la línea de fuego les llegó el rumor de que la batalla se había pospuesto, que tendrían que esperar cuarenta y ocho horas.

A Ellwood se le cayó el alma a los pies. Sus hombres estaban preparados para la batalla, no para el sufrimiento de la espera.

Esa noche, dos de sus hombres se suicidaron. Ellwood no sintió ninguna compasión por ellos. Iban a morir de todos modos, y le parecía egoísta contribuir al sentimiento general de desesperación que anegaba las trincheras.

Roseveare fue a visitarlos a su búnker. Estaba lívido, tembloroso. Era su primera batalla. Ellwood no estaba seguro de si habría preferido que Bertie Pritchard hubiera ido también con ellos, o que no hubiera ido siquiera Roseveare. Le costaba mirarlo y recordar todos los años que habían pasado juntos sin saber cuánta violencia los esperaba.

—Ojalá empezara ya… —dijo Roseveare.

—Intenta no darle vueltas —le aconsejó Hayes.

—Ya, buena idea —contestó Roseveare.

Se paseó de un lado a otro del búnker. Thorburn estaba leyendo un viejo periódico como si le diera todo igual. Lantham estaba sentado en la litera, encorvado y con la mirada vacía. Ellwood y Hayes estaban censurando las cartas fatalistas que enviaban los hombres a sus familias. Era una tarea desalentadora, sobre todo cuando tenían que tachar con bolígrafo negro todas las referencias al pánico de los hombres ante la marea de sangre que se iba a derramar. A los civiles, leer sobre ese miedo les bajaba la moral. Ellwood se preguntaba cómo interpretarían las viudas de Gran Bretaña las manchas enormes de bolígrafo que dejaban al censurar las cartas, si imaginarían cosas mucho peores bajo la tinta negra que las versiones apagadas de la realidad que describían los hombres.

—¿Te gusta jugar al fútbol? —le preguntó Hayes a Roseveare.

Ellwood le sonrió. Sabía que a Hayes no le importaba lo más mínimo; solo quería distraer a Roseveare, a quien le temblaban los dedos mientras caminaba de un rincón a otro del búnker.

—Sí —contestó Roseveare—. Mis hermanos y yo solíamos jugar antes. Ahora están muertos los dos. Mons y Galípoli. Dios, que empiece ya.

—Yo solía jugar con los niños de mi calle —le contó Hayes—. ¿Has visto alguna vez a los chicos que juegan en las calles de Londres? Pensándolo ahora, éramos prácticamente unos salvajes.

—No. Me crie en Surrey. Aunque siento como si fuera de Wiltshire, por la escuela. ¿De verdad creéis que los proyectiles se han cargado la alambrada?

—Seguro —respondió Ellwood—. Y yo también lo siento así; siempre me pareció que la escuela era más mi hogar que mi propia madre.

—Si mi madre hubiera tenido dinero, ya te digo yo que no se lo habría gastado en pagar a unos extraños para que me criasen —comentó Hayes.

—Oye, pero ¡que no son extraños! —protestó Roseveare, que había vuelto a enfocar la vista—. Son tus iguales. Tus amigos. No te imaginas el cariño que le teníamos a la escuela, incluso cuando lo pasábamos mal.

Ellwood asintió.

—Sé que no es justo mandar a algunos niños a casas majestuosas para educarlos allí cuando otros casi no pueden recibir ninguna educación. Pero me cuesta posicionarme en contra de un sitio que me ha dado tantas alegrías.

Roseveare esbozó una sonrisa soñadora.

—Creo que nunca voy a volver a ser tan feliz como cuando corría de aquí para allá por Preshute con los Ardientes.

—Pues yo lo odiaba —dijo de repente Lantham. Roseveare y Ellwood se giraron para mirarlo—. Solía despertarme al oír a los demás chicos hablar de mí. Me quedaba inmóvil y los escuchaba mientras decían las cosas más espantosas que se puedan oír sobre uno mismo.

—Bueno, pero eso nos ha pasado a todos alguna vez —dijo Roseveare, quitándole importancia.

—Nos ayudaba a hacernos más fuertes —añadió Ellwood, que no olvidaría jamás las cosas que solía decir Burgoyne de él por la noche, cuando tenía trece años.

—Una vez me pegasteis —les dijo Lantham. Miró a Ellwood y a Roseveare—. Vosotros dos. Me atasteis a una silla y me pegasteis durante toda la noche.

Hayes maldijo en voz baja, pero Roseveare soltó una risita afectuosa.

—Se me había olvidado. Dios, ¡eramos malísimos! Lo siento mucho, Lantham. No me imaginaba que te lo fueras a tomar tan a pecho.

—Se lo hacíamos a todo el mundo —se justificó Ellwood—. Y a nosotros también nos ha tocado sufrirlo alguna vez. Nos hacía más fuertes —insistió.

Lantham negó con la cabeza.

—Pues a mí no me ayudó a hacerme más fuerte, al igual que tampoco me ayuda esto. Me dejó destrozado.

Un proyectil que sonó más fuerte de lo normal hizo que la lámpara colgante del techo se balanceara como loca.

—Dios —dijo Roseveare—, que empiece ya.

La noche del 30 de junio recibieron nuevas órdenes: atacarían a las siete y media de la mañana siguiente.

Thorburn se echó a reír cuando se enteró.

—A la luz del día... —dijo—. Va a estar divertido.

Ellwood pasó toda la noche en la alambrada, ya que había notado que no había demasiado espacio para que la atravesaran todos. Sabía lo que les ocurría a las tropas que se amontonaban durante los ataques a la luz del día. Bajo el cobijo de la oscuridad de la noche, llevó a Hayes y a algunos hombres a romper la alambrada con los guantes de cuero puestos, y saltaban a la trinchera cada vez que caían proyectiles cerca de ellos. Los alicates del ejército eran romos y de mala calidad, y los hombres se desanimaban por las bajas que sufrían mientras trabajaban. Cuando amaneció, Ellwood vio, consternado, que seguía sin haber suficiente espacio para atravesar la alambrada.

—Tenemos que volver adentro —dijo Hayes—. Nos pueden ver.

—Solo diez minutos más —le pidió Ellwood, pero poco después incluso él tuvo que admitir que los francotiradores les estaban disparando con una precisión inquietante, y regresaron al búnker.

—Son bávaros —dijo Hayes, tamborileando en la mesa con los dedos—. Se lo oí decir a un radioperador del batallón. Estamos bombardeando a soldados bávaros. ¿No era la madre de Gaunt de Múnich?

Con el estruendo y la vibración de los proyectiles, a Ellwood le cayó un trozo de tiza en el pelo. Sacudió la cabeza. Le parecía como si quien se había emborrachado con los primos de Gaunt en 1913 hubiera sido alguna otra persona; algún muchacho más feliz y afortunado.

A las cinco y media los hombres ya estaban preparados. Estaban todos borrachos como una cuba.

—Casi mejor —dijo Hayes.

La artillería hacía tanto ruido que Ellwood a veces casi se olvidaba de ella. Era imposible distinguir una única explosión. Lantham, que se había pasado los dos últimos días temblando, parecía estar enfermo. Tenía los ojos rojos e inflamados y se había mordido las uñas hasta las cutículas.

—No puedo pensar —le dijo a Ellwood—. No puedo pensar.

—No pasa nada, Maurice, amigo. No te hace falta pensar ahora mismo.

A las siete menos cuarto, el sonido de las explosiones alcanzó su punto álgido. Estallaron minas enormes que hicieron volar en pedazos la tierra de nadie, creando formas que a Ellwood le recordaron, por alguna razón, a los huevos de Pascua. Lo embargó una oleada de buen humor de lo ridículo que le parecía todo. Pero un minuto después ya se había disipado y la había sustituido una resignación sombría.

—¡Ay, Dios! —exclamó Lantham.

Tenía los ojos abultados de un modo exagerado, como los de un caballo al que Ellwood había visto morir una vez tras fallar un salto. Parecía fuera de sí.

—No pasa nada, Maurice, no pasa nada —le aseguró Ellwood, con expresión ausente.

Lantham inclinó la cabeza hacia el cielo, obligándose a dejar todos los músculos quietos.

Ellwood sacó un balón de fútbol y se lo enseñó a sus hombres.

—Bueno, vamos a ir avanzando despacio. Cada vez que veáis el balón, tenéis que darle una patada. El que le dé una patada que llegue a las trincheras de los alemanes gana. ¿Entendido?

Algunos de ellos esbozaron una sonrisa débil.

—¿Y si la meten ellos en nuestra trinchera? —le preguntó Lonsdale.

—Entonces me temo que habrán ganado ellos la guerra. Yo no soy el que crea las normas.

Ellwood sonrió. Fingir le hacía sentirse más valiente.

A las siete y veinte dejó de oírse la artillería. Los hombres guardaron silencio, salvo por un sonido estridente y chirriante que Ellwood comprobó poco después que procedía de Lantham. Rechinaba los dientes como un perro rabioso. Ellwood lo obligó a beber un poco de *whisky*, pero Lantham parecía incapaz de tragárselo. A las siete y veinticinco ya estaban esperando en la línea de fuego. Roseveare había regresado a su compañía. Ellwood estaba acobardado y se sentía débil, como si tuviera todo el cuerpo lleno de agua turbulenta. Hayes lo agarró y lo envolvió en un abrazo fuerte. Ellwood se lo devolvió con la misma intensidad. Así, durante un minuto, al menos, volvió a sentir que tenía huesos.

A las siete y veintinueve, se llevó el silbato a la boca, con la mirada clavada en su reloj de pulsera. Lantham estaba gimiendo, pero Ellwood no podía ayudarlo en ese momento.

A las siete y media, hizo sonar el silbato y se subió al escalón de tiro. Comenzó la batalla.

VEINTINUEVE

Gaunt oyó un disparo y un grito horroroso, pero ni él ni Pritchard se detuvieron. Los soldados los perseguían intentando dispararles, pero Gaunt y Pritchard no habían pasado todas esas horas en la tierra de nadie en vano. Los árboles les sirvieron de cobertura y se alejaron de la carretera juntos, corriendo a toda velocidad.

Al principio, la adrenalina impulsó a Gaunt, pero poco después su cuerpo famélico se empezó a rendir ante el cansancio. Justo cuando pensaba que iba a tener que detenerse y entregarse, Pritchard le tocó el brazo.

—Han dejado de perseguirnos —le dijo entre jadeos—. Escucha.

Gaunt se detuvo. En el bosque reinaba el silencio.

—¿Estará Gideon...?

—No lo sé —contestó Pritchard.

Estaban mirándose fijamente.

—Gideon no querría que volviéramos —aventuró Gaunt.

—No —coincidió Pritchard. Se produjo otra larga pausa—. Hay muchísimos sitios en los que te pueden disparar sin matarte —añadió.

—Sí —dijo Gaunt.

—Deberíamos...

—Sí.

Decidieron continuar. Ya había oscurecido. Al cabo de más o menos una hora, divisaron la vía de tren que sabían que bordeaba la frontera. La siguieron, escondiéndose de tanto en tanto entre los arbustos. Cuando estuvieron seguros de que no había nadie cerca, salieron de la maleza y atravesaron la vía.

—Está saliendo la luna —dijo Pritchard.

Si no cruzaban la frontera antes de que transcurriese una hora, tendrían que esperar hasta la noche siguiente, y estaban seguros de que los atraparían antes de entonces. Los soldados ya habrían averiguado quiénes eran, y el honor que obtendrían al capturar a tres oficiales británicos que habían escapado sería un incentivo importante para continuar con la búsqueda.

—Tenemos que hacerlo ahora, sea como sea —dijo Gaunt.

Estaba inmensamente agradecido por lo absorbente que resultaba la tarea que tenían entre manos. No le dejaba espacio en la mente para pensar en Devi, en ese grito.

Gaunt se había estudiado una y otra vez aquella parte del mapa. Había soñado con el pequeño arroyo que delineaba la frontera holandesa. Cuando lo vio, justo donde el mapa indicaba que debía estar, sintió una gratitud enorme por el oficial ruso cuyo nombre desconocía que había robado los mapas y que había hecho copias tantos meses atrás, no para poder escapar él mismo, sino para permitir que huyeran otros.

Por supuesto, había un centinela paseando por el arroyo, pero estaba solo. Gaunt y Pritchard se ocultaron en una zanja y agacharon la cabeza.

—Tiene el rifle colgado a la espalda —informó Gaunt—. Le va a llevar un minuto dispararnos.

—¿Estás seguro de que esta es la frontera?

—Diría que sí. La habremos cruzado una vez que pasemos ese arroyo que hay detrás de él.

—Podríamos avanzar a rastras. Intentar pasar desapercibidos.

Gaunt sacudió la cabeza.

—Imposible. O esprintamos o nada.

—De acuerdo. A la de tres.

Gaunt contó hasta tres y salieron disparados de la zanja.

—¡Alto! —les gritó el centinela mientras trataba de hacerse con su rifle.

Gaunt y Pritchard pasaron a su lado a toda velocidad. Gaunt estaba convencido de que nunca jamás había corrido tan rápido.

Se estaba acercando a la línea de meta de una carrera que había comenzado hacía nueve meses, en Loos. Ellwood se encontraba al otro lado, y Gaunt no pensaba detenerse hasta llegar a él.

Bajaron tropezándose por la orilla mientras el centinela empezaba a disparar. La tierra les salpicaba en la cara. Como siempre que le disparaban, Gaunt estaba extrañamente lúcido. Los disparos sonaban lejanos y amortiguados por lo cerca que estaban en realidad.

Vadeó el arroyo y subió como pudo por la otra orilla. Pritchard avanzaba arrastrándose bocabajo y Gaunt se puso a cuatro patas. El centinela estaba a menos de seis metros de ellos y los veía a la perfección a la luz de la luna.

Pero los disparos habían cesado. Una vez que estuvo seguro de que sus oídos no lo estaban engañando, Gaunt se giró para mirar al centinela.

Había bajado el arma.

Estaban en los Países Bajos.

TREINTA

A las siete y veinte de la mañana del 1 de julio, por fin cesaron las bombas. Por primera vez en una semana, Ernst Grisar podía oír su propia respiración. Los alemanes, cobijados por las trincheras de tiza, hambrientos y sedientos, habían esperado a que pasara el bombardeo. Habían sufrido pocas bajas. Los proyectiles de artillería pasaban volando por encima de ellos, sin causar daños. De vez en cuando se venían abajo partes del muro de la trinchera y enterraban a los soldados entre los restos. Pero los desenterraban poco después, más o menos ilesos. Muchos de los proyectiles, tal vez la mitad, no llegaban a explotar siquiera.

Y ahora se habían detenido. El ataque era inminente. Ernst y la escuadra que lideraba, encargada de las ametralladoras, se arrastraron vacilantes hasta la línea de fuego. Ernst asomó un periscopio por la trinchera.

Nada.

—¿Por qué no vienen? —preguntó el soldado Weigand.

Ernst le dedicó una mirada ansiosa.

—No lo sé. De todos modos, no pueden atravesar la alambrada.

La alambrada estaba intacta; los proyectiles no le habían causado daños. Ernst dudaba que pudiera atravesarla un conejo siquiera.

A Weigand no se le veía tan convencido.

—Depende de cuántos lo intenten.

—Les llevamos ventaja. No seas tan pusilánime.

En realidad, el propio Ernst se sentía bastante débil. Estaban hambrientos. Aunque habían permanecido más o menos protegidos de los proyectiles, el ruido los había vuelto locos. Llevaban días sin poder dormir. Y ahora iban a tener que enfrentarse a un ataque cuya escala, al menos, igualaría la de la aterradora artillería. Por tercera vez desde que había salido del búnker, Ernst comprobó la munición. En ese aspecto, al menos, estaban bien abastecidos.

Durante diez minutos, todo parecía estar en calma. Los pájaros planeaban tranquilos por el azul oscuro del cielo.

—¿Por qué no vienen? —preguntó de nuevo Weigand.

—Calla —le ordenó Ernst—. Ya tendrás tiempo de disparar a los inglesitos.

Weigand no dejaba de mover los pies, nervioso.

—Es que está pasando demasiado tiempo. Parece un truco.

Era cierto. No era normal lo tranquilo que estaba todo. Durante un momento, Ernst se planteó la idea de salir de un brinco a la tierra de nadie y lanzarse al cielo. Parecía como si las trincheras de enfrente estuvieran vacías. Era un terreno tan desolado... A lo mejor los ingleses ni siquiera lo querían, después de todo. Desde luego, Ernst no.

Y entonces empezaron a aparecer cabezas por encima de la zanja profunda de las trincheras británicas.

—¡Fuego! —exclamó Ernst, y la ametralladora soltó un gemido de balas que hizo que las cabezas retrocediesen.

Pero pronto aparecieron más cabezas, y los hombres empezaron a salir de las trincheras. Aunque al momento se quedaron atrapados, amontonados frente a los pequeños huecos de la alambrada británica. Ernst ni siquiera tenía que apuntar. Cada bala impactaba en la carne, dado que había enemigos por todas partes. Era como disparar a una multitud. No, en una multitud la gente se habría dispersado, pero aquellos hombres seguían caminando con calma hacia delante, pasando por encima de sus camaradas caídos antes de que los abatieran también a ellos. Era absurdo.

—No es posible que este sea su plan —dijo.

Weigand no podía oírlo por encima del ruido de la ametralladora. Otra oleada de hombres había salido de la trinchera, y los disparos los atravesaban como una guadaña al cortar la hierba. Era irrisorio. Ernst no podía comprender la magnitud de aquello. Le recordaba a cuando su madre pasaba el dedo índice por los marcos de las ventanas y se llevaba la suciedad en él. De un barrido, caían cien hombres. Otro barrido, otros cien hombres. Y no dejaban de llegar. No habían avanzado más de tres metros y ya estaban vadeando cadáveres.

Aquí debe de estar Inglaterra entera, pensó. *Luego vendrán las mujeres, y después los niños, y los mataremos a todos.* Pensó en su primo Heinrich, y en su amigo Ellwood, que había ido a visitarlo a Múnich no hacía mucho. Un chico alegre, chispeante, al que le había encantado el carillón de la Marienplatz. Habían ido a pasear por las montañas y, cuando habían llegado a la cima, Ellwood había extendido los brazos como si fueran alas.

—¡Tierra de Goethe, de Schubert y de Wagner, llévame!

—Ignóralo —le había dicho Heinrich con indulgencia—. Le encanta alardear.

Y después Ellwood se había dejado caer sobre la hierba, con una sonrisa de felicidad en el rostro.

—Somos los chicos más afortunados del mundo, ¿eh?

Ernst intentó librarse de aquel recuerdo. No eran muchachos quienes marchaban hacia él, sino soldados, soldados que lo matarían en cuanto se abrieran paso. Cargó la munición en la ametralladora una y otra vez en un intento de detener el avance de los hombres que seguían marchando con firmeza, tan implacables como el mar. Ni siquiera corrían; tan solo caminaban hacia la muerte, como...

No encontraba nada con lo que compararlos. Ningún animal en la Tierra habría sufrido aquello. Ninguna criatura caminaría de una manera tan consciente, tan desesperada, hacia las fauces de la muerte. Weigand no dejaba de mover los labios; estaba rezando. Las lágrimas le manchaban el rostro.

¿Cuándo piensan detenerse?

Lo normal habría sido que algún general estuviera telefoneando a la línea del frente para decirles: «Suspended el ataque; es una masacre. No vamos a ganar nada. Quizás aún podamos salvar uno o dos batallones».

No tenía ni idea de cuánto tiempo había estado disparando con la ametralladora, ni de a cuántos hombres había matado. Algunos soldados habían empezado a encontrar agujeros en la alambrada alemana, pero, en cuanto se agolpaban para atravesarla, las ametralladoras se los cargaban sin mayor problema. Caían sobre los cadáveres de quienes los habían precedido, y aquellos que los seguían pisaban sus cadáveres antes de acabar abatidos también. Ernst ni siquiera podía considerarlos humanos. Los humanos no morían así, en masa. Empezaron a parecerle hormigas, y él se veía como un niño aplastándolas con los dedos. Era la única forma de seguir disparando, ahora que podía verles la expresión de concentración y pánico. Un proyectil estalló a su derecha y lanzó volando por los aires a una oleada de soldados británicos que casi habían alcanzado la línea alemana. Cuando se disiparon los escombros, Ernst vio, tan tranquilo, como si se tratara de una pesadilla, un par de manos sin cuerpo que seguían aferradas a la alambrada.

—¿*Oberleutnant* Grisar?

Había un soldado parado detrás de él.

—¿Sí?

—Han perdido dos oficiales en la compañía A. Me han enviado a buscarlo para que los sustituya.

Ernst siguió al soldado por las trincheras hasta llegar a la compañía A, que se había sumido en el caos por culpa de una granada que habían dirigido a la perfección. Mandó que sacaran de allí a los heridos, y los hombres volvieron al escalón de tiro con sus fusiles, para continuar con aquella siniestra carnicería. Los británicos se colaban por los agujeros de la alambrada, por aquí y por allá, y avanzaban sin que lograran detenerlos. Cuando los mataban, llegaban más. Eran montones. Pronto tendrían que combatir cuerpo a cuerpo. Ernst acababa de comprobar que tenía la bayoneta bien sujeta cuando un oficial británico se lanzó a la trinchera.

Tenía un aspecto asalvajado, estaba cubierto de sangre y no parecía asustado. Apuntó con la bayoneta primero a un alemán y luego a otro, como si todos estuvieran a su merced. Uno de los hombres de Ernst sacó su propia bayoneta para matarlo, y de repente Ernst lo reconoció.

—¡Alto! —gritó, y se acercó a él—. ¿Ellwood?

Ellwood parpadeó como si hubiera visto un fantasma. Tenía un aura diabólica, como si fuera un cuerpo lleno de fuego, desesperado por arder.

—No me voy a rendir, Ernst —dijo con una voz aguda—. Vas a tener que matarme.

TREINTA Y UNO

Tras una caminata de media hora llegaron a un pueblo.

—¿Y si estamos todavía en Alemania? —preguntó Pritchard.

A pesar de lo que había ocurrido con el centinela, Gaunt también tenía sus dudas.

—¿Crees que deberíamos seguir andando? —le preguntó a Pritchard.

—No sé si puedo —admitió Pritchard—. Tengo tanta hambre que siento como si me fuese a desmayar.

—Pues nos va a tocar pedir comida —dijo Gaunt—. Si nos atrapan, al menos nos ha ido bien hasta ahora.

No añadió: «Y entonces sabremos qué le ha pasado a Gideon». Pero sabía que ambos lo estaban pensando.

Pritchard asintió. Se acercaron a una pequeña cabaña de piedra con velas encendidas en las ventanas y llamaron.

Un hombre en ropa de cama les abrió la puerta. Los miró con desconfianza. Dado el aspecto asalvajado que tenían Gaunt y Pritchard en ese momento, Gaunt tampoco podía culparlo.

—¿Estamos en Overdinkel? —le preguntó Gaunt en alemán.

—*Jawohl*.

—¿Estamos en los Países Bajos?

—*Jawohl* —repitió el hombre.

Gaunt no pudo evitar estallar en carcajadas de alegría y alivio. A su lado, Pritchard dejó escapar una risita que no era nada propia de él. El holandés los miraba como si estuvieran locos.

—Hemos escapado de Alemania —le explicó Gaunt al hombre—. Somos oficiales británicos. ¿Tiene algo de comida que pueda vendernos?

Apareció una mujer en la puerta.

—¿Británicos? —preguntó.

—Sí —contestó Gaunt.

—¡Pasad, pasad!

Gaunt y Pritchard la siguieron al interior de la cabaña. Un fuego bailaba en el hogar. Pritchard no dejaba de reír; no se podía controlar.

—¿Tienen algo de comida? —preguntó de nuevo Gaunt, porque de repente sintió como si se le estuvieran desintegrando las entrañas—. Podemos pagarla.

Gaunt se despegó la suela de la bota en la que guardaba unas pocas monedas.

El holandés las rechazó con un gesto de la mano.

—No, no —les dijo en alemán—. Sois nuestros invitados. Sentaos, sentaos.

Gaunt le tendió el dinero, insistiendo una vez más.

—¡Que os sentéis! —ladró el holandés.

Gaunt y Pritchard lo obedecieron como si fueran niños de colegio. Lo observaban todo entre risas mientras la mujer les llevaba cerveza, tocino frío, pan y tres huevos grandes a cada uno. A Gaunt le pareció maná del cielo. Al principio pensó que podría comer el triple de aquello, pero cuando se terminó los huevos se encontró mal y tuvo que parar. Había estado tan concentrado en comer que no se dio cuenta de que la mujer le estaba hablando hasta que dejó el tenedor.

—¿Sería tan amable de repetir lo que ha dicho? —le preguntó, como si con la cortesía de sus palabras pudiera contrarrestar el salvajismo con el que había devorado los huevos.

—No tienes acento inglés —le dijo la mujer.

—Ah, pues sí que lo soy —contestó Gaunt.

—Pregúntales si podemos pasar la noche aquí —le pidió Pritchard.

Gaunt se lo preguntó. El holandés negó con la cabeza.

—Debemos entregaros a la guardia fronteriza.

A Gaunt se le puso la carne de gallina.

—¿Y que nos retengan en alguna celda hasta que acabe la guerra? Ni hablar.

—Es necesario.

Gaunt le explicó la situación a Pritchard, que se encogió de hombros.

—No te preocupes, Gaunto. Seguro que podemos escapar de cualquier viejo centro de detención holandés. Lo que necesito es darme un baño.

—Bueno. —Se giró hacia el holandés—. Está bien. Nos pueden entregar a la guardia fronteriza.

Les dieron las gracias al hombre y a su mujer por la comida e intentaron pagarles una vez más. Ninguno de los dos aceptó el dinero.

La luz de la luna iluminaba la noche, y Gaunt estaba aún disfrutando de esa sensación de plenitud que, después de tantas semanas de miseria, le resultaba novedosa. Cruzaron un patio empedrado y entraron en la comisaría. Gaunt y Pritchard vieron unos colchones en el suelo y fueron a tumbarse sin decirle nada a nadie. *Dejemos que el holandés lo explique todo*, pensó Gaunt.

Se durmieron al instante.

A la mañana siguiente, un guardia holandés afable les llevó un cubo de agua caliente, una pastilla de jabón y una cuchilla de afeitar para cada uno. Se lavaron lo mejor que pudieron. Cuando Pritchard se desnudó, Gaunt se sorprendió al ver lo delgado que se había quedado.

Una vez afeitados se sintieron mejor, pero aun así la única ropa que tenían estaba desgarrada y cubierta de barro. Era imposible que no pareciesen unos prisioneros fugados.

—Ahora tomaremos el tren a Hengelo —anunció el guardia.

—Ah —dijo Gaunt en tono de disculpa—. La verdad es que vamos a Ámsterdam.

—Me temo que no es posible.

—Ya sabíamos que era probable que dijera usted eso —le dijo Gaunt en el tono más cortés que pudo adoptar—. Pero no nos hemos escapado de Alemania para quedarnos en Hengelo. Estoy seguro de que lo entiende.

—Tengo órdenes de llevarlos a un centro de detención en Hengelo.

—Comprendo lo difícil que debe ser esto para usted. Pero, por desgracia, vamos a ir a Ámsterdam, con o sin usted.

El guardia parecía afligido. Era evidente que no tenía autoridad para dispararles, pero de todos modos se llevó la mano al rifle.

—¿Algún problema, Henry? —preguntó Pritchard.

—El pobre quiere llevarnos a Hengelo.

Pritchard adoptó una expresión de compasión.

—Qué pena que tengamos que decepcionarlo.

—Ya. ¿Fingimos ceder para que nos lleve a la estación de tren?

—Sí, así no se lo hacemos pasar tan mal. Pobre hombre, se le ve angustiado.

Gaunt se dirigió al guardia:

—Está bien, llévenos a Hengelo.

El guardia parecía de lo más aliviado. Después de un desayuno delicioso (aunque se lo tuvieron que dejar a medio comer), durante el cual Pritchard le robó al guardia un horario de trenes que llevaba en el bolsillo y le mostró a Gaunt que había un tren a Ámsterdam que salía en menos de una hora, el guardia los llevó de vuelta a la plaza del pueblo.

—El padre de Roseveare es diplomático en Ámsterdam —dijo Pritchard cuando el guardia caminaba unos pasos por delante de ellos—. Él nos podrá ayudar.

La estación era diminuta, pero al menos había un teléfono. Gaunt pidió con educación pero con insistencia en que el guardia les permitiera hacer una llamada, e hizo que Pritchard hablara con la embajada. Pritchard había sido muy amigo de Martin Roseveare, que había muerto en Galípoli. Al momento se puso en contacto con la embajada y les explicó su situación.

—Colgad —les ordenó el guardia—. ¡Ya está aquí nuestro tren!

—Ah, es que no vamos a subirnos a ese —le dijo Gaunt.

—¿Qué? —dijo el guardia, con el rostro pálido.

—Tomaremos el de las nueve y diez a Ámsterdam. Ya está todo organizado.

El guardia, impotente, dirigió la mirada al rifle.

—No se ponga así —le pidió Gaunt—. No me importaría llamar a su superior y explicárselo todo.

—Pero he de llevaros al centro de detención de Hengelo —insistió el guardia, que parecía hundido.

Pritchard colgó.

—Qué mala cara tiene este hombre, Henry. ¿Qué le estabas diciendo?

—No es culpa mía que sea tan obediente, joder. Déjame el teléfono, por favor, que voy a llamar al centro de detención ese del que no para de hablar.

Una vez que se puso en contacto con el centro, Gaunt les explicó con claridad y sin vacilar que lamentaba las molestias, pero que Pritchard y él se reunirían con sus amigos en la embajada británica de Ámsterdam esa misma mañana. Lo tuvo que repetir varias veces, ya que cada guardia con el que hablaba pasaba la llamada a su superior, hasta que al fin se puso al teléfono un comandante.

—Sí, sí, no pasa nada —dijo el comandante con impaciencia.

—¿Le importaría confirmárselo al guardia? Se le ve de lo más angustiado ante la idea de desobedecer las órdenes de sus superiores.

El guardia protestó sin demasiada decisión.

—Tome —le dijo Gaunt al pasarle el teléfono, y luego fue a sentarse con Pritchard en el banco de la estación.

—Todo el tiempo que hemos pasado a la intemperie hace que uno aprecie cosas como los muebles, ¿eh? —le dijo Pritchard.

—Sí —contestó Gaunt—. Los bancos son un invento maravilloso.

Ahora que estaban a salvo y con el estómago lleno, les resultaba más fácil ser optimistas. Devi habría estado en su salsa. No era justo. Al pensar en la palabra «justo», Gaunt soltó una risa triste.

Pritchard lo miró, pareció entender justo lo que estaba pensando y se dio la vuelta.

El guardia fue a reunirse con ellos; parecía irritado y resentido.

—Siento haberle engañado —se disculpó Gaunt—. Pero, si nos hubiésemos escapado de Hengelo, tan solo habríamos causado más problemas, ¿sabe?

El guardia suspiró, pero no respondió.

Una vez que estuvieron situados en un vagón cómodo de segunda clase del tren, Pritchard dijo que tenía hambre de nuevo.

—¿No se supone que tendría que darnos de comer? —preguntó, señalando al guardia.

—Bueno, ya nos dio de comer antes —respondió Gaunt.

—Pues yo estoy muerto de hambre. Vamos al vagón restaurante.

Se levantaron y salieron del vagón sin avisar al guardia, que fue tras ellos tropezándose y murmurando insultos. Lo ignoraron y emplearon el dinero de la bota de Gaunt para comprar champán y bocadillos. Gaunt le ofreció champán al guardia, que se limitó a fulminarlo con la mirada.

—Más para nosotros —dijo Pritchard.

Solo se había comido la mitad de su bocadillo. Gaunt se quedó mirándolo, sabiendo que lo tirarían o que lo devoraría algún trabajador hambriento.

—Ojalá estuviera aquí Gideon —dijo.

Pritchard no lo miró. Llenó las copas de ambos de champán, aunque no lo necesitaban.

—Es un cabrón muy duro —dijo después de que brindaran—. ¿Acaso no se tiró de un avión y aterrizó de pie?

—No creo que pasara exactamente así.

—Pasara como pasara, la cuestión es que sobrevivió. Después de algo así, sobrevivir a una bala es pan comido.

Ambos percibían el optimismo forzado en las palabras de Pritchard.

No volvieron a mencionar a Devi. No tenía sentido.

El señor Roseveare los estaba esperando en la estación.

—¡Santo cielo! —exclamó al verlos—. Pero ¡si parece que estáis moribundos! Bueno, venga, vamos. Tengo un taxi esperándonos.

—Tengo órdenes... —intervino el guardia.

El señor Roseveare le entregó un billete impoluto.

—Sí, gracias, ya me encargo yo.

El guardia se quedó mirando el dinero, perplejo.

—Pero...

—Muchas gracias por todo —le dijo Gaunt—. Perdónenos por las molestias que le hayamos podido causar.

Y entonces el señor Roseveare los metió en el taxi. Iba inmaculado, como todos los Roseveare. Gaunt, en comparación, se sintió desgarbado y fuera de lugar.

—Tenéis que estar muertos de hambre. Parecéis un par de esqueletos. Deberíais quedaros aquí unas semanas, relajaros y dejar que os alimentemos.

—No hemos tenido noticias de la guerra —le dijo Pritchard—. ¿Cómo va?

Al señor Roseveare se le ensombreció el rostro.

—Yo no me preocuparía por eso todavía —contestó.

—¿Por qué? ¿Qué ha ocurrido?

—Nada, solo una pequeña escaramuza en el Somme —respondió—. Alguna que otra baja en nuestro bando. Bueno, bastantes.

Gaunt sintió que se le revolvía el estómago. Pritchard se había quedado muy quieto a su lado.

—¿Cuántas?

El señor Roseveare miró por la ventanilla del taxi.

—Casi sesenta mil bajas del ejército británico solo el primer día.

—¿Sesenta mil? —repitió Gaunt, incrédulo.

—Lo están llamando el mayor desastre militar de la historia británica —añadió el señor Roseveare sin darle demasiada importancia.

Pritchard, como siempre, tuvo más sensibilidad que Gaunt y preguntó:

—¿Estaba su hijo en la batalla, señor?

—Sí. —Hizo una pausa—. No he tenido noticias suyas todavía.

Esbozó una sonrisa extraña y desagradable.

Gaunt y Pritchard guardaron silencio un momento.

—Siento mucho lo de Martin y Clarence —le dijo Pritchard—. Martin y yo éramos muy amigos.

Para sorpresa de Gaunt, al señor Roseveare se le anegaron los ojos de lágrimas. Gaunt había visto llorar a soldados, por supuesto, cuando estaban traumatizados y destrozados y cuando sentían más presión de la que podían soportar. Pero ver a un diplomático de unos cincuenta años vestido con ropa elegante venirse abajo tan rápida y fácilmente no era una consecuencia de la guerra que Gaunt hubiera previsto. No se había parado a pensar que las grietas llegarían tan lejos, ni tan hondo.

Pritchard y él apartaron la vista mientras el señor Roseveare se enjugaba las lágrimas.

—Estoy muy orgulloso de ellos, por supuesto —dijo con una voz afectada por la emoción—. Muy orgulloso. Como dice el refrán: *Dulce et decorum est pro patria mori.*

Pritchard le lanzó a Gaunt una mirada de advertencia, como si esperase que Gaunt empezara a despotricar sobre los objetivos de la guerra y la traición de los generales y el armamento moderno como un crimen contra la humanidad. Pero nada de eso se le pasaba siquiera por la cabeza a Gaunt. Mientras el señor Roseveare se guardaba el pañuelo, Gaunt solo podía pensar en lo cruel que sería desilusionarlo.

—Me atrevería a decir que cualquiera de nosotros estaría encantado de morir por Inglaterra —le dijo.

—Sí, exacto —contestó el señor Roseveare—. Y seguro que Cyril... Estoy seguro de que... saldrá adelante.

—¿Ha oído... algo sobre mi hermano? ¿Sobre Bertie? —le preguntó Pritchard.

El señor Roseveare negó con la cabeza.

—No, lo siento. Ya saldrá en los periódicos. Ah, hemos llegado.

El señor Roseveare los alojó en un hotel de lujo del centro de Ámsterdam y les entregó unos billetes para ir en barco a Inglaterra al día siguiente.

—Seguro que los dos recibiréis Cruces Militares.

—Qué maravilla —dijo Pritchard mientras exploraba el cuarto de baño—. ¡Vaya, esto sí que es un baño!

—Os veo esta noche para cenar en el restaurante. Pedid lo que queráis; corre a cuenta de la embajada.

—Muchas gracias —le dijo Pritchard.

—De nada. Los viejos alumnos de Preshute tenemos que ayudarnos unos a otros, ¿no?

A su pesar, Gaunt pensó en Hayes. Si Hayes se hubiera fugado de un campo de prisioneros de guerra, lo habrían enviado al centro de retención de Hengelo, y nadie habría hecho nada al respecto.

Se preguntaba si Hayes seguiría vivo. Los oficiales subalternos no solían salir muy bien parados.

Pritchard se volvió hacia Gaunt.

—No leamos hoy los periódicos. No lo podría soportar. Solo quiero bañarme y una buena comida. No soportaría verlo en el Cuadro de Honor ahora mismo.

Gaunt asintió.

—De acuerdo, ya lo miraremos mañana, en el barco.

—Sesenta mil bajas… —dijo Pritchard.

Gaunt se obligó a contener el pánico. Estaba asombrado ante todas las texturas diferentes que podía poseer el miedo. Habría preferido tener que enfrentarse a las ametralladoras que leer los periódicos y toparse con el nombre de Ellwood allí, permanente como una lápida.

—Báñate tú primero —le ofreció Pritchard.

—Gracias.

—¿Crees que Gideon…?

—Mañana. En el barco. No pensemos en nada de eso hasta entonces.

—Vale —dijo Pritchard—. Tienes razón.

TREINTA Y DOS

Un fuego ardía en el interior de Ellwood. Moriría con el fuego en los huesos, porque cuando se apagara no quedaría nada. Tan solo ceniza.

Se dio cuenta de que Ernst lo estaba mirando con una tristeza extraña que lo anegaba. Entonces algo cambió en sus ojos. Abrió la boca para hablar...

Y le arrancaron la mitad inferior de la cara de un disparo. Roseveare estaba encima de la trinchera. Ernst abrió los ojos de par en par al sentir el espacio vacío donde antes tenía la boca.

Roseveare le tendió una mano a Ellwood, que se aferró a ella y se alejó de un salto de los alemanes, que se habían quedado anonadados. Roseveare lo sacó de la trinchera, y los dos atravesaron la alambrada y llegaron al hoyo de una mina, donde estaban más o menos a salvo. Ellwood aterrizó sobre un torso sin cabeza, empapado de sangre. Junto a Roseveare había un cuerpo carbonizado que se agitaba ligeramente con los últimos retazos inútiles y dolorosos de vida.

Roseveare y Ellwood se miraron; se habían quedado mudos.

—Están todos muertos —le dijo Roseveare al fin.

—Ya.

—Todos mis hombres.

—Y todos los míos.

—Tenemos que volver a la línea —opinó Roseveare, mirando hacia arriba.

—Tenemos órdenes de seguir avanzando.

—¡A la mierda las órdenes, Ellwood! No podemos avanzar. ¡Es imposible! ¡Están todos muertos!

—Pero nosotros no. Y tenemos órdenes de seguir avanzando.

—Ellwood...

—El coronel nos dijo que no debíamos detenernos hasta llegar a Berlín.

Ellwood se puso de pie y comenzó a trepar.

—Si tú vas a seguir, yo también —dijo Roseveare, y se dispuso a subir con su amigo.

Ellwood se detuvo.

—No seas estúpido.

Roseveare alzó la barbilla, terco y decidido, y Ellwood se dio cuenta por primera vez de lo que significaba ser uno de esos nombres preciados de la lista mental de Roseveare.

—Quédate aquí —le pidió Ellwood.

Roseveare negó con la cabeza.

—Todos para uno y uno para todos —dijo.

Se aferraron a la tierra húmeda, y entonces Ellwood asintió y ambos treparon. Fueron reptando bocabajo hacia las trincheras alemanas y atravesaron de nuevo la misma brecha de la alambrada por la que se habían colado antes. Encontraron a un puñado de soldados británicos combatiendo cuerpo a cuerpo con los alemanes. Las balas pasaban volando junto a Ellwood, pero de algún modo sabía que no lo alcanzarían, o tal vez no le importaba que lo alcanzasen. Se quedó allí plantado y un muchacho alemán corrió hacia él. Ellwood lo apuñaló con la bayoneta. Cuando practicaban con la bayoneta tenían que luchar contra sacos de arena, pero los sacos de arena no tenían costillas. La hoja se le clavó en los huesos al chico. Ellwood tuvo que tirar de ella, como quien agita una llave atascada en una cerradura. El chico lo miraba, aturdido, abriendo y cerrando la boca como un pez. Por fin, Ellwood disparó al muchacho en el estómago, y el disparo le hizo retroceder con tanta fuerza que la bayoneta salió al fin del cuerpo. El chico se desplomó, agarrándose el vientre.

—*Mutter...* —dijo.

Pero otro alemán había ocupado su lugar. Ellwood se quitó la mochila para poder moverse con más facilidad y le atravesó el ojo al soldado que se acercaba. El casco salió volando conforme caía al suelo de espaldas y reveló una cabeza calva; a Ellwood le vino a la mente una imagen fugaz y dolorosa de una familia pasándose en silencio un telegrama unos a otros. Trató de ignorarla. Tenía demasiado calor. Se quitó el nuevo casco de acero y lo tiró al suelo, junto a la mochila. No dejaba de agacharse y esquivar golpes; era como los ejercicios que llevaban a cabo en el patio de armas; era matar como habían matado en Azincourt, y lo dejaría como nuevo. *Inglaterra es mágica. Nada puede hacer que todo esto merezca la pena.* Le iba la mente de un lado a otro, como loca, y pensó en el rey Arturo, en las entrañas que salían despedidas de los cuerpos, en la guerra de los Cien Años, en que tenía el rifle cubierto de sangre...

TREINTA Y TRES

Fue el baño más celestial que Gaunt se había dado jamás. No se acababa nunca el agua caliente, así que llenó la bañera dos veces mientras se frotaba hasta dejarse la piel en carne viva. El señor Roseveare les había dado un par de uniformes limpios para que se cambiaran, y cuando salió del baño Gaunt se sentía de nuevo como un hombre.

—Sí que te has tomado tu tiempo —le dijo Pritchard.

—Tienes suerte de que haya salido —respondió Gaunt—. He estado a punto de comprar la bañera y vivir ahí el resto de la eternidad.

Una vez que Pritchard estuvo también limpio y vestido (seguía estando esquelético, al igual que Gaunt; ambos tuvieron que hacerse nuevos agujeros en el cinturón para que no se les cayeran los pantalones), salieron a dar un paseo por la ciudad. El señor Roseveare les había dejado dinero en la recepción, y paraban cada hora para comer porque siempre tenían hambre. La escasez de alimentos era extrema, y a menudo tenían que probar suerte en varias panaderías antes de encontrar una en la que tuvieran pan.

—Han mezclado la harina con serrín —dijo Pritchard mientras miraba con tristeza el panecillo que acababa de morder.

—La verdad es que me da igual —contestó Gaunt.

Se encogieron al oír el chirrido de los tranvías, demasiado parecido al silbido de los proyectiles. Vieron tulipanes y cuadros de Rembrandt y chicas en bicicleta, y no hablaron mucho. Cenaron en el restaurante del hotel, y les pareció un festín espléndido comparado con el pan de serrín. Allí también sufrían la escasez de alimentos, pero resultaba evidente que el hotel estaba familiarizado con el mercado negro. Les sirvieron filetes —duros y fibrosos, pero filetes al fin y al cabo— y patatas con mantequilla de verdad.

—Disfrutadlas —les dijo el señor Roseveare—, que últimamente las patatas son oro.

Los sabores les resultaban casi demasiado intensos después de las semanas que habían pasado comiendo pastillas de carne. Gaunt solo se pudo comer la mitad de su filete, a pesar de lo delicioso que estaba.

El señor Roseveare quería que le contaran cómo había ido la huida con todo lujo de detalles y les sirvió champán para soltarles la lengua.

—Parece que ese tal Gideon Devi fue quien lo planeó todo, ¿no? —les dijo.

—La verdad es que sí —admitió Pritchard.

—¡Y luego se sacrificó para que vosotros pudieseis sobrevivir! —El señor Roseveare adoptó una expresión seria—. La guerra saca lo mejor de los hombres.

Gaunt quiso responder, pero se contuvo.

—Los une —dijo Pritchard, diplomáticamente.

—El ordenanza de Clarence me escribió para contarme cómo mataron en realidad a Clarence —dijo el señor Roseveare, agitando la copa de vino—. Nada de esas tonterías de «una muerte instantánea y sin dolor» que dicen para consolar a las mujeres. Me dijo que le habían disparado en la cadera y en la pierna en la tierra de nadie, pero que no quiso gritar por miedo a atraer a los camilleros y causarles también la muerte a ellos. Se mordió el brazo para no chillar. Encontraron las marcas de los dientes.

A Gaunt le temblaban las manos demasiado como para sostener la copa de champán. La dejó en la mesa y ocultó las manos en el regazo. Pritchard también estaba pálido; la piel lívida contrastaba con su pelo rojo.

—Era tan valiente… —dijo el señor Roseveare—. Solo tenía veintidós años. Estaba… tan orgulloso de él. Disculpad.

Se secó los ojos.

—A veces me da la sensación de que la guerra es más dura para los padres que para los soldados —dijo Pritchard.

Gaunt sabía que estaba mintiendo, pero él también habría mentido si se le hubiera ocurrido. En lo único en lo que podía pensar en realidad era en la tierra de nadie por la noche, cuando las estrellas la iluminaban y parecía contener el mundo entero. El filete y el champán le repugnaban. La porcelana delicada y la cubertería de plata estaban pegajosas, cubiertas de algo intangible, algo más inmundo que el barro de las trincheras. Pritchard, a su lado, dejó caer el tenedor con un estrépito. Gaunt aún recordaba los nombres de todos los hombres de su compañía. ¿Dónde dormirían esa noche? ¿Cuántos quedarían vivos?

—Mi mujer cree que puede hablar con ellos —dijo el señor Roseveare, mirando la nada—. Está en Inglaterra. Asiste a sesiones de..., ya sabéis, *espiritismo*. Tal vez sí que pueda hablar con ellos, no sé... —Se le quebró la voz y tosió—. Ojalá nunca tengáis que enterrar a un hijo —añadió—. Y mucho menos a dos.

Abrió la boca para continuar y volvió a cerrarla.

Gaunt y Pritchard lo miraban impotentes. Era evidente que estaba pensando en su tercer y último hijo, del que aún no habían recibido noticias.

Tras un momento, sacudió la cabeza y sonrió.

—Pero, bueno, quiero saber más sobre vuestras aventuras. Habéis mencionado algo de un túnel. ¿Qué pasó allí?

TREINTA Y CUATRO

Roseveare se cayó, puso una mueca de dolor y se agarró con fuerza el hombro.

—Ellwood, ayúdame —le pidió.

Ellwood se detuvo, pero solo un instante. Tiró el rifle, cargó con Roseveare en brazos y echó a correr.

Después de todo, no estaban tan lejos. Por inmensa que fuera la tierra de nadie, en términos de las vidas que se habían perdido en ella, seguía siendo un pedazo de tierra poco más ancho que un campo de *rugby*. Era consciente de que les llegaban muy pocas balas: los alemanes evitaban matar a los hombres mientras se retiraban. En pocos minutos, Ellwood estaba de nuevo en la trinchera británica. Los camilleros recorrían de un lado a otro la línea conforme llevaban a los hombres al hospital de campaña.

—¿Estás bien? —le preguntó a Roseveare.

—Sí. Desde aquí ya puedo ir caminando.

Ellwood se dirigió al escalón de tiro.

—¡Ellwood!

—¿Qué?

—No estarás pensando en volver a salir, ¿no? ¡Por el amor de Dios, espera hasta que oscurezca!

Ellwood ni siquiera trató de comprender lo que le decía. Sencillamente volvió a la tierra de nadie y comenzó a buscar hombres con posibilidades de sobrevivir. A los que encontró los llevó a rastras hacia las trincheras. La mitad de ellos murieron por el camino, pero no podía parar. La sangre de Hayes salpicándole los ojos. El cuerpo de Pritchard destrozado. «Mi nombre es Ozymandias, el gran rey...».

Grimsey estaba apoyado contra un pequeño montón de cuerpos y tierra revuelta. Le faltaba uno de los brazos, y con el otro estaba disparando una y otra vez, aunque se había quedado sin balas hacía ya un buen rato.

—Déjame —le dijo a Ellwood—. Quiero morir.

En la trinchera, tumbaron a Grimsey de inmediato en una camilla.

Gaunt estaba apoyado contra la pared de la trinchera, con su frac de Preshute. Ellwood no podía mirarlo. Se dio la vuelta y volvió a salir.

Había perdido la cuenta de cuántos viajes había hecho cuando recibió la herida de metralla en la cara. Fue como si le hubieran dado un balonazo en la cabeza. Tropezó, se cayó al suelo y soltó al hombre herido que llevaba en brazos. Había algo que le cubría el ojo izquierdo; no podía ver por él. Tenía las manos sucias, manchadas de tierra y de sangre. Las había usado para contener la sangre de las heridas de los hombres, para meter intestinos en estómagos, para arrastrar a hombres con cuerpos destrozados por el barro repleto de cadáveres hasta las trincheras. Y entonces las usó para tocarse el rostro.

No la sentía como su cara. Parecía carne caliente de una carnicería.

El hombre herido que había estado llevando gimió, y Ellwood recordó su propósito. Levantó al hombre y siguió arrastrándolo, desorientado por haber perdido la mitad de la visión. Se cayó tres veces antes de regresar a la trinchera. A la tercera vez, se dio de bruces contra un cadáver. Escupió la sangre del muerto que se le había quedado en la boca y siguió avanzando entre tambaleos.

Cuando por fin llegó al hospital de campaña, se hicieron cargo del hombre y Ellwood se dispuso a marcharse.

—¿A dónde crees que vas? —le preguntó un médico que parecía agotado.

Ellwood señaló sin fuerzas hacia la tierra de nadie. El médico lo agarró del brazo y lo condujo hasta un claro de hierba, donde lo dejó junto a un hombre que se había quedado sin manos por una explosión.

—Estoy bien —le aseguró Ellwood al médico—. No siento nada.

—Dentro de poco lo sentirás —contestó el doctor—. Te han destrozado la mitad de la cara.

Al menos, eso es lo que a Ellwood le pareció que había dicho, pero estaba seguro de que lo había oído mal. Estaba cansado. Se tumbó en la hierba y se quedó mirando el cielo azul y las alondras que volaban en círculos.

«Para desfallecer a la luz del sol que ama, / desfallecer en su luz, y morir», pensó.

No sentía dolor alguno.

TREINTA Y CINCO

—¡**P**or el amor de Dios, Henry!

—Lo siento —dijo Gaunt entre jadeos—. Lo siento.

Las sábanas estaban empapadas de sudor. Pritchard encendió dos cigarrillos y le pasó uno a Gaunt.

—Gracias —le dijo Gaunt—. Lo siento mucho. Voy a quedarme despierto un rato para que puedas dormir.

—Es inútil. No dejo de ir al puñetero escalón de tiro en sueños.

Se fumaron los cigarrillos en silencio.

—Todo irá mejor cuando volvamos al frente —dijo Gaunt al cabo de un rato.

—¿Y qué vamos a hacer cuando termine la guerra? ¿No dormir nunca?

Gaunt se rio.

—¡Como si la guerra fuera a terminar!

—¿Te ha dicho alguien alguna vez que tu pesimismo es una forma de egoísmo?

Gaunt parpadeó.

—No.

—Pues lo es —le dijo Pritchard.

Estaba acurrucado en el extremo de la cama, con la barbilla apoyada en las rodillas. Si estuvieran en la celda de aislamiento, Devi se habría despertado, habría dicho algo inane, como «¡Arriba ese ánimo, amigos!», y el odio pasajero hacia él habría unido a Pritchard y a Gaunt.

Podías recibir un disparo en la cabeza y sobrevivir. En el pulmón, en el vientre. Gaunt había visto morir a hombres por heridas en las piernas que parecían inofensivas, y los había visto sobrevivir tras explosiones violentas. Era inútil conjeturar sobre el destino de Devi, pero a la vez era imposible no hacerlo.

—Vamos a dar un paseo —dijo—. Si tengo que disparar a Harkins en sueños una vez más, no sé qué voy a hacer.

—De acuerdo.

Se vistieron y salieron a las calles silenciosas de Ámsterdam.

—¿Qué fue lo que pasó con Harkins? —le preguntó Pritchard—. Más o menos lo intuyo, pero no sé todo lo que ocurrió.

—No quisieron salir de las trincheras. Gas.

—En Ypres.

—Sí. Lo más gracioso es que, cuando salimos, todos acabamos heridos, así que ¿qué más daba?

—Disparar a tus compatriotas siempre te deja una sensación horrible; es normal.

Gaunt volvió a reír.

—Ya, pero yo siempre he tenido que disparar a mis compatriotas.

—Te refieres a los alemanes.

—Sí.

Observaron la luz de las farolas reflejadas en el agua en calma del canal.

—Esto es todo lo que necesito ahora mismo —dijo Gaunt.

—Ámsterdam, por la noche, con un amigo —añadió Pritchard.

No volvieron a hablar. La belleza apacible de la noche los absorbió por completo.

Cuando amaneció, el cielo se volvió gris y comenzó a sonar de nuevo el ruido de la vida. No regresaron al hotel; no tenían nada que quisieran recoger para llevárselo. Fueron paseando sin prisa hasta la estación de ferrocarril y tomaron el tren a Hoek van Holland.

—¿Crees que alguna vez dejaremos de tener hambre? —preguntó Pritchard.

Fueron al vagón restaurante y compraron bocadillos de una carne que estaba harinosa.

—¿Qué clase de carne es esta? —preguntó Gaunt.

—Carne —respondió el hombre que vendía los bocadillos, y no les quiso dar más detalles.

En Hoek van Holland subieron al ferri que los llevaría a Inglaterra, siempre que no se toparan con ningún submarino alemán. No había demasiada gente en el ferri. Atravesar el Canal era peligroso. Gaunt y Pritchard fueron primero a la cafetería a comprar más comida y luego al salón principal, que estaba vacío. En el centro de la sala había una mesa baja con un montón de periódicos, tanto holandeses como británicos.

Pritchard y Gaunt se acercaron con cautela a la mesa mientras observaban los periódicos, como si en cualquier momento pudieran cobrar vida y dispararles.

—No quiero que me lo tenga que contar mi madre —dijo Pritchard.

—Puede que Bertie no estuviera siquiera en la batalla del Somme. Quién sabe, puede que hasta esté tomando el sol en Palestina —dijo Gaunt.

—Sesenta mil bajas —añadió Pritchard—. Deben de haber enviado a un montón de tropas a Francia para que haya tantas víctimas.

—¿Qué te parece si busco yo a Bertie y tú a Ellwood? —sugirió Gaunt.

Pritchard suspiró aliviado.

—Sí, buena idea.

Había varios ejemplares del *Times*. Se sentaron y se miraron antes de hacerse con ellos. Gaunt fue pasando las hojas hasta llegar al Cuadro de Honor. Había páginas y páginas. Encontró los nombres que empezaban por «P» y buscó a Pritchard. Sus ojos aterrizaban cada dos por tres en los nombres de chicos que conocía de Grinstead, de Preshute, de los bailes a los que había asistido durante el verano de 1914. Pritchard estaba sentado a su lado, emitiendo leves exclamaciones que distraían a Gaunt.

—¡Hugo Elliot! Una vez fui de caza con él; tenía una yegua gris muy bonita... Percival Ellis... Gaunt, ¿lo conocías? Estaba en

River House, en tu curso, creo. Tocaba el piano como los ángeles. Solía escucharlo cuando practicaba. Era un chico muy modesto.

Gaunt apenas lo estaba escuchando. Ya había encontrado el nombre que buscaba.

—Archie —dijo con voz ronca.

—Lo siento —se disculpó Pritchard—. Lo siento. Es que hay tanta gente que conozco… —Una pausa—. Aquí no está Ellwood.

La luz del sol que se filtraba por las ventanas sucias parecía extraña, irreal.

—¿Estás seguro? —le preguntó Gaunt.

—Sí. Voy a mirar entre los heridos.

A Gaunt no se le pasó por la cabeza alegrarse. Había demasiadas posibilidades distintas. Ellwood podría haber muerto en alguna batalla anterior. Podría estar herido, a punto de morir.

Por otra parte, tenía que decírselo a Pritchard. Las letras pequeñas y negras del nombre lo miraban. No era más que tinta, y aun así era lo más cruel que había visto Gaunt jamás.

—Archie —repitió, pero Pritchard siguió parloteando, alzando la voz, excitado.

—¡Clement Edwards! Iba conmigo a primaria. Ojalá dieran más información que solo «herido». Una vez, un chico que conocía se resbaló en los tablones antes de salir a la batalla y se rompió el tobillo. Y luego figuraba como «herido», igual que mi hermano Charlie, que acabó muriendo del disparo en el vientre.

—Archie…

—Capitán Ellwood, Fusileros Reales de Kennet.

—¿Qué?

—Está herido.

Gaunt no podía respirar.

—A ver.

Pritchard le entregó el periódico y dejó el dedo índice sobre el nombre de Ellwood. Gaunt pronunció las palabras. «Capitán Ellwood, Fusileros Reales de Kennet. Herido».

—¿Has encontrado a Bertie? —le preguntó Pritchard.

Gaunt lo miró a los ojos y asintió.

—¿Está... herido? —preguntó Pritchard.

Gaunt negó con la cabeza.

Pritchard extendió la mano sin decir nada. Gaunt le pasó el periódico y señaló donde ponía «Herbert Wollaston Pritchard, Subteniente, Fusileros Reales Escoceses, muerto en combate el 1 de julio, a la edad de 18 años».

Pritchard dejó el periódico. El barco los mecía como si estuvieran en una cuna.

—Lo siento —le dijo Gaunt.

Pritchard no respondió. Estaba inmóvil, tanto que Gaunt pensó que estaba conteniendo la respiración. Gaunt le posó una mano en el hombro.

—Mi madre se lo va a tomar fatal... —dijo Pritchard.

—Lo siento —repitió Gaunt.

—No... no pasa nada —murmuró Pritchard casi sin aliento—. Ah, mira, aquí aparecen los resultados del críquet indio. ¿Me los puedes leer, Henry? No veo nada...

Estaba cegado por las lágrimas. En voz baja pero firme, Gaunt leyó los resultados del críquet.

THE PRESHUTIAN

VOL. LI. — N.º 763.   12 DE JULIO DE 1916.   Precio 6 peniques

~CUADRO DE HONOR~

*ESTAREMOS ENCANTADOS DE PUBLICAR
LOS DATOS QUE NOS ENVÍEN LOS PADRES O
LOS AMIGOS.*

MUERTOS EN COMBATE

Aldworth, Edmund Hamo (Capitán y asistente), Fusileros Reales Irlandeses, muerto en combate el 1 de julio, a la edad de 19 años.

Birley, George (Teniente), Fusileros de Northumberland, muerto en combate el 1 de julio, a la edad de 23 años.

Blumenfeld, Leslie Frederick Chamberlain (Subteniente), Fusileros de Lancashire, muerto en combate el 1 de julio, a la edad de 20 años.

Cathcart, Lancelot Owen (Subteniente), Regimiento de East Lancashire, muerto en combate el 1 de julio, a la edad de 26 años.

Davidson, James Ainslie (Teniente y capitán provisional), Regimiento de Londres, muerto en combate el 1 de julio, a la edad de 22 años.

Ellis, Percival (Subteniente), Infantería Ligera de Somerset, muerto en combate el 1 de julio, a la edad de 18 años.

Elmhirst, Francis (Teniente), Compañía de Ametralladoras de la Brigada, muerto en combate el 1 de julio, a la edad de 27 años.

Farlow, Ronald (Teniente), Cuerpo Aéreo Real, muerto en combate el 1 de julio, a la edad de 20 años.

Holmes, Guy Geoffrey (Subteniente), Infantería Escocesa del Rey, muerto en combate el 1 de julio, a la edad de 21 años.

Lantham, Maurice Morton (Subteniente), Fusileros Reales de Kennet, muerto en combate el 2 de julio, a la edad de 16 años.

Pritchard, Herbert Wollaston (Subteniente), Fusileros Reales Escoceses, muerto en combate el 1 de julio, a la edad de 18 años.

Robinson, Cecil Lionel Charles (Capitán), Regimiento de York y Lancashire, muerto en combate el 1 de julio, a la edad de 26 años.

Spooner, I. Robert (Subteniente), Artillería Real de Campaña, muerto en combate el 1 de julio, a la edad de 22 años.

Yule, Richard Alexander (Soldado), Regimiento de Middlesex, muerto en combate el 1 de julio, a la edad de 19 años.

HERIDOS DE MUERTE

Bell, William Percy (Subteniente), Regimiento de Suffolk, fallecido el 3 de julio, a la edad de 18 años.

Davies, Alistair Westcott (Capitán), Cuerpo Aéreo Real, fallecido el 10 de julio, a la edad de 28 años.

Fairbanks, Edward John (Capitán), Regimiento de Leicester, fallecido el 5 de julio, a la edad de 22 años.

Goode, Philip Francis Ewbank (Subteniente), Regimiento del Rey (Liverpool), fallecido el 3 de julio, a la edad de 20 años.

Gordon, Clifford Thomas (Teniente), Regimiento de Middlesex, fallecido el 8 de julio, a la edad de 23 años.

Hugo, Charles Woodhouse (Teniente), Regimiento de Dorset, fallecido el 9 de julio, a la edad de 22 años.

Long, Lawrence Archibald (Teniente), Regimiento Real de West Surrey, fallecido el 2 de julio, a la edad de 20 años.

Lovegrove, Rollo Christie (Capitán), Regimiento York y Lancaster, fallecido el 7 de julio, a la edad de 20 años.

Meyrick, Edward Mann (Capitán), Ingenieros Reales, fallecido el 10 de julio, a la edad de 28 años.

Pittar, Lawrence Dale Montagu (Subteniente), Fusileros Reales, fallecido el 2 de julio, a la edad de 18 años.

Rosing, James Devereux (Capitán), Regimiento de Middlesex, fallecido el 4 de julio, a la edad de 21 años.

Streatfeild, Cedric D'Aubigne (Teniente), Quinto Batallón de los Fusileros de Lancashire, fallecido el 6 de julio, a la edad de 19 años.

MUERTOS

Cathcart, Roland Henry Richard (Teniente), Regimiento de South Lancashire, fallecido el 10 de julio de neumonía tras las heridas recibidas el 1 de julio, a la edad de 22 años.

Iles, Gerald Vincent (Cabo), Regimiento de Cambridgeshire, fallecido de enfermedad en servicio activo, el 30 de junio, a la edad de 29 años.

Kinloch, Errol Musgrave (Capitán), Cuerpo Médico del Ejército Real y Cuerpo de Caballería Voluntaria de Essex, fallecido en Londres tras una operación el 5 de julio, a la edad de 30 años.

HERIDOS

Alington, A. W. (Teniente Coronel), Regimiento de West Kent.

Ashfield, G. M. (Teniente), Regimiento Real de West Kent.

Barnes, H. N. (Comandante), Fusileros de Lancashire.

Bartlett, S. H. (Teniente), Regimiento de Northants.

Belben, A. P. (Capitán), Regimiento Border.

Bellhouse, H. U. S. (Teniente), Regimiento Real de West Kent.

Brown, B. C. (Teniente), Regimiento de North Staffordshire.

Buchanan, C. (Capitán), Guardia.

Burt, L. (Teniente), Guardia de la Frontera de Gales del Sur.

Butler, W. B. R. (General de Brigada), C. M. G.

Cameron, G. M. (Subteniente), Regimiento Real de Sussex.

Campion-Lock, F. M. (Teniente), Regimiento Real de Sussex.

Charlesworth, H. B. (Subteniente), Regimiento Real de West Surrey.

Coke, S. W. (Subteniente), Regimiento Leal de North Lancashire.

Cornwall, M. T. (Subteniente), Regimiento de Hampshire.

Dent, L. T. (Subteniente), Middlesex (Cuerpo Aéreo Real).

Dexter, C. S. (Teniente Coronel), Caballería India.

Donnison, C. H. (Subteniente), Artillería Real de Campaña.

Ellwood, S. L. (Capitán), Fusileros Reales de Kennet.

Farrow, J. (Capitán), Regimiento de Norfolk.

Formby, A. F. (Teniente), Artillería Real de Campaña.

Fox, R. G. (Capitán), Regimiento de Cambridgeshire.

Gardiner-Lewis, J. V. (Capitán), R. G. A.

Geoghegan, T. S. H. (Teniente coronel), Fusileros de Lancashire.

Godfrey, N. A. C. (Capitán), Highlanders de Argyll y Sutherland.

Gray, R. J. (Teniente), Artillería Real de Campaña.

Grimsey, H. (Subteniente), Regimiento de South Lancashire.

Grosvenor, G. M. (Subteniente), Regimiento Real de Sussex.

Hancock, J. W. (Subteniente), Fusileros Reales de Munster.

Harper-Paul, C. W. (Capitán), Artillería Real de Campaña.

Herbert, V. R. (Subteniente), Artillería Real de Campaña.

Hilder, F. (Subteniente), Brigada de Fusileros.

Holland, L. A. (Capitán), Cuerpo Real de Fusileros del Rey.

Howell, W. E. M. (Capitán), Regimiento Real de Berkshire.

Leach, T. C. (Teniente), Cuerpo Real de Fusileros del Rey.

Letts, T. E. T. (Teniente), Infantería Escocesa del Rey.

Lowth, J. L. (Sargento), Infantería Ligera de Oxford y
Buckinghamshire.

Lushington, R. J. (Capitán y asistente), Regimiento Leal de
North Lancashire.

Mallinson, D. M. (Subteniente), R. G. A.

Mansell, J. B. (Capitán), Cuerpo Real de Fusileros del Rey.

Mansergh, G. C. R. (Capitán y asistente), Regimiento de South
Staffordshire.

Milford, G. T. (Subteniente), Regimiento Real de Warwick.

O'Shea, S. E. (Subteniente), Cuerpo Aéreo Real.

Parsons, N. A. (Comandante), Artillería Real de Campaña.

Pegler, E. M. (Capitán), Regimiento de Cheshire.

Penlington, P. V. (Subteniente), Ejército Indio, Reserva de Oficiales, Caballería.

Philpott, D. G. (Teniente), Regimiento Real de Berkshire.

Pratt, T. G. C. (Capitán), Regimiento de Londres.

Preston, E. (Teniente), Infantería Escocesa del Rey.

Rees, L. T. N. (Teniente), R. G. A. y Cuerpo Aéreo Real.

Ridley, O. V. (Capitán), Regimiento de West Yorkshire.

Rodman, G. A. N. (Subteniente), Regimiento de Londres.

Rose, A. C. V. (Teniente), Infantería Ligera de Oxford y Buckinghamshire.

Roseveare, C. M. (Subteniente), Regimiento de East Yorkshire.

Schiele, J. C. (Teniente coronel), Fusileros Reales y West Yorkshire.

Shelmerdine-Jessop, W. H. (Comandante), R. G. A.

Sillem, C. (Soldado), Cuerpo Médico del Ejército Real.

Simpson, H. B. (Teniente coronel), Regimiento de Manchester.

Skene, R. (Capitán), Regimiento de Manchester.

Smith, C. F. (Teniente), Infantería Ligera de Durham.

Spence, R. G. W. (Teniente), Infantería Ligera de Somerset.

Swayne, R. H. (Comandante), Regimiento de Londres.

Tucker, R. D. (Teniente), Batallón de Morteros de las Trincheras.

Tuckerwell, F. R. B. (Teniente), Regimiento de West Yorkshire.

Waldergrave, J. B. (Teniente), Brigada de Fusileros.

Wallis, E. G. C. (Subteniente), Granaderos de la Guardia.

Watson, L. B. (Subteniente), Brigada de Fusileros.

Westmacott, G. A. N. (Subteniente), Regimiento de Londres.

Woollcombe, G. M. (Teniente), Regimiento Real de West Kent.

Wordsworth-Block, W. H. (Comandante), R. G. A.

Wright, A. W. (Teniente coronel), Regimiento de West Kent.

―――――――

DESAPARECIDOS

Campion, T. M. (Subteniente), Infantería Ligera de Somerset.

Cooper, G. F. (Subteniente), Artillería Real de Campaña.

Gunner-Pratten, H. R. (Teniente), Cuerpo Aéreo Real.

Mallet, A. W. (Subteniente), Cuerpo Aéreo Real.

Saville, L. A. N. (Subteniente), Regimiento del Rey (Liverpool).

―――――――

HERIDOS Y DESAPARECIDOS

Harbinson, J. M. V. (Subteniente), Cuerpo de Ametralladores.

North, J. N. (Teniente), Regimiento del Rey (Liverpool).

Shaw, P. B. (Capitán), Regimiento Real de Berkshire.

―――――――

PRISIONEROS DE GUERRA

Bardsley, A. J. (Comandante), Voluntarios de Artillería de la India.

Calver-Prescott, C. H. (Subteniente), Cuerpo Aéreo Real.

Newington, G. C. (Capitán), Regimiento de Warwickshire.

Spicer, F. L. (Comandante), Regimiento de Hampshire.

In Memoriam

SUBTENIENTE HERBERT WOLLASTON PRITCHARD

Fallecido en la batalla del Somme el 1 de julio, a la edad de 18 años.

Cuesta creer que Bertie Pritchard pueda estar muerto de verdad. Era el chico más animado que he conocido jamás. Era un verdadero soldado nato, tanto en el campo de batalla como en cualquier otro lado. Su sencillez y su alegría, y sobre todo su lealtad a sus amigos, hacen que todos los que lo conocían lo echen de menos. Aunque sus cartas siguieran demostrando su buen humor habitual hasta su muerte en el Somme, le afectaron sobremanera las muertes de su hermano Charlie Pritchard en Ypres y de su amigo Edgar West en Loos. «No dejo de pensar en bromas para gastar a West y luego caigo…», me dijo una vez. Fragmento de su subteniente: «A su hijo lo alcanzó un proyectil casi al minuto de salir de la trinchera. En un instante, todo había acabado». Bertie Pritchard era un verdadero caballero inglés, y como tal habría estado orgulloso de dar su vida por su país.

C. M. ROSEVEARE

SUBTENIENTE PERCIVAL ELLIS

Fallecido en la batalla del Somme el 1 de julio, a la edad de 18 años.

Creo que era la mirada de Percival lo que lo volvía tan magnético. Cuando alguien hablaba, lo observaba con atención, aunque lo que decía no fuese en absoluto interesante. Bajo su mirada inquebrantable, uno se sentía casi extraordinario, y lo cierto es que sacaba lo mejor de cada uno. Todos los que lo conocían lo adoraban como a un héroe, porque era el mejor: amable, graciosísimo, honrado y valiente. En particular, su modestia es digna de mención. En *Lower Sixth*, fue uno de los tres elegidos para actuar en el palacio de Blenheim para el duque de Marlborough (Percival era un pianista excelente). Cuando le preguntamos cuándo sería la actuación, no solo nos dio fechas incorrectas, sino que se negó a revelar dónde se podían conseguir las entradas. Por consiguiente, ninguno de sus amigos pudimos asistir al concierto.

—¿Cómo ha ido? —le preguntamos cuando volvió.

Hizo una pequeña mueca.

—Los demás han estado bien —dijo.

Más tarde descubrimos que el duque de Marlborough había quedado tan impresionado por su actuación que lo había invitado a pasar allí la Navidad. Ese no es más que un ejemplo de la modestia exagerada de Percival. Parecía incapaz de comprender el grado de su valía. Yo albergaba la esperanza de que, de adulto, se diera cuenta de cuánto lo queríamos.

Recibió un disparo en la cabeza mientras lideraba con gallardía a su pelotón en un ataque, y tan solo vivió lo suficiente para pedir que atendieran a los demás antes que a él.

La guerra le resultaba aborrecible, y ciertas cuestiones como la muerte y el miedo lo angustiaban. Al final decidió luchar porque amaba la paz. Me resulta imposible pensar en él en el frente. La mera imagen de Percival en el uniforme caqui es incongruente. Prefiero recordarlo como mejor lo conocí: un chico modesto de mirada delicada que reía con sus amigos mientras recorría los senderos del campo al volver de un partido de fútbol.

T. A. SCOTT

SOLDADO RICHARD ALEXANDER YULE

Fallecido en la batalla del Somme el 1 de julio, a la edad de 19 años.

Aunque Richard procedía de una familia con tradición militar y era conocido por su valentía, cuando llegó el momento de alistarse se negó a aceptar que lo nombraran oficial.

«No casa con el espíritu de la democracia», decía. Cualquiera que haya asistido a alguna de sus tertulias nocturnas para hablar de socialismo y de lo que él denominaba «el problema de clases» no se sorprenderá al saberlo. Richard se tomaba sus opiniones políticas excéntricas con absoluta seriedad, pero no era una persona seria. Era todo lo contrario: un chico de lo más alegre y jovial, siempre haciendo bromas y escribiendo poemas graciosos e ingeniosos. Tenía un don para entablar conversación con todo el mundo, y los bedeles y los jardineros de la escuela lo apreciaban en especial. Tenía planeado ir a Cambridge cuando se alistó, decidido a luchar «como los hombres».

Llevó consigo su picardía al frente:

«Odiamos a nuestro cabo —escribió poco antes de morir en la batalla del Somme—. Empezamos a estornudar una y otra vez cuando aparece, hasta que se pone nervioso y se marcha».

Conservó el buen humor hasta el final y animaba siempre a sus hombres. De un fragmento de su capitán: «Había un hombre a unos diez metros por detrás de él que cayó en una trinchera inundada, y su hijo se dio la vuelta y dijo: "¡Por el amor de Dios, hombre, no bebas esa agua!" y cuando volvió a girar la cabeza hacia delante recibió un disparo en plena frente. Fue una muerte galante y gloriosa».

P. W. G. MCKAY

CAPITÁN Y ASISTENTE EDMUND HAMO
ALDWORTH

Fallecido en la batalla del Somme el 1 de julio, a la edad de 19 años.

Por alguna razón, estaba convencido de que Edmund Aldworth sería uno de los afortunados. Ya había sufrido otra batalla (lo hirieron en Loos) y había sobrevivido, y poseía un sentimiento indeleble de seguridad en sí mismo que le hacía a uno sentir que, en su compañía, no había nada de qué preocuparse. A lo que más me recordaba Aldworth era a un niño rey y, de hecho, los chicos de Hill House lo adoraban como si fuera su monarca. Yo me encontraba entre sus admiradores, pero tuve la suerte de verlo cuando estaba solo, cuando su expresión de cautela se relajaba y adoptaba una sonrisa alegre, y se podía ver al verdadero Aldworth. Era diligente y valeroso. Yo, como tantos otros, deseaba ser como él: apacible, valiente y amable. Me reconforta saber que murió sin sufrimiento: «de un disparo en la cabeza casi al salir de las trincheras». Todos acompañamos en el sentimiento a su familia y compartimos su orgullo por su valerosa muerte.

C. M. ROSEVEARE

TENIENTE LAWRENCE ARCHIBALD LONG

Fallecido en la batalla del Somme el 2 de julio, a la edad de 20 años.

Pocos conocían el secreto del optimismo de Lawrence. En una ocasión me lo reveló: cada noche, antes de acostarse, anotaba tres cosas buenas.

«Me paso el día buscando qué anotar en mi lista nocturna —escribió una semana antes de la batalla del Somme—. Esta es la de hoy: 1) El té aún estaba caliente cuando les llegó a los hombres;

2) Recibí tu carta (¡qué alegría!); y 3) He visto un pinzón revoloteando con entusiasmo al amanecer. Es imposible desanimarse con tres cosas así en las que pensar, incluso aunque la ofensiva que se avecina sea tan sangrienta como temen los hombres».

A pesar de no ser un soldado por naturaleza, se alistó en cuanto pudo, pues pensaba que la guerra era una fragua donde los hombres podían volverse fuertes. Estoy convencido de que, de haber sobrevivido, su teoría habría resultado cierta. Su capitán ha escrito: «Recibió un disparo en la garganta y, al desplomarse, gritó: "¡Vamos, muchachos!". Me percaté de que había guiado a los hombres hacia una zona especialmente difícil, y lo sorprendente fue que algunos sobrevivieran. De hecho, todos los oficiales del regimiento recibieron disparos. Vivió dieciocho horas después de aquello. Por mi parte, lo voy a echar mucho de menos». Estoy seguro de que Lawrence habría sido capaz de encontrar tres cosas buenas en su propia muerte. Lo cierto es que Preshute puede estar orgulloso de él y de cómo entregó su vida por su país.

J. M. ROPER

SUBTENIENTE LESLIE FREDERICK BLUMENFELD

Fallecido en la batalla del Somme el 1 de julio, a la edad de 20 años.

Murió el 1 de julio, mientras dirigía a sus hombres a la batalla. El único oficial superviviente de su compañía ha escrito: «Su hijo fue el primer hombre en caer; fui y le ofrecí ayuda, pero me dijo que continuara con mis hombres. Entonces lo vi levantarse y esforzarse por seguir adelante, pero lo hirieron de nuevo y se desplomó. No pude volver a encontrarlo; lo más seguro es que quedara enterrado en una de las trincheras o en los hoyos de los proyectiles. Tuvo una muerte digna liderando a sus hombres, y yace con muchos otros de su compañía, en el valle destrozado y asolado por los proyectiles (cont. pág. 12)

TREINTA Y SEIS

Como todos los de su sala, Ellwood tenía pesadillas. Sin embargo, a diferencia de las de los demás, él las sufría en silencio. Se despertaba, enmudecido por la impresión, cuatro o cinco veces por noche.

Se sentía febril y la poesía le corría por las venas. Por la noche, se levantaba tan solo para buscar el cuaderno y escribir los versos que le venían a la mente en sueños. No le hacía falta corregirlos. Las palabras aterrizaban justo donde debían sobre el papel. Por la mañana, cuando se colaba la luz y las enfermeras voluntarias acudían a vendarle la herida, releía las páginas y apenas recordaba haberlas escrito.

Maud fue a visitarlo. Le llevó un crucigrama y un ejemplar de *Marlborough and Other Poems*, de Charles Sorley.

—Lo mataron en Loos —le dijo.

Loos. La palabra evocó de inmediato una imagen del pecho de Gaunt desgarrado por el plomo.

—Como al hijo de Kipling —contestó Ellwood.

Maud soltó una carcajada, sorprendida.

—Sí —dijo—. Y creo que, con esos dos, ya está completa la lista de fallecidos.

Ellwood dejó los poemas en la mesilla de noche. Sabía que no los leería.

Era consciente de que parecería un héroe mientras permaneciera con la cabeza vendada. Pero Maud no era como las chicas con las que había asistido a los bailes en el verano de 1914, a quienes la herida les habría parecido glamurosa. Sentía los ojos de Maud recorriendo el vendaje. Tenía demasiada experiencia como para no reconocer aquella herida como lo que era: una deformación.

Ellwood giró la cara hacia Maud.

—¿Te la enseño? —le preguntó—. Me puedo quitar las vendas.

—Seguro que tu médico preferiría que no te las quitaras —respondió Maud.

Cobarde, pensó Ellwood, y se le vino a la mente la imagen de dos soldados canadienses que se había encontrado una vez en la tierra de nadie, a quienes se les desprendía en jirones amarillentos la piel de las manos, que aún aferraban los pañuelos blancos con los que habían intentado rendirse.

—Como quieras —le dijo Ellwood—. Si no es para curiosear, ¿por qué has venido?

—¿Curiosear? ¿Te crees que no tengo suficiente con lo que veo en el hospital?

Ellwood se puso a escribir en su cuaderno; palabras mecánicas, automáticas. El movimiento de la pluma sobre el papel lo relajaba. «Loos —escribió—. Beaumont-Hamel. Ypres». Escribía aquellas palabras a menudo, hasta que le empezaban a resultar tan familiares que estaba seguro de que las escribía mal.

—He venido porque estaba preocupada por ti —añadió Maud.

—Has venido a comprobar la gravedad de la herida —dijo Ellwood mientras la pluma rasgaba el papel—, pero ahora que estás aquí no eres capaz de soportar verlo por ti misma. Menudo matrimonio vamos a tener, si ni siquiera me puedes mirar.

Se produjo una larga pausa. «Ypres», escribió, variando la altura y la longitud de cada letra.

—No voy a casarme contigo —dijo Maud.

Ellwood se rio.

—Pues claro que no. —Sintió las vendas de la cara ligeramente ásperas al tocarlas con los dedos—. Sé perfectamente qué era lo que te gustaba de mí, y eso ya ha desaparecido.

—Sí —contestó Maud con frialdad—. Eso me parece a mí también.

—Gracias por los poemas —le dijo Ellwood—. A lo mejor me hacen más llevadero haber perdido el ojo. A saber dónde ha acabado. ¿Crees que reventaría?

—Para —le ordenó Maud.

La tristeza de Maud se enroscó en el corazón de Ellwood, y le resultó agradable dejar atrás la ira entumecedora y desgarradora.

En el pasado se había sentido protector con Maud. Aquella caballerosidad parecía haberse difuminado en algún lugar de Francia. Era incapaz de sentir el afecto que sentía antes por ella, por mucho que lo deseara.

—Me pregunto qué habrá pasado con el cuerpo de Henry —dijo. «Ypres. Loos. Beaumont-Hamel», escribió su pluma—. ¿Alguna vez piensas en ello? —continuó—. ¿Si lo habrán enterrado o si habrán dejado que se pudra?

—No eres el único que lo llora —protestó Maud en voz baja—. Era mi *hermano*.

Ellwood se echó a reír, y dejó que el sonido de su risa acarreara todo su desprecio. Maud se quedó callada durante tanto tiempo que Ellwood pensó que lo había conseguido, que se debía de haber marchado. Pero, cuando volvió la cabeza, vio que seguía sentada a su lado, con la mano sobre el poemario de Sorley.

—Siempre me habéis hecho sentir que no era lo bastante lista —dijo Maud cuando se dio cuenta de que Ellwood la estaba mirando—. Vosotros dos. Y lo soy, ¿sabes? Me espera una plaza en una universidad de Berlín cuando todo esto acabe.

—¿*Berlín*?

—Tengo derecho a interesarme por el país de mi madre. Es una universidad muy buena —se defendió Maud levantando la voz, a la defensiva, como si se hubiera esperado la desaprobación de Ellwood.

—Seguro que lo es —respondió Ellwood. Tragó saliva—. Enhorabuena.

Maud frunció el ceño.

—Gracias —contestó, y jugueteó con la cubierta de tela del poemario—. No... no entiendo por qué has estado tan... tan empeñado en rechazar mi amistad.

—Cásate conmigo —le dijo Ellwood.

Tenía demasiado calor. Estaba deseando que se fuera Maud para poder retirar las sábanas.

—Sidney… —dijo Maud.

Estaba sentada a la derecha de Ellwood. Si giraba la cara, Maud no podría ver la mitad que había perdido.

—Soy rico —insistió Ellwood—. Puedes dedicarte a la política, no me importa. Ocultaré la cara en todas las fotos. Antes era bastante guapo. Y por este lado sigo siéndolo. —Se tocó la barba incipiente de la mejilla derecha—. Cásate conmigo.

—Pero si tú no quieres casarte conmigo —dijo Maud.

—Llevo planeando casarme contigo desde que tenía quince años. *Algo* tiene que salir tal y como lo planeé.

Maud alzó el libro de poemas de Sorley, lo abrió por una página al azar y lo cerró.

—Eres poeta —dijo—. Así que dime: ¿quién es mi poeta favorito?

—Tennyson —contestó Ellwood.

Maud emitió un sonido extraño, entrecortado.

—No —respondió—. Es Masefield. Tennyson era el de Henry.

—Henry odiaba a Tennyson.

—Eso es imposible —dijo Maud—. Es lo único que leía durante las vacaciones.

Ellwood tenía la mirada clavada en lo que había escrito en su cuaderno mientras se le apelotonaban los pensamientos hasta que se quedó sin nada en lo que pensar.

—Cásate conmigo —repitió.

—No —dijo Maud.

Cerró el puño con el papel en el interior y lo arrancó del cuaderno.

—Entonces déjame en paz —le espetó.

No la miró mientras Maud se levantaba y recogía sus cosas.

—Volveré cuando tenga otro día libre.

—No te molestes —le dijo Ellwood.

Y no volvió.

Ellwood fingía dormir cada vez que lo visitaba su madre. Lloraba demasiado, y sus lágrimas lo enfurecían.

Arthur Loring fue a visitarlo en una ocasión. Era el único amigo de Ellwood que había salido ileso de la batalla del Somme. Se sentó junto a la cama de Ellwood y recorrió con sus preciosos ojos el rostro vendado de Ellwood. Estaba tan entero, tan intacto, que Ellwood no sabía si tenía más ganas de follárselo o de desfigurarlo. Puede que su antipatía resultara evidente, ya que Loring no regresó.

—Te tiene envidia —le dijo el oficial de la cama de al lado cuando Loring se hubo marchado.

Se llamaba Cornish. Un proyectil había estallado en un hoyo inundado de agua donde estaba cuidando a un amigo herido, cerca del bosque de Mametz. El agua había hervido, había acabado matando a su amigo y había dejado a Cornish con varias quemaduras de tercer grado de aspecto ceroso.

—¿Envidia? —repitió Ellwood.

Cornish señaló con la barbilla la puerta por la que acababa de salir Loring.

—Tu amigo. Porque él tiene que volver —le dijo Cornish.

Ellwood curvó el labio con desdén.

—Algunos de nosotros no pretendemos escabullirnos, ocultándonos en hoyos de bombas como cobardes —respondió.

Cornish no volvió a hablarle después de aquello.

A veces, Ellwood se acercaba a la ventana y miraba a las mujeres en bicicleta que pasaban por allí. *Qué agradable*, pensaba, mientras les deseaba accidentes y abortos espontáneos.

En Londres hacía calor y había un ambiente perezoso, como de vacaciones.

Allí, los fantasmas eran peores. Ya no era solo Gaunt. Pritchard y West le proferían reproches cuando se quedaba dormido, y los hombres de su pelotón extendían las manos suplicantes y sangrantes hacia él.

Nunca jamás pensaba en los hombres a los que había matado con la bayoneta. Donde debería haber estado ese recuerdo había un abismo, y se alejó de él, con la esperanza de que algo menos sangriento lo cubriera.

—¿Cuándo voy a poder volver? —le preguntó al médico, que se limitó a reírse.

Tenía más de cincuenta años y nunca había estado en Francia. Ellwood lo miró con un desprecio profundo.

Habían condecorado a Ellwood con una Cruz Militar. Se la habían cosido al pijama. Era irónico que la parte de él que en el pasado habría estado eufórica al ver la medalla fuera precisamente la que había quedado destruida en el proceso de obtenerla.

Le publicaron poemas en los periódicos. La gente los devoraba, engullía todo el horror que transmitían. Escribían críticas en las que los elogiaban, como si la guerra fuera una obra nueva y deliciosamente siniestra en el West End. Ellwood se preguntaba quiénes serían los críticos: ¿hombres demasiado viejos como para alistarse? ¿Mujeres? ¿Hombres cuya labor periodística se había considerado esencial para la guerra? ¿Cómo podían tener la conciencia tranquila?

En cualquier caso, a Ellwood no le importaban los poemas. Se limitaba a cercenar los trozos ennegrecidos y gangrenados de su alma y los vendía.

Una tarde luminosa, se despertó y vio que Gaunt lo estaba observando. Suspiró. Cuando Gaunt aparecía durante el día, las pesadillas siempre eran peores.

Gaunt llevaba un traje claro con el que nunca lo había visto antes, y su expresión era más cautelosa que melancólica. Estaba en los huesos. Ellwood frunció el ceño. Extendió la mano y tocó la tela suave de la manga de Gaunt. Parecía una mezcla de lana y algodón. Apartó la mano como si se hubiera quemado y tocó el timbre para que acudiera la enfermera, que entró corriendo

(Ellwood nunca la llamaba, para no distraer al personal de los pacientes que tuvieran heridas más graves que las suyas).

—¿Va todo bien, capitán Ellwood?

Ellwood no apartó la mirada de Gaunt, que juntó las cejas en señal de preocupación.

—No. Esta sala está embrujada. Me gustaría que me trasladaran, por favor.

—No soy un fantasma, Elly —le dijo Gaunt con delicadeza.

—Es inaceptable tener fantasmas campando a sus anchas por aquí. Quiero que me lleven a una nueva habitación ahora mismo.

—¿No se referirá usted al capitán Gaunt, no, señor?

Ellwood la miró fijamente y luego miró a Gaunt, que estaba sonriendo.

—¿Usted... usted también lo ve?

—Pues claro —dijo la enfermera.

Intentó tocarle la frente, pero Ellwood la apartó y hundió la cabeza en las almohadas. Se sentía débil.

—Creo que ya me puedo ocupar yo, gracias —le dijo Gaunt a la enfermera, que se marchó.

Gaunt se volvió hacia Ellwood con una expresión que parecía contener mil sentimientos a la vez.

—Hola, Elly —le dijo—. ¿Cómo has estado?

III

TREINTA Y SIETE

Ellwood lo miraba sin pestañear. Gaunt le sostenía la mirada. Ellwood no podía pensar en nada. No podía *pensar*. Solo podía ver, una y otra vez, la sangre oscura que había brotado del pecho de Gaunt y oír sus últimas palabras, palabras alemanas, traicioneras.

Mirar a Maud y no sentir nada era una cosa, pero que le ocurriera con Gaunt era insoportable.

—Vi cómo te alcanzaba la bala —dijo Ellwood. De algún modo sentía como si Gaunt estuviera tratando de engañarlo—. Se te hundió el pecho entero.

—Digamos que tuve buena suerte. ¿Te acuerdas de mi primo Ernst?

Ellwood juntó con fuerza los dientes para que no se le escapara la risa histérica que se le estaba gestando en la garganta.

—Sí —respondió.

No le dijo a Gaunt lo que le había sucedido a su querido primo alemán. Pensó que ya lo averiguaría por sí mismo, ya que era inmune a la muerte.

—Me pareció verlo en la trinchera antes de que me dispararan —dijo Gaunt—. No era él, pero el hombre con el que hablé se apiadó de mí y me llevó a un hospital alemán a tiempo. Estoy convencido de que habría muerto de no haber sido por él.

—El bueno de Ernst... —dijo Ellwood mientras se hacía con el cuaderno.

Lo abrió por una página nueva, pero no era capaz de formar palabras. Raspó el bolígrafo por la página con violencia de un lado a otro, creando una raya oscura de tinta.

—Luego me enviaron a un campo de prisioneros de guerra —añadió Gaunt.

A lo mejor se trataba de un nuevo tipo de pesadilla. O quizás Ellwood estaba muerto. Había gente que creía que el cuerpo de una persona iba al cielo en el estado en que se encontrase al morir. Ellwood se esforzó por evitar imaginar el aspecto que tendría Pritchard en aquella espeluznante morgue del más allá.

—No adivinarías jamás con quién he compartido dormitorio. ¡Gideon Devi! —dijo Gaunt.

Ellwood levantó la vista con brusquedad. Gaunt lo observaba como si hubiera estado esperando obtener la atención de Ellwood, como si hubiera mencionado a Devi para atraerla.

Ellwood volvió a mirar la página.

—Debe de haber sido un alivio tener a un amigo tan íntimo allí —dijo manteniendo la voz inexpresiva a propósito.

—La verdad es que sí —respondió Gaunt, y luego hizo una pausa—. Le dispararon cuando nos estábamos escapando. No he podido averiguar si... —Dejó la frase a medias. Ellwood no lo miraba—. En fin —dijo Gaunt, y carraspeó—. Seguro que está bien.

Ellwood bufó.

—Por lo visto, la guerra te ha vuelto optimista.

Sentía los ojos de Gaunt clavados en él.

—Sabes que nunca estuve tan unido a él como a ti —le aclaró Gaunt.

Gaunt no había dicho nunca nada así.

—Por favor, dime si esto no es más que un sueño —dijo Ellwood.

Gaunt lo pellizcó. Ellwood no reaccionó; tan solo se miró la zona del brazo en la que Gaunt le había tocado. Por primera vez pensó que podía ser real. Que Gaunt podía estar de verdad allí sentado, ileso, junto a su cama de hospital.

Era una posibilidad que empezó a girar descontrolada en millones de direcciones.

Hayes le rondaba la mente. Ellwood había evitado pensar en él, porque aún no estaba claro si sobreviviría o no. Thorburn se lo había dicho en una carta breve y formal:

Sábado, 8 de julio
En algún lugar de Francia

Ellwood:

Por aquí lo estamos pasando bastante mal. Pero no se nos permite revelar cifras, claro. Hayes está en estado crítico; le han pulverizado la cadera. No sé si te has enterado de que un pelotón de fusileros ha ejecutado a Lantham. Resultaba bastante evidente que sufría neurastenia; es un escándalo, pero no quiso salir de la trinchera el 1 de julio, así que el general Haig dio la orden. Todos los hombres dispararon sin apuntar hacia él, por supuesto. Tuve que matarlo yo mismo con mi pistola y le dije a su familia que había muerto en combate. Si te preguntan cómo murió, invéntate algo, ¿de acuerdo? Diles que murió de un tiro en la cabeza, por ejemplo; al fin y al cabo, es la verdad.

Espero que estés bien.

Atentamente,
Capitán Thorburn

Ellwood había hecho una bola con la carta y la había metido debajo del colchón. Cuando la señora Lantham había ido a visitarlo al hospital, le había descrito, con detalles imaginarios y escuetos, cómo había muerto en acción Maurice, su valiente hijo.

—Han machacado a Hayes —le dijo a Gaunt, volviendo al presente.

Gaunt buscó la pitillera en el bolsillo con una expresión inescrutable. Le ofreció un cigarrillo a Ellwood, se encogió de hombros cuando este negó con la cabeza y se encendió el suyo.

Al instante, se echó a toser por el humo. Ellwood se incorporó, alarmado, pero Gaunt hizo un gesto para quitarle importancia.

—Órdenes del médico —dijo carraspeando—. Para ampliar la capacidad pulmonar.

Tras unas cuantas caladas más, dejó de toser y volvió a mirar a Ellwood.

—Ya me había enterado de lo de Hayes. ¿Sobrevivirá?

—No lo sé —contestó Ellwood.

Gaunt asintió y luego se rio. Parecía una risa cargada de rencor. Fue ese rencor, sobre todo, lo que convenció a Ellwood de que era real, de que Gaunt estaba de verdad allí ante él. Ellwood quería sentir el amor que había sentido por él antes, pero su corazón parecía estar hecho de aristas, y, en lugar de afecto, una ira asfixiante se iba acumulando tras sus costillas. No sabía por qué, ni cómo detenerla. Tenía tantas ganas de romper algo que le temblaban las manos.

—¿Alguna otra noticia que me quieras contar? —le preguntó Gaunt—. Me ha parecido entender que le has pedido con bastante insistencia a mi hermana que se case contigo. Me alegro mucho de haber vuelto a tiempo para la boda.

—Me ha rechazado. Y tú estabas muerto —respondió Ellwood.

Le temblaba la pluma que sostenía en la mano. La idea de que Gaunt le guardara rencor por intentar llenar el vacío que le había dejado aquella noche en Loos y que lo había destrozado… Su mente no dejaba de buscar palabras para escribir, pero no le salía nada; tan solo lo invadía una rabia paralizante. No podía expresarla. Estaba atrapada en su interior.

Gaunt estiró la mano y tocó la cinta de la Cruz Militar que llevaba Ellwood cosida a la parte delantera del pijama. Ellwood se quedó rígido y no se relajó hasta que Gaunt retiró la mano.

—¿Eres un héroe, Elly? —le preguntó Gaunt con delicadeza.

—Ahora se las dan a cualquiera que estornude a los alemanes —contestó Ellwood—. No significa nada.

—He oído que has recibido varias menciones honoríficas. Les salvaste la vida a seis personas.

Ellwood dejó escapar un suspiro exasperado.

—La mitad de ellos murió en el hospital de campaña.

—Y supongo que recibiste una bala por salvarlos, ¿no?

—Un poco de metralla —dijo Ellwood.

—Bueno, el lado izquierdo de tu cara tampoco me gustaba demasiado.

—He perdido un ojo —le contó Ellwood, alzando la barbilla.

Gaunt no contestó; tan solo le dio una calada larga al cigarrillo. Ellwood había aprendido con el tiempo que la gente tenía maneras diferentes de disimular el miedo. Loring se había puesto a parlotear inquieto sobre algún espectáculo que había visto en el West End, mientras examinaba las vendas sin cesar, como si pensara que podía despegárselas con tan solo clavar la vista en ellas. Gaunt, al parecer, ocultaba su incipiente repugnancia fumando.

—¿Quieres verlo? —le preguntó Ellwood, que se sentía como se había sentido en tierra de nadie, cuando había dirigido a su pelotón más cerca de las líneas enemigas de lo que era seguro o razonable.

—Solo si...

—Es horrible —le advirtió Ellwood. Era extraordinario lo ligera que sonaba su voz, lo relajada, cuando le martilleaba el corazón con tanta fuerza que parecía que se le iba a salir del pecho—. No me han dejado mirarme en ningún espejo, pero convencí a una de las enfermeras para que me trajese uno. —Arañó el borde de las vendas con las uñas romas—. Solo pude echarle un vistazo antes de que se lo llevara. Es espantoso, Gaunt, de verdad.

—Elly —dijo Gaunt, pero Ellwood no pensaba dejarle fingir que no había cambiado nada.

Se apartó la gasa de la piel pegajosa.

—Venga ya, estoy seguro de que has visto cosas peores —le dijo a Gaunt, que había apartado la mirada, el cobarde, *el muy cobarde*—, solo que siempre se hace extraño cuando a quien han destrozado es alguien a quien conoces, ¿verdad? *Mírame.*

Gaunt alzó la vista y se quedó mirando a Ellwood, paralizado por el espanto. Recorrió con los ojos la masa putrefacta de heridas.

Ellwood no se engañaba a sí mismo sobre su aspecto. De hecho, lo perseguía en sueños; soñaba con el trozo de piel deforme y fundida donde antes había tenido el ojo, con la zona del pómulo izquierdo que le habían destrozado y que el cirujano había intentado arreglar. Sabía que parecía un muñeco de cera que habían dejado expuesto al sol. Lo que más odiaba era la pequeña ristra de pestañas que atravesaba casi de manera vertical la cicatriz, como patas de araña que salían de una grieta. Se le había infectado la zona, porque se quitaba las vendas cada dos por tres por la noche e intentaba arrancárselas con los dedos.

—Ahí lo tienes —dijo Ellwood.

Sintió que se le atragantaba algo, algo que tal vez en el pasado podría haber sido sufrimiento. Rebuscó en los recovecos de su mente los fragmentos de un poema de Rupert Brooke, pero no encontró nada. Deseaba estar muerto.

Gaunt se quedó mirándolo en un silencio terrible.

—¿Y bien? —le preguntó Ellwood—. ¿Qué te parece? Estoy guapo, ¿eh? ¿Te he dejado sin aliento?

—No he pasado el reconocimiento médico —dijo Gaunt, sin apartar la mirada.

A Ellwood se le cayó el alma a los pies.

—¿Qué?

—Al parecer, el cirujano alemán que me operó hizo una chapuza. —Gaunt se detuvo y apartó al fin los ojos del rostro horrorizado de Ellwood—. Aunque supongo que yo también debo asumir parte de la responsabilidad. Me dijo que descansara durante un año, y no se puede decir que haya seguido su consejo al pie de la letra.

—¿No vas a volver? —le preguntó Ellwood.

Gaunt negó con la cabeza.

Ellwood volvió a colocarse las vendas con cautela. Notó, con una opresión dolorosa en el pecho, que Gaunt parecía relajarse conforme se cubría la cara. Cuando su división había estado de descanso, Gaunt le había acariciado en una ocasión la ceja —la que ya no existía— y le había dicho que estaba «más guapo que nunca». A Gaunt siempre le había encantado la belleza.

Un pensamiento repentino y horrible le atravesó la mente a Ellwood.

—¿Te estás muriendo? ¿Por eso no has pasado el reconoci-miento médico? —le preguntó mientras se alisaba el último trozo de gasa blanca sobre la frente.

—No —respondió Gaunt.

Ellwood exhaló.

—Vale —dijo—. Menos mal. Tienes buen aspecto. Quizá te noto un poco delgado.

Gaunt se echó a reír.

—Deberías ver a Archie Pritchard.

Ellwood agarró la pluma y la arrastró de un lado a otro, de un lado a otro, obligándose a concentrarse en la mancha cada vez más ancha de tinta sobre el papel.

—Cuando me enteré de lo de Bertie, lo lamenté mucho —dijo Gaunt, lo cual era algo egoísta, pensó Ellwood.

«Lo siento», decía la gente, y se quedaba con la conciencia tranquila, pero Ellwood no se deshacía de los recuerdos.

—¿Quién? —le preguntó Ellwood con una risa desagradable.

—Fue horrible, por lo que he oído, ¿no?

La pluma iba derramando tinta como la hoja de una bayoneta. A Ellwood nunca se le había ocurrido esa comparación antes, y le apenó que su mente se hubiera topado con ella.

—No quedaba cuerpo suficiente como para enterrarlo —se oyó decir, aunque no había tenido intención de decir nada en ab-soluto—. Volví a buscarlo. Encontré algo que tal vez fuera un tro-zo de su cara, pero no lo podía saber con seguridad.

Gaunt guardó silencio.

—Dicen que tengo neurosis de guerra —añadió Ellwood—. Pero son gilipolleces. No soporto estar aquí cuando Lonsdale y Thorburn y Ramsay y... y todos los demás... Ay, Dios.

El nudo que se le había formado en la garganta le impidió se-guir hablando, pero logró relajarlo. Cerró la boca y dejó de mover la pluma. Consiguió apaciguar la ira, que se retrajo y se adentró de nuevo en su sangre.

—Me siento como un canalla, aquí acostado, rodeado de todo este lujo —dijo. Quería que Gaunt le hablara, o que se marchase, o que le prometiera que no se iría nunca—. Pero, al mismo tiempo, estoy contentísimo de estar lejos de todo aquello. Me doy asco, pero es la verdad. ¿Has oído alguna vez algo tan cobarde?

—Entiendo a qué te refieres —contestó Gaunt. ¿Lo entendería de verdad? Las palabras cubrieron el corazón de Ellwood como un bálsamo—. Yo siento lo mismo. Me avergüenzo de mí mismo, pero, cuando me dijeron que no se me había curado del todo el pecho, me alegré tanto que me mareé. Y recuerda que he pasado nueve meses sano y salvo en un campo de prisioneros de guerra, leyendo *Adam Bede*.

—No es su mejor obra —opinó Ellwood con indiferencia—. ¿No tenían *Middlemarch*?

—*Adam Bede* también es bastante buena —replicó Gaunt—. Me la he leído ya cuatro veces.

Ellwood soltó una carcajada.

—Madre mía —dijo.

Gaunt también se rio, con unos ojos amables e inquisitivos.

—Me alegro de verte, Elly —le dijo.

Ellwood tuvo que apartar la mirada, porque le resultaba doloroso contemplar algo tan hermoso sin saber si podría conservarlo.

—En unos días me iré a casa —dijo—. A Thornycroft. —Tenía la vista fija en su cuaderno y mantuvo un tono despreocupado—. A mi madre le haría ilusión verte.

Por el rabillo del ojo, Ellwood vio a Gaunt sonreír.

—Entonces tendré que ir a visitarla —dijo Gaunt.

Ellwood sintió una punzada intensa de dolor en la cabeza, como si alguien le estuviera arrancando un puñado de nervios ópticos.

—Ay, Dios, la cabeza…

—Deja de hablar —le ordenó Gaunt.

—Vale —contestó Ellwood. Un cansancio profundo se apoderó de él y, para su vergüenza, habló sin pensar—. No te vayas.

—No me voy —dijo Gaunt—. No me voy a ir a ninguna parte.

TREINTA Y OCHO

Ellwood se había quedado dormido. Tenía el pelo oscuro revuelto y empapado de sudor, y la ceja derecha arqueada con esa delicadeza que Gaunt recordaba.

No se había permitido imaginarse su reencuentro con Ellwood, porque estaba convencido de que no sucedería jamás. No se le había pasado por la cabeza ni una sola vez la posibilidad de que Ellwood no se alegrara de verlo, si es que ocurría.

No quiso engañarse a sí mismo y convencerse de que el único daño era la herida de Ellwood. Lo que era más aterrador aún que las vendas era la mirada vacía del ojo que le quedaba. La sensación de que Gaunt estaba mirando a un extraño, uno que no lo quería y no lo querría jamás.

Ellwood se agitó un poco en la cama del hospital, vivo, vívido, más adorable que nunca. Gaunt cerró los ojos.

—Henry. —Gaunt oyó la voz de Ellwood; sonaba más delicada que antes. Gaunt abrió los ojos y vio que Ellwood lo estaba observando—. Tienes un aspecto… ¿Estás bien?

—Perfectamente —respondió Gaunt sin pensar.

—Ya sé que estás perfectamente —dijo Ellwood, frunciendo el ceño—. Pero ¿estás bien de verdad?

Gaunt sonrió mientras exhalaba el humo durante un buen rato y la esperanza lo inundaba.

—Sí —respondió.

—Pero si acabas de volver —dijo Maud.

Se levantó de la silla y se quedó allí de pie, con la mano en el respaldo.

—Quiero salir de la ciudad —le explicó Gaunt.

—No puedes ir a Thornycroft. Mamá estará angustiada.

—Pues mamá y tú parecíais muy contentas de mandarme a la guerra, para empezar —dijo Gaunt.

Maud palideció.

—No teníamos ni idea... —se justificó—. Por entonces nadie sabía lo horrible que sería. Lo siento.

Gaunt se acercó a la estantería y empezó a sacar los libros que se quería llevar. La biblioteca de Thornycroft estaba bien surtida de novelas y poesía, pero lo que Gaunt quería eran clásicos: Plutarco, Jenofonte y Tucídides, hombres que demostrasen que los problemas de Gaunt no eran nuevos y que se podía sobrevivir a ellos. Los griegos eran hombres lúcidos. No adornaban el mundo con romanticismo y galantería, no atraían a los tontos que llevaban la poesía en el corazón hacia el mal.

—Sabes que lo siento, ¿no? —le preguntó Maud.

Gaunt sí que lo sabía, o, al menos, había sabido que sería inevitable que ambos hicieran todo lo posible por contribuir a la guerra, una vez que esta hubiera comenzado. Lo que fuera con tal de acelerarla.

—Me habría acabado alistando de todos modos —dijo.

—Eso es lo que dijo Sidney. —Se produjo una pausa, y cuando Maud volvió a hablar parecía estar a punto de echarse a llorar—. ¿No te alegras de verme?

Gaunt dejó el libro de Heródoto que sostenía y se volvió hacia ella.

—¡Maud!

—Pero ¿te alegras o no? Lo primero que me dijiste fue: «¿Cómo está Elly?», ¿sabes? Todos estos meses llorándote y tú...

—Tenía que saber si estaba vivo.

—Henry... —Maud inclinó la cabeza hacia el techo, intentando no llorar—. He estado leyendo a Edward Carpenter.

Gaunt se quedó paralizado. Había oído hablar de Edward Carpenter, por supuesto, aunque nunca se había atrevido a leer ninguna de sus obras, libros como *El sexo intermedio*, que defendía que el amor homosexual era más puro y noble que el heterosexual.

—Ese es un filósofo marica, ¿no? —dijo.

—No me voy a casar con Sidney —dijo Maud—. Ya puedes dejar de *odiarme*.

—No seas tonta —le soltó Gaunt—. ¿Por qué iba a odiarte?

—Al principio no lo entendía —le explicó Maud mientras parpadeaba a toda velocidad, sin dejar de mirar al techo—. Tampoco estoy segura de entenderlo ahora. Y los dos habéis sido muy crueles.

—No tengo ni la menor idea de lo que estás hablando, Maud. A lo mejor te vendría bien descansar un poco.

—No voy a casarme con él —repitió, y bajó la cabeza para mirar a Gaunt a los ojos.

—Haz lo que te plazca —le dijo Gaunt—. Nunca he intentado controlarte. No me interesa.

—No me importa, Henry —insistió Maud—. No me importa que seas…

Se detuvo, ruborizada. Gaunt sentía el cuerpo entero entumecido, con un hormigueo. Sabía que su madre estaba en alguna parte de la casa y quizá pudiera oírlos. Ahora solo tenían una criada, pero estaba lejos de allí, en la cocina.

—No me importa —dijo una vez más Maud.

Gaunt respiró hondo, tembloroso, y pensó en Devi y en Pritchard.

—Tal vez estaría todo más claro si me dijeras a qué te refieres —dijo.

—Estás… Estás enamorado de Sidney.

Gaunt rio entre temblores. Maud parecía estar esperando a que lo negara. Al ver que no lo negaba, se acercó un paso más.

—Es verdad, ¿no?

Gaunt asintió. Una lágrima le recorrió la mejilla a Maud y cayó en la alfombra.

—Podrías habérmelo dicho —le aseguró.

—¿Cómo? ¿Cómo iba a decírtelo?

—Ha sido muy cruel por parte de Sidney. Es humillante creer que puedes tener esperanzas de estar con alguien cuando no es así —dijo Maud.

Gaunt se volvió hacia la estantería.

—Ah, ¿no? Pero si te propuso matrimonio.

Sintió que Maud lo rodeaba con los brazos y apoyó la cabeza entre sus omóplatos.

—¿Estáis teniendo... cuidado? —le preguntó.

—Sí —contestó Gaunt.

—¿Y estás seguro de que no es solo... algo de la escuela y del ejército?

Gaunt hacía como que miraba el montoncito de textos clásicos que había apilado. Los lomos estaban viejos y desgastados. Maud movió con suavidad la cara contra la tela del traje de Gaunt. Gaunt le cubrió despacio las manos con las suyas.

—Sí, estoy seguro —contestó.

—Temo por ti —dijo Maud. Se separó de Gaunt y se colocó junto a la silla—. No es justo. No está bien.

Gaunt se sentía las extremidades huecas. Apretó con la yema de los dedos la edición encuadernada de Heródoto.

—Ya, es una abominación —dijo con indiferencia, aunque sabía que no lo era.

Sabía que no podía serlo. Era la parte más limpia y pura de él.

Maud se volvió hacia él.

—No me refería a eso —dijo.

Gaunt se giró para mirarla.

—¿No?

—No. No. —contestó Maud, y se quedaron mirándose durante un momento—. No —repitió.

—Ojalá te lo hubiera podido contar —dijo Gaunt.

—No tienes que ocultarme nada más.

—No lo haré —le prometió Gaunt, y una sensación de ingravidez lo envolvió como el alba.

—No voy a casarme con él —dijo Maud—. No está enamorado de mí, ni yo de él. Dudo que alguna vez lo estuviera.

Gaunt trató sin éxito de esbozar una sonrisa. Le dolía ser consciente de que estaba dispuesto a entregar su vida por Ellwood, pero que Ellwood podría haberse olvidado ya de su amor resplandeciente y fugaz por él.

—Pues yo diría que sí lo estaba. Y puede que todavía lo esté, no lo sé. —Hizo una pausa, sin mirarla a los ojos—. Me mataría que te casaras con él.

—Ya lo sé —contestó Maud—. No lo haré.

—Me temo que he sido un hermano horroroso.

—Si me lo quieres compensar, convence a papá para que me deje ir a Berlín después de la guerra.

Gaunt se acercó a ella, la apretó contra sí y le besó la coronilla.

—Μεγαλοψυχίη το φέρειν πραέως πλημμέλειαν —dijo Gaunt.

«Soportar la ofensa con calma es de magnánimos».

—Συγγνώμη τιμωρίας κρείσσων —dijo Maud.

«Es mejor el perdón que la venganza».

—Deberías ir a Oxford, no a Berlín —opinó Gaunt—. ¿Esa era una cita de Tales?

—Pítaco.

—Ah. Debería darle un repasito a los sabios del siglo vi.

—¿De verdad te tienes que ir a Thornycroft ahora? —preguntó Maud—. ¿No podrías quedarte hasta el lunes?

Gaunt pensó en Ellwood, garabateando como un loco en su cuaderno. Maud parecía hundida, como si ya supiera cuál sería su respuesta.

—Está bien —contestó Gaunt—. Le enviaré un telegrama a Elly y le diré que hay un cambio de planes.

—Gracias —le dijo Maud.

Gaunt se detuvo en la puerta.

—Nunca… —empezó a decir, pero no sabía cómo continuar. Maud esperó—. Si no me hubieras preguntado, no te lo habría contado nunca —dijo al fin—. Así que gracias. Por preguntar.

Maud sonrió.

—Ve a enviar el telegrama —le dijo.

Thornycroft Manor parecía tener trescientos años, pero en realidad el padre de Ellwood había copiado la construcción de una casa que había adquirido en el Distrito de los Lagos en 1885. Estaba decorada al estilo *Arts and Crafts*, con molduras de madera oscura talladas con precisión, papel pintado de William Morris y vidrieras de colores. A Gaunt siempre le había encantado aquel lugar. Era elegante y agradable, y parecía paralizado en un estado constante de calma onírica, por muchos invitados que ocuparan las habitaciones.

El fin de semana que Gaunt había pasado con Maud había consistido en gran parte en intentar no reparar en lo mucho que bebía su madre y en lo ausente que se había vuelto su padre, que ya de por sí había sido siempre distante. Ya entendía por qué Maud quería que se quedara.

—Quieren que deje el trabajo en el hospital —le había contado su hermana—. Que me quede en casa y ayude con las tareas del hogar.

—Pero si se te darían fatal.

—Ya, pero a la criada no es que se le den mucho mejor —había dicho Maud—. Ha sido imposible encontrar criadas decentes.

Así que Gaunt había mantenido una charla seria con sus padres, con toda la importancia de quien ha vuelto de entre los muertos, y les había dicho que bajo ningún concepto debían impedir a Maud cumplir su papel en el esfuerzo bélico, ya que era de suma relevancia.

No sabía si lo escucharían. Ambos parecían destrozados por completo. Su padre trabajaba tantas horas en el banco que Maud decía que no lo veían durante días enteros, y su madre parecía aturdida y tenía cara de dormida desde por la mañana de tanto beber.

El lunes, Maud lo acompañó a la estación de tren. Iba a volver a la residencia del hospital. Gaunt se alegró de no dejarla sola con unos padres tan inestables.

—Saluda a Sidney de mi parte —le pidió en el andén.

Gaunt intentó sonreír. Maud le dio un beso en la mejilla y se despidió.

La madre de Ellwood le dio una bienvenida calurosa a Gaunt, pero Ellwood no lo miró y no le dijo ni una palabra. La señora Ellwood llenó el silencio lo mejor que pudo y Gaunt intentó mostrarse cortés. Era difícil concentrarse cuando veía a Ellwood tan amargado.

Se sentaron a la mesa de madera barnizada del comedor. Gaunt se recordó a sí mismo que no debía devorar el pastel de carne (seguía muerto de hambre a todas horas), y la señora Ellwood le sonrió.

—Es muy amable por tu parte venir a visitar a Sidney. Imagino que debe de ser muy duro para nuestros chicos cuando vuelven del frente, por lo acostumbrados que están a ese compañerismo de Francia.

De repente se oyó un ruido de cristales rotos. Unos regueros de vino tinto recorrían las paredes empapeladas en la zona en que Ellwood había arrojado la copa. Ellwood se levantó, consumido por el odio y con la boca cerrada con fuerza. Tenía las manos temblorosas en los costados.

—¡Sidney!

—«Compañerismo» —escupió—. ¡Qué alegre suena!

—¡Sidney, por favor, siéntate! —le gritó su madre.

—Necesito tomar un poco el aire —dijo Ellwood, y salió furioso.

La señora Ellwood trató de no echarse a llorar mientras la criada barría los trozos de cristal.

—Es la neurosis de guerra —le explicó Gaunt—. No está enfadado con usted, de verdad.

La madre de Ellwood sacudió la cabeza.

—Me mira como si me odiara. Creo que odia a todos los que no han estado en el frente.

—Es… complicado de entender para quienes no han ido a la guerra.

—¡No lo soporto!

Gaunt sacó su pañuelo. Estaba limpio. Se lo entregó a la señora Ellwood, que le ofreció una sonrisa débil y se secó los ojos.

—Lo siento —se disculpó.

—No pasa nada. A veces me da la sensación de que la guerra es más dura para los padres.

—Ni te imaginas lo impotente que me siento. He leído sus poemas.

—No es todo tan horrible —le mintió Gaunt—. Puede ser bastante divertido, cuando estás en los barracones. Y solo estás en la primera línea uno o dos días antes de volver a la reserva, y entonces tampoco es que haya demasiada acción.

La señora Ellwood le agarró la mano y se la estrujó. Gaunt sospechaba que su madre se olía *algo* sobre Ellwood, aunque dudaba que lo entendiera de verdad. Pero trataba a Gaunt como a un amigo privilegiado, y Ellwood y él siempre dormían en habitaciones contiguas cuando Gaunt se quedaba allí.

—Eres muy amable, Henry —le dijo la madre de Ellwood—. No era mi intención montar todo este alboroto.

—Será mejor que vaya a ver cómo está.

—Gracias. Me alegro mucho de que hayas venido —le dijo la señora Ellwood.

TREINTA Y NUEVE

Ellwood caminaba por el borde del estanque de nenúfares. La luz del atardecer era blanquecina y fría, e iba colocando con cuidado un pie delante del otro, poniendo a prueba su propio equilibrio junto al agua.

Oyó pasos sobre la grava, levantó la vista y vio a Gaunt, con las manos en los bolsillos, paseando hacia él.

Había visto a Gaunt muchísimas veces en el frente. No se había dado cuenta, hasta que había aparecido de nuevo el verdadero Gaunt, de lo diferente que eran sus recuerdos del Gaunt auténtico. Su mente había torcido sus rasgos de un modo exagerado, como si mirase su rostro en un espejo roto. Había olvidado lo intimidante que era, alto y de hombros anchos, con esa mirada decidida y esa boca firme. Solo que ahora era diferente. Más tierno. Con una expresión más franca.

Se colocó junto a Ellwood en el borde del estanque.

—Lo siento —se disculpó Ellwood.

En realidad no lo sentía. Como mucho, estaba avergonzado. Pero hablar del «compañerismo», hablar del frente como si fuera una fiesta en una casa de campo…

—Para los padres es difícil. Saben que lo estamos pasando mal y no pueden impedirlo.

—Vaya, se me parte el corazón —dijo Ellwood con sequedad—. En serio, ¿cómo vamos a comparar mi sufrimiento con los problemas de las señoras británicas de mediana edad?

Gaunt guardó silencio.

—Crees que estoy siendo injusto —dijo Ellwood.

—Sí.

Ellwood no tenía energía para defenderse ni para pensar.

—Veo el cielo como apagado —dijo.

—Sí, yo también lo he notado. No es como en Bélgica.

—No soporto estar aquí.

—Ya —contestó Gaunt.

Pero no parecía sentirse como Ellwood: con ganas de venganza, con rabia contenida. Veía a Gaunt relajado. Feliz.

—Pues a ti te veo bastante bien.

—Algunas cosas son más sencillas de lo que pensaba. Estás vivo, después de todo.

Ellwood le dio un golpecito a un nenúfar con el dedo del pie y observó cómo se formaban bolitas en el agua al rozarla con el cuero del zapato.

—¿Se te ocurre algún poema de Tennyson para nosotros ahora mismo, Elly?

Ellwood bajó de un salto del borde del estanque.

—Tennyson —dijo, y resopló—. ¿Qué iba a saber él? Si se imaginaba los naufragios desde el sofá y las batallas desde la cama. Era un viejo estúpido.

—Pues de Keats, entonces —dijo Gaunt tras una pausa.

—¿Has vuelto de entre los muertos para hablar de urnas griegas o qué?

—No, no es eso —dijo Gaunt, y no añadió nada más.

Y se quedaron allí esperando, más que observando, mientras el sol se ponía.

El dormitorio de Ellwood se encontraba en un ala aislada de la casa. Gaunt se alojaba en la habitación de al lado. Pero no fue a su propia habitación, sino que siguió a Ellwood hasta su dormitorio y cerró la puerta. Ellwood se quedó de pie, inmóvil. Gaunt le puso las manos en la cintura y tiró de él hacia sí.

—Elly —le dijo, como si le instara a mirar algo.

Ellwood no podía responder.

Gaunt lo besó, con cuidado de evitar tocarle las vendas. Ellwood le devolvió el beso, pero la parte de él que en el pasado habría sentido euforia estaba dormida, o muerta.

Gaunt lo desvistió con una expresión de concentración intensa. Le besó los hombros. Le recorrió las costillas y los músculos del vientre. Una vez que Ellwood estuvo desnudo, Gaunt rio, y fue una risa alegre y desbordante, como una copa rebosante.

—Oye, no es justo —dijo Ellwood, porque Gaunt estaba aún vestido de pies a cabeza.

Gaunt se llevó las manos al pecho, cohibido.

—Me dejaron un poco destrozado en Loos —murmuró.

—No me importa.

Gaunt le acarició el torso a Ellwood.

—Eres perfecto —le dijo con nostalgia.

Ellwood resopló.

—Ya, claro, perfecto —respondió, y empezó a tantear los botones de Gaunt.

Gaunt lo detuvo.

—Vamos a... Ven, vamos a la cama.

Se metieron en la cama, y Ellwood fue a apagar la lámpara, pensando que así aliviaría el miedo de Gaunt a desvestirse. Pero Gaunt volvió a detenerlo.

—Quiero verte bien —contestó.

—Ay, Dios, pero ¿por qué?

Gaunt no respondió. Empujó a Ellwood para que se tumbara de espaldas y se apoyó sobre un codo mientras miraba a Ellwood como si fuera una exposición en un museo.

Ellwood sabía que debía de existir una cita para aquel mutismo tan particular y doloroso, pero no le venía nada a la cabeza. Se había quedado sin palabras. Un sentimiento glorioso le estaba naciendo en el pecho, pero no tenía forma de expresarlo. Le desabrochó poco a poco la camisa a Gaunt, y este se quedó muy quieto y le lanzó miradas nerviosas mientras se le abría la camisa y revelaba montones de cicatrices rojas y gruesas. Ellwood se obligó a no apartarse ante aquella estampa. Gaunt siempre había tenido un pecho fuerte y poderoso, y ahora estaba deformado, frágil. Solo le quedaba un pezón, y le sobresalían los huesos de un modo extraño. No se le habían curado bien, y estaba tan delgado que se le notaba aún más.

Ellwood posó la palma de la mano en el centro de la herida, que tenía forma de estrella. Gaunt emitió un sonido extraño.

—¿Te duele? —le preguntó Ellwood.

—N-no. —Hizo una pausa—. Me duelen un poco los pulmones cuando subo las escaleras demasiado rápido.

También había una cita para las cicatrices. Ellwood rebuscó en la mente, pero no halló nada.

Como no le veía utilidad a su boca, la apretó contra la piel destrozada de Gaunt para darle besos largos y desesperados.

—¿Te echan para atrás las cicatrices? —preguntó Gaunt.

—Eso sería de hipócritas.

—Ya, pero...

—Las odio —dijo Ellwood—. Pero no me importan.

Gaunt parecía comprenderlo. Le llevó una mano a la cabeza a Ellwood y dejó escapar sonidos suaves mientras este bajaba.

Nuestros cuerpos servían para detener balas, pensó Ellwood. No podía pensar en otra cosa. Tenía la boca ocupada y le escocía el lado izquierdo de la mejilla. Le vino a la cabeza una pierna sin cuerpo con la que se había topado una vez en el bosque mientras estaba en la reserva. Tenía la sangre tan coagulada que parecía casi negra.

—Elly —le dijo Gaunt.

Ellwood intentó concentrarse. Fue inútil. Pensó en la ingle de Grimsey, destrozada por la metralla.

—Elly —repitió Gaunt—. Para.

Ellwood se incorporó y alzó la cabeza. Gaunt se había apoyado sobre los codos y llevó la vista a la ingle de Ellwood.

—No estás... —dijo.

Ellwood notó que lo invadía una ira voraz, contra sí mismo por haberse venido abajo, contra Gaunt por haberse dado cuenta.

—¿Y eso qué importa? Túmbate.

—Elly.

—Túmbate —le mandó Ellwood—. Y cállate.

Gaunt lo miró durante un momento. Tenía arrugas delgadas en la frente y la mandíbula tensa y ancha. Ellwood le devolvió la mirada.

Gaunt nunca había podido hacerle frente en la cama. Con un suspiro, se dejó caer hacia atrás y Ellwood se inclinó sobre él de nuevo.

Al acabar, Gaunt lo agarró por los brazos y tiró de él para que se tumbara a su lado.

—¿Puedo hacer algo por ti? —le preguntó.

Ellwood se quedó mirando el techo. Tenía el pelo por delante de la cara, lo sentía en la mitad derecha de la frente, pero no en la izquierda, todavía cubierta de vendas.

Gaunt le apartó los mechones de la cara.

—¿Elly?

—No —contestó Ellwood—. Nada.

Gaunt asintió. Siguió acariciándole el cabello a Ellwood con los dedos.

Le hacía sentir como si se le derritiera la cabeza.

—Te quiero —le dijo Gaunt, con los ojos inquietos, inquisitivos, yendo de un lado a otro por el rostro de Ellwood.

Ellwood no contestó. Gaunt esperó unos segundos, con una expresión cada vez más retraída, hasta que juntó los labios para esbozar una sonrisa tensa y murmuró:

—Bueno. Buenas noches.

Ellwood no dijo nada. No podía. Gaunt se dio la vuelta y se apartó de él. Después de un buen rato, la respiración de Gaunt se volvió constante y uniforme.

En la oscuridad, la ira de Ellwood fue en aumento, hasta que sintió una impotencia en el pecho que lo obligó a salir del dormitorio. Vagó por los pasillos, tartamudeando para sí mismo, con una vorágine de pensamientos en la cabeza, hasta que dejó de poder pensar siquiera.

Gaunt trató a Ellwood con cautela al día siguiente, y esa prudencia hacía que Ellwood tuviera ganas de darle un puñetazo.

A la hora de desayunar, su madre le sonrió y le preguntó:

—¿Cómo has dormido, querido?

¿Qué mierda esperaba que dijera? Pretendía que su hijo fingiera que no había cambiado nada; lo único que quería era que su cómoda vida eduardiana siguiera igual para siempre, aunque eran las grietas de esa vida las que se habían abierto y se lo habían tragado.

Ellwood no respondió.

—Hace muy buen día hoy —opinó Gaunt.

—Buenísimo —dijo la madre de Ellwood—. Deberíais almorzar fuera, en el lago.

—Voy a montar a caballo —anunció Ellwood, porque sabía que Gaunt no lo acompañaría.

Y estaba en lo cierto: Gaunt se refugió en la biblioteca para avanzar con su traducción de Tucídides.

El ejército había requisado los sementales hacía ya mucho tiempo, de modo que Ellwood ensilló el único caballo que les quedaba, Conker, una criatura inútil, un caballo más adecuado para tirar de carruajes que para galopar por los campos. Tenía mal genio y se mostraba indolente, más o menos igual que Ellwood. Cabalgó hasta el *pub* más cercano, donde Ellwood pasó el día emborrachándose. Aunque no lo suficiente como para no oír las conversaciones de la gente sobre la guerra: Lloyd George, el general Haig, las condiciones de paz, la cobardía y lo que se debía hacer para poner a los prusianos en su sitio.

Ni Gaunt ni su madre dijeron nada cuando volvió a casa, mareado y arrastrando las palabras, y se quedó dormido en la mesa. Más tarde, esa noche, se despertó en su cama, solo.

Gaunt lo siguió a los establos a la mañana siguiente.

—Si me hubieras dicho que ibas al *pub*, te podría haber acompañado —dijo.

—Hoy no voy al *pub* —contestó Ellwood.

Llevaba una petaca de ron en el bolsillo. No le hacía falta ir al *pub*.

—Siento si te molestó lo que dije el otro día —le dijo Gaunt.

—No me extraña que nunca hayas tenido amigos, Gaunt —respondió Ellwood; en ese momento odiaba cada centímetro de él, desde esos pies enormes hasta ese pelo rubio—. No sabes comportarte.

Gaunt se puso rígido.

—Sí que tengo amigos.

Ellwood se rio.

—No te engañes. Sandys solo quería follarte.

Gaunt se giró y salió de los establos, tal y como Ellwood había supuesto. Sin embargo, no había sido suficiente. Ellwood lo siguió afuera.

—Devi. Supongo que cuentas a Devi, aunque no era más que un chico indio advenedizo que se las ingenió, quién sabe cómo, para entrar en Eton —dijo Ellwood.

—Cállate.

—Y luego yo. Tres amigos en total, y uno de ellos está muerto.

Gaunt se paró en seco. No se dio la vuelta, y Ellwood no se atrevió a tocarlo.

—¿Quieres comparar amigos muertos, Ellwood? —le preguntó Gaunt en voz baja, y Ellwood sintió como si le hubieran volado la cabeza.

—¡*No hay comparación*! —le gritó—. ¡Tú nunca has querido a nadie, joder! ¡No tenías a nadie a quien *perder*!

Gaunt se volvió despacio para mirarlo. Para asombro de Ellwood, no lo observó con un rostro enfadado, sino sosegado.

—Eso no es cierto, Elly —respondió y se alejó.

Ellwood no podía montar a caballo después de aquello. Hundió la cara en el cuello de Conker y trató de llorar, pero no era capaz. Solo podía jadear y estremecerse por la impotencia.

Terminó emborrachándose en su bañera, vestido de pies a cabeza. Cuando Gaunt lo encontró, Ellwood se había quitado las vendas y se estaba arrancando las pestañas con unos dedos torpes, silbando *El Danubio azul*.

Gaunt se detuvo en el umbral de la puerta, con una sonrisa peculiar y afectuosa en los labios. Era la misma expresión que solía adoptar en la escuela cuando Ellwood recitaba poesía a la gente menos idónea; la misma expresión que había adoptado cuando su división había estado de descanso en Loos, cuando Ellwood lo había tocado más de lo que habría resultado apropiado. No había cambiado. Gaunt siempre lo había mirado así, como si los defectos de Ellwood fueran cualidades.

Ellwood se dio la vuelta e intentó volverse a colocar las vendas en su sitio.

—Te ha dado la nostalgia, ¿eh? —le preguntó Gaunt.

Al ver que Ellwood no contestaba, Gaunt se quitó los zapatos y se metió en la bañera.

—¿Qué haces? —le preguntó Ellwood.

—Acércate —le dijo Gaunt conforme se colocaba entre las piernas de Ellwood y apoyaba la espalda contra su pecho.

Ellwood lo deseaba tantísimo… ¿O solo quería desearlo?

—Como en *Hundreds* —le dijo Gaunt.

Solo que en *Hundreds* había sido Ellwood quien se había apoyado en Gaunt. Ahora eso sería imposible; Gaunt tenía el pecho demasiado frágil y, de todos modos, Ellwood no quería que Gaunt le viera la cara.

Ellwood le pasó el ron. Gaunt dio un trago y apoyó la cabeza en el cuello de Ellwood.

—¿Te acuerdas? —le preguntó Gaunt.

Ellwood dejó escapar una risita casi maníaca.

—Sí.

—Estuve a punto de besarte —le dijo Gaunt.

Ellwood aspiró hondo para oler el pelo de Gaunt, que olía a limpio. Solía mirar fijamente la nuca de Gaunt cuando iban a la capilla de la escuela, y se preguntaba cómo era posible que una persona tan normal y corriente pudiera absorberlo por completo.

—¿Y por qué no lo hiciste? —le preguntó.

Gaunt giró la cabeza sobre el hombro de Ellwood para mirarlo. La habitación le daba vueltas.

—Pues porque había gente —contestó.

—Bueno, pues en Múnich.

Gaunt extendió la mano despacio y le retiró las vendas a Ellwood de la cara. Ellwood se quedó inmóvil y se dejó hacer.

—No deberías tocarte la herida —le dijo Gaunt.

Le recorrió la piel en carne viva con delicadeza con un único dedo.

Ellwood intentó reír.

—¿Por qué? ¿Por si me deja cicatriz?

Gaunt se cambió de posición para poder girarse más aún. Ellwood dejó caer la cabeza sobre el esmalte frío de la bañera y vio que Gaunt se acercaba.

—Para —le dijo Ellwood, pero Gaunt lo ignoró y le posó los labios en el pómulo destrozado.

Se quedaron quietos durante un momento antes de que Ellwood se apartara.

—No quiero que me tengas pena —le dijo.

Gaunt se echó a reír.

—Pues mejor, porque no te la tengo.

Volvió a reírse conforme se acomodaba sobre el pecho de Ellwood.

Permanecieron así, en silencio, durante un buen rato.

—No debería haber dicho eso antes —se disculpó Ellwood al fin—. Lo de Sandys.

—Ni lo de Gideon —añadió Gaunt.

—Ya —contestó Ellwood, tratando de no irritarse al ver a Gaunt defendiendo a Devi y llamándolo por su nombre de pila—. Lo siento.

Gaunt bebió de la petaca y se la devolvió a Ellwood, que se la llevó a los labios, pero cuando saboreó el ron en la lengua de repente rechazó la idea de emborracharse y bajó la petaca.

—He llegado a la conclusión de que me da igual si tú no me quieres como yo a ti —dijo Gaunt.

Algún poeta que llevaba muerto mucho tiempo debía de haber escrito los versos más apropiados para contestarle, pero Ellwood ya no los conocía.

CUARENTA

Ellwood tenía tantos cambios de humor, y tan exagerados, que a veces Gaunt lo evitaba durante varios días seguidos. Ellwood trataba a su madre y a sus criados con crueldad, y le soltaba comentarios socarrones a Gaunt sobre la seguridad de los campos de prisioneros.

Luego solía disculparse con frialdad. Cuando no estaba enfadado, se mostraba frío, incluso en los breves momentos en los que se acostaban. Después del día de la bañera, Gaunt seguía a Ellwood a la cama cada noche, y Ellwood no lo detenía. Unía la boca con la de Gaunt en una imitación vacía y rabiosa de afecto.

Mientras yacía en la cama, con Ellwood rígido y haciendo como que dormía a su lado, Gaunt pensaba que no sentía como si le estuviera entregando su amor a Ellwood, sino a un impostor frío y distante, a alguien que se había llevado a Ellwood y no lo pensaba devolver. Aunque tampoco podía hacer nada al respecto: amaba todas y cada una de las partes de Ellwood, transformadas o no. Le resultaba imposible imaginarse algo que le pudiera hacer sentir más solo.

En el hospital, Gaunt había hablado con el médico de Ellwood.

—¿Se recuperará? —le había preguntado en el pasillo, en la puerta de la habitación de Ellwood.

—Ah, si no fuera por ese ojo, lo mandaríamos directo de vuelta al frente —contestó el médico, sin levantar la mirada del portapapeles.

—Quiero decir de la neurosis de guerra.

—No es tan grave como para perjudicar a un soldado —dijo el médico en un tono alegre—. Es una pena que no pueda reingresar al servicio activo. Este hombre es una máquina.

En comparación con otros casos de neurosis de guerra, no era tan grave. Ellwood no tartamudeaba ni gritaba ni se negaba a comer. No tenía pérdidas de memoria ni dolores físicos extraños. Pero Gaunt se preguntaba si un hombre mecánico podría volver a ser humano alguna vez, o si, como había sucedido con los campos de batalla en Francia, la guerra había destrozado de manera irreversible el carácter de Ellwood.

Lo único que Gaunt podía hacer era ser paciente y esperar, y confiar en que los vestigios de ternura que Ellwood le mostraba a veces fueran señales de que algún día volvería a amar a Gaunt.

Algunos días, Ellwood solo hablaba con monosílabos; otros, hablaba como un tren a toda velocidad.

—He escrito doce poemas esta semana —anunció a la hora del desayuno—. Solo me han quedado bien diez, pero no importa, porque todos son violentos y horribles, sin una pizca de belleza, así que seguro que me los publican. ¿No es curioso lo mucho que ha cambiado todo? Hace dos años adorábamos a Rupert Brooke y... —tartamudeó; era evidente que estaba a punto de citar «El soldado», pero ya nunca citaba poemas— y... y... y ese tipo de cosas heroicas sobre morir por la gloria, pero ahora lo único que tienes que hacer es describir cuánta sangre se le derrama a alguien cuando le abren el estómago y la gente se lo traga todo, le parece exquisito, qué espanto, esos pobres chicos, me puede pasar alguien los huevos, estoy hambriento...

—Calla, Elly —le pidió Gaunt, porque la madre de Ellwood estaba mirando los huevos revueltos con los ojos llorosos.

—Uy, no pretendía ser molesto, no era mi intención molestar, qué mal, solo digo que me resulta extraño lo mucho que le atrae a la gente lo catastrófico, mucho más que la belleza, la curiosidad que nos provocan todas las cosas que se le pueden hacer a un cuerpo. ¿No te parece interesante, Gaunt?

—No —contestó Gaunt.

La señora Ellwood parpadeó varias veces y muy rápido. Una lágrima gruesa le cayó sobre el plato.

—Ah, pues a mí me parece interesantísimo —dijo Ellwood—. Pero ¡muchísimo! ¿Te acuerdas del sonido que hacen los hombres cuando intentan hablar después de que les hayan disparado en la garganta?

—Sí —respondió Gaunt—. Me acuerdo.

Ellwood apoyó las manos sobre la mesa.

—Ya —dijo en voz baja—. Lo siento. Claro que te acuerdas.

—Gaunt asintió despacio, y Ellwood, avergonzado, le dio un bocado a la tostada.

Siguieron comiendo en silencio.

Cuando terminó de desayunar, la madre de Ellwood trató de esbozar una sonrisa.

—¿Qué te gustaría hacer mañana por tu cumpleaños? —le preguntó a Ellwood.

Ellwood dejó escapar una risita maliciosa.

—¿Vamos al zoo y comemos helado? ¿Habrá tarta? Dime que habrá tarta. A los diecinueve años, seguro que por fin me convierto en un hombre de verdad y a lo mejor me puedes explicar por fin los aspectos más delicados de la procreación.

Gaunt dejó caer los cubiertos sobre el plato con fuerza.

—Si te vas a comportar como un sinvergüenza, Ellwood, hazlo en otra parte. A nadie le interesa ver cómo te humillas.

La sonrisa maliciosa de Ellwood se esfumó.

—Eres un mojigato horroroso, Gaunt. Me voy a montar a caballo.

Aquella noche, Ellwood fue a hurtadillas a la cama de Gaunt, y le dio besos delicados y cargados de tristeza por toda la cara y el pelo. Esa vez sí que se empalmó, y se comportó con consideración. Los pensamientos de Gaunt se silenciaron cuando Ellwood se apoderó de él, lo acarició y se introdujo despacio en él con una veneración silenciosa; una disculpa física. Gaunt intentó fingir que era Ellwood, el Ellwood de verdad, el Ellwood deslumbrante, optimista y auténtico. Ninguno de los dos habló. Ellwood cerró los ojos y hundió la cara en el cuello de Gaunt mientras se movía. No lo miraba. A Gaunt se le removió algo en el pecho al recordar todas las veces que le había hecho eso a Ellwood antes. Solo había tenido el valor suficiente para mirar a Ellwood a la cara hasta el final una única vez. A Ellwood le había durado la euforia durante todo un día, una felicidad que Gaunt comprendía ahora que había sido en realidad alivio.

Después, Ellwood se mostró atento y amable.

—¿Te he hecho daño? Ha pasado mucho tiempo... Al menos...

Se puso colorado y apartó la mirada.

—No. Sí que ha pasado tiempo —dijo Gaunt—. Pero estoy perfectamente.

Ellwood fue al lavabo y humedeció una toallita. La llevó de nuevo a la habitación y limpió a Gaunt mientras iba agachando la cabeza para besarle los muslos, las caderas y el pecho maltrecho. Cuando acabó, se tumbó a su lado y apoyó la cabeza en el pliegue del hombro de Gaunt, como si aquel fuera su lugar.

—No es conmigo con quien debes disculparte —le dijo Gaunt.

Sabía que no iba desencaminado porque Ellwood se quedó inmóvil en sus brazos.

—No soporto mirarla —contestó.

Gaunt inclinó la cabeza y posó los labios en la ceja que le quedaba a Ellwood.

—No es culpa suya que Austria le declarara la guerra a Serbia —dijo.

—Nunca dije que lo fuera.

Gaunt no respondió.

Ellwood suspiró.

—Ojalá estuviera en el frente —dijo—. Me siento sucio.

—Ya —contestó Gaunt—. Yo también.

CUARENTA Y UNO

En agosto, el médico le dijo a Ellwood que ya no le hacía falta llevar las vendas en la cara. Ellwood se fue a casa y se encerró en su habitación. Se quitó las vendas, se miró en el espejo y se las volvió a poner.

Martes, 15 de agosto de 1916
Kingswood Court, Surrey

Querido Sidney:

Me alegra oír que tienes la cara mejor. A mí se me ha curado muy bien el hombro y acabo de pasar el examen médico. Tengo que volver a Francia a finales de mes. Estaba pensando en visitar Preshute el sábado. ¿Por qué no venís Gaunt y tú conmigo? Me sorprendió enterarme de que había sobrevivido. Va a tener batallitas para contar en las fiestas para rato.

Ya me dirás. Me gustaría mucho verte.

Tu amigo,
Cyril Roseveare

El sábado siguiente, Gaunt y Ellwood se pusieron los uniformes y subieron al tren con destino a Wiltshire. Compraron billetes de primera clase y se sentaron en un vagón vacío.

En el instante en que el tren se puso en marcha, a Ellwood le dio un vuelco el corazón y le empezó a latir con urgencia. Los trenes se estrellaban de vez en cuando, según había oído, y, bueno, justo el año anterior había ocurrido el accidente de Quintinshill, en el que habían muerto más de doscientos hombres, soldados, de modo que no hacía falta estar en el frente para morir…

—¿Elly? —lo llamó Gaunt.

Ellwood le echó un vistazo al portaequipajes; había una sombrerera de señora embutida en él. No era improbable que la caja se cayera de allí arriba y le aterrizara en la cara, y entonces se le reventarían las heridas… o tal vez perdiese el otro ojo…

—Elly —repitió Gaunt—. Respira.

—Me quiero bajar —dijo Ellwood.

—De acuerdo.

—Tira del cordón; quiero bajarme.

—¿Puedes esperar hasta la próxima estación? —le preguntó Gaunt.

Si el tren chocase, las ventanas de cristal se romperían en fragmentos largos y punzantes. Atravesarían el cuerpo de Gaunt. Ellwood visualizó de repente la sangre extendiéndose por el vagón del tren, de la misma forma en que se había vertido por la trinchera cuando la metralla de un mortero le había sacado las entrañas a uno de sus hombres.

Gaunt rodeó a Ellwood con el brazo y lo pegó a él. Resultaba reconfortante y aterrador a la vez. No podía dejar de pensar en la gente que recorría el pasillo.

—Gaunt —le dijo Ellwood, esforzándose por mantener la calma—. No creo que…

Gaunt se inclinó y se acercó al oído de Ellwood.

—Ambos somos capitanes con Cruces Militares y galones por haber recibido heridas de guerra. Apuesto a que podrías follarme ahora mismo y dirían que es «camaradería propia del frente».

Ellwood se sobresaltó y se echó a reír, y se fue riendo cada vez más hasta que ya no pudo controlar los extraños sonidos que emitía entre hipidos. Gaunt lo abrazó con fuerza y le murmuró palabras en griego en voz baja.

—Gaunt, sabes que... —dijo Ellwood entre jadeos— no tengo... ni idea... de lo que estás diciendo, ¿no?

—Pues casi mejor —contestó Gaunt—. Tucídides no es que sea muy reconfortante. Menandro podría haber sido una mejor opción, pero no me sé sus textos de memoria.

—Dímelo otra vez —le pidió Ellwood.

Aún sentía el miedo latiendo por su cuerpo, pero al menos podía respirar.

—Ο δε πόλεμος... βίαιος διδάσκαλος —dijo Gaunt.

Ellwood cerró los ojos y se concentró, no en los huesos astillados que sobresalían de los tocones, sino en el griego que había aprendido en la escuela.

—¿La guerra es... un maestro violento? —dijo al fin.

Gaunt le sonrió.

—Exacto.

Iban dejando la campiña verde atrás por las ventanas.

—Pues a mí no me ha enseñado nada —dijo Ellwood.

Gaunt parecía pensativo, pero guardó silencio.

Cuando el tren se detuvo, Gaunt le preguntó si seguía queriendo bajarse y Ellwood negó con la cabeza. Gaunt volvió a rodearlo con el brazo y le leyó los resultados del críquet que venían en el periódico.

En Reading, dos mujeres se subieron al tren y se sentaron frente a ellos. Una de ellas se quedó mirándolos durante un buen rato, con una expresión sentimental, y luego le susurró a su compañera en un tono cargado de emoción:

—¡Qué buenos amigos se hacen en el frente!

CUARENTA Y DOS

Al ser verano, Preshute estaba vacía. Gaunt lo agradeció. No creía que hubiera podido soportar las miradas de admiración de los quinceañeros, ni las expresiones recelosas e interrogantes de los chicos de los últimos cursos. Ellwood seguía pálido y tembloroso después del ataque que le había dado en el tren. No se separó de Gaunt; mantuvo el brazo pegado al suyo en todo momento.

Roseveare los esperaba a las puertas del cementerio. Había ganado peso desde que se había marchado de la escuela y estaba guapo con el uniforme de oficial. Lo habían ascendido a teniente después de la batalla del Somme.

—¡Sidney! —gritó, y se abalanzó sobre Ellwood.

Mantuvo los ojos fijos en el lado intacto de la cara de Ellwood, como si hubiera decidido de antemano no mirar nunca los vendajes.

Le tendió la mano a Gaunt.

—Todos creíamos que habías muerto —le dijo.

—Sí, eso me han dicho.

—Mi padre me dijo que es una gran historia —añadió Roseveare.

—Se portó muy bien con nosotros en Ámsterdam. Estaba muy preocupado por ti.

Roseveare parecía sorprendido.

—Ah, ¿sí? Qué curiosos son los padres, eh. Lo único que me dijo a mí cuando volví a casa fue que era mejor que regresara a Francia e intentara que me concedieran una Cruz Victoria.

Recorrieron el cementerio cubierto de maleza, disfrutando del canto relajante de los pájaros, de la hierba exuberante e intacta y de las antiguas lápidas, que habían dejado de resultar trágicas mucho tiempo atrás.

—Supongo que deberíamos saludar al señor Hammick —dijo Roseveare, que sonaba resignado.

Ellwood gruñó.

—Sabes que va a decir que le gustaría tener veinte años menos para no tener que perderse la diversión, ¿no?

—Suena agotador —dijo Gaunt.

—Ah, bueno, pues vamos al salón de té de High Street —propuso Roseveare—. Aunque tenemos que ir a verlo después. Es nuestro deber.

Gaunt y Ellwood accedieron sin reparos. Hacía tiempo que habían aprendido, en circunstancias mucho más complicadas, que era mucho más fácil cumplir con el deber después de tomar el té.

El salón de té solía estar repleto de estudiantes escandalosos que untaban mantequilla en los bollos, pero ese día estaba en calma. Los llevaron a una mesa en una esquina junto a la ventana y Gaunt permaneció en silencio mientras Roseveare y Ellwood intercambiaban noticias.

—Grimsey está en Londres; ya está casi curado —le contó Roseveare—. Tenía una zona gangrenada, pero se lo atajaron a tiempo.

—¿Sigue enfadado conmigo por salvarle la vida?

—Furioso.

—Bueno, es que es imposible complacerlo —dijo Ellwood.

La camarera llegó con té y una bandeja con tarta y sándwiches. Gaunt comió sin demasiado entusiasmo. La escasez de alimentos había hecho mella, y la tarta estaba sosa y harinosa.

—No le tendríamos tanto cariño a Grimsey si no fuera tan antipático —dijo Roseveare—. Forma parte de su encanto. Como te pasa a ti, Gaunt.

—Gracias —contestó Gaunt.

—No hay de qué —dijo Roseveare—. Oye, ¿os habéis enterado de lo que le ha pasado a ese chico indio de Eton?

Gaunt dejó la mano inmóvil sobre la taza de té.

—Gideon —dijo Ellwood, y Gaunt alzó la vista, sorprendido; Ellwood nunca usaba el nombre de pila de Devi.

—Sí, algo así —contestó Roseveare—. ¿Lo conocéis?

—¿Qué le ha pasado? —le preguntó Gaunt, impaciente.

—¡Por lo visto llegó hasta la frontera suiza haciéndose pasar por turco! Lo descubrió en el último momento un diplomático berlinés que estaba en el sur de Alemania de vacaciones. Interrogó a tu amigo en turco y descubrió que no tenía ni la más mínima idea del idioma.

—Pero... —empezó a decir Gaunt, intentando formar una frase. Miró a Ellwood en busca de ayuda.

—Entonces, ¿está vivo? —preguntó Ellwood—. Lo último que supimos de él era que le habían disparado.

—Vivito y coleando —respondió Roseveare—. Todos los estudiantes de Eton están hablando de él. Ha sido su décimo intento de fuga. ¿Lo conocéis?

Gaunt asintió y luego se echó a reír.

—Sí —contestó—. ¿De verdad está bien?

—Lo han mandado de vuelta a algún campo de prisioneros de guerra alemán —dijo Roseveare—. Creo que se ha lastimado la pierna; no va a poder volver a intentar fugarse hasta dentro de unos meses.

Gaunt se estuvo sacudiendo de la risa durante tanto tiempo que Ellwood y Roseveare empezaron a intercambiar miradas.

—Lo siento —dijo al fin—. Lo siento, es que es una muy buena noticia.

—Sí —coincidió Roseveare. Su expresión mostraba un sentimiento complicado—. Es maravilloso saber que tus amigos han sobrevivido.

Gaunt había leído las cartas que Roseveare le había mandado a Ellwood. Sabía que Roseveare había mencionado a todas las personas que había perdido con aparente despreocupación: a sus dos hermanos, a Harry Straker, a Finch, a Aldworth, a Pritchard, a West. Había sido uno de los chicos más populares de la escuela, pero ya no le quedaban muchos amigos.

—Pero he oído que no es muy probable que te envíen de vuelta al frente, ¿no? —le dijo Roseveare a Gaunt.

—Mi médico dice que me matará él mismo si se entera de que he estado en Francia —contestó Gaunt—. Es un pelín dramático. Estoy seguro de que podría arreglármelas.

—Entonces, ¿qué vas a hacer hasta que acabe la guerra?

—Iré adonde me digan. Imagino que me pondrán a entrenar a oficiales subalternos en el campo, en alguna parte.

Roseveare se llevó la taza de té a los labios con una expresión pensativa.

—¿Y después de la guerra? —preguntó.

—Oxford, seguramente —respondió Ellwood.

—No lo sé —dijo Gaunt—. Se me haría extraño volver a estudiar.

Roseveare pasó la mirada de uno a otro.

—Mmm —dijo—. Mi tío siempre busca a jóvenes inteligentes para trabajar en la embajada británica. En Brasil.

A Gaunt se le atragantó el sándwich de pepino. Roseveare le dio un golpecito en la espalda.

—¿Estás bien, Henry? —le preguntó Ellwood.

—¿Brasil? —repitió Gaunt.

—Sí —contestó Roseveare—. Seguro que os querría contratar a los dos, si estáis dispuestos.

Gaunt se dio cuenta de que Ellwood aún no lo había entendido.

—Aldworth quería ir a Brasil —le explicó Gaunt.

Ellwood abrió los ojos de par en par.

—Sí —añadió Roseveare—. Exacto.

Frunció el ceño con la mirada fija en el bollo. Roseveare y Aldworth habían sido muy amigos. Gaunt recordaba que solían estar juntos en las asambleas escolares, con las cabezas pegadas, hablando en susurros. Ambos habían tenido ese aire de estar ocultando algo que hacía que la gente estuviera desesperada por impresionarlos.

—Cyril —dijo Ellwood con timidez—. Cyril, no estarás queriendo decir que... que Gaunt y yo vayamos... *juntos*.

—Sidney, amigo, sabes que siempre te voy a apoyar. Si no puedes ser feliz en Inglaterra, deberías ir a ser feliz a Brasil.

—Pero Inglaterra es mágica —dijo Gaunt en voz baja.

—¿Qué? —le preguntó Roseveare.

—Nada —respondió Gaunt.

Ellwood lo miraba fijamente.

—No tenéis que responderme ahora mismo, claro —dijo Roseveare—. Pero ya le he escrito a mi tío sobre vosotros, por si acaso...

No terminó la frase. Ambos sabían lo que quería decir: «por si acaso me matan antes de que pueda ayudaros».

Ellwood se llevó la mano a las vendas.

—Cyril..., ¿le has contado lo de mi...?

—Ah, sí —dijo Roseveare. Desvió la vista casi sin querer hacia las vendas—. Por cierto, ¿es muy grave?

—Que te diga Gaunt —respondió Ellwood en un tono sombrío—. Que ya lo ha visto.

—Desde luego, nadie va a poder acusarlo de cobardía —contestó Gaunt—. No cabe duda de que ha luchado en la guerra.

—Ah —dijo Roseveare—. Bueno, quizá puedas llevar una máscara.

—No le hace falta ninguna máscara —dijo Gaunt.

Se produjo una pausa incómoda en la que Ellwood miró con determinación su taza de té y Gaunt miró a Roseveare con el ceño fruncido.

—No, claro que no —dijo Roseveare.

Ellwood alzó la vista y llevó una mano al brazo de Roseveare en señal de agradecimiento.

—Eres un buen amigo, Cyril.

—Tonterías. Por cierto, habéis sido los dos muy maleducados. ¿Es que no vais a preguntarme si tengo alguna noticia que daros?

—Bueno, ¿la tienes?

Roseveare sonrió y agitó la mano izquierda en el aire para mostrarles un anillo de oro resplandeciente.

—¡Cyril! —gritó Ellwood—. ¡So canalla! ¿Quién es la pobre víctima?

Roseveare esbozó una sonrisita.

—Se llama Lillian. Somos amigos desde que éramos niños. Tengo por aquí una fotografía.

Les mostró a una joven preciosa con una espesa melena rubia.

—¡Qué guapa! —dijo Ellwood—. ¿Qué hace estando contigo?

—Soy un apuesto oficial del ejército británico; ¿acaso no te has enterado?

—Pero de esos los hay a montones —se burló Ellwood.

—Pues será por mi belleza y mi encanto, entonces.

—Lo dudo —dijo Ellwood—. Enhorabuena, Cyril.

—Sí, felicidades —dijo Gaunt—. Es preciosa.

—Sí que lo es —contestó Roseveare. Empezó a guardar la fotografía, pero se distrajo al verla y se detuvo a mirarla con cariño—. Si os soy sincero, jamás pensé que podría llegar a estar con ella.

—Pues yo creo que vais a ser muy felices juntos —dijo Ellwood.

—Gracias —contestó Roseveare, y les dedicó una sonrisa de satisfacción—. Seguro que vosotros también.

Gaunt se mantuvo ocupado sirviendo más té para no tener que mirar a Roseveare a los ojos. A su lado, Ellwood alargó la mano y volvió a agarrar a Roseveare del brazo.

—Me has hecho sentir casi humano, Cyril. De verdad.

—Encantado de ser útil. Sé que he estado un poco de mal humor desde la batalla del Somme. ¿Cómo le fue a vuestro amigo David Hayes?

—Le destrozaron la cadera —respondió Ellwood—. No me ha contestado a ninguna de las cartas que le he mandado. —Sonrió, pero era una sonrisa enfadada—. Aunque a Gaunt sí que le escribe.

—Deberíamos ir a visitarlo —propuso Gaunt.

—Las heridas de cadera son delicadas —dijo Roseveare.

—No va a poder volver a andar —añadió Ellwood.

—A mí lo que más me preocupa son las manos —opinó Roseveare—. Creo que podría soportar cualquier cosa menos eso.

—A mí la vista —dijo Gaunt—. Me aterra quedarme ciego.

La luz iluminaba solo el perfil de Ellwood; desde ese ángulo, parecía intacto, angelical.

—A mí la cara —dijo.

Se produjo un largo silencio.

—Bueno, siempre has sido un cabrón presumido —dijo Roseveare—. Me alegra ver que no ha cambiado nada.

Gaunt esperó a que Ellwood se riera antes de unirse a las carcajadas. Después del té, fueron a visitar al señor Hammick.

—¡Lo que daría yo por tener veinte años menos! —exclamó—. Habría estado ahí luchando con los mejores.

CUARENTA Y TRES

En los días en que se encontraba peor, Ellwood odiaba Inglaterra. Recorría el campo con Conker y no veía más que mosquitos y ortigas. Odiaba a los viejos del *pub* que despreciaban a los franceses y a los alemanes, que pensaban que las colonias debían estar agradecidas por la oportunidad de devolverles el favor a Gran Bretaña. Odiaba la luz acuosa del sol y el cielo nublado y blanquecino. Odiaba a Fagin, a Shylock y al Barrabás de Marlowe. Los ingleses eran gente estrecha de miras, y su principal expresión artística, la escritura, era estrecha de miras también, era provinciana. No transmitía lo mismo que la música y la pintura; era solo para los angloparlantes. Que Charlie y Bertie Pritchard, Martin y Clarence Roseveare, y los hermanos Straker, y West, y Finch, y Lantham y Gosset tuvieran que morir para que Inglaterra pudiera continuar siendo una tierra estrecha de miras y engreída le parecía peor que una tragedia, porque no era algo hermoso. No era más que una estupidez, y Ellwood odiaba los campos embarrados y las ovejas deprimentes y las formaciones rocosas prehistóricas toscas por las que se les había pedido a todos que murieran.

Así que dispuso que lo enviaran de vuelta a Francia.

La mañana en que debía presentarse en el depósito, se puso con esmero el uniforme frente al espejo. Ladeó la cabeza y se preguntó si alguna vez habría aprovechado de verdad su belleza, cuando la poseía. Estaba convencido de que había desperdiciado sus años de belleza, aunque no estaba seguro de qué otra cosa podría haber hecho con ellos.

Se quitó las vendas y las tiró a la papelera. En Francia le sería útil tener cicatrices. Se iba a encargar de dirigir los entrenamientos de bayoneta, y las cicatrices harían que sus alumnos le prestaran más atención. Pero no había decidido mostrar su rostro por eso. Se había deshecho de las vendas porque albergaba un sentimiento despiadado en el corazón que ardía como el ácido y le decía que debía obligarse a odiar cada vez más a Inglaterra antes de abandonarla para siempre, pues no tenía intención de volver. Quería que la gente lo mirara en la estación de tren. Que los niños lloraran. Quería sentir un odio tan profundo hacia todos como para nunca volver a pensar en ellos.

Bajó las escaleras con los hombros rígidos y la expresión imperturbable. Su madre se levantó de un brinco, pero Gaunt se quedó sentado y no alzó la vista siquiera.

—Ay, cariño —le dijo su madre. Lo agarró de los hombros y le besó en ambas mejillas, sin la menor vacilación—. Estás guapísimo. ¿Verdad que sí, Henry?

Gaunt levantó la mirada, pero la bajó igual de rápido. *Cobarde*, pensó Ellwood, *cobarde*.

—No le hagas cumplidos —dijo Gaunt—. Ya sabes que se le acaban subiendo a la cabeza.

Toda la ira de Ellwood se esfumó de golpe, como si se la hubiera llevado un viento del norte.

—Venga, Gaunt, ¿acaso no merezco un poco de ánimo? —le preguntó.

—Ya eres lo bastante engreído —respondió Gaunt—. ¿Estás listo? Vamos a perder el tren a Londres.

Ellwood sonrió, más agradecido de lo que Gaunt sabría jamás.

En el tren, Gaunt se percató del momento en que Ellwood empezó a atacarse, y comenzó a hablarle de las teorías de Pericles sobre los imperios marítimos.

—Eres... la persona más aburrida... que conozco —le dijo Ellwood entre jadeos.

—Lo más interesante es que Pericles no está a favor del imperio desde una perspectiva moral, sino desde una sencillamente práctica. Es decir que, una vez que se ha creado un imperio... Es como una especie de pacto con el diablo; una vez creado, no tarda en acumular tantos enemigos resentidos que suprimirlo se convierte en una idea aterradora.

—Pericles no me importa lo más mínimo.

—Puedes cambiar de tema cuando quieras —le dijo Gaunt, sonriendo, porque Ellwood aún apenas podía respirar—. Mientras tanto, seguimos con Pericles.

La gente del tren observaba a Ellwood de reojo. Una mujer le sostuvo la mirada y le dedicó una sonrisa de lástima. Ellwood la fulminó con la mirada hasta que se acabó dando la vuelta. La odiaba, al igual que había odiado a los civiles del tren cuando le habían regalado una pluma blanca cuando había estado de permiso.

Al menos nadie volvería a darle nunca una pluma blanca ahora que llevaba la marca de la guerra en la cara.

A Gaunt le habría gustado poder pasar una noche con Ellwood sin las vendas, para haber tenido la oportunidad de acostumbrarse a su rostro tal y como era ahora. Quería mirarlo fijamente hasta que todo cobrase sentido, hasta que su cerebro dejara de intentar recomponerlo y arreglarlo. No sabía cómo mirar a Ellwood sin hacerle sufrir.

Ellwood, que siempre sabía qué era lo que quedaba bien, llevaba el uniforme impecable. Aquello demostraba su comprensión innata de las apariencias. Al principio de la guerra, estaba de moda que los soldados llevaran los uniformes raídos, para demostrar que habían estado de verdad en las trincheras. Sin embargo, ahora que el servicio militar era obligatorio, los hombres que habían estado en el frente llevaban los uniformes tan pulcros e impecables que parecían recién salidos de una sastrería. Gaunt no se había dado cuenta de aquello hasta que Ellwood lo comentó.

A medida que se iban acercando a Londres y Ellwood parecía calmarse, Gaunt dejó de hablar de la guerra del Peloponeso. Ellwood miraba por la ventanilla y Gaunt miraba a Ellwood.

Gaunt tuvo la tentación de pensar que incluso con la herida era guapo, pero no era del todo cierto. No es que Ellwood fuera guapo *a pesar de* su deformación; haber perdido el ojo había sido lo que le había salvado la vida, de modo que por eso Gaunt veía su herida como algo bello. Estaba agradecido a esa herida. No cambiaría ni una sola de sus cicatrices.

Cuando Ellwood apartó la vista de la ventana, Gaunt cerró los ojos a toda prisa y fingió que había estado durmiendo la siesta.

Almorzaron cerca de la estación. Todo el mundo se quedó mirando a Ellwood. Ellwood les devolvió la mirada con una expresión desagradable y guerrera que torcía sus facciones. Gaunt guardó silencio; no quería provocarle y que se pusieran a discutir.

Al mediodía llegó la hora de que Ellwood tomara el tren a Dover. Gaunt le estrechó la mano.

—Buena suerte —le deseó.

—No voy a estar en plena guerra —le dijo Ellwood.

—Eso espero. No se te ocurra ir a... *visitar* el frente.

—No soy un *turista*.

—Pues eso.

La estación estaba abarrotada de jóvenes y sus familias, todos entre lágrimas. Todos sabían a dónde iban, aunque no se les permitía decirlo. La batalla del Somme seguía causando estragos y el Ejército Británico no dejaba de mandar soldados allí como si dispusiera de una reserva infinita.

Ellwood bajó la vista hacia el trozo de papel que Gaunt le había entregado cuando se dieron la mano.

—No es nada —dijo Gaunt—. Solo Keats.

Ellwood apretó con fuerza el trozo de papel.

—Elly —le dijo Gaunt. El miedo lo volvía valiente—. Para mí esto no es ningún juego. No es un pasatiempo.

Ellwood lo miró como si intentara descifrar algún enigma en el rostro de Gaunt.

—Ven a Brasil conmigo —le pidió Ellwood—. Después de la guerra.

Gaunt pensó en la llanura oscura, en patinar en invierno, en pisar la hierba helada por la mañana temprano, en los prados de campanillas en primavera. No había nada que deseara más que pasar el resto de su vida en los caminos rurales de Wiltshire, con Ellwood a su lado. Era por lo que había luchado, por lo que sus amigos habían muerto.

—Es que...

—Antes me sentía eufórico cuando me subía al tejado de Thornycroft y contemplaba el campo —dijo Ellwood—. He subido esta mañana y he tratado de sentirme así.

Gaunt deseaba poder decirle que lo amaba, pero estaban en público y era ilegal.

—Pero no sentí nada —continuó Ellwood, con una expresión dura y furiosa—. Brasil. Prométemelo.

Gaunt se preguntaba si Ellwood volvería a sentir algo que no fuera rabia.

—Vale —respondió—. Te lo prometo.

CUARENTA Y CUATRO

Hayes estaba en una sala agradable y soleada, recostado sobre cojines blancos y limpios. Le agradeció a Gaunt las uvas y los chocolates que le había traído y los dejó sobre la mesilla de noche.

—Todo el mundo creía que estabas muerto —le dijo a Gaunt.

—Eso me han dicho.

—Solía verte moverte por el rabillo del ojo cuando estaba cansado —dijo Hayes—. Estabas sangrando y enfadado conmigo.

—No estoy enfadado contigo. Ni estoy sangrando.

—Ya —dijo Hayes.

Se agitó en la cama, incómodo. Las sábanas le llegaban hasta la cintura, pero estaban planas sobre una de las caderas de un modo extraño. También le faltaba la otra pierna; se la habían amputado a la altura del muslo. Se sobresaltaba con todos los ruidos y parpadeaba con demasiada frecuencia.

—Ellwood quería venir, pero no ha podido —mintió Gaunt.

La verdad era que Hayes había contestado a las cartas de Gaunt, pero no a las de Ellwood, y Ellwood había fingido estar cabreado en lugar de admitir que estaba dolido.

—Ha vuelto a Francia. Lo mencionó en las cartas. Una lástima lo de su ojo… —dijo Hayes.

—Deberías haberle escrito.

Hayes resopló.

—Me habría corregido la ortografía.

—Anda ya —dijo Gaunt.

—Tampoco es que Ellwood y yo vayamos a ser mejores amigos en el mundo real.

—Pues no veo por qué no —se quejó Gaunt.

—Es demasiado... Es demasiado... —Hayes movió las manos, como si estuviera buscando la palabra adecuada. Al final suspiró—. Rico.

—Yo también soy rico —dijo Gaunt, que se preguntaba si aquello sería en realidad algún tipo de código para decir otra cosa.

Gaunt se había dado cuenta de que, cuando la gente hablaba de Ellwood, a menudo lo era. No era su dinero lo que les preocupaba, sino su herencia, su belleza oscura, su confianza.

Hayes hizo un gesto de indiferencia con la mano.

—Se cree superior a mí —dijo.

—No lo creo —contestó Gaunt. Hayes arrugó la cara y Gaunt decidió cambiar de tema—: Bueno, mira, no he venido aquí para discutir sobre Ellwood. He venido a ofrecerte un trabajo.

Hayes intentó incorporarse.

—¿Qué?

—He hablado con mi padre —dijo Gaunt—. Cuando te lo permita el ejército, puedes venir a trabajar al banco, si quieres.

—Pero si no puedo caminar.

—Hay una oficina en la planta baja esperándote.

Hayes frunció el ceño.

—¿Y qué pasa con mi acento?

—No seas imbécil, David.

—¿Sabes lo que me dijo Ellwood una vez sobre mi acento? Que era «bastante respetable». «Como el de un tendero».

Gaunt se echó a reír.

—Qué idiota.

—Quieres convertirme en un caballero de verdad —dijo Hayes—. Darme un trabajo cómodo en un banco para que pueda mandar a mis hijos a Preshute y que les enseñen a avergonzarse de sus orígenes.

—No te puedo ofrecer ninguna solución mejor, David. No digo que sea justo.

Hayes suspiró.

—No pretendo ser desagradecido.

—Inglaterra está cambiando —dijo Gaunt—. Hace tiempo que debería haber ocurrido, pero está ocurriendo.

—No lo bastante rápido —protestó Hayes.

—Me corregirá la ortografía —dijo de nuevo Hayes cuando Gaunt se levantó para marcharse al cabo de una hora, pero esa vez lo dijo de otra forma, como si esperara que Gaunt le llevara la contraria.

—Ellwood te tiene mucho respeto, David.

Hayes asintió, mirando la zona plana en la que debería haber tenido las piernas.

—De acuerdo —dijo—. Lo sé, lo sé. Le escribiré.

La madre de Ellwood le había dicho a Gaunt que no había ningún problema por que se quedara en Thornycroft hasta que se marchara a Yorkshire a entrenar a oficiales subalternos, pero Gaunt no podía enfrentarse a la idea de pasar las noches largas y solitarias allí. Se fue a su casa de Londres e intentó no pensar en Ellwood.

—¿Brasil? —repitió Maud.

Estaban escondidos en el cuarto de cuando eran niños, rodeados de los juguetes de su infancia. La habitación se encontraba en lo alto de la casa, de modo que nadie podía oírlos.

—Es poco probable que nos vayamos —le explicó Gaunt—. Ya conoces a Elly; es muy voluble.

—Contigo no —contestó Maud.

Gaunt agarró un tren de juguete que le habían regalado por su décimo cumpleaños.

—Hasta donde yo sé, está jugando a los mismos juegos de siempre —dijo.

—¿No echaréis de menos Europa si os marcháis?

—Dudo que llegue a eso —respondió—. Imagino que tanto Brasil como yo habremos perdido el encanto para Ellwood cuando acabe la guerra.

Maud apoyó la cabeza en el techo de su antigua casa de muñecas.

—Puede que no —contestó.

Gaunt estrelló el tren contra el salón de la casa de muñecas. Ambos se mantuvieron ocupados durante unos minutos, haciendo que las muñecas salieran huyendo despavoridas en mitad de una cacofonía de ruidos estrepitosos.

Entre risas, Gaunt dejó el tren en el suelo. Maud volvió a colocar los muebles de las muñecas que su hermano había esparcido por el suelo.

—Creo —comenzó a decir Gaunt mientras la veía arreglar la casa de muñecas— que, si me diera la más mínima esperanza, lo esperaría para siempre.

Dos días después, recibió una carta de Ellwood.

Sábado, 2 de septiembre de 1916
En algún lugar de Francia

Querido Henry:
    Para mí tampoco es un juego.

Siempre tuyo,
    Sidney

Evening Standard

N.º 29 428.   LONDRES, LUNES, 11 DE NOVIEMBRE DE 1918.   1 PENIQUE

EL FIN DE LA GUERRA

ALEMANIA ACEPTA NUESTROS TÉRMINOS Y LA LUCHA SE HA DETENIDO HOY A LAS ONCE.

EL TRIUNFO DE LOS ALIADOS

FOCH Y LLOYD GEORGE DAN UNA NOTICIA QUE ALEGRA AL MUNDO.

El señor Lloyd George comunicó a la nación a las diez y veinte de esta mañana el siguiente anuncio histórico, que significa que la guerra mundial ha llegado a su fin de una vez por todas: «EL ARMISTICIO SE HA FIRMADO A LAS CINCO DE ESTA MAÑANA, Y TODA LUCHA DEBERÁ CESAR EN TODOS LOS FRENTES HOY A LAS ONCE DE LA MAÑANA».

CONDICIONES COMPLETAS DEL ARMISTICIO

EVACUACIÓN AL RIN Y CONSTRUCCIÓN DE CABEZAS DE
PUENTE PARA LOS ALIADOS.

CESE DE LAS ACTIVIDADES SUBMARINAS.

ENTREGA DE LOS CAÑONES Y DESARME DE LOS
BUQUES DE GUERRA.

REPATRIACIÓN DE PRISIONEROS.

CUARENTA Y CINCO

E l tío de Roseveare, William Meyrick, los ayudó a encontrar una casa cerca de la embajada. Era enorme, con suelos de mármol y terraza. Había monos tití jugando en el jardín, junto a la piscina.

—Ya veréis que el personal de la casa es muy discreto —le dijo Meyrick a Ellwood.

Ellwood sintió que se sonrojaba bajo la máscara y se preguntó cuánto le habría contado Roseveare a su tío.

La máscara que llevaba era de seda negra y barbas de ballena. Le cubría la mitad izquierda de la cara. Se la había hecho en Londres, cuando había vuelto durante un tiempo tras el armisticio. Cuando la llevaba, volvía a sentirse encantador, renovado. La gente seguía mirándolo, pero al menos podía convencerse de que lo miraban porque pensaban que era misterioso, en lugar de que estaba... lo que fuera. Odiaba palabras como «deforme» o «desfigurado», palabras que hacían que se sintiera defectuoso.

Sus puestos en la embajada consistían sobre todo en papeleo, almuerzos largos y cócteles. A Gaunt se le daba bien el papeleo y a Ellwood las fiestas. La gente había leído su poesía incluso allí. Le resultaba gratificante recibir elogios por obras que apenas recordaba haber escrito. Llevaba más de un año sin escribir, pero, después de la tercera o cuarta fiesta en la que un exoficial le decía que había logrado plasmar sus pensamientos con palabras, Ellwood, vacilante, alzó una pluma y empezó a escribir de nuevo.

Llevaban poco menos de tres semanas en Brasil cuando Ellwood recibió el telegrama que le comunicaba que su madre había muerto.

Estaban en la terraza, bebiendo *gin-tonics* antes de marcharse a un evento en la embajada de Estados Unidos. Ellwood leyó el telegrama a toda prisa, luego lo lanzó a la mesa y bebió un trago.

Gaunt agarró el telegrama.

Desde que se habían reencontrado, se habían tratado con cautela. Pasar más de dos años separados había hecho que Ellwood se preguntara si Gaunt seguía pensando en serio lo que le había dicho aquel día en la estación de St. Pancras. Pero allí estaban, durmiendo juntos en la misma cama noche tras noche. Aunque no se miraran a los ojos durante el sexo ni hablaran de asuntos importantes.

Gaunt leyó el telegrama y lo dejó de nuevo sobre la mesa de palisandro.

—Lo siento, Elly —le dijo.

Maud y él habían contraído la gripe española en Inglaterra. Gaunt no le había dicho a Ellwood que estaba enfermo hasta que se hubo recuperado, lo que en otra época habría enfadado sobremanera a Ellwood. Pero por entonces su ira era menos predecible.

Ellwood observaba la luz del sol de la tarde juguetear en la superficie de la piscina.

—¿Crees que alguna vez me llamarás Sidney? —le preguntó.

Gaunt comprobó si Luís, el mayordomo, andaba por allí, lo cual era ridículo, porque Luís les llevaba el desayuno a la cama todas las mañanas.

—Me prometí a mí mismo hace mucho tiempo que nunca te llamaría así, a no ser que estuviera seguro de que iba a poder retenerte a mi lado —respondió Gaunt.

Ellwood estaba confuso, como si tuviera bruma en el cerebro.

—Es imposible retener a la gente —dijo.

—Ya sabes a qué me refiero —contestó Gaunt.

Ellwood asintió.

—Deberíamos cambiarnos de ropa para la cena —dijo, y se levantó de la silla.

—No tenemos por qué ir a esa cena espantosa —le dijo Gaunt—. Tu madre...

—No uses la muerte de mi madre como excusa para librarte de tus obligaciones sociales —le espetó Ellwood; la furia iba en aumento en su interior con la velocidad titilante del fuego.

Gaunt se levantó y extendió las manos en señal de paz.

—No era eso lo que pretendía. Elly.

Ellwood había sido bastante desagradable con su madre la última vez que la había visto. Se había mostrado frío y distante. Había contado con tener décadas para aprender a quererla de nuevo.

Gaunt se acercó a él, lo agarró por la cintura y lo atrajo hacia sí.

—Llámame Sidney —le pidió Ellwood.

—Sidney —dijo Gaunt muy rápido, como si hubiera estado esperando años para pronunciar su nombre.

Llevó las manos a la cara de Ellwood e introdujo los dedos por el borde de la máscara. Juntó la frente con la suya.

—Eso significa que te vas a quedar conmigo —añadió con una voz violenta, como si fuera una advertencia.

Como si no fuera justo lo que Ellwood quería oír.

Ellwood deseaba poder llorar. Tenía una sensación confusa de sequía en el pecho, como si nada pudiera crecer en su interior hasta que consiguiera derramar lágrimas. Pero seguía teniendo los ojos secos.

—Sí, claro que me voy a quedar contigo —le contestó a Gaunt, y de repente no podía respirar.

Solo podía pensar en la frialdad horrible con la que se había despedido de su madre. Gaunt le estaba diciendo algo; le estaba agarrando la cabeza a Ellwood, acercándosela y diciéndole la misma palabra una y otra vez, y Ellwood tardó un buen rato en darse cuenta de que era solo su nombre.

CUARENTA Y SEIS

E llwood seguía dormido, con la mitad de la cara en la que tenía las cicatrices apoyada en la almohada. Se le rizaban las pestañas oscuras y largas contra la piel de la cara. A Gaunt le gustaba despertarse antes que él, puesto que así podía mirarlo sin reparos y adorar todas y cada una de sus partes.

Todo había ido mejorando entre ellos desde el día en que Ellwood le había pedido que lo llamara Sidney. Antes, Ellwood se había mostrado agresivamente encantador en público y tan solo agresivo en privado. Ahora de tanto en tanto volvía a sumirse en los estados de ánimo encantadores del pasado, cuando se mostraba extasiado y poético, aunque siguiera sin citar nunca ningún poema. Cada vez que ocurría, era como si se levantara un velo, y Gaunt apenas podía respirar por el miedo paralizante de que no durara, de que solo fuera el eco fantasmal de lo que Ellwood había sido.

A Ellwood le encantaba Brasil. Los fines de semana arrastraba a Gaunt por las calles abrasadoras, jadeando y profiriendo exclamaciones de asombro. Al cabo de un mes, se sabía los nombres de todos los árboles.

—Duranta —dijo una tarde mientras paseaban por una calle umbría a causa de la vegetación frondosa.

Arrancó una flor púrpura y la metió en el ojal de Gaunt con unas manos gráciles, ágiles, de dedos largos, las mismas manos que Gaunt había deseado que lo tocaran desde que tenía trece años.

—Me recuerda a la dedalera —dijo Gaunt.

Solía ponerse aquellas flores en la punta de todos los dedos y perseguir a Maud para asustarla. Dedaleras, tréboles, castaños. Las flores de los castaños de indias en otoño y los narcisos en primavera. A veces soñaba con ellas. Se despertaba de dichos sueños angustiado, sin más consuelo que la buganvilla estridente que se adentraba en su dormitorio sofocante.

Y Ellwood, por supuesto. Ellwood, que tenía el sueño ligero y siempre se despertaba con Gaunt, y entonces le acercaba la nariz al oído y murmuraba:

—Es solo un sueño, Henry.

Gaunt ya sabía que era un sueño. Inglaterra entera, alejándose como un recuerdo perdido.

—La duranta es mucho más bonita que la dedalera —le dijo Ellwood al colocarle la flor—. ¡Mira qué guapo estás!

Gaunt le dio un golpecito en la ceja que le quedaba a Ellwood.

—¿Te has quedado ciego de los dos ojos o qué?

—No —dijo Ellwood con firmeza—. Para nada.

Su pelea más recurrente era sobre la guerra; Ellwood afirmaba que a Gaunt le había venido bien.

—Te ha hecho mejor persona —le dijo una noche, después de una fiesta en la que Gaunt se había esforzado por no mostrarse taciturno y Ellwood había revoloteado de un grupo de admiradores a otro mientras charlaba sobre poesía y sobre Inglaterra y sobre relaciones internacionales como si estuvieran en 1910.

—Solo mencionar algo así ya es peligroso —contestó Gaunt.

—Pero es que es cierto. Te ha hecho un hombre —dijo Ellwood.

—¿Y qué más da eso? —le preguntó Gaunt—. Puede que haya hecho a un millón de hombres mejores. Pero ni siquiera eso cambiaría el hecho de que ha sido un crimen contra la humanidad.

—Bueno, al menos tuviste la oportunidad de jugar a ser Tucídides —dijo Ellwood—. Dime, ¿fue esa la cumbre de tu existencia? ¿O fue remolonear en la cama con Gideon Devi en un campo de prisioneros?

—Estás borracho, Elly.

—Llámame Sidney.

—Sidney.

Nunca pasaban demasiado tiempo peleados. Ellwood siempre se disculpaba, y Gaunt siempre lo perdonaba.

Gaunt le acarició el pelo a Ellwood, y Ellwood se agitó un poco.

—¿Es de día ya? —murmuró.

—Mmm —contestó Gaunt.

—Pues menuda gracia —dijo Ellwood con la cara hundida en la almohada.

Llamaron a la puerta.

—Adelante —dijo Gaunt.

Luís entró con el desayuno en una bandeja. Ellwood se incorporó al oler el café.

—Gracias, Luís —le dijo Gaunt.

—Ha llegado el correo, señor —anunció Luís.

Ellwood gimió mientras se estiraba.

—No leas los periódicos los fines de semana, Henry; siempre son espeluznantes —dijo.

Gaunt arqueó las cejas mirando a Luís, que curvó los labios en lo que casi parecía una sonrisa, aunque nunca se habría permitido sonreír del todo. Luís era tan profesional como discreto.

—Déjalo al lado de la cama, por favor, Luís.

—Sí, señor —respondió Luís.

Dejó los periódicos y una carta de Maud junto a la cama y se marchó con una pequeña reverencia.

—Mira, hay un número de *The Preshutian* —dijo Gaunt.

—¿Todavía incluyen el Cuadro de Honor?

Aunque la guerra había acabado hacía casi seis meses, el periódico escolar seguía informando sobre los fallecidos. Gaunt echó un vistazo a la primera página sin leerla.

—Sí.

—No lo miremos ahora; es demasiado deprimente.

—Pues lo miramos después del desayuno —dijo Gaunt, que agarró el abrecartas de plata y abrió la carta de Maud.

—Come un poco de beicon.

—No puedo —contestó Ellwood—. Estoy engordando.

—No estás engordando.

—Bueno, pero es posible que empiece a engordar algún día. Será mejor que coma solo pomelo. ¿Me pasas el café?

Gaunt le sirvió un poco de la cafetera plateada y desdobló la carta.

Viernes, 28 de marzo de 1919
Berlín

Querido Henry:

Gracias por el libro de postales brasileñas. Es precioso; parece el paraíso.

Me preguntas por Berlín… No te voy a mentir, la situación aquí es desoladora, y la gente es más pobre de lo que te puedas imaginar. Winifred no deja de pedirme que vuelva a casa…, pero ¡el gobierno británico está desesperado por echar a las mujeres! Para referirse a nosotras hablan del «excedente de mujeres». Los periódicos publican artículo tras artículo en los que dicen que deberíamos irnos a vivir a las colonias y casarnos con los hombres de allí, ya que en Gran Bretaña somos demasiadas. Winifred ha decidido que ya no quiere casarse, ¿te lo había contado ya? Charles no hace más que sentarse en el sofá y beber. Casi no parece que haya vuelto a casa de la guerra.

Y yo he decidido no casarme. No tengo tiempo; hay demasiado trabajo que hacer.

He conocido a gente muy interesante a través del Comité Científico Humanitario. Nuestro principal objetivo es suprimir el artículo 175 del código penal alemán, que penaliza la homosexualidad, y el doctor Magnus Hirschfeld lleva a cabo unas investigaciones maravillosas en el Institut für Sexualwissenschaft.

Te cuento todo esto, aunque sé que te resultará incomodísimo, para demostrarte que en Alemania las cosas están cambiando. La República de Weimar está más abierta al progreso que los gobiernos de Inglaterra y de Francia. Sé que echas de menos Europa. Espero que me eches de menos a mí también. No te puedo asegurar que el artículo 175 se vaya a anular este año, o esta década siquiera, pero sí que te puedo decir que aquí hay un mundo que os aceptaría a ti y a Sidney. Nunca se ha vivido un movimiento como este hasta ahora.

Volved a <u>casa</u>. Aquí os queremos.

Con amor,
Maud

—Bueno, ¿qué? ¿Cómo está? —le preguntó Ellwood—. Te has quedado muy serio.

Gaunt bajó la carta.

—Está bien —dijo con una voz inexpresiva.

Ellwood adoraba Brasil, pero Gaunt no podía. Le parecía un lugar precioso, era capaz de admirarlo; pero aun así lo anegaba la añoranza. No dejaba de recordarse a sí mismo que Tucídides también se había exiliado, pero nada aliviaba la pena que sentía en las situaciones más extrañas posibles: en las tiendas, cuando no vendían el té que le gustaba; o cuando llovía, y la lluvia no se parecía en nada a la llovizna fría y fina que Gaunt conocía y que tanto le gustaba. Echaba de menos Inglaterra como si fuera una persona. Alemania no era Inglaterra, pero estaba más cerca, y, si Maud tenía razón, si en Alemania estaban cambiando las cosas, ¿no llegaría también a Inglaterra esa oleada de progreso? ¿Podría ayudar él a propagarla?

Ellwood rodeó la taza con las manos y dejó escapar un suspiro feliz.

—Me estabas mirando mientras dormía otra vez —le dijo.

—¿Te molesta?

—No. Me gusta —contestó Ellwood.

Gaunt lo besó en los labios con delicadeza.

—Maud dice que en Alemania se están produciendo cambios.

Ellwood se quedó inmóvil.

—Ah, ¿sí? ¿Me pasas la máscara?

—Me gustas sin ella —le dijo Gaunt, aunque se la entregó de todos modos.

Ellwood soltó una risita y, en lugar de ponerse la máscara, se enrolló la cinta en los dedos.

—¿Qué clase de cambios? —preguntó.

Gaunt le mostró la carta. Ellwood la leyó despacio.

—Bueno —dijo conforme la doblaba sin mirar a Gaunt—, tal vez sea mejor que te vayas, entonces.

Ya habían tenido una pelea enorme por el funeral de la madre de Ellwood. Ellwood se había negado a volver a Inglaterra, por mucho que Gaunt le dijese que se arrepentiría.

—No seas ridículo —le dijo Gaunt mientras le quitaba la carta de Maud—. No me iría sin ti.

Ellwood asintió para sí mismo.

—Ya —dijo—. Y sabes que siempre hago lo que me dices. Pero ¿harías tú lo mismo por mí? ¿Y si te pidiera que te quedaras aquí?

Se le veía tan pequeño. No miraba a Gaunt a los ojos. Gaunt le agarró la barbilla con la mano y lo obligó a mirarlo.

—En ese caso, me quedaría —contestó Gaunt—. ¿Me estás pidiendo que me quede?

—¿Me estás pidiendo tú que me vaya contigo?

Gaunt le acarició la ceja derecha a Ellwood con el pulgar.

—No lo sé —contestó, y estaba siendo sincero.

—¿De verdad te quedarías aquí si te lo pidiera? —le preguntó Ellwood.

—Sí —respondió Gaunt.

Ellwood frunció el ceño mientras observaba la máscara que aún sostenía en las manos.

—Entonces... —dijo—. Entonces te lo pido: quédate aquí. Conmigo.

En Inglaterra, en ese momento, haría fresco. Y en Múnich también. Haría fresco; estarían viviendo esa estación pálida en la que la tierra se despertaba poco a poco y volvía a la vida.

En Brasil no había primavera.

Ellwood alejó la cara de la mano de Gaunt.

—No pasa nada —dijo Ellwood—. No debería habértelo pedido.

Hayes se había vuelto a casar. Gaunt y Ellwood habían acudido a la boda. No les escribía muy a menudo. Gideon Devi y Archie Pritchard vivían en Londres. Le escribían cartas a Gaunt sobre las fiestas extrañas a las que asistían, sobre lo imprudentes que eran los chicos de dieciocho años que se habían librado de ir a la guerra: jóvenes incólumes y juerguistas, intolerantes con los que habían sido tan tontos como para luchar.

Pero ya no quedaba casi nadie que le escribiese cartas a Ellwood.

—Sí —contestó Gaunt.

Ellwood estaba atándose la máscara, pero se detuvo en cuanto Gaunt habló.

—Sí, ¿qué? —preguntó.

—Que sí, que me quedo. Todo el tiempo que quieras. Para siempre, si quieres.

Ellwood le clavó la mirada; tenía el ojo que le quedaba abierto de par en par por la incredulidad. Luego esbozó una sonrisa tan sencilla y alegre que por un momento pareció tener su edad: tan solo veintiún años.

—Lo dices en serio —dijo.

Gaunt estiró la mano y le quitó la máscara. Le besó la cicatriz en la que antes tenía el ojo.

—Te quiero —le dijo.

Los remordimientos le desfiguraron el rostro a Ellwood.

—Henry..., ya sabes que yo...

Gaunt sabía que era probable que Ellwood nunca volviera a estar enamorado de él. Lo había aceptado hacía mucho tiempo.

—No pasa nada, Elly —le aseguró—. Lo comprendo.

Ellwood hizo una mueca y sacudió la cabeza, frustrado.

—No, Henry, es que... —dijo—. No sé... «No sé poner el corazón en los labios*».

Gaunt lo miraba fijamente. Ellwood parecía estar tan sorprendido como él.

—Shakespeare —le aclaró Ellwood—. *El rey Lear*.

Gaunt rodeó a Ellwood con el brazo por los hombros y lo acercó a él, con el pecho henchido de alegría, de esperanza. Le besó la coronilla.

—Bueno —dijo—. Es un comienzo.

---

* N. del T.: Shakespeare, William, *Teatro selecto*, «El rey Lear», trad. de Ángel-Luis Pujante (Espasa, 2008).

THE PRESHUTIAN

VOL. LIV. — N.º 795.   31 DE MARZO DE 1919.   Precio 6 peniques

~CUADRO DE HONOR~

Hughes, Henry Philip (Teniente), Fusileros de Lancashire, fallecido de neumonía, tras una gripe contraída en servicio activo, a la edad de 29 años.

Rhys-Pryce, Peter Francis (Teniente), Regimiento de Londres, fallecido de neumonía, tras una gripe contraída en servicio activo, a la edad de 22 años.

In Memoriam

CAPITÁN CYRIL MILTON ROSEVEARE

Muerto en combate alrededor del 10 de noviembre de 1918, a la edad de 20 años.

Con él, ha fallecido el último de los tres hermanos Roseveare, todos delegados y todos habiendo entregado su vida por su país. ¿Cómo describirles a Cyril a aquellos que no tuvieron la suerte de conocerlo? Era un soldado valiente con dos menciones honoríficas, un comandante intrépido, un oficial británico noble. Pero no es en el capitán Roseveare en quien pienso; pienso en Cyril, que era un hombre tranquilo, amable y firme. Cyril, cuya lealtad a sus amigos no conocía límites; Cyril, que era minucioso y concienzudo. No solía expresar sus sentimientos, pero eran intensos. Sé que sufrió mucho cuando primero cayó su hermano Clarence y después su hermano Martin en combate. Los tres Roseveare estaban muy unidos, y cada muerte ha afectado profundamente a la familia. No me puedo ni imaginar el dolor y el orgullo que deben sentir sus padres, y su joven viuda, Lillian Roseveare, de solo 20 años. A pesar de su popularidad, no asistió demasiada gente a su funeral, ya que todos sus amigos nos habían dejado antes que él.

Perder a Cyril es una tragedia, pero en particular lo más terrible es saber que lo más probable es que muriese el día antes del armisticio. Si hubiera vivido solo un día más, podría haber vuelto a tener a mi amigo a mi lado.

Tan solo hay un pensamiento que nos pueda consolar, y es que no murió por la guerra, sino por la paz. Después de la calamidad de los últimos cuatro años, miramos al futuro con esperanza, decididos a hacer que el sacrificio de Cyril, y el de otros miles, cuente para mantener la armonía en Europa. Tengamos, como los soldados de Waterloo, nuestro siglo de paz y prosperidad, porque lo hemos pagado con sangre.

L. M. GRIMSEY

AGRADECIMIENTOS

Estoy eternamente agradecida a Anna Stein por ser la agente con la que toda escritora sueña. Gracias a su ayudante, Julie Flanagan; a mi agente en el Reino Unido, Sophie Lambert; y a Claire Nozieres y a Grace Robinson, encargadas de gestionar los derechos en el extranjero. Todas ellas han mejorado mi vida de un modo inconmensurable. También tengo mucha suerte de haber contado con Will Watkins para guiarme a la hora de vender los derechos cinematográficos. Resulta emocionante trabajar con Sarah Schechter, Robbie Rogers, Mike McGrath y todos los miembros de Berlanti.

No habría conocido nunca a ninguna de estas personas maravillosas de no haber sido por John Burnham, que me ayudó a hacerme un nombre con la llamada más emocionante de mi vida.

Les debo mucho a mis editoras de Estados Unidos y del Reino Unido, Diana Tejerina Miller e Isabel Wall. Creía que el libro estaba terminado, pero ¡me equivocaba! Sus correcciones detalladas y metódicas fueron fundamentales. Estoy muy agradecida por haber trabajado con ese tipo de editoras que no solo mejoran el libro, sino también el estilo. Gracias también a Chloe Davies, de Viking, por su apoyo incondicional, a Vanessa Haughton por toda su ayuda y a los equipos de Knopf y Viking por ser tan maravillosos en su trabajo. Gracias en especial a Maggie Hinders y al equipo de diseño: desde el punto de vista logístico, los periódicos fueron una pesadilla de principio a fin, pero son una parte esencial del libro y ha sido increíble verlos cobrar vida.

Mis amigos brillantes y exigentes me han ayudado a moldear y desarrollar mi estilo. La mayoría de ellos no solo han leído este libro, sino las tres novelas inéditas anteriores. Son Sylvia Bishop, Lizzy Christman, Mik Clements, Chesca Forristal, Clara Mamet, Adam Mastroianni, Nicola Phillips, Ed Scrivens, Zander Sharp, Julia Wald, Melisa Wallack y Yael van der Wouden. Sin su fe y su gran trabajo, nunca habría sido capaz de escribir un libro sobre algo tan enorme como la Primera Guerra Mundial. Estoy igual de agradecida con mis lectores en línea, que me animaron y me enseñaron muchísimo, y de una manera tan agradable. Gracias también a Julie Oh, Laurie Christman, Nita Krevans, Ellie Darkins y Aimee Liu por sus ánimos y su amabilidad; y a Theo Hodson, Archie Cornish, Zander Sharp y mi hermano Johnny por los largos interrogatorios sobre los internados.

Conforme escribía este libro, no podía estar más agradecida con el Marlborough College por posibilitar el acceso en línea a tanto material de archivo asombroso. Cualquiera que conozca Marlborough verá lo mucho que ha influido en esta novela. Espero que mi antiguo maestro, Tim Marvin, y quienes estuvieron en Preshute conmigo me perdonen por haber usado el nombre.

He tenido la enorme suerte de contar con una larga lista de profesores de Lengua y Literatura maravillosos, pero dos me vienen a la cabeza cuando pienso en este libro. James Taylor me habló de *Journey's End* cuando tenía trece años. Sigue siendo una de mis obras favoritas hasta el día de hoy por la intensidad con la que la enseñaba. El doctor Simon McKeown fue un profesor magnífico en Marlborough, y me ayudó a ponerme en contacto con la archivera de la escuela, Gráinne Lenehan, que me envió todo lo que necesitaba para definir la época de Siegfried Sassoon en Marlborough. Esa fue una de las primeras fuentes de inspiración del libro.

Conté con ayuda para escribir las frases en alemán y en griego: mi cuñada Franzi Winn fue muy amable y se ofreció a repasar los fragmentos en alemán durante unas Navidades agitadas, y tanto la doctora Alicia Ejsmond-Müller como el doctor Brook Manville revisaron los fragmentos en griego. Gracias también a Patrick Stérin, Jean-Paul Deshayes y Laurence y Alain Kergall por revisar el francés. Sin aún queda algún error, ¡es mío!

472

Gracias a mis hermanos y a mi familia política, que toleraron una cantidad enorme de monólogos cansinos sobre la guerra, la Gran Guerra, la guerra de 1914.

Mi padre me ha apoyado siempre en mi andadura como escritora con una firmeza que resulta tan conmovedora como irracional. Pero ¡creer de manera incondicional en un hijo demuestra una gran bondad!

Cuando era niña, mi madre solía llevarme a los cementerios de guerra y llorar. Me leía libros infantiles eduardianos y se detenía para decirme que era inevitable que todos los niños muriesen en las trincheras. Me enseñó mitología griega, historia china y la vida de los reyes ingleses; me leía poesía y me guiaba por su enorme biblioteca de literatura clásica. Fue, y sigue siendo, mi primera maestra y la más importante.

Por último, mi marido, Chris: sin él, seguro que seguiría diciendo en las fiestas que algún día me gustaría escribir una novela. Me escuchó hablar sobre mis aspiraciones y me obligó a hacerlas realidad. Escuchó (a regañadientes) mis discursos largos y lúgubres sobre la horrible literatura de guerra. Leyó el borrador del primer capítulo y dijo: «Creo que esto promete». Se ha encargado de construir una vida para ambos, para que yo tuviera tiempo de leer y de escribir, aunque yo pensaba que era un lujo. Muchas gracias.

REFERENCIA HISTÓRICA

In Memoriam está en deuda con decenas de relatos de primera mano de la guerra.

The Preshutian está basado en el periódico que publicaron en el Marlborough College de 1913 a 1919. He intentado transmitir el tono del periódico, pero también he plasmado algunas partes tal y como aparecían en el original, sobre todo al detallar las muertes en el frente. Para ver todos los obituarios citados, se puede consultar mi página web: alicewinn.com.

La trama de Caruthers y Sandys está inspirada en dos fuentes: *The Loom of Youth* (1917), de Alec Waugh, y la muerte del hermano de Vera Brittain, Edward.

El tono de la sección en la que Ellwood se reúne por primera vez con Gaunt en el frente, así como la escena en la que envían a Gaunt y a Ellwood a capturar a un alemán tras la batalla de Loos, están inspiradas en *Journey's End* (1929), de R. C. Sherriff.

La idea de los hombres que pescan con explosivos procede del inestimable *Tempestades de acero* (1920) de Ernst Jünger. Jünger también ha servido de inspiración para la mayor parte de las muertes y heridas de la novela.

En la sección en la que mueren o resultan heridos innumerables oficiales de la compañía de Ellwood, hago referencia a las conocidas últimas palabras del escritor Saki en 1916, que al parecer fueron «¡Apaga ese puto cigarro!», instantes antes de que lo asesinara un francotirador alemán.

El suicidio de Crawley está inspirado en el poema de Siegfried Sassoon «Suicidio en las trincheras» (1918).

La conversación entre Ellwood y Lansing, el oficial sediento de sangre, es una paráfrasis de uno de los poemas más brutales de Sassoon (antes de que lo publicaran, ya que al publicarlo lo modificaron): «Atrocities» (1919).

La idea de la fuga por el túnel está basada en gran medida en la fuga de la prisión de Holzminden (cuya narración detallada se puede encontrar en *The Tunnellers of Holzminden*, 1920, de H. G. Durnford), pero la vida diaria en la prisión, otros intentos de fuga y la escapatoria del tren se basan en la maravillosa obra de A. J. Evans, *The Escaping Club* (1921). Dicho libro ha tenido tal influencia en la sección dedicada a los prisioneros de guerra que le puse el nombre del autor, Evans, a un personaje. Casi todos los detalles están sacados directamente de este fantástico libro de Evans, o inspirados en él. (Aunque el libro me parezca muy recomendable, también he de señalar que Evans se muestra racista con los turcos y, en general, xenófobo).

Gideon Devi está inspirado en Erroll Chunder Sen, figura clave en la fuga de la prisión de Holzminden. Era un piloto indio del Cuerpo Aéreo Real y se encontraba en el túnel de Holzminden cuando se derrumbó.

El discurso de la directora de Maud está tomado de un discurso que pronunció la directora del instituto femenino de Bournemouth en 1917. Decidí introducirlo antes de la batalla del Somme, aunque sea un anacronismo, ya que es cuando la gente empezó a comprender la magnitud de las pérdidas. La guerra dejó más de un millón de mujeres que no se casaron nunca (lo que llamaban el «excedente de mujeres»). Virginia Nicholson explora este fenómeno en su fascinante libro *Ellas solas: Un mundo sin hombres tras la guerra* (2008).

El 1 de julio de 1916, en la batalla del Somme, el capitán Wilfred Nevill le entregó a su compañía del Regimiento de East Surrey varios balones para que fueran dándoles patadas a través de la tierra de nadie. Nevill murió, pero uno de los balones llegó a la trinchera alemana. La historia se volvió tan famosa que tal vez me haya pasado al utilizar la anécdota para Ellwood y los Fusileros Reales de Kennet, su compañía ficticia.

La reacción de Archie Pritchard ante la muerte de su hermano alude a «To Any Dead Officer» (1918), de Sassoon.

La conversación que Gaunt y Ellwood mantienen al final de la novela sobre el hecho de que la guerra haya mejorado a Gaunt procede de la introducción de Robert Nichols en *Counter-Attack and Other Poems* (1918), de Sassoon.